U0446070

Unicorn
独角兽 书系

THE KING'S BLOOD

国王之血

龙族遗产

(卷二)

[美]丹尼尔·亚伯拉罕/著 董宇虹/译

Copyright © 2012 by Daniel Abraham
Simplified Chinese edition published in agreement with Baror International, Inc., Armonk, New York, U.S.A.through The Grayhawk Agency.Simplified Chinese translation copyright ©2015 by Chongqing Publishing House Co.,Ltd.
All rights reserved.

版贸核渝字（2012）第104号

图书在版编目(CIP)数据

龙族遗产. 第2卷，国王之血 /（美）亚伯拉罕著；董宇虹译.
—重庆：重庆出版社，2015.7
The king's blood（the dagger and the coin）
ISBN 978-7-229-09809-4

Ⅰ.①龙… Ⅱ.①亚… ②董… Ⅲ.①长篇小说—美国—现代 Ⅳ.①I712.45

中国版本图书馆CIP数据核字（2015）第085623号

龙族遗产（卷二）：国王之血
LONGZU YICHAN (JUANER)：GUOWANG ZHI XUE
［美］丹尼尔·亚伯拉罕 著；董宇虹 译

出版策划：重庆天健卡通动画文化有限责任公司
联合统筹：重庆日报报业集团图书出版有限责任公司
重庆史诗图书信息咨询有限公司
出版人：罗小卫
责任编辑：邹 禾 肖 飒 唐 凌
特约编辑：王伦航
封面图案设计：郑晓君
装帧设计：谢颖设计工作室
责任校对：杨 媚

重庆出版集团 出版
重庆出版社

重庆市南岸区南滨路162号1幢 邮政编码：400061 http://www.cqph.com
重庆出版集团艺术设计有限公司 制版
重庆市国丰印务有限责任公司 印刷
重庆出版集团图书发行有限责任公司 发行
E-mail:fxchu@cqph.com 邮购电话：023－61520646
重庆出版社天猫旗舰店
cqcbs.tmall.com
全国新华书店经销

开本：890mm×1230mm 1/32 印张：14 字数：300千
2015年7月第1版 2015年7月第1次印刷
ISBN 978-7-229-09809-4
定价：55.80元

如有印装问题，请向本集团图书发行有限公司调换：023-61520678

版权所有 侵权必究

"我的名字叫玛可斯·韦斯特。"

里纳尔睁大双眼,瘫倒在软垫上。

"你听说过我,"玛可斯说,"那你就该知道,仰赖贵族血脉不是最佳选择。你母亲是个小祭司,跟一个被君主流放的王族男人喝醉过酒,这就是你的保护伞。而我?就连国王也曾死在我的剑下。"

"国王?"

"呃,只有一个,但你明白我的意思。"

里纳尔想说话,但他必须咽口口水,润润喉咙,方能开口。

"你想怎样?"

"我想要回我们的财物,或者说,要回你手里剩下的所有属于我们的财物。我没指望它们能抵消我们的损失,但可以作为一个开始。"

"你想怎么处置我?"

"你的意思是,如果我不把你交给法官?也好,我想跟你达成一个共识。"

序章·吉特师傅
Introduction · Masterkit

名为吉特普·罗克马特的叛教徒站在城市柔和的雨幕中，血液里的污物在压迫他、驱使他，但他不为所动，只觉担忧和恐惧涌上喉头。

在克沙特、博加或普特的任何城市与村庄，神庙都是当地的核心建筑，是自豪与荣耀的焦点，也是所有人生活的轴心。然而，沐浴着坎尼普的无上荣光，神庙不过是上千类似建筑中的一座，虽然拥有令人敬畏的规模、景观和气度，却淹没在众多同伴当中。

坎尼普是安提亚帝国的心脏，而安提亚帝国则是全世界原血族的权力中枢，只是这座城市比统治它的王国更为古老。每个时期都在这里留下了印记，每个世代都在前人留下的废墟上繁衍。如今，垫在深色鹅卵石街道下的并非土壤，而是前一代留下的残骸。这是一座充满黑色与金色、财富与赤贫的城市。城墙于四围高耸，仿佛在吹嘘自己固若金汤。贵族区里随处可见雄伟的府邸、高塔和神庙，仿佛所谓的庄严很平常，很世俗，很微不足道。假如坎尼普是位骑士，他将身着黑漆盔甲披戴精细的羊毛斗篷；倘若是个女子，她将漂亮得让人移不开目光，却又威严得令人不敢亲近。当然，它是座城市。它是坎尼普。

细雨染黑了石墙和高柱。宽阔的台阶自街面升起，通往平台，再通往阴影中的柱廊。那面蜘蛛大旗——色红如血，中心绘着蜘蛛女神的八方徽章——挂在往外伸展的屋檐下，下半截被雨水浸成深红色，上半截笼罩在屋顶的影子里，在微风吹拂下波纹起伏。狭窄的路面上挤满了安提亚最显赫家族的马车和轿子，人人都想在光滑的鹅卵石街道上争得更有利的位置，谁都不愿退让一步，以免给对手留下机会。这时才刚刚开始融雪，要是到了夏天的议政季节，这地方将水泄不通。王堡的高大塔楼耸立在北边，被雾气蒙成灰色，顶层直入重霄，笼罩在云中——仿佛凌渊王座的手正伸向四面八方，凌驾世间一切。

叛教徒把斗篷的兜帽往前拉了拉，遮住面庞，藏起头发。他的胡子上挂着细小的雨珠，有如落在蛛网里的苍蝇。他在等待。

安提亚的英雄站在最高的台阶上，他微笑着，向零星几个赶早进城并走进昏暗神庙的权贵点头致意。他是盖德·帕列库，新任艾丙勃男爵，亦是艾斯特王子——西米恩国王独子、凌渊王座继承人——的庇护使。他从阿斯特里堡王室的阴谋中拯救了王国。要说形象，盖德并不像国家英雄。他长了张苍白的圆脸，油腻的头发梳在脑后。他的黑色皮斗篷本来是按更壮实的身形裁剪的，挂在他身上就像块华丽的窗帘布。他站在红色大旗下，样子活像初登舞台的新秀演员。叛教徒似乎看到他正在心里背诵台词，并伸长了耳朵等待仪式开始的信号。

正是此人，把早被世人遗忘的女神信仰带了回来，丢在这个除了塞拉米斯角之外最大帝国的中央。若是在宗教氛围更加浓厚的时代，这座神庙也许要努力挣扎才能扎下根，然而安提亚的祭司们从很久以前就已沦为政治喉舌和墙头草。女神之音本来就没人能长久抵御，在这里更是找到了愿意倾听的耳朵。贵族们源源不绝地涌入，如木偶剧开场前的孩子一般，因异域、颓废和新奇的密语而兴奋不已。

他们完了。他们的城市，他们的帝国，他们伏在乳母胸前学会的真相,都完了。如同麻风病的第一块白斑,腐坏已经侵入他们的城市,却没有一个人能看清它的真面目。他们可能永远也看不清,直至渐渐陷入疯狂。他们将会死去,却永远不明白自己变成了什么。

"喂!老鬼!"

叛教徒转过身。只见一个扎苏鲁族士兵——青铜色鳞片,黑色舌头,穿熟皮甲,戴着橙色底色的徽章,上面盘着一条巨蟒。在他身后,一个年轻女子正在男仆的搀扶下走下镀金马车。男仆的制服跟士兵的同色。女子则披着一件过度宽大的黑色皮斗篷——现在到处都流行这个。

"你在这儿干吗?"扎苏鲁人质问,一只手按在剑柄上。

"没干什么。"叛教徒回答,"我不知道自己挡路了,很抱歉。"

士兵在喉咙深处嘟囔一声,转过目光。叛教徒转身走开。在他身后,响起锐利而轻快的锡铁锣声。那是召集祷告的锣声。上一次听到这声音时,他还年轻,正在半个大陆之外的山中神庙做祭司。刹那间,他仿佛闻到泥土和甘甜井水的气味,听到蜥蜴在岩石上爬过的摩擦声,尝到咖喱羊肉的味道。除了当年的村落,世上再没有其他地方会那样烹制羊肉。一个深沉的嗓音开始召集祷告。听到这些几乎遗忘的音节,叛教徒血液里的力量亢奋起来。他停下脚步,回头望去。而千百个儿童故事里早已警告过,千万别这么做。

一个如公牛般健硕的男人穿着大祭司的绿金两色长袍,正在做仪式的准备。叛教徒不认识他。看来,他认识的大祭司已经死了。好吧,蜘蛛女神做过很多承诺,但其中不包括不朽的生命。她的祭司也会死去——这个念头是个安慰。叛教徒裹紧廉价的羊毛斗篷,消失在大街小巷组成的湿水迷宫中。

❖

深渊如天神切下的一刀,把坎尼普从中间劈成两半。五六座真正的桥梁,用厚重的石头和钢铁交织而成,从崖顶伸出,横跨深渊,高悬在空荡荡的半空中。另外，在深渊低处，两边崖壁比较贴近的位置，还有无数用铁链和绳索搭成的临时索桥。坐在崖顶边缘，城市的历史可以看得一清二楚：废墟一层一层又一层，重重叠叠，到了最底层，就连远古建筑也湮没在岩石当中，只剩零星裸露的拱门和绿锈斑斑的青铜器具。从龙族及更早的时代至今，坎尼普屹立的这块土地上一直有城市，它总会在前一座城市的残骸上萌芽生长。即使到了今天，十三个种族中最穷困的男男女女仍居住在城市的血肉深处，以暗无天日的洞窟为家。而那些地方，曾是前人的储藏室和舞厅。

"你从没考虑过排水沟的问题。"斯密特望着外面灰蒙蒙的空气说。

"我相信没有。"叛教徒一边脱下斗篷一边说，"为什么你觉得我应该考虑？"

演员们在紧靠深渊的一个大院里躲雨。马车门都开着，但舞台还没放下。卡莉背倚车轮，盘腿坐在地上，正往一条蓝色长裙上缝珠子。他们今晚准备演《新娘荒唐事》，剧中的帕提亚夫人要穿这件略显浮夸的礼服。桑达和贺尼特在房后排练，他俩手持木棍，脚踏舞步——正是剧中卫队长背叛安森·阿兰森的最终一战。新人演员查丽特·苏恩坐在一边，双手压在大腿下，嘴唇喃喃翕动，仿佛在祈祷。她一脸焦虑，惹人怜爱，毕竟今晚是她第一次出演《新娘荒唐事》。麦克尔不见踪影，大概跑到市场上买肉和鱼、跟小贩讨价还价去了。时间还早，等他回来再做准备也绰绰有余。就是这阴郁的天气，搞得天色好像很晚了似的。

"哎，你想想，"斯密特朝雨水点点头，"建造一座城市，真正的要点在于掌控自然，不是吗？这场雨可能看着不算大，但坎尼普是座大城市，全加起来雨水就多了。就是眼下，你看看，像不像神祇把整条河竖起来了？这么多水，总得找个去处吧？"

"大海，大海，无垠的大海，"叛教徒引用两年前演过的一部剧里的台词,"正如万川归入盐浪,世人亦终有一死。"

"那是当然。"斯密特揉着下巴说,"可重点是,它该如何认这儿流到那儿,不是吗?"

叛教徒露出微笑。

"亲爱的斯密特,我相信,你刚刚说的是个隐喻。"

演员故作无辜地眨眨眼。

"是吗?我还以为我们正在讨论排水沟呢。"

叛教徒笑了。他带着这个小小的剧团环游世界,至今已有十五年。他们曾为国王和野蛮强盗表演。在十三人种中,他调教过八个种族的演员,有过三个种族的情人。他是吉特师傅,全名吉特普·罗克马特,这是他更早之前为自己起的名字,那时,他刚从一个由沙漠岩石和疯狂组成的子宫诞生到这世间。他扮演过上千角色。如今,但愿老天保佑,让他还有时间再扮演一个。

最后一个。

"卡莉?"叛教徒说,"说句话。"

长发女人点点头,将针收进袖口,把一把珠子小心翼翼地放到礼服的杯形皱褶里。那个位置看似随意、未经思索,但没有一颗珠子能逃脱。叛教徒微笑着点点头,漫步进公共院落里的另一个棚子。那儿除了一个冷冰冰的铁火盆和一张石头长凳,别无他物。砖块铺成的地面有一部分被雨打湿,原本浅浅的红色和绿色变得厚重,像涂了瓷漆。他坐在小长凳上,卡莉坐在他旁边。

是时候了。悲伤已在心中压抑了好几个星期,再也无法置之不理。几个月前,在奥利瓦港一间酒吧大厅里,当他第一次听说女神的旗帜在安提亚飘扬,恐惧之火便已点燃,到如今更是成了他的老伙伴。悲伤是后来才出现的,他一直尽量把它推到脑后,时刻告诫自己,才能把喉间的梗塞和胸口的负担压下去。现在,他再也压不住了。

"吉特师傅?"卡莉问,"你在哭?"

"当然没有。"他回答,"男人若只会流泪,我们认为那太丢面子。"

卡莉伸出手臂,抱住他的肩膀。如同水手远航前喝下最后一口新鲜的淡水,吉特竭力记下身边人的感觉——贴在颈后的手肘的弯曲度、肌肉的切实重量、马鞭草和肥皂的香味。他颤悠悠地深吸一口气,点头表示感谢。过了很久,他才能说出话来。

"我相信,我们需要再找一个演员。"他说,"要年长的男人,身量厚重些,能演父亲的角色,也能演恶棍,例如福克斯大人和魔王奥库斯之类。"

"你的角色。"卡莉指出。

"我的。"

雨丝细如针,敲打在头顶的茅草棚和棚前的砖石上。外面假剑挥舞发出的敲击声,还有挥剑男孩发出的哼哼声。贺尼特加入剧团的时间比卡莉更久,斯密特演过的角色比卡莉更多,但卡莉能够领导他们。他走之后,如果还有谁能把这小小的流浪家庭凝聚在一起,那就只有卡莉。

"出什么事了?"她问。

"我觉得,有些事我必须去做。"他回答。

"我们可以帮忙。"

"我相信你们会的,可是……"

"可是什么?"

叛教徒扭过身,直视她的双眼。卡莉的手臂从他背上滑下。她的双瞳跟头发一样乌黑,而且很大,让她看起来比实际更年轻。叛教徒依然记得,七年前,在自由城邦玛西亚的那个夜晚,他第一次见到了在公共广场跳舞卖艺的女孩。那时她还是个刚长成的大姑娘,野性、饥渴、不相信任何男人。天赋和野心如同烈火的热量,从她身体里散发出来。奥珀尔曾警告他,这个女孩可能会招惹麻烦,但也同意代价是值得的。如今,卡莉已经长成完全成熟的女人。叛教徒心想,也许这就是养育女儿的感觉吧。

"我担心,如果要同时照顾你们所有人,我就无法完成我要做的事了。"他说,"你们就是我的家人。我觉得,只要我心里想着你们个个都平安无恙,那么其他一切我都可以牺牲。"

"听起来,你预计付出的代价。"她说。

"是啊。"

卡莉叹口气,唇边露出扭曲的微笑。每次她遇到麻烦,这种微笑便会出现。记住它,叛教徒告诉自己,记住她扭嘴唇、挑眉毛的样子。牢牢记住。用心去记。

"唉,讨厌。"

"不管怎样,离开你们,我真的很难过。"

"你心里有适合那些角色的人选吗?"她问。

叛教徒能看出她内心的痛苦。他背叛了她,遗弃了大家,但卡莉没有埋怨他,就像她不会切掉自己的脚趾。他真希望能握住对方的手,可是卡莉已经定下了谈话的调子,叛教徒没有驳回她的立场。再也没有了。

"有个剧团在北方巡演,叫'帕尔林·乐贺和塞巴斯·贝林'。三年前,他们发生过两个成员争演同一个角色的事。你去找他们,也许能挑一个已经熟悉台词的演员。帕尔林是哈维金族,如果你带他到南方,说不定还能增添点异国风情。"

"那我四处打听一下吧。"她说,"你什么时候走?"

"今晚。"叛教徒回答。

"非得一个人吗?"

叛教徒迟疑了。这个问题的答案他还没想好。他面临的是个不可能成功的任务,注定会失败,正如它注定要来一样。他的牺牲属于他自己,所以十分容易。但要求别人同他一起自愿赴死,可就不像请人求帮忙那么简单了。然而,既然关系到成功与失败、世界的救赎与灭亡……

"也许不是。"他说,"有个人或许能帮上我,但那人不在剧团里。"

"要是我打听那让你不得不走的神秘任务究竟是什么,是不是太过分了?"卡莉问,随后又自相矛盾地说,"但这是你欠我们的。"

叛教徒舔舔嘴唇,为他从未说过的话——即使是对自己——寻找言辞。找到之后,他"呵呵"笑了。

"也许听起来有点浮夸。"他用一根长长的手指捋着胡须。

"说来听听。"

"弑神。"

茜茜琳·贝尔沙克
美狄安银行奥利瓦港支行的发言人和代理人
Cithrin bel Sarcour,
Voice and Agent of the Medean Bank in Porte Oliva

美狄安银行奥利瓦港支行的发言人茜茜琳·贝尔沙克走出支行。她高昂着头,神情镇定,胸中却燃烧着怒火。在她周围,奥利瓦港正走进春天。庆祝雪融节用的鲜艳布旗和闪亮的人造宝石虽然点缀着大街小巷,但已缓缓失去光彩。残雪躲在午间阳光照不到的暗影里。茜茜琳的呼吸在脸前凝成雾气,仿佛她的心脏是个喷吐白烟的火炉。对她来说,空气中的寒意十分遥远。

在她前面的鹅卵石街道上,好几个种族的男人女人来往匆匆。皮毛光滑、缀满珠子的可沓丹族,面庞瘦削、肤色苍白的辛奈族,披着黄铜色或金色鳞片的扎苏鲁族,黑壳的提兹奈族,以及身材丰满、脸颊红润的原血族。有人对她点头致意,有人给她让路,但大多数人并不理会她。虽然身为全世界最大银行的代表,但走在奥利瓦港的朦胧天空下,她也不过是个穿着考究裙子的混血辛奈族女孩。

走进酒吧,温暖的空气轻抚她,飘荡其间的啤酒和面包香味也在努力安慰她。她感觉腹中的纠结逐渐放松下来。愤怒开始动摇,露出本来面目，原来它只是掩盖绝望和沮丧的面具罢了。一个年轻的辛奈族男子走过来准备接她的披肩。茜茜琳解下披肩，从紧绷的唇间勉强挤出一丝微笑。

"老位子吗，执事？"他问。

"谢谢，维利尔。"她回答，"那样最好。"

侍应咧嘴一笑，夸张地鞠了一躬，做个请的手势。换个日子，茜茜琳也许会觉得他的动作很迷人。她的老位子在后面，与大堂隔开，半隐在一道布帘后。坐在那儿需要多花几枚硬币。有时候，若她觉得自己的状态适合礼貌谈话，她会坐在大堂的长凳上，跟在场的任意客人聊聊天。虽说，靠近南边的码头会有更多水手和旅客带来的传言，与龙道相接的中心广场、大教堂以及总督府那边会有更多关于北方陆上贸易的消息，但这酒吧离她的银行最近——老天作证，那就是她的银行——再说，并不是每次聊天都要追逐利益嘛。

一个女孩——是个可沓丹族，主要上日班——送来一碟奶酪和黑面包、一个装满黑葡萄干的木雕小碗，更重要的是，还有一壶上好的啤酒。茜茜琳用力点点头，努力露出真诚的微笑。即便女孩看出茜茜琳的神情有什么不妥之处，她的表情也被脸上的柔软皮毛遮住了。可沓丹人真是天生的牌手，茜茜琳一边喝酒一边想，因为他们时时刻刻戴着面具。

大门打开，阳光洒进大堂，一个人影出现在光芒中。不用看面庞或身躯的任何细节，也不用听对方清嗓子的声音，茜茜琳就知道来人是雅丹姆·黑恩，她守卫队——她的守卫队——的副官，也是自她逃离万奈时起就认识并陪伴她至今的两人之一。那座城市已被焚毁，所有市民都已死去，所以，雅丹姆也成了世人当中认识她最久的一个。

查古人轻轻地从地板上走过。虽然查古族身形如此壮硕，可他的举止却安静得令人惊讶。他在茜茜琳身旁的长凳上坐下，像狗一样竖起的耳朵往前倾斜，身上散发着旧皮革和剑油的气味。他的叹息悠长而深沉。

"看来,进展很不顺利?"他问。

"是啊。"茜茜琳回答。她很想学学雅丹姆和韦斯特队长那简明又戏谑的语言风格,可有些话就是忍不住跳出口,"她根本不肯听我说。我花了整个冬天去谈那单生意啊。没错,是有风险,可都是低风险。"

"但派克不这么想。"

"没错。"茜茜琳说,"该死,我恨那个女人。"

从签下那单生意的一刻开始,茜茜琳就知道,向她的公证人交代将是一件很烦人的事。数月以来,茜茜琳全权掌握属于自己的美狄安银行支行的财富——任何貌似有回报的借贷,由她批准;任何看来明智的合伙经营,她会参与。她划破大拇指,在几十份协议与合同上按下指印。而且总的来说,她赚到了丰厚的利润。当然了,银行的建立文书是她伪造的,她签署的合同也是违法的。距她成年,继承父母托管在银行的财产,并成为法律意义上的真正成年人,还有四个月时间呢。只不过,即使成年之后,她还得扮演这个年纪更大、只有四分之一原血族血统的女性角色。支行建立在谎言和诡计之上,所以接下来的数年间,她必须继续演出,直到有问题的协议全部合法化。她曾幻想把一切真相都曝光给公众,只为报复由卡斯总部派来的公证人,派克·厄特豪。

> 你什么都不能签。所有协议都要由公证人签署,只有公证人一人。公证人不在场时,你不可以谈判。意见被驳回,你必须接受。掌控权在总部手中。你只是个象征。仅此而已。

这就是当初给她的条件,她也答应了。当时,她为自己终于抓到一点谈判的资本而松了口气,结果一时犯下糊涂。她本来相信,一旦公证人到任,那么设法夺回实权就只是时间问题了。而在那之前,只是对她耐心的必不可少的试验,情况再糟也不过如此。公证人到任前的几个星期里,她每晚都在幻想中入睡:如何在老练的银行家面前假装温顺,提出见解,以赢得新来者的赞赏,并在对方心中营造好名声,直到对方信任自己的判断力。然后,她告诉自己,离重新为自己的银行制定策略的日子就不远了。她的工作,只是战胜一个人而已。尽管困难,但也有希望。

真是个美妙的故事。

派克·厄特豪在深冬时抵达。当时茜茜琳正在大集市对面的咖啡厅里。她付钱给老板艾桑普尔师傅,租了屋后的一个私人房间。虽然奥利瓦港远在南方,但冬天的夜晚仍然来得很早。阴暗寒冷的午后,除了玩玩牌、消耗一下年老半盲的辛奈族老人的咖啡豆存货,就没什么可做的事了。那一天,咖啡厅里还有四个结束巡逻休班的女王卫兵,都是原血族,正跟另一个提兹奈族商人开玩笑、侃大山。那个提兹奈人打算在比兰卡过冬,等到春天再返回伊拉萨。茜茜琳已经听他讲了好几天的笑话,一边"哈哈"笑着捧场,一边等他透露些那个国家的消息。他们六个人把两张桌子拼到一起,正在玩一局规则复杂的牌戏。这时,门被猛地推开,一阵冷风卷走了屋内所有的暖意,吹冷了身体,也吹冷了心。

第一眼,茜茜琳以为那女人是个超胖的原血族人。她身材高大,肩膀和臀部都很宽,肥胖,但也强壮。她脚步沉重地踩着地板,走进屋内,解下缠在头上的黑色羊毛头巾。她的黑发里夹着灰发,笨重的下巴和肥厚的嘴唇组合成鱼一般的表情。她嘟着嘴,清晰地露出獠牙被磨掉后留下的空隙。竟是亚姆族。

"你就是茜茜琳·贝尔沙克?"女人说,"我是你的公证人。你有地方让我们谈谈吗?"

茜茜琳立刻站起,领着派克走到后面的私人房间。关上门,派克立马坐到小桌前,沉下脸。

"跟卫兵打牌?你就是这样经营支行的?我还以为科莫·美狄安的发言人会在总督府里忙碌,或跟某个要员共进晚餐。"

直到现在,每当想起那句尖酸的话,想起那副轻蔑的表情,茜茜琳仍觉如鲠在喉。

"最冷的几个月里,没什么事可做。"茜茜琳一边回答,一边在心里暗骂自己的道歉口吻。

"我猜,对你来说倒是实话。"派克说,"我就有很多工作要做了。你是把账簿拿到这儿来,还是另有真正的办公场地?"

从那之后,每天都有小小的羞辱,每天公证人都会提醒茜茜琳没有任何权力,每天都有严苛的评语。几个星期里,茜茜琳用微笑咽下一切。之后的几个月,她都勉强忍住了。在这期间,哪怕那些攻击有一点点停顿,那张蔑视的面具上有一丝丝裂痕,茜茜琳都会视之为一场胜利。

这些根本不算啥。

"她说理由了吗?"雅丹姆问。

"她不跟南族做生意。"茜茜琳回答,"显然,九代或十代以前,有个南族聚落杀了她在普特的某些亲戚。"

雅丹姆扭头看她,双耳往后耷拉,几乎平贴在脑壳上。茜茜琳长饮一口啤酒。

"我知道。"她说,"可我能怎么办?公证人不在场,我就不能谈判。我连签字的权力都没有。如果她不肯划指按模,生意就做不成。"

当初,作为协议的一部分,茜茜琳放弃了对支行的一切权力。如果派克给卡斯写信,说茜茜琳是银行的累赘,禁止她再接触生意,她也没有任何办法阻止他们。她掰下一块面包,心不在焉地嚼着,感觉这面包就跟用灰尘调味差不多。雅丹姆指指碟子,她把它推过去。查古人捏下一角奶酪,丢进嘴里。两人默默地吃了许久。壁炉里,炉火轻喃,巷子里有条狗吠了几声。

"我得去告诉他。"茜茜琳说完,又长饮一口。

"要我陪吗?我白天不用值班。"

"他不会抓狂的。"茜茜琳说,"他不是那种人。"

"精神支持嘛。鼓励一下。"

茜茜琳忧郁地笑了笑。

"所以我才喝酒。"她说。

"我明白。"

她望向查古人。他有双深棕色的眼眸,额头很宽,左耳下有道疤痕,但她以前从没注意到。做雇佣兵之前,雅丹姆曾是个祭司。啤酒静静地躺在壶里。对茜茜琳来说,一壶啤酒没什么效果,两壶才能让她放松、心情好点儿。可这样一来,她会渴望第三壶。喝到第四壶,她会把不愉快的事情推到明天。她心想,最好赶紧了结这事,然后睡一觉,明天早上就不用再担心了。

她推开啤酒壶,雅丹姆起身让她出去。

公寓位于盐区中部,墙壁刷成白色,蓝窗框已然退色,距茜茜琳、雅丹姆和玛可斯·韦斯特刚来这座城市时藏身的小房间不远。盐区的街道狭窄而曲折,有些道路,茜茜琳张开手臂,指尖就能碰到两边的建筑。空气中弥漫着污水和盐水的臭气。等他们二人走到房子跟前,茜茜琳的裙摆已经被染成了黑色,双脚又冷又疼。她紧了紧肩头的披肩,走上两级低矮的台阶,来到大门前。雅丹姆斜靠在墙上,面无表情,但双耳高高竖起。茜茜琳敲敲门。

她盼望应门的会是别人,比如其他租客或管理员。任何能把面谈推迟一两分钟的人都可以。但她不走运,或者更有可能,对方正守在门边等候她的消息。开门的南族人有一身灰烬色的皮肤,种族特有的超大眼睛赋予他一种孩子气的感觉。他的微笑既灿烂,也迟疑。

"茜茜琳执事。"他的语气好像茜茜琳的出现是个令人愉快的惊喜。女孩的心揪紧了。"请进。我正在泡茶。来喝一杯,喝一杯。你的查古族朋友也一块儿进来吧。"

茜茜琳回头看看雅丹姆。她觉得查古人的表情里带着同情,但她不确定他在同情谁。

"我很快回来。"她说。

"我就在这儿等。"查古人沉声应道。

公共客厅里的小炉子把空气烤到令人难受的程度,但房内仍然散发着潮湿的气息。房间后面某处传来一个得疝气的孩子的尖厉哀号,关门也挡不住。茜茜琳坐在一张软垫长凳上。垫子装饰着稀稀拉拉的红色和橙色穗子,也许曾经很华丽。

"见到你真高兴。"南族人说,"我一直跟住在莱昂内亚的儿子通信,刚刚又收到一封。他说,他最快可以……"

"让我们先……"

"……在仲夏时装满满一船货。去年的坚果已经干透,可以拿去磨了。他说,那些果子散发着鲜花和烟熏的香味。他向来擅长修辞,'鲜花和烟熏',你觉得这形容如何?"

看来他知道了,或者猜到了。他说个不停,仿佛这样就能堵住茜茜琳的话,阻止不可避免的事情发生。茜茜琳还记得,自己很小时去过几次海滩,也许是在父母去世之前。她知道,企图用双手阻挡波浪会是什么结果。

"银行不能支持这个计划了。"茜茜琳说,"我万分遗憾。"

男人的嘴嚅动着,想努力发出新的音节。他眉毛移动,眉心蹙起,眉梢垂下,看起来像一幅诉说着失败和失望的讽刺画。茜茜琳强迫自己深吸一口气。她觉得胃痛。

"我不明白,执事。"男人说话时,声音很轻。

"我收到一些新消息,内容跟我们的谈话无关。但是,恐怕银行不会批准你需要的贷款了。"

"如果……如果……如果我能把儿子写给我的信读给你听,执事,你明白吗,我们可以……"

男人咽了咽口水,闭上大眼睛,垂下了头。

"我能问问理由吗?"

因为你长着南人的眼睛,茜茜琳想,因为我的公证人不同意。我跟你一样难过。我认为你的提议很合理。她在脑中把所有不能说出口的话想了一遍,因为它们意味着她不得不受到派克·厄特豪的统治。如果这一点被公众得知,她对自己银行的最后一点影响力也将消失殆尽。于是她硬起心肠,假装自己是个独立自主的银行家,是个能力与责任兼具的人。

"你知道的,我不能透露自己与其他人的谈话。"她说,"同样,我也不能向其他人透露你我的谈话。"

"是啊,当然不能。"男人说着,睁开双眼,"那你有没有可能重新考虑?"

"恐怕没有。"她说出的每一个字,都是那么吃力。

"好吧。谢谢你。那你……你还想喝茶吗?"

"我没醉。"茜茜琳说。

"你没有。"雅丹姆同意。

"那我干吗不能再喝一杯?"

"这样你才不会喝醉。"

他们没有返回酒吧。那儿是茜茜琳用餐和礼貌待客的地方。可她既不想吃饭,也不想会客,她只想尖叫、咒骂、用棍子砸碎东西。沮丧和无力感就像细铁笼,而她自己则是为逃出铁笼而快要在笼子上撞死的小鸟。他们回到了茜茜琳在支行楼上的房间。银行开张之前,她已经住在那儿了。她第一次走上楼梯时,楼下还是个赌坊。那时,房间里还挤着雅丹姆、玛可斯·韦斯特和一车箱子,箱里装满丝绸、烟草、宝石、首饰，以及一堆比其他东西加起来更珍贵的蜡封账簿。如今，房间里摆着她的床、书桌和衣柜，原本光秃秃的地板铺上了厚实的红地毯，好让双脚在冬天也能暖和起来。床头的墙上挂着一幅画，上面绘着美狄安银行的标志和奥利瓦港的徽章，二者交织在一起。那是总督送的礼物。

茜茜琳从桌前站起，来回踱步。楼下传来人声，提醒她地板有多薄，根本隔不住声音。支行时刻都有守卫，防止有人偷取嵌在地下室岩石里的保险箱。那里存放着银行的储备金。但真正的财富都在纸上——借贷契约、合作协议、存款合同——只是那些东西已经不在支行了。它们被搬到隔着一大片街区的南边，派克在那儿为自己租了几个房间。那才是银行的秘密基地。

"她生吞了我，"茜茜琳说，"她夺走了一切。"

"因为有协议。"雅丹姆指出。

"我才不管什么协议。"茜茜琳竭力压低音量——甚至包括语调——以免漏入楼下守卫的耳朵，"不是因为她跟我意见不合，或是她想羞辱我，雅丹姆，而是因为她的选择很糟糕。桌上还有钱，她却走掉了。而她那样做，只因为她太骄傲，不愿听一个未成年混血辛奈族女孩的建议。"

茜茜琳抬起双手，阻止了雅丹姆的反驳。后者挠挠膝盖，那动作令茜茜琳觉得，他的膝盖根本不痒。

"好吧，我受够了。"茜茜琳说，"既然她想开战，那就让老天作证，开打吧。"

道森·卡连姆
欧得灵山男爵
Dawson Kalliam
Baron of Osterling Fells

"战争这种事,开打容易停战难,而且结局往往无法如你所愿。"大使说,"所以能免则免,对所有人都有好处。"

道森在窗前转过身。勒禅国王派来安提亚的大使、哈林领主达林·艾什佛爵士坐在老图书馆中,双脚在脚踝处交叉,唇边挂着谨慎而迷人的微笑。两天前,他带着一封介绍信,来到欧得灵山的卡连姆城堡。他的随从人数很少,表明他不会带来明显的威胁。住下之后,双方都遵守了官方礼节,而今天是他们第一次正面对话。

老图书馆的墙壁用花岗岩和龙玉筑成,营造出一种年代久远的气息和庄严感,令道森十分满意。两种材料赋予这个房间和整座城堡一种当之无愧的永恒气息,一种按照正常秩序创造的正确事物的感觉,而这与他们谈论的话题正好相反。

"在密谋杀害艾斯特王子之前,你们就该考虑到这一点。"道森回答。

大使往前探身,竖起一根手指。他的袖口是银色的,因为道森的夫人克莱拉告诉他,这是今年卡特非流行的颜色。他还按照阿斯特里堡王室的习惯,戴着一条代表已婚男人的手链。

"欧得灵山男爵,这话可不能随便乱说呀。"

"既然你要来教我怎么说话,干吗不直呼我的名字道森?"

艾什佛要么是没听懂其中的讽刺,要么是假装没听到:"我的意思是,阿斯特里堡对王子和凌渊王座没有任何恶意。"

道森前迈三步,指着墙上挂的一张兽皮。原本深黄的毛色经过多年的岁月,已经黯淡许多,成了褐色,但兽皮的尺寸仍然令人惊叹。

"看到没?"道森问,"这头山狮咬死了我十个奴隶。十个。当时我的长子刚刚满月,我就离开城堡去猎杀它。我花了三个星期才追到它。为了打倒它,又损失了四个驯犬师。当时你大概……五岁?或者六岁?"

"卡连姆大人,您是我的长辈,我敬重您。我也知道……"

"别对我撒谎,臭小子。我们都知道,曾有好几把刀对准了艾斯特的喉咙。"

"曾经有。"艾什佛承认,"我们双方的王宫里都一样。阿斯特里堡和安提亚都不是单纯的地方。一些人跟马斯大人有共同的野心。若把少数几人的密谋行动怪罪到整个阿斯特里堡,只使我们的王国都陷入混乱当中。"

道森一边抚摸着山狮的皮毛,一边思量接下来要说的话。阿斯特里堡和安提亚,这两个国家就像兄弟。数个世纪以前,他们曾侍奉同一个共主。几代人之前,两国贵族还流行互相通婚,期望以此维系和平,结果却混淆了血脉,导致阿斯特里堡的几位公爵在名义上拥有了继承安提亚王座的资格。当然,前提是杀掉前面所有的顺位继承人。

改革终将成为改革者的敌人,这是所有改革的宿命。许多男男女女,企图按照自己心中的幻象来改造世界,导致历史变得千疮百孔。而他们都不可避免地失败了。世界拒绝改变,贵族的职责便是维护世间的正常秩序,只是秩序并非总是那么明确。他最后抚摸一下死山狮的皮毛,垂下了手。

"那么,你有什么提议?"道森问。

"您是西米恩国王最长久、最信任的朋友之一。为了揭发针对王子的阴谋,您宁愿牺牲自己的名誉,接受王室的流放。若要和谈,再没有人比您更合适。"

"况且,我还是帕列库家那个男孩的导师。"

"没错。"艾什佛面不改色,"还有这一点。"

"我还以为你不相信盖德·帕列库的传奇。"

"这位眼光独到的子爵烧掉了奉命庇护的城市,以便赶回坎尼普,镇压起义,拯救王室。然后,在声名最盛之际前往东方,经历一次神秘的自我流放,并带着朝中叛徒的秘密回归。"艾什佛说,"这一切听上去就像人们愿意付大价钱去听故事。接下来,他就该唤醒龙族,跟他们玩猜谜游戏了吧。"

"帕列库是个很有意思的人。"道森说,"我低估了他,而且不止一次。但他并未介怀。"

"他是安提亚的英雄、王子的救命恩人和庇护者、朝中的红人,"艾什佛说,"如果这些也算是低估,那实情必定会像史诗一般宏伟了。"

"帕列库很……独特。"道森说。

"他尊敬您吗?他听不听您的谏言?"

道森无法回答这两个问题。年轻的帕列库刚从万奈回来时,道森曾确信自己可以随心所欲地摆布这个男孩。现如今,盖德已经是男爵了,还收了艾斯特王子做养子。可以说,尽管名义上没有,但他的实际地位已经超过了道森。

还有那座神庙。自从盖德带着几位异国祭司从克沙特的荒原回来,道森就没搞清楚,他和祭司们谁才是谁的宠物。在逮捕前任艾丙勃男爵菲尔丁·马斯的行动中,大祭司巴拉希普才是核心人物。按照道森的理解，要不是有大祭司，那天晚上他们已满盘皆输。盖德可能无法带着作为证物的信件逃出来；西米恩国王可能按原计划把艾斯特王子交给了马斯；世界可能完全变成另一副样子。而此时此刻，马斯却已成了深渊底下的枯骨。

但话说回来，有一个问题，他可以诚实地给出答案。

"就算帕列库不再敬仰我，他也愿意听我儿子的劝。乔瑞跟他一起在万奈作战。早在人人争着结交帕列库之前，他俩就已经是朋友了。"

"他的一句话，将大大有助于平复当下的波澜。我只求私下觐见国王一面，好让我知道他想要什么样的保证，并把他的要求传带回国。勒禅国王跟西米恩国王一样痛恨弑君的阴谋。如果阿斯特里堡的贵族也该接受制裁，勒禅将亲自执行。无需两国兵戎相见。"

道森从喉咙深处轻哼一声，既不答应，也没拒绝。

"只要能修补勒禅国王与他挚爱表亲之间的关系，"艾什佛继续道，"不论您提供何种协助，国王都将万分感激。"

这回道森笑出了声。那是个短促、清脆的声音，像猎狗的吠声。

"艾什佛大人，你看我像个商人吗？"他问，"我只效忠西米恩国王，至于能获得什么利益，恕我没有任何兴趣。不论你的国王提供什么，都不能收买我违背自己的良知。"

"那我就仰赖您的良知好了。"艾什佛把贿赂的暗示丢到一旁，好像从没提过似的，"您的良知怎么说呢，欧得灵山男爵？"

"如果是我，我会要求割下每个跟马斯写信之人的子孙根，用咸菜罐装好送来。"道森回答，"可惜下决定的人不是我，而是坐在凌渊王座上的西米恩。好吧，我会跟他谈谈。"

"那帕列库呢？"

"我会让乔瑞跟他谈。再过几个星期，议政的季节就到了，也许那时候，你们俩可以见上一面。我估计，你也要去坎尼普吧？"

"真巧,我确实会去参加启朝仪式。"艾什佛回答,"不过在那之前,我还有很多事要做。大人,请准许我明早离开您的城堡。"

"什么？你还要让更多的安提亚贵族去展示勒禅的慷慨跳舞吗？"道森问。

大使的微笑敛了敛,却没有消失。

"您说得对,卡连姆大人。"艾什佛回答。

———◆———

道森自小在欧得灵山的城堡长大,对它的记忆就是冰雪和寒冷。他孩提时的模糊记忆是这样组成的:秋天在坎尼普的宴会上吃南瓜糖果和浸满白兰地的樱桃;冬天则在欧得灵山的冰天雪地中度过。差不多快到成年之时,他都以为不同的季节驻留在不同的城市中:夏天居住在坎尼普的暗色鹅卵石街道和高墙中;冬天的冰雪则属于狭窄的山谷和细窄的小河。说实在的,这种想法其实相当诗意。他还没无知到以为雪片不会落在横跨深渊的桥上,或者夏天的炎热不会让父亲犬舍里的猎犬反应迟钝。只不过,这个想法作为年幼时的认知,拥有一种深沉的回响——一种对事物的正确感知——从没被他彻底摒弃过。

城堡位于一座小山下的斜坡上,数百年来不曾改变。早在安提亚成为王国之前,欧得灵山的城墙已然耸立。永恒不朽的龙玉跟石头混在一起,阻挡住风雨的侵袭。有些地方的坚固花岗岩已经风化,有些甚至被替换过,但龙玉从未老朽。

道森的私人书房,跟他父亲、父亲的父亲,以及溯流而上的每一代祖先用的是同一间。在同一扇窗户前,父亲向他解释,城堡的墙壁如同王国的花岗岩,而贵族则是龙玉。若是没有恒久不变的龙玉,再宏伟的建筑最终都将沦为废墟。

父亲去世后,道森继承了城堡,养育了儿子,并在冬天的婴儿床前,向他们讲述了同样的故事:这块土地,这些墙壁,都是我们的,只有国王才能把它们夺走。其他任何人企图来抢,都格杀勿论。但如果国王要收回，拱手交出。这就是忠诚的含义。

儿子们记住了那堂课。长子巴列斯目前在海军服役，受斯吉提林大人的统帅。次子维卡连不大可能继承爵位，所以当了祭司学徒。

他唯一的女儿伊丽西娅嫁给了安纳林大人的长子。只有乔瑞仍然留在家中，但也只能住到再次应征入伍之前。他已经出征过一次，受到特尼甘大人的统领，战绩不错，回来时既是英雄也是英雄的朋友——尽管那人是不太可靠的盖德·帕列库。

道森在南塔塔顶的高处找到乔瑞。道森小时候，也在这里消磨过不少时光。他会把脑袋探出危险的窗外，向下张望，直到对高度感到眩晕。欧得灵山的领地从这里延伸出去，宛如地图。两片村庄和一个湖泊清晰可见。树木全都披着新叶，一片浅绿，阴影处堆积着最后的残雪。清冷柔和的微风拂动着乔瑞那头鸦羽一般的头发。年轻人手里拿着两封被他遗忘的信，其中一封还没拆，上面盖着斯吉提林家族的亮蓝色蜡封。

"你大哥的信？北方有什么消息？"道森问道。乔瑞吃了一惊，连忙把信收到身后，活像被人逮到的小厨工，手里拿着蜜罐，嘴唇却黏糊糊的。他的脸涨红了，跟挨了巴掌似的。

"他很好，父亲。他说，封冻时他们没损失一艘船，估计很快就能重新出海了。可能现在已经出发了。"

"就该这样。"道森说，"我跟阿斯特里堡派来的白痴见过面了。"

"情况怎么样？"

"我答应跟西米恩谈谈接见他的事。他还问你能不能找帕列库谈谈。他似乎以为盖德说几句好话，就能阻止复仇之轮滚得太远。"

乔瑞点点头。他垂下眼睛的样子很像母亲。克莱拉拥有同样形状的下巴，同样沉静的气质。男孩真是幸运，能从她身上继承这两点。

"您跟他说我会去？"

"我说，我会跟你谈谈。"道森回答，"你不会受到任何强迫。"

"谢谢您。我会考虑的。"

道森斜靠在墙上。一只麻雀从窗外冲进来,在狭小的空间里转了两圈,又慌慌张张地逃走了,带起一阵微风和灰尘。

"你讨厌的是打仗,还是跟新任艾丙勃男爵谈话?"道森问。

"若非必须,我不想打仗。"乔瑞说。第一次面对上战场的机会时,他既兴奋,又焦虑。当然,那次经历把两种情绪统统逐出了他的脑海。"如果必须的话,我们会去的。只是盖德……我不知道。"

一时间,道森仿佛看到了万奈的冤魂笼罩住儿子的面庞。盖德也许焚毁了那座城市。他竟有犯下这等暴行的潜力,他自己可能已经忘了,但对乔瑞来说,终生难以忘怀。

"我理解。"道森说,"你认为怎样最好就怎样做吧。我相信你的判断。"

让道森不解的是,乔瑞脸上又现出红晕,而且更浓了。男孩咳了一声,躲避父亲的目光。

"巴列斯寄给我一封信。"他说,"我指的是另一封,附在他的信里,来自斯吉提林大人。是一封很正式的引荐信,介绍他的女儿纱比娅。"

接下来的停顿显得有点沉重。乔瑞的担忧显而易见,却令人奇怪。

"原来如此。"道森说,"你说,介绍他的女儿?嗯……好吧,如果你不想跟她扯上关系,我们就说信丢了……"

"是我先提起的,父亲。是我要的引荐信。"

"啊。"道森说,"这么说,收到它是件好事了,对吗?"

乔瑞抬起头,眼神透漏了心中的惊讶。

"是的。"他说,"我想是的,父亲。"

两人尴尬地沉默了片刻,然后道森点点头,转过身,走下狭窄的螺旋楼梯,头顶几乎快蹭到上一层的台阶。他心里有种不安感,似乎自己刚刚认可了一些事情。

克莱拉当然马上就明白了。

道森刚刚提到斯吉提林大人的女儿,克莱拉的眉毛差点挑到了发际线。

"哦,亲爱的老天爷!"她说,"纱比娅·斯吉提林?真想不到!"

"你知道这女孩的事?"道森问。

克莱拉放下针线活儿,取下咬在唇间的陶烟斗,在膝盖上轻轻敲着烟斗杆。他们的私人房间敞着窗户,飘进来的丁香花味跟烟草味混在一起。

"她很聪明,特别漂亮。据我了解,性情温顺。不过你也知道那些女孩子,她们比银行家还会撒谎。更重要的是,她很能生。"

道森听得一头雾水,在自己的床边坐下。克莱拉叹了口气。

"两年前,她生了个男孩,父亲身份不明。"她说,"那孩子现在由他们家一个来自艾斯丁港的老仆人抚养。每个人都心照不宣,假装它……他,不存在。当然了,其实人人都知道。能给任何稍微沾点贵族血统的人写引荐信,是斯吉提林大人的运气。我猜他肯定相当乐意。"

"不行。"道森说,"绝对不行。我不许我的儿子穿破鞋。"

"她又不是鞋,亲爱的。"

"你明白我的意思。"道森站起身。他早该想到的。早该从乔瑞满脸的羞愧中猜出那女孩是个荡妇。而他竟说收到那封信是件好事。"我现在就去找他,阻止这件事。"

"别去。"

道森在门口转过身。克莱拉并没有起身。她的脸庞圆润温柔,双眼紧盯丈夫,完美的玫瑰花蕾般的嘴唇弯成一抹微笑。在日光的照耀下,她仿佛……不,不是重返青春,比重返青春更美。她,正处巅峰。

"可是,亲爱的,如果乔瑞……"

"从现在到他真正认识那个女孩之前,还有好几个星期呢。别着急。"

道森不知不觉往房间里迈了一步。克莱拉把烟斗放回嘴里,轻轻地吸着。烟雾从她鼻孔中喷出,仿佛她体内藏着一条古龙。她说话时,语调轻松随意,双眼却紧锁道森的眼睛。

"现在想想,我不是第一个跟你上床的女孩吧?"她说,"在新婚之夜那晚,我记得你可是相当的轻车熟路。"

"她是个女人。"道森回答,"不一样的。"

"也许是不一样。"一丝忧郁悄悄渗入克莱拉的声音,"但有时候,我们都会犯错。想当年,我也差点在你正式娶我的几个月之前就投入你的怀抱。我们都记得吧?"

道森的身体不由自主地蠢蠢欲动起来。

"你在分散我的注意力。"

"有效果了。"克莱拉说,"轻率和不幸不等于说她是个坏人,或者坏妻子。给点时间,等我们回到坎尼普,让我先去了解了解她。如果乔瑞能拯救斯吉提林大人那让家庭蒙羞的女儿,也许他们家就能成为我们忠诚的盟友。而且老实说,亲爱的,他俩可能已经相爱了。"

她伸出手,拉道森在身旁坐下。她的肌肤跟二十年前,尚未诞下四个孩子时一样光滑,也一样柔软。她眼中的笑意唤起道森心中的温柔。他的怒火渐渐平息,从妻子的口中拿走烟斗,靠过去,温柔地亲吻她,嘴里满是她的烟味。当他放开妻子时,后者在微笑。

"只要她没有异心就好。"道森叹了口气,"我不允许家族里的人怀有异心。"

克莱拉眼中似乎掠过一朵阴云,黯淡了一会儿,但也仅此而已。

"到时候再说吧。"她回答,"我们以后再担心这种事。"

玛可斯·韦斯特队长
Captain Marcus Wester

今天,是玛可斯第三十九个命名日过去后的第一周。他蹲在巷口,等待着。小雨洒落在夜间黑暗的街道,在他的涂蜡羊毛斗篷上留下粒粒水珠。雅丹姆站在他身后的阴影里,藏匿身形。狭窄广场对面的一座房子里,有个人影走到窗前——是个往夜色中张望的男人。若是经验不足的人,也许会往后缩,但韦斯特知道怎样避免被人发现。窗前的男人不见了。周围只剩下雨滴砸在石头上的声音。

"我又不能指挥她做这做那。"玛可斯说。

"不能,老大。"

"她已经长大成人了。呃,差不多长大成人了。反正不是孩子。"

"正是叛逆的年纪,老大。"雅丹姆赞同。

"她想掌控自己的人生,想独立自主。问题是,她完全没有独立生活的经验,突然间却又什么事都得自己拿主意。她在银行为所欲为了好几个月。这么长时间,她发觉自己也能做得很好。尝过这种滋味,我看她是不会收手了。"

"是啊,老大。"

玛可斯叹息一声,他的呼吸几乎凝不成雾气。这是个温暖的春天。他用指尖轻敲剑柄。烦恼和担忧如谷仓墙里的老鼠,啃食着他。

"我得跟她谈谈。"他终于说,"我得告诉她,一定要有耐心。忍一段时间,等现状自行改变。你说她会不会听?"

有那么一会儿,雨点是唯一的回答。

"你要我回答吗?"查古人问。

"我问了,不是吗?"

"可能只是你的修辞方式。"

广场对面闪出一道细长的光线,是打开门缝的一扇门。玛可斯停顿几秒。但那扇门没有完全打开,又关上了。他放松紧握剑柄的手。

"不,我真的在问你。"他说,"她是我的雇主,但她也是……茜茜琳。如果你有什么建议,我洗耳恭听。"

"好吧,老大,我相信每个灵魂都有自己的形状……"

"哦,老天爷,又是这一套。"

"你自己问的啊,老大,那你就该让我回答。"

"好吧,不好意思,继续说。我会告诉自己,这些都是某种隐喻。"

雅丹姆夸张地叹了口气,继续往下说。

"每个灵魂都有自己的形状,它决定了那个人在世间的轨迹。你的灵魂是个立起来的圆。当你处在低谷时,只能重新爬起;当你处于巅峰时,却最有可能摔下来。其他人灵魂的形状也许是剑刃、砖头或有分岔的河流。每一个人都以不同的方式过着相同的人生。"

"怎么是相同的人生?"

"这是个神学问题。如果你愿意听,老大,我可以解释。"

"不用了,当我没说。"

"如果执事的灵魂指引她走上一条路,说明无论实情如何,那条路似乎都是最简单的。如果听之任之,她就会像老艾伯特一样,脑袋上挨了一锤,往左边晃过去,然后沿那个方向继续往前走。要让她做出其他决定,就需要灵魂形状不同的人采取行动……"

玛可斯抬起一只手,雅丹姆沉默了。刚才开过的门动了动,门内的光熄灭,只剩比夜色更黑的影子。雅丹姆挪挪身子。玛可斯眯着眼睛望向黑暗。

"他往北边去了,老大。"

玛可斯站起身,耸耸肩把斗篷抖到身后。雨水打湿了他腾出来准备使剑的手臂。在他们周围,奥利瓦港在沉睡,或者说,就算没睡着,至少也蜷缩在炉火前。要是有月色,会照得这个商人聚居区的浅色墙壁和涂成蓝色的房梁微微发亮。但现在,玛可斯只能靠影子和记忆引路。这处或那处的门边铁钩上,可能会有一盏提灯为他洒下一点薄光,但如果有人想隐藏起来,仍能找到足够的阴影。脚下砖石上,尘垢混着雨水,十分滑溜。玛可斯走得很快,但还算不上小跑。他竖起耳朵,聆听目标的脚步声。雅丹姆宛如他的影子。

目标犯了个错误,很小,却很致命——脚跟踩到意料之外的水坑里,溅起少许水花,加上下意识地哼一声,足够暴露行踪了。他们追到近前。是时候了。

"坎宁!"玛可斯语气里的友善简直算是真诚,"坎宁·麦斯,真没想到啊,竟然在这么一个夜晚遇见你。"

有那么一会儿,事情可能会往另一个方向发展。对方完全可以跟他打个招呼,聊聊天,假装自己没干什么见不得人的事。然而,他那边传来了剑刃出鞘的声音。玛可斯虽然失望,却不意外。他缓缓后退,将双方的距离拉开一两尺。

"不必这样。"玛可斯说着,轻轻推出自己的剑刃,并用手指压着它以免发出声音,"没必要弄出人命。"

"你们骗我。"小商人说,"你,还有指使你的混血婊子。"

这人口齿间的嘶嘶声不是因为喝醉。比那更糟。它出自一个将失败和羞耻锻造成武器的男人。它是仇恨。相比之下，从过量酒精中重新爬起来还更容易些。

"你借了钱。"玛可斯缓缓绕到他右边。雨水浇冷了他的剑。"你明知有风险。执事已经减免了你三次。有传闻说你打算离开这座城市，去赫雷兹开店。你也知道，除非偿还债务，否则我不能放你走。现在，把这锋利的刀子放下，说说你打算怎样纠正现状。"

"我想去哪儿就去哪儿，我想干什么就干什么。"男人吼道。

"这不是我期望的回答。"玛可斯说。

坎宁·麦斯的剑术相当不错。他是个老兵，参加过两场战争，又当了五年女王卫兵，然后总督的文官建议他到别处找个工作。他的格斗学校计划本来挺好。如果经营得当，也许能在死前攒个好名声，以及足够的金钱，养育在这期间生下的每个孩子。可结果呢，他脚踩鹅卵石，手挥剑刃，划过雨丝稠密的空气。玛可斯早有提防，举剑格挡，退出他的攻击范围。

或者说，大概退出去了。如果能有一点点光线，他们现在也会更加安全。可在黑暗里，坎宁·麦斯对攻击的判断力，跟玛可斯对躲避的判断力差不多。玛可斯调动所有感官，倾听能指引自己的一切微小杂音，感受空气的压力。与其说他们在比剑，还不如说在赌博。他滑步仕前，试探性地挥出一剑。金属相击，坎宁·麦斯吃惊地叫了一声。玛可斯则喊了一句，本能地挡住对方的反击。

坎宁·麦斯自喉咙深处发出愤怒又凶狠的号叫。但那声音戛然而止。他的剑"哐当"一声落在鹅卵石上。黑暗中随即响起无力而湿润的哽噎声、脚跟敲打水坑的溅水声。声音渐渐减弱，直至沉寂。

"你搞定他了？"玛可斯问。

"是的，老大。"雅丹姆回答，"你抬他的脚吧。"

"对了，"玛可斯说，"你刚才说，人们可以做出违背自身灵魂形状的选择，前提是有灵魂形状不同的人跟他们在一起？"坎宁·麦斯的靴子滑溜溜的。他毫无知觉,双脚死沉。

"不是做出违背自身灵魂形状的选择,而是在那种情况下,他们能发现其他机会。世间之事本身没有意志,所以不能自发引起关注。而外界的行动可以改变人们对其他可能性的认知。准备好了,老大?"

"等等。"玛可斯伸脚在黑暗中扫动,碰到男人落下的剑,用脚趾头把它挑近,腾出忙碌的手指拎起来。他可不想把锋利的剑刃留在黑暗里,害马匹或路人受伤。况且,它还能卖点钱,可能比坎宁的欠款还多。"好了。我们送他去见官吧。"

"好的,老大。"

"所以,跟她谈谈也许不能改善现状,但保持沉默肯定不会有帮助?"

"对,老大。"雅丹姆说。两人慢慢往前走,坎宁·麦斯像个布袋似的垂在中间。

"你应该直接说明白。"

雅丹姆耸耸肩,通过两人之间的重物,玛可斯感觉到了。

"反正没什么坏处,老大。再说我们也只能做到这些了。"

第一抹晨光下,奥利瓦港的公共监狱就像个雕塑花园。罪犯个个嘴唇发紫,蜷缩在女王卫兵认为可以甩给他们的防水布和毛毯下面,还有的或站或蹲,脚下的木头平台被雨水染成了深色。一个可沓丹族男人站着,但上身完全耷拉下来,皮毛上的珠子被统统拔光,臀部挂个木牌,说他没缴税。一个辛奈族女人缩在铁笼的角落里,呻吟、哭泣,苍白的皮肤黏着些铁锈,据说她遗弃了自己的孩子。三个原血族男人,颈上套着绳圈,吊在中间的绞刑架上,已经感觉不到寒冷了。

西边,高大的总督府如一座由砖块和玻璃筑成的小山。东边,雄伟神庙的白色大理石与之呼应。一边是神的律法,另一边是人的法律,中间则是一群可怜的混蛋,快要被冻死,只因他们倒霉,被人逮到。在玛可斯眼中,这一幕便是全世界的缩影。

北边,宽阔的翠绿色龙道往外延伸,坚固而恒久,通往古老的交通网络。那是曾经的世界主宰在被疯狂战争毁灭之前留下的遗物。玛可斯在广场的宽大台阶上站了片刻,看着女王卫兵把坎宁·麦斯塞进一个金属小箱,箱顶有个小洞,可以让他把头伸出来。这一来,等法官有时间过问他的案子时,找他就很方便了。他们以撕毁私人合同的罪名把这人交给官府,总督以十分之一的价格把他的债权买下。以后,无论法律从他身上压榨出多少财物,都不是玛可斯、茜茜琳·贝尔沙克,或美狄安银行的事了。

数千年前,龙族建造了这片广场。之后的每一天,太阳在它头上升起,雨水、雪花和冰雹曾敲打它、轻抚它。奥利瓦港本身就是在已经灭亡的时代残骸上建起的人工作品。此刻耸立在这里的建筑,在各个人类种族被创造出来时根本不存在。无数帝国崛起又消亡。奥利瓦港虽然从未被入侵者攻陷,但跟其他城市一样,也曾是暴乱、屠杀和死亡之地,也经历过战火和劫掠。过去的历史宛如针织披肩,缠绕在肩头,让它变得复杂。广场本不是为折磨罪犯而建,但用做这个目的也很合适。

灰色的天空下,一只灰色的鸽子振翅飞翔,它越过广场,落在绞架柱的顶端。玛可斯内心深处忽然升起一种活在废墟里的感觉。在这座城市的围墙内,一代又一代原血族、可咨丹族和辛奈族起起落落,活过、爱过、死过。鸽子、老鼠、盐蜥蜴和野狗也一样。他看不出人类搭建的墙壁、屋顶和走道跟屋檐下的鸟窝有什么两样。只是鸟类没有手指罢了。他们,都不是龙。

他打量着坎宁·麦斯留下的长剑。是件好兵器,锻造精良、保养良好。剑柄上刻着SRB三个字母,但其含义就只能猜测了。这把剑也许是爱人或长官的赠礼,也可能是坎宁·麦斯从前任主人手中抢来的。无论如何,这三个字母曾经有过意义,但现在没有了。

"好吧,"玛可斯说,"我有点多愁善感了。我需要食物和睡眠。"

"好的,老大。"

可回到银行支行时,派克·厄特豪正在等他们。墙上依然挂着灰色的石板,那是这间房子还是赌坊时留下的东西。以前上面写着当日赔率,现在则是值勤表:在加粗的雅丹姆的名字下,列着三个当班守卫的名字——克里森·莫特、小强和茵蓝——但这三人都不在场。玛可斯早就注意到,每当亚姆族公证人在前厅时,后厅总有很多急事要忙。

派克坐在一张矮桌旁,斜倚着一只粗壮的胳膊肘,面前摊着毁掉坎宁·麦斯的贷款契约。她的嘴唇在原来长有獠牙的位置塌陷进去,前后排牙齿间的空隙让她的脸变成了马脸。如果她是原血族,几乎可说是个肥胖的丑八怪。几乎,但不尽然。

"你们回来了。"她说。

"是的,太太。"玛可斯回答。

"她还在睡。"

"什么?"

"你是要找那个女孩吧?她不在这里。她还在睡。有什么事?"

玛可斯把长剑放在桌上。派克低头看了看,又抬起头,皱眉看着他。

"他就在我们预料的地方,也知道我们要找他。我跟他说话时,他想砍我。"

"然后?"

"他没砍着。"

派克略微点下头。

"你把他交给官府了?"她问。

"我看着他被塞进箱子,然后才回来。"

派克吮了吮牙齿,从墨水瓶里拔出笔,在合同原件的页边写了一行字。对于手长得这么大的女人来说,她的字迹细小而严谨。她把笔放回原位,重重地叹了一声。

"我要你解雇一半守卫。"派克说,"你挑吧,用你最好的判断力。"

玛可斯第一反应是哈哈大笑,然后才看清对方脸上没有笑意。雅丹姆咳嗽一声。派克挠着手臂,翻着眼珠往上盯着他。

"不行。"玛可斯说,"我们需要现有的人手。"

"也好。"派克说,"那就把薪水减半。我无所谓,但我要给总部发报告,缩减我们的开支。如果少几个这样的家伙……"她指指坎宁·麦斯的剑,"到了秋天,可以再招回几个守卫。"

"太太,我无意冒犯,但秋天之前,守卫也要吃饭啊。等我想招他们回来时,他们可能已经找到别的工作了。我带过佣兵队。留着几个暂时不需要的人,总比需要时再招人省钱。"

"但你没管过银行。"派克反驳,"今晚之前把你打算炒掉的人员名单给我。你能做到吗?还是说,你需要帮助?"

玛可斯身子前倾,一手压住剑柄。他又累又饿,胸中的怒火就快喷涌而出。但对于一切诱惑性的事物,他都持谨慎态度。他回头看看雅丹姆。查古人的脸庞一片空白,就像派克刚刚问他外面有没有下雨一样。

"我能。"玛可斯回答。

"那就去吧。"

他点点头,转过身,回到街上。东边,太阳悬在屋顶上方燃烧。雨云如败军一般散去,石头街面上腾起水汽。玛可斯舒展手臂和脖子,做完才意识到,这些正是他战斗前的准备动作。

他深吸一口气。

"我相信,那个女人在激我。"他说。

"效果怎样,老大?"

"相当好。怎么,你要把我丢到阴沟里,然后接掌队伍大权?"

"依然不是今天。去吃早餐然后睡觉吧,老大,还是说,你想继续又饿又累地到处跑?"

玛可斯没有回答,而是往西边走去。在他身后的半条街外,一群城中野狗小跑一段,转个弯,消失了,去追只有它们才能闻到的猎物。此时此刻,奥利瓦港已经醒来。商贩往集市走去,女王的卫兵开始了早晨的巡逻。一个提兹奈族男孩从旁边经过,肩扛一条黑木扁担,两头的大桶摇摇晃晃,装满从酒吧巷子收来的瓶瓶罐罐,准备卖到清洗场清洗。玛可斯闪到一旁,让他先过。

二人在一座小房子前停下。房门是红色的,门前有个原血族女孩,皮肤黝黑,不比提兹奈族的鳞片颜色淡多少,正在售卖五香鸡肉和用大片叶子裹起来的麦糊。玛可斯买了一份,倚在墙上吃,雅丹姆靠在他旁边。吃完后,他舔舔手指,说话了。

"你担心茜茜琳会跟总部发生争斗?"

"是的,老大。"

"我认为战斗已经开始了。我还相信,挥出第一拳的不是她。"

"我也这么想,老大。"过了一会儿,雅丹姆又问,"你还想跟她谈谈吗?"

"想。"

"劝她耐心点儿、成熟点儿,等待现状自行改变?"

"不。"

盖德·帕列库
艾丙勃男爵兼艾斯特王子的庇护使
Geder Palliako,
Baron of Ebbingbaugh and Protector of the Prince

历史的本质便是对我们的挑战。若要确切地知道末代龙帝的所思所想、计划谋略，不仅需要人类早已失却的对龙族思维的理解能力（假设真的曾经有过），还要对在他统治末期的狂暴日子里，控制他的那种特定的疯狂有所了解。有些事实尽人皆知：魔雷德的同胞兄弟与他选择的继承人争夺王位，他们之间的战争持续了人类三代人的时间，其结局标志着人类时代的开始。不过，这都是一般程度的了解，是疯狂的想象。

一旦我们深入探究，就无法如此确定了。数百年来，人们一直认为，初代龙帝瑟利卡在森纳地区东部与他半开化的父辈战斗，建立了文明。但那一带从此成了枯废荒漠，荒芜至今。这种认识，后来受到炼金术师弗辛·萨兰尼斯的质疑。弗辛对从古老的《羽毛之书》墨迹里检验出来的金属成分起了疑心，进而证明这是一本伪书，作者并非扎基斯·暴鸦的助手，而是魔雷德死后一千年的萨姆尔王宫中的某个抄写员。在那之后，开始有探险队进入枯废荒漠，确认了死镇和提兹奈族农业中心的存在,证明那里曾出现过成熟而活跃的农耕文明。既然提兹奈族是在最后一场大战前创造出来的,那么,那些城镇必定是人类兴起之后才修建的,而枯废荒漠的诞生必定是另一场更近期的灾难的结果。

记录这些历史骗局是我毕生的工作。从离开萨民和厄古洛斯的伟大学府的第一天起,我就明确了自己的使命:列举历史学家同行的错误,辨明历史知识的局限。我的追寻从七岁时便开始了,当时我是诗人默里米斯·卡西安·卡拉格的追随者,在他竞争对手的作品里发现了一个错误。那个对手是只令人讨厌的混血蜥蜴,我们只知道他创立了一套哲学体系,叫什么埃米迪。

盖德合上书,用手指揉揉双眼。书页是用软布做的,厚实但柔软,皮革装订已然开裂。这书是他二十三岁命名日的礼物,当初盖德对它抱有很高的期望。自从发现蜘蛛女神的神庙、听说女神的历史甚至比龙族更久远,他就一直在寻找相关证据。这是一本关于欺骗和谎言的历史书,似乎可以从中找到某些迹象,哪怕只是一点猜测也好。

可结果呢,这书不过是个自作聪明的作者记下的一系列越来越不可信的发现,并试图揭发的许多貌似惊天动地的真相。作者在书中不止一次承认自己有过不当性事,但口吻更像吹嘘,而非忏悔。每隔十来二十页,这位无名氏作者便会动情地重申一遍主题,用的基本是同样的字句。而每当盖德被书中的诚意稍稍打动,立刻又会被下一段荒唐描述打回现实。混血蜥蜴埃米迪?什么玩意儿?

失望之余,盖德反而清醒地意识到,他其实更想找到本书作者与蜘蛛女神大祭司巴拉希普的相似之处。毕竟,这二人都承诺要揭示一段早已被人类遗忘的秘史。只是巴拉希普拥有蜘蛛女神的忠仆 *Sinir Kushku* 的力量,而另外那只留下了自吹自擂的大话。如果巴拉希普能判断文字是否真实就好了,就像他判断活人说出的话那样……

"男爵大人?"

盖德抬起头,对这打扰半是心烦、半是高兴。是管家。他是原血族,长胡子、浓眉毛,须眉皆白,让盖德想起小时看过的童书里的雪叔叔画像。

"什么事?"

"有人拜访,老爷。"

盖德从桌前站起,环顾周围的乱状。他的私人书房像个灾难现场,到处是纸张、卷轴、笔记本和蜡板。不能在这里见人。

"好吧,"盖德说,"带他去……带他去花园等?"

"我已经带她去了北客厅。"

盖德更像是自顾自地点点头。

"北客厅,"他说,"是哪个?"

"我带您去吧,老爷。"

这幢府邸及土地虽是他的财产,但他仍觉陌生。一年前,他还是里文翰子爵的继承人。但自从巴拉希普帮他揭发了菲尔丁·马斯的叛国阴谋,他不仅成了艾丙勃男爵,还当上了艾斯特王子的庇护使。有朝一日将登上安提亚王位的男孩成了他的养子,这份荣耀他做梦都没想过。现如今,他的生活中充满了曾经遥不可及的物事。

刚刚过去的冬天,除了陪同国王冬猎,四处参加宴会,他一直在艾丙勃度过。所以,返回坎尼普府邸的感觉就像梦境一般。这里,是他亲眼目睹前任艾丙勃男爵菲尔丁·马斯手刃发妻的保管室。那里,是他怀抱马斯的书信罪证,在夜色中逃亡的花园小径。这里的一切都曾充满危险,但它现在已经完全属于他了。

所谓北客厅,在他眼里就是"庭院旁边的起居室"。而在那里等候的客人,大出他的所料。

一年前,盖德在朝中见过这个女孩。当然了,朝中每个人他几乎都见过。女孩有一身近似牛奶混咖啡的柔和棕色肌肤,一头披肩长发轻柔地拢着长长的脸蛋,颧骨很高。她穿着一条亮绿色裙子,身披剪裁略大的黑色皮革斗篷——这是盖德本人无心插柳的流行款式。女孩的陪护站在角落里,是个高大的查古族女子,身穿简直可算滑稽的荷叶边裙子。

"啊,呃。"盖德说。

"庇护使盖德·帕列库大人,"管家的声音抑扬顿挫,"这位是坎尔·达斯克林大人的三女儿,珊娜·达斯克林小姐。"

"希望没有叨扰您。"女孩边说边穿过房间,朝盖德飘来,伸出一只手,盖德握住。

"没有。"他摇着头说,"完全没有。"

女孩露出灿烂的微笑。

"我父亲要主持启朝仪式,我特意前来邀请您参加。您不会觉得我太唐突吧?"

"不,"盖德回答,"不,完全不会。我很感激你大驾光临。"

女孩轻轻捏捏他的手指,盖德这才发现自己仍握着对方的手,赶紧松开。

"我们刚刚回到坎尼普。"女孩又说,"您对新领地意下如何?"

盖德抱起双臂,努力装出轻松的样子。

"大部分时间得拿着地图、带着向导。"他回答,"马斯从没邀请我来过,我俩走的路也不同。我花了大半个冬天,找他把东西都放哪儿了。"

女孩"咯咯"笑了,坐到一个红色丝绸沙发椅上。意识到对方并不急着走,盖德内心焦虑和兴奋交织,不禁有些眩晕。他在自己家里,跟一个带着陪护的女孩说话,既没违反任何礼节,也没越规矩,但他的血液仍然流速加快,不由紧张地舔了舔嘴唇。

"令尊打算怎么安排启朝仪式?我猜,跟往常一样大摆宴席?"

"来一场焰火表演。"珊娜回答,"他从博加请来一位神奇的术士,

"男爵大人?"

盖德抬起头,对这打扰半是心烦、半是高兴。是管家。他是原血族,长胡子、浓眉毛,须眉皆白,让盖德想起小时看过的童书里的雪叔叔画像。

"什么事?"

"有人拜访,老爷。"

盖德从桌前站起,环顾周围的乱状。他的私人书房像个灾难现场,到处是纸张、卷轴、笔记本和蜡板。不能在这里见人。

"好吧,"盖德说,"带他去……带他去花园等?"

"我已经带她去了北客厅。"

盖德更像是自顾自地点点头。

"北客厅,"他说,"是哪个?"

"我带您去吧,老爷。"

这幢府邸及土地虽是他的财产,但他仍觉陌生。一年前,他还是里文翰子爵的继承人。但自从巴拉希普帮他揭发了菲尔丁·马斯的叛国阴谋,他不仅成了艾丙勃男爵,还当上了艾斯特王子的庇护使。有朝一日将登上安提亚王位的男孩成了他的养子,这份荣耀他做梦都没想过。现如今,他的生活中充满了曾经遥不可及的物事。

刚刚过去的冬天,除了陪同国王冬猎,四处参加宴会,他一直在艾丙勃度过。所以,返回坎尼普府邸的感觉就像梦境一般。这里,是他亲眼目睹前任艾丙勃男爵菲尔丁·马斯手刃发妻的保管室。那里,是他怀抱马斯的书信罪证,在夜色中逃亡的花园小径。这里的一切都曾充满危险,但它现在已经完全属于他了。

所谓北客厅,在他眼里就是"庭院旁边的起居室"。而在那里等候的客人,大出他的所料。

一年前,盖德在朝中见过这个女孩。当然了,朝中每个人他几乎都见过。女孩有一身近似牛奶混咖啡的柔和棕色肌肤,一头披肩长发轻柔地拢着长长的脸蛋,颧骨很高。她穿着一条亮绿色裙子,身披剪裁略大的黑色皮革斗篷——这是盖德本人无心插柳的流行款式。女孩的陪护站在角落里,是个高大的查古族女子,身穿简直可算滑稽的荷叶边裙子。

"啊,呃。"盖德说。

"庇护使盖德·帕列库大人,"管家的声音抑扬顿挫,"这位是坎尔·达斯克林大人的三女儿,珊娜·达斯克林小姐。"

"希望没有叨扰您。"女孩边说边穿过房间,朝盖德飘来,伸出一只手,盖德握住。

"没有。"他摇着头说,"完全没有。"

女孩露出灿烂的微笑。

"我父亲要主持启朝仪式,我特意前来邀请您参加。您不会觉得我太唐突吧?"

"不,"盖德回答,"不,完全不会。我很感激你大驾光临。"

女孩轻轻捏捏他的手指,盖德这才发现自己仍握着对方的手,赶紧松开。

"我们刚刚回到坎尼普。"女孩又说,"您对新领地意下如何?"

盖德抱起双臂,努力装出轻松的样子。

"大部分时间得拿着地图、带着向导。"他回答,"马斯从没邀请我来过,我俩走的路也不同。我花了大半个冬天,找他把东西都放哪儿了。"

女孩"咯咯"笑了,坐到一个红色丝绸沙发椅上。意识到对方并不急着走,盖德内心焦虑和兴奋交织,不禁有些眩晕。他在自己家里,跟一个带着陪护的女孩说话,既没违反任何礼节,也没越规矩,但他的血液仍然流速加快,不由紧张地舔了舔嘴唇。

"令尊打算怎么安排启朝仪式?我猜,跟往常一样大摆宴席?"

"来一场焰火表演。"珊娜回答,"他从博加请来一位神奇的术士,那人会建些'炮台',喷出各色火焰。我见过他演练。"女孩略微移动重心,靠近盖德,像是要跟他分享秘密,"很漂亮,只是闻起来像臭鸡蛋。"

盖德哈哈大笑。女孩身后的查古族陪护像王室卫兵一样冷漠。盖德朝一张皮椅走去,但沙发椅上的女孩往旁边挪了挪,轻轻拍着空出来的半边,邀请他坐下。盖德略略迟疑,在她的身旁坐下,小心翼翼地避免碰到她。女孩的笑容里有阳光,也有影子,盖德感觉其中既有令人不安的调情,也有隐隐约约的嘲讽。

"跟克霆·伊桑简共用一个庭院,是不是挺尴尬?"她问。

"也没什么。"盖德回答,"当然了,他还没回来。我猜,一旦回来会有些尴尬吧。离他这么近,他可能会有些不快,可能还会起冲突。"

"我不这么想。"珊娜说,"伊桑简也许笨得会跟叛国贼为伍,但面对狮子,也该识相了。"

"呃,那我可不知道。"盖德回答,珊娜的表情难以抗拒地引着他一同微笑,"我是说……我猜他会吧。"他五指弯曲,像爪子似地抓挠空气,"嗷呜。"

珊娜大笑,又朝盖德凑近些。她的身上散发着玫瑰水和麝香的味道。当女孩的手指掠过他的手臂时,盖德觉得喉咙有种古怪的哽塞感。

"哦,我渴坏了。您呢?"她问。

"我也是。"盖德回答完才明白对方的意思。

"塞里比娜?"

"在,小姐。"查古人答应道。

"给我们倒点水好吗?"

"遵命,小姐。"

可她是你的陪护,盖德心想,但他及时闭住了嘴。他即将跟一个女人单独相处。一个拥有贵族血统的女人,显然是刻意安排,好在他的府邸里跟他独处几分钟。他发觉那话儿有勃起的迹象,赶紧齿咬双唇压制住。查古族女人走向房门,犹如海上行船,姿态镇静大方。盖德左右为难,既想放她出去,又想喊她回来。

这个问题,有人帮他解决了。

"老爷,"查古人刚走到门口,管家就出现了,"很抱歉打扰您,达林·艾什佛爵士刚刚驾到,请求见您。"

"艾什佛?"珊娜惊讶的语气几乎把她变成另一个女人——更严肃的女人。她投向盖德的目光中少了些媚态,多了些尊敬,"我不知道您要招待大使。"

"是给一个朋友……"盖德有点口齿不清了,"帮忙。"

那张光滑的脸蛋沉静下来。盖德有种感觉——也许准确无误,也许只是错觉——对方幽深的黑色眼眸背后正在进行复杂的推算。

"好吧。"她说,"我不能妨碍您处理国家大事。但我得再问一句,您会来参加我父亲的宴会吗?"

"会的。"盖德随她一起站起身,"我答应你,我会去。"

"我可有证人哟。"珊娜哈哈一笑,指指两位仆人,再次伸出手。盖德接过,轻吻一下。

"我送你。"他说。

"谢谢,艾丙勃男爵。"她说着,伸出手臂。

两人从府邸后方一起走到屋前的宽阔石阶,再走到马车前。那是一辆复古设计的马车,拉车的是马匹,而非奴隶。盖德把她交给男仆,心中感到深深的遗憾,但也松了口气。珊娜上车,坐到蕾丝帘子后面。盖德仿佛又闻到了玫瑰和麝香的味道,但那只是幻觉,或者说,是格外深刻的记忆。马匹"咔嗒咔嗒"地拉着车子,走出庭院。盖德的目光越过它们,落在克霆·伊桑简那空荡荡的府邸上,一阵不安沿着脊梁骨窜下。

"大人,您在玩一个危险的游戏。"一个陌生的声音在身后响起。

来人是原血族,长着浅棕色头发,脸上一副坦诚而正直的表情。

他身穿骑马皮衣,肩上的羊毛斗篷乍看很朴素,仔细观察才发现满是刺绣,很花哨。不用通报,盖德也知道他是谁——自称达林·艾什佛爵士的家伙。

"大使大人。"盖德说。

艾什佛点点头,但目光落在更远处的庭院。

"达斯克林大人的女儿,对吧?一个美人。我还记得她第一次出席社交场合的情景。那时她笨手笨脚的。三年时间,令人刮目相看。"

"她来这里转达她父亲的邀请。"盖德戒备地回答,却不清楚自己在戒备什么。

"当然,但她不会是最后一个。一个没有夫人的男爵可是稀世珍宝啊。而王子庇护使的身份堪比王子的养父,甚至更高。您可得谨慎行事啊,否则一个不小心,还没看清对方就把人家娶过来了。"艾什佛的微笑十分迷人,"顺便问问,王子在这儿吗?"

"不在。"盖德说,"我想,你在这儿的时候,让他离得太近可不安全。"

大使的脸上掠过类似懊恼的表情。

"唉,对我来说,真不是好兆头。如果您已经把我当成了刺客,我就很难再请您帮忙了。"

"我没这么说过。"盖德回答。

"是没有,但您的行动表现出来了。"艾什佛说,"庇护使大人,您真是名不虚传。我们进去谈好吗?"

盖德没带他去刚才的房间。让来自阿斯特里堡的脸庞和声音出现在珊娜·达斯克林曾经坐过的房间里,感觉就像玷污了盖德纯洁的私藏品。于是,他们走进了菲尔丁·马斯的私人书房。就在这里,马斯杀死了妻子菲利娅,毁了精心密谋的合并安提亚和阿斯特里堡的计划。选择这个房间的含义,艾什佛完全不知,盖德却心知肚明。

盖德坐了宽大的主位,把一张铺了软垫的凳子留给艾什佛。一个小男仆送来盛着兑水葡萄酒的玻璃瓶和两只玻璃杯,倒满酒,没有说话,也没等主人吩咐就退下了。艾什佛先喝一口。

"感谢您的接见,帕列库大人。"他说,"就算您拒绝我,我也能理解。"

"乔瑞·卡连姆为你说过情。"

"是的。我听说您二位是朋友。在艾伦·克林率领之下,一同在万奈打过仗,对吧?"

"对。"盖德回答。

"克林、伊桑简、马斯,三人集团。菲尔丁·马斯是那年夏天唯一一个没被驱出坎尼普的人,西米恩国王反而把道森·卡连姆赶走了。"

"你的意思是?"

艾什佛面露痛心的表情,探身向前,手指轻托葡萄酒杯。

"西米恩国王是个好人,"艾什佛说,"这一点无人怀疑。勒禅国王也是个好人。可没有哪个国王会比他身边的顾问团聪明。如果西米恩国王有先见之明,道森·卡连姆就不会被流放,菲尔丁·马斯也不会留下。西米恩国王需要高人指引,比如您和卡连姆。"

盖德抱起双臂。

"接着说。"他说。

"他的儿子受到了威胁。无论是谁,农夫也好,祭司或大贵族也罢,若敢把刀子架在王子的脖子上,他都会杀了他,保王子平安。这是人类的天性。您救了王子,西米恩把马斯就地正法,但这一切必须到此为止了。给勒禅一季——或者一年时间,让他查出阿斯特里堡有谁参与了那场阴谋,然后,那些人也会被正法。可如果两国开战,那么少数人的愚行就将演变为数千人的悲剧,并且毫无意义。"

盖德心不在焉地咬着拇指指甲。艾什佛的诚恳似乎可信,但他心里有些不安。他想开口回应,但又停住了。

"我们双方的朝廷里,都有腐坏之处。"艾什佛继续道,"既然你们已经挖出了你们的烂根。我所请求的，就只是给我们时间，让我们去做同样的事情。"

"马斯想要统一。"盖德说，"他的计划是统一两国。"

"马斯想要权力，为此，他不惜编造故事。要是勒禅早听说此事，肯定转眼就把它终结了。"

盖德皱起眉头。

"你的国王不知情？"他问，随即为自己的语气如此哀怨而懊恼。大使直视他的双眼，表情镇定、庄重。

"不知情。"

盖德点点头。这个动作没有任何倾向，只是个姿态，用来打破沉默。如果这是实情，如果阿斯特里堡国王跟西米恩国王方向一致，都对马斯的行为深恶痛绝，那么维护和平对所有人都有好处。这是绝对正确的事。可反过来，如果大使是个出色的演员，在一连串演出中扮演着某个角色，那么支持他就是通敌叛国。王国的利与弊——更重要的是王子的安与危——全仰赖盖德的判断。他严肃地皱着眉头，竭力以庄重应对庄重。

但事实上，盖德并不知道应该考虑哪些事。他觉得完全可以用抛硬币来决定。

"我会考虑的。"他谨慎地回答。

━━◆━━

在漫长的数月寒冬里，盖德的功臣大祭司率领十几个从克沙特外的山脉带来的祭司，将神庙装饰得更庄严、更耀眼。原本被数个世纪的沙砾煤烟熏黑的墙壁上，瓷砖闪闪发亮。大部分传统宗教的画像和标志被拆解，重新组合成新的图案，其中大多绘有八方对称标志，跟大门上空飘扬的红色蛛丝大旗一样。灯里点着荨麻油，空气中弥漫着浓郁的油味。

圣殿中央，五六个祭司站成一圈，一边哈哈大笑，一边玩游戏——

游戏内容好像是把硬邦邦的生豆子塞到对方嘴里。圈里站着本国的王子。众祭司都长着长脸和一头钢丝似的头发，像是同一个庞大家族的成员。王子的白皙肌肤和圆脸蛋在他们中间十分惹眼。在王子鲜艳的丝绸和织锦衬托之下，祭司的棕色长袍显得灰扑扑的，有如一群麻雀簇拥着一只百灵。

"盖德！"艾斯特喊道。盖德挥挥手。见到王子露出笑容，感觉真好。虽然艾斯特没有怨言，但刚刚过去的冬天对他来说真的很难熬。尤其冬猎结束、国王回到坎尼普准备启朝的几个星期，那是艾斯特第一次真正意义上离开父亲，而艾丙勃城堡的阴暗环境更是雪上加霜。盖德尽了全力，但他从来没有过兄弟，年纪相仿的朋友也很少。在昏暗的夜里一起打牌，已经是他所能给予的最大安慰了。

大祭司巴拉希普坐在自己的房间里，庞大的身下压着一张薄软垫，双眼紧闭，正在冥思。一眼望去，盖德也不明白自己为什么会觉得房间空空荡荡。这里有床、有桌子，还有个镶嵌象牙和黑玉的红木雕花大衣橱。火炉里放着尚未点燃的木柴和引火绒，深红地毯上的金色图案仿佛在油灯的光芒中起伏。可这里没有书，没有卷轴。看来，这就是区别所在。

盖德站在门口，清清嗓子。大个子男人露出微笑。

"盖德王子。"巴拉希普说。

"是帕列库大人。叫我帕列库大人，或艾丙勃男爵。在这里，'王子'有着特别的含义，跟东方不一样。"

"当然，当然。"巴拉希普说，"抱歉。"

虽然对方依然双眼紧闭，盖德还是摆摆手，表示不在意。他等待着，左脚换右脚，直到发现巴拉希普既不打算睁开双眼，也不打算请他离开。

"谢谢你今天照顾艾斯特。大使来过，已经走了。"

"我们向来乐意照顾年轻的王子。"巴拉希普回答。

"那很好,但无论如何,谢谢你。"

"还有事吗?"

"什么?哦,没有了。"

祭司睁开双眼,黑色的眼眸紧紧盯住盖德。

"好吧。"盖德说。他已多次测试过 *Sinir Kushku* 的神秘能力,知道谎言是过不了关的。从某种程度上说,他也希望被揭穿。"我能进来吗?"

巴拉希普摊开宽大的手掌,指了指小桌子。盖德坐下,心里有点学生回答老师问题的感觉,当然了,他的老师从来不会盘脚坐在地板上。

"去年。"他开口说,"我们在宫中,如果有人说谎,你会告诉我,还记得吗?那帮了我很大忙。大使来访时,如果你在场,就能告诉我他是什么意思,这会……很有帮助。"

"忠仆的力量会燃尽堕落尘世的谎言。"巴拉希普说得好像很赞同。

"我知道你得在神庙侍奉,我也不想打扰你……我是说,我想,但我不会。"

"你希望得到女神的协助。"巴拉希普说。

"是的,但我不太敢问。你明白这种感觉吗?"

巴拉希普哈哈大笑,笑声浑厚,如雷鸣一般充斥空中。他从地板上站起来,动作里散发着舞者的力量和优雅。

"盖德王子,你所要求的是已经属于你的东西。你把这座神庙献给了她。你把她从荒野中带出来,回归尘世。因着这一切,你深受她的宠爱。"

"所以,这个要求不算太高?"希望在盖德胸中绽放。

"这是你的权力。我就是你的忠仆。任何时间,随时随地,我都愿意为你效劳。你只需遵守你对她的承诺。"

"啊。"盖德问,"你指哪一个承诺?"

"在你的意志掌控下的每座城市里,为她建一座神庙。不必都像这座一样雄伟。为她完成这件事,我将永远陪伴在你身边。"

释怀的轻松感如冷水浇在火上,盖德展颜微笑。

"听你这么说,我不知有多高兴。"他说,"真的,我不适合宫廷生活。"

祭司把一只巨掌按在他的肩头,温和地笑道:"你适合的,盖德王子。只要你的忠仆陪侍左右,你就适合。"

克莱拉·卡连姆
欧得灵山男爵夫人
Clara Kalliam
Baroness of Osterling Fells

对男人来说，冬天完全是另一种生活。这一点，克莱拉多年前就见识到了。几十年了，真没想到，几十年就这样一晃而过。每一年，随着秋天到来，朝廷休朝，一年的阴谋、决斗和政治角力得以终结。各大家族收拾行李，给家具铺好防尘布，返回供养他们的领地。接下来的一两个月里，领主们在各自的城堡忙碌：收缴农夫、陶工和制革工人的税款，追讨拖欠的账目；他们委任的文官会带着需要领主定夺的问题前来询问；正义将得到伸张；村庄、农场需要巡视；至于明年如何运营领地，也会制定出计划。一切事务都要抓紧时间处理，赶在国王冬猎之前做完。然后，他们所有人都要赶往某座城堡，或者——如果倒霉的话——在自己的城堡做好准备，迎接国王和王室狩猎队，一同猎杀野猪、野鹿，直到融雪。

这段时期，没时间休息。克莱拉真不明白，男人们——包括自己的丈夫——是怎么做完那么多事的。

而对她来说，那短暂的白昼、漫长的黑夜，是一年当中用来休息并恢复元气的时节。在冬至前后数个星期的夜里,克莱拉睡得很久、很沉。白天呢,她坐在壁炉前,手上忙着刺绣,大脑却处于休眠状态。寂寥的冬天是她的避难所,一年中要是缺了它,就跟熬通宵一样难受。如今她年纪大了,头发里的灰色不再稀疏,拔掉它们已经没有意义。她的女儿也已出嫁,还生养了孩子。但就算在年轻时,克莱拉也明白,冬天是她躲避尘世的季节。

春天,则是她回归的日子。

"宗教信仰一直存在。"她说,"特尼甘夫人就在阿维斯秘教环境中长大,似乎对她也没什么坏处。"

"我只是担心没多少银子会落到真正的祭司手里。"拉罗伦公爵夫人卡斯塔·克里尔林说,"克莱拉,你儿子也在受训成为祭司,对吗?"

"是维卡连。"克莱拉说,"他总说,有多少信徒,就有多少种拜祭仪式。我相信他已经做好了准备,就算有新的宗教出现,他也能学会那些仪式。"

众人当中最年轻的朱恩·马莲夫人往前探探身。她的皮肤像雏菊一样苍白,脸颊下每滴血液都清晰可见。有恶毒的传言说她奶奶是辛奈族。

"我听说,"她压低音量,"阿维斯秘教要信徒喝自己的尿。"

"鉴于特尼甘夫人泡茶的味道,我相信有道理。"卡斯塔·克里尔林说。众人哈哈大笑,连克莱拉也笑了。虽然不该这么说,也很无礼,但艾莎·特尼甘泡的茶确实味道很怪。

她们总共七个人,个个穿着颜色鲜艳的新衣。克莱拉一直觉得,这样的日子就如某种宗教仪式:喋喋不休的闲聊,色彩艳丽的衣服,仿佛效仿鲜花的颜色就能把花蕾唤出一般。这里是安内斯公爵的遗孀莎拉·库珀家的花园,女主人坐在桌子首位,蕾丝裙子白得发亮,跟老妇人的发丝一样纯净。多年来,她的耳朵聋得像石头,从不开口说话,但时常微笑,似乎光是有人陪伴就已经很快乐了。

"亲爱的克莱拉，"克里尔林夫人说，"我听说一个极不可靠的传闻：你的小儿子正在追求纱比娅·斯吉提林。不可能是真的，对吧？"

克莱拉长饮一口茶，然后回答。

"乔瑞接受了正式的引荐。"她说，"我今天下午要跟那女孩见面。不过，当然啦，就是走个过场。她刚学会走路那会儿我就认识她了，真不明白干吗要搞这些乱七八糟的例行仪式，明明早就熟悉了，还得假装是第一次见面。况且，道森才是她真正需要说服的人。可传统就是传统，对不对？"

她微笑着抬起头，等待。如果有人要提起女孩的过去，就是现在了。但她只看到礼貌的微笑和偷瞥来的目光。真不幸，乔瑞跟女孩的交往还是被人发现了，但她很高兴地发现，这次讨论既不是公开的嘲讽，也不是虚伪的关注。她把这个情况记录在心，以备日后所需。朱恩·马莲突然惊呼一声，一拍双手。

"我跟你们说过没？我见到克霆·伊桑简了。昨晚我参加了克林夫人举办的欢迎会。你们知道，不是正式的宴会，就是几个人聚聚吃个饭，而且克林是我亲戚，所以我理应出席。当时有个人坐在那儿，好像理所应当似的，身边摆着玫瑰花，除了克霆·伊桑简，还能是谁？你们绝对不会相信，他把头发剪短了！"

"不会吧！"另一个女人接话，"他只剩那把头发还算迷人了。"

"难以置信，他还敢跟艾伦·克林一起出现。"另一个说，"我以为他俩在受到菲尔丁·马斯拖累之后，会拉开点距离呢。"

克莱拉往椅背上靠了靠，一边听，一边笑，吃着几乎不甜的蛋糕，喝着酸死人的柠檬茶。接下来一个小时里，她们什么都聊，却好像什么都没聊，闲话如洪水般从所有人口中流出。就连喜欢冬天的克莱拉，在孤身度过好几个星期之后，也觉得跟大伙闲聊很快乐。而这正是织起朝廷这幅画卷的方式——琐碎闲话和小道消息、揣测和询问、潮流和传统。对她丈夫和儿子来说，这一切跟鸟叫差不多；但对克莱拉而言却同书本一般易读。

她告辞时，时间还很早，足以走路返回府邸。春日里的坎尼普美艳惊人。在她记忆中，这座城市全是黑色和金色，所以，每当看到真正的岩石和常春藤，她总会感到惊讶。是的，铺路的鹅卵石是深色的，很多墙壁被煤烟熏黑。是的，城里有很多打磨得金光闪闪的拱门，用来庆贺伟大将军们取得的胜利，其中有些已经死了有好几代人之久。这里也有普通的街道，两旁种着大树，长着暗红色的叶子。街角，一个白皙纤瘦、如鬼魂一般的辛奈族男孩正在跳舞卖艺，他母亲拉着古旧的小提琴伴奏。克莱拉在深渊旁边一个开阔广场上站了片刻，观看一个巡游剧团在马车搭建的简易小舞台上表演。那是一出悲剧，两个演员扮演一对年轻恋人，表现还不错，但他们身后的雄伟景色总是分散她的注意力。

或许因为那雄伟的景色，或许因为在内心深处，她不愿沉迷于年轻人的爱情和悲剧之中。至少今天不行。

回到家，只见查古族门奴安扎斯·罗艾塔兰站在那里，脖子上绑着银链，戒备地竖着耳朵。他爸爸曾是克莱拉父亲的驯犬师，所以克莱拉比较喜欢他。

"夫人，少爷正跟斯吉提林大人的儿子和女儿在一起。"他说，"他们在西花园。"

"谢谢，安扎斯。老爷在家吗？"

"不在，夫人。我记得他跟达斯克林大人一起去巨熊兄弟会了。"

"那样最好。"说完，她深吸一口气，"好吧。"

查古人低下头。他很善于优雅地表达同情。

西花园主要种植玫瑰和丁香，但两种花都没开。乔瑞站在一张矮石桌旁，另一对年轻男女坐在桌前。两位客人都有麦色的头发和圆脸庞，但长在女孩身上显得更好看些。三人都披着斗篷，抵御早春的温和寒意。乔瑞斗篷的质地是羊毛和蜡棉，斯吉提林孩子家的则是剪裁过大的黑色皮斗篷。

"母亲,"乔瑞见她走近,抬起头,"感谢您来。"

"别傻了,亲爱的。下次我亲自走到早餐桌前,你要说感谢?"克莱拉回答,"这位一定是纱比娅了。我好几年没见过你了。真可爱。这位不可能是拜纳尔吧?我记得拜纳尔·斯吉提林是个小男孩,曾拿着一把玩具剑,把阿玛达·玛新家的玫瑰花全都砍了下来。"

"卡连姆夫人,"斯吉提林最小的儿子起身说,"我要转达父亲的谢意,感谢您邀请我们来您家做客。"

女孩点点头,但没抬眼。她的目光垂在地上,脸上戴着克制和羞耻的面具。事实上,他们对克莱拉表达的感激已远远超过了通常的礼节,但那不重要。有些事,大家已心照不宣。斯吉提林大人一家把这次招待视为怜悯,卡连姆家族让纱比娅进门纯属屈尊俯就。在安提亚朝中大多数人看来,确实如此。克莱拉也许不喜欢,可是否认这种情况就等同否认风的存在。

她小心翼翼地斟酌言辞。

"我大儿子在斯吉提林大人麾下服役多年。"她说,"我们家永远欢迎他的孩子。"

男孩鞠了一躬。他手背上有道决斗留下的疤痕。克莱拉一开始很惊讶,但随即了然。这孩子几年前就到了可以上决斗场的年纪。此刻他站在这里,作为陪护,是为维护妹妹的声誉。很可能,他已为此跟人动过几次刀兵。

"母亲。"乔瑞说,"我同纱比娅已正式相互引荐了。我想明天就求父亲准许我们成婚。"

克莱拉的双眉挑上发际,目光随即打量起女孩的身子。如果纱比娅怀孕了,那么,就算坐着,加上宽大斗篷的遮挡,也不可能掩住隆起的腹部——尤其是她的第二个孩子。不过嘛,寄出一封正式的引荐信,对方收到,再从欧得灵山将回信寄至坎尼普,就这么点时间怎么也不够她怀上的。看来女孩真没怀孕。纱比娅咽了咽口水,脸上毫无表情。在场每个人都知道克莱拉在盘算什么,每个人都料到了。

"太突然了吧。"克莱拉说,"如今光订婚仪式就要花上一两季。"

"我不介意等待。"女孩说。

乔瑞脸上痛苦而愤怒的表情既清晰又鲜明。看来,着急的不是女孩,而是克莱拉的儿子。他等不及一季的时间,希望她能尽快以纱比娅·卡连姆的身份,而不是斯吉提林大人失节的女儿,出席舞会、宴会和焰火晚会。嫁入卡连姆家——尤其是在家族正处于上升期的时刻——将会改变人们对她的看法。而这种改变也将改变她。

这是一个年轻人给予爱人的最深沉的礼物。

"亲爱的乔瑞。"克莱拉说,"你不是说拜纳尔喜欢马吗?你父亲从领地带来一匹红棕母马,我相信他一定很感兴趣。"

"我没……啊,我是说过……"乔瑞紧抿嘴唇,把血色都挤没了,"是的,母亲。"

男孩们走后,克莱拉在女孩对面坐下。她长着一张漂亮的脸蛋,但容颜憔悴。不仅因为她生过一个孩子——尽管助产士从来不提,但老天知道怀孕会在多少方面改变女人的身体——还因为悲伤,以及羞耻。它们就像抹在女孩皮肤上的煤烟。的确如此。

"卡连姆夫人。"女孩叫了一声,随即沉默了大约五次心跳的时间。不,六次。泪水在女孩眼眶里打转,克莱拉觉得自己眼里也有泪水。她眨眨眼,把泪水压回去。心意相通应该选好时机,而不是现在。

"永远不要感激他。"克莱拉说。

纱比娅抬起头,满脸困惑。一滴泪水逃离眼眶,在她脸颊上留下一道银光闪闪的泪痕。

"夫人?"

"我说乔瑞。如果你爱他,他也爱你,那么苍天作证,没人能分开你们两个。但一定不要感激他,否则,这种情绪将会荼毒一切。"

纱比娅摇摇头，又一滴泪水滑落。但那是最后一滴了。她的泪水渐渐干枯。

"我不明白。"她说。

克莱拉也摇摇头。她不知该怎么解释。有的婚姻源于爱——不光是爱，还有平等——而有的婚姻从一开始就不对等，二者之间的区别，她该如何向她解释？她见过太多女人因野心出嫁，也见过她们的结局。她不希望自己的儿子娶到那样的女子。但眼前的女孩只是个孩子，就算她曾有过不堪的过去，恐怕也无法理解克莱拉的意思。对她来说，克莱拉刚刚的话可能无异于说百灵鸟会游泳。

"亲爱的纱比娅，"克莱拉问，"他能让你欢笑吗？"

纱比娅双眼的形状变了，眼神亮了。她忘记抿紧嘴唇，双唇显得丰满了些。尽管克莱拉看不到女孩眼里的回忆，但她知道，它们就在那里。不等女孩点头，她已经知道了答案。

"好吧。"她说，"可我需要时间。乔瑞的父亲啊，像条忠心耿耿的猎犬，要他改变主意可不容易。我需要……一个星期吧。你和乔瑞到那时再去求他好吗？"

"只要可以，叫我们做什么都行。"

克莱拉站起身，弯腰，温柔地亲吻女孩的头顶。

"你说话很像卡连姆家的人。"她说，"去找他们吧。把我的话转达给乔瑞。"

"您不亲自跟他说吗？"

"现在不用。"克莱拉觉得心在往下沉。

克莱拉目送女孩起身，离开。她走路的姿势，肩膀的角度，都透露出幸福和轻松，真是光彩照人。虽然这种心情不可能永远持续——万物都不可能——但她的样子还是让人高兴。克莱拉用眼角的余光发现有东西在晃动，在吸引她的注意。是一枝刚刚盛开的丁香，十几朵小花在阳光下闪闪发亮，像个征兆。

真是奇怪，克莱拉心想，与这女孩的对话，帮她认清了另一件必须完成的事。

在坎尼普，守卫，必须有；仆人，必须有；为贵族及其夫人处理一时兴起想到的额外差事或服务的人员，也要有。唯独驯犬师，有没有都行。克莱拉走进府邸中区分贵族和奴仆区域的细窄走廊和狭小房间，找到了文森·寇尔。他很年轻，比乔瑞大不了多少，长着一对大眼睛、一副适应艰苦生活和工作的身板。有一次，克莱拉的丈夫大发脾气，差点把文森赶出去，被她救了下来。另有一次，菲尔丁·马斯差点把她砍死，则是文森救了她。驯犬师见到他，连忙站起。克莱拉脑中飘过一段记忆：自己的嘴唇被对方的嘴唇封住，她尝到鲜血的味道。那是个被他偷去的吻，当时他的血快要流光了，所以才会被他得手。事后，两人都未提过此事，甚至不承认它发生过。克莱拉跳出回忆。什么事都没发生。

什么事都不会有。

"夫人。"他说话像犬吠一样干脆。

"寇尔。"她说。

她没再说下去。她下令，他执行，这就够了，她没必要解释原因。这是他们的身份决定的。但这一次，她必须解释。

"什么事，夫人？"

"我深爱我的家人。"她说，"我会尽全力保护他们，避免任何危险，不惜任何代价。"

"当然。"文森回答。跟纱比娅·斯吉提林一样，他也没明白克莱拉的意思。

你是个孩子，她想说，去找个年纪相仿的女孩，生几个漂亮可爱的娃娃。你我没有可能。

"我要你回欧得灵山。"她说，"我要你监管我丈夫新犬舍的建造情况。"

文森满脸震惊,像挨了一拳,脸色变得苍白。

"我不明白。"他说,"我犯错了吗?我做了什么……"

克莱拉背起双手。不知为什么,仆人区的空气似乎比大屋那边更稀薄、更难呼吸。

"你我都清楚为什么。"她说,"真的要我解释?"

"我……"

驯犬师低下头。当他再次抬起头,脸上不再是仆人对主人讲话的神情。低沉的嗓音让他的话多了一层字面上没有的含义。

"只要夫人觉得合适,我都愿意效劳。"他说,"没有怨言。"

"如果夫人觉得派你回领地照看犬舍更合适呢?"

"就算派我下地狱也一样,夫人。"

"没这么夸张。"她轻声说。

有那么一刻,两人的时间仿佛静止。一个片刻仿佛一季那么长,因为这是最后的一刻。克莱拉转过身,缓缓走回大屋,呼吸渐渐平复。她挺起肩膀。她想回到自己的房间,坐下,捡起刺绣和烟斗,如果可以的话,顺便捡起冬日的宁静时光。她想冷静一下。她想静一静。

可她刚走进大屋,就听见道森的声音透过门厅传来。听这语气,丈夫正在心烦,好在没有真生气。对她来说,丈夫的情绪和脾气就像自己的衣服一样熟悉、一样令人宽慰。两条猎狗在书房外的走廊里焦虑地徘徊,低声呜呜,看看克莱拉,看看紧闭的房门,又看回来。克莱拉停下脚步,温柔地挠挠它们的耳后。

道森坐在桌后,桌上摊着一封信。不用看信上的王室封印,只需看看信纸的质地和精致的笔迹,克莱拉就知道是西米恩国王写来的。她松了口气,因为那信不会跟乔瑞有关。

"有事?"她问。

"西米恩推迟了接见阿斯特里堡那个白痴混蛋的日子。"道森说。

"你指那个大使?"

"没错,就是他。"道森说,"新的日期跟班尼恩大人的宴会是同一天。更糟的是,他让我下个星期单独觐见他,可那天我约了达斯克林、还有他那不会打牌的胖堂弟一起去巨熊兄弟会打牌。"

"啊。"克莱拉走过去,伸手按住他的肩膀。道森握住她的手指,温柔地亲吻。他甚至没意识到自己的举动。亲密在两人之间已成了习惯。下意识的动作更显真挚。不需要听,只感受一下丈夫身躯的起伏,她就知道道森叹了口气。

"那个家伙,"他说,"根本不知道我为他牺牲了多少。"

"他永远不会知道。"克莱拉回答。

道森
Dawson

王堡已经不是最初被人们称为"王堡"的建筑了。坎尼普刚建成时,城中就有一座王堡。随着城市每一次重建,在每一段历史、每一层废墟之上,都有一座新的城堡屹立。第一座王堡,连同第一代国王,都已被埋入地底深处,压在石头之下,被人遗忘。

如今,王堡高耸在城市最北端,俯瞰深渊。从孩提时起,道森就很熟悉这座建筑,此时,他正穿行其间。西米恩国王将寝宫安排在低层,这是从四代先祖的黑水战役时起,再到祖父、父亲,一直沿袭下来的习惯。白沙铺就的小径在花园间蜿蜒,呈现出数学般的精确美感。没有一片叶子远离小径,没有一颗石头偏离中心。在这里,只有风是狂野的。它从南方平原吹来,穿城而过,一阵又一阵,突兀地刮过小径,拔下树上的花朵。花瓣如雪片一般被吹散,高高抛入空中,再缓缓落回地面。

老神庙孤立一旁。自从西米恩的祖父时起,它的青铜大门便一直紧闭。道森这辈子也没见它开过。它本是王室的御用神庙,窗框呈珍珠白色，窗叶是涂着绿色瓷釉的铁片，宛如巨蜥或龙族的鳞片。神庙上方，高大的塔楼拔地而起，楼身光滑，有上百人叠起来那么高，塔内穹顶高高在上，宛如梦幻。道森只进过三次高塔，两次是跟王子一起。那时他俩都是孩子，年少、青涩、无忧无虑。在梦中，道森偶尔会旧地重游。建造高塔，就是要让身处其间的人们敬畏。它的目的达到了。

与高塔一比，朴素的国王寝宫可谓相形见绌。一座宫殿，处处用金叶和玫瑰花装饰，若在别处，也许会显得花哨甚至浮华，但在高塔阴影笼罩之下，依然显得很羞怯。国王寝宫占地广阔，以砖石和木材筑就。宫墙上挖出空洞，以放置玻璃提灯，里面点着蜡烛，可以同时照亮墙内与墙外。而此时，沐浴着明亮的午后阳光，所有提灯都黯然失色，显得很不吉利。

通往西米恩休息厅的石头花园里，一个身穿丝衣、戴青铜链子的男仆正恭候道森。男仆鞠了一躬，道森点点头，跟随他走进清凉昏暗的室内。

西米恩国王坐在一个小喷泉旁边，穿着朴素的白色棉袍，头发凌乱，好像刚刚睡醒，目光凝视落下的泉水。泉水在一头覆满铜锈的青铜龙像上流过，泛起银白的光。

"好兴致啊，陛下。"道森说道。他的老朋友转过身，脸上露出忧郁的微笑。

"不好意思，我就不站起来了。"西米恩的声音压过潺潺的水声。

"您是我的国王。"道森说，"无论您坐得多低，我都该跪得更深。"

"你总是这么循规蹈矩。"西米恩回答，"哦，行了，起来吧，过来陪我坐坐。"

"无规矩不成方圆。"道森边说边起身，"如果您都不守传统，那天下该怎么办？一千个人就有一千种正义，让每个人都把自己的想法强加于人？那会造成什么局面，我们已经见识过了。"

"你说安琳堡吗?"西米恩阴郁地说,"老朋友,如果你我之间只剩下礼节,那这个世界就太可怕了。"

"秩序向来既珍贵又脆弱。大浪淘沙,只剩下势大力沉的巨石。人人自有其位置。作为领袖,走在前头;身为下人,追随其后。文明不可无序,也必将如此。毕竟您也活在这个世上,陛下。"

"是啊,"西米恩说,"没错。但我仍希望留给艾斯特一个更美好的世界。"

"为了一个男孩,改变历史的法则?"

"我愿意。天啊,如果我能,我愿意。一个不会把一切都压在他肩头的世界,一个臣民不会用阴谋杀害他的世界。"西米恩仿佛陷入自己的内心。他的肤色比道森记忆中更显灰白,仿佛浆洗次数过多的浅色衬衣。国王的手指心不在焉地梳过头发,身影倒映在喷泉的波纹中,像个白色的影子。"我很抱歉,伊桑简和马斯的事你说对了。我本以为能维护住和平。"

"您可以的。您唯一的错误,就是以为不需流血也能办到。"

"如今……"

"阿斯特里堡。"道森说完,便任由这个词横亘在空中。他奉诏来此,就是因为它。西米恩没说话。泉水叮咚,轻轻呢喃。国王一直沉默,道森心中的不安愈演愈烈。这沉默由沉思开始,结果持续得太久,几乎成了一种谴责。道森抬起头,打算为自己辩解,或者道歉。

结果,他却惊呼起来。西米恩嘴唇塌陷,双眼圆睁,眼神茫然,目光涣散。一股尿味扑鼻而来,肮脏的黄色液体沾湿了国王的大腿。这一幕,本来只可能发生在噩梦中。

西米恩咳了一声,摇摇头,往下看。

"哦。"他声音憔悴,"道森?你还在啊。这次持续了多久?"

"几次呼吸的时间。"道森声音发颤,"怎么回事?"

西米恩站起来,低头看看裤裆里的污迹,尿液正顺腿而下。

"又发作了。"他回答,"一次小小的发作。对不起,被你看到了。我以为今天不会再来的。帮我叫人来好吗?"

道森小跑穿过走廊,呼叫仆人。一个仆人应声而至,手拿一件干净的衬衣,表情里没有震惊,也没有意外。道森和仆人背过脸去,等国王脱下脏衣,换上干净的。等君臣再次独处时,道森坐到喷泉边上。一切都跟从前一样,但见过刚才那一幕之后,却又全然不同了。他似乎头一次看清西米恩,而眼前所见——一直被他忽略和无视的细节——令他大为震惊。王冠突然显得如此沉重、如此险恶。西米恩露出了然的微笑。

"父亲临死前也是这样。有时候,我就像正常人一样。但也有时候……我会心神恍惚。他去世时比我现在还年轻。我比父亲多活了三年。有多少人能比父亲活得更长?"

道森想说话,喉咙却哽住了,好不容易挤出声音,却比耳语响不了多少。

"这样子多久了?"

"两年了。"西米恩回答,"大多数时候,我能瞒住。可现在情况越来越糟了。以前要几个星期,甚至几个月才发作一次,而现在,只隔几个小时。"

"术士怎么说?"

西米恩"呵呵"笑了,声音比流水的欢笑更深沉,也更温和。

"他们说,人人皆有一死,国王也不例外。"西米恩深吸一口气,上身前倾,前臂撑在膝头,双手互扣,"有种花据说有用,我一直在喝用它泡的茶,却好像没什么效果。但要是没有它,也许病情会更加恶化吧。"

"会有办法的,我们可以请人……"

他的老朋友没有回答,也不需要回答。道森听出自己话中的无力,不禁心生惭愧。人人皆有一死,过去如此,将来也如此。掏空他心肺的,其实是惊讶。

"我跟伊莉奥拉早点生下艾斯特就好了。"国王说,"我真想看着他长大成人。或许,还能看着他生儿育女。我还记得巴列斯出生时的日子。大家都开玩笑说,你儿子把你给吃了,因为没人知道你在哪儿,在干什么。所有老地方都不见你的踪影。当时我心里怨你啊,因为我落后了。"

"对不起,陛下。"

"干吗道歉?我那时不懂,等到艾斯特出生,我就明白了。要是我们早点生下他……不过话说回来,那就不是他了,对吧?就像你儿子乔瑞,虽然长得像年轻时的巴列斯,但性格完全不同。所以,我不该奢望什么。我儿子只能活在当下这个世界里,所以我不该怨恨,尽管我心里很想。"

"我很难过,陛下。"道森说。

西米恩摇摇头。

"别管我。"他说,"每次我变成这副德行,像个大男孩一样自哀自怜,我就恨自己。够了。我想谈谈别的事,比如跟艾什佛的会面,你怎么想?"

"我想您该见见他。"道森回答,"正如我之前所说……"

"我知道你说过什么。我也清楚,你知道的比你说出来的更多。可我不能见他,我会半路尿裤子的。眼下,他们怕我,怕我有所行动,所以他们会示弱。可如果艾什佛回去报告,说我已经半疯,甚至快死了,那风向就该变了。上次你给我建议时,我却把你赶走了,结果差点把我儿子交给一个阴谋杀害他的男人。据我了解,你到现在还能控制住膀胱,说明你比你的国王更有能力。所以,告诉我,我该怎么做?"

道森的思绪如暴风吹过一般凌乱。他站起身,定定神,感觉自己好像刚完成一场决斗。尽管他只是跑过房间,喊来仆人,身体却有种过量运动后的力竭感。自记忆深处,一幅画面突然跳入脑海:他跟西米恩王子并肩跑过一条街道。他不记得那是什么时候，什么地点，但他知道，那条街上散发着雨水的气息，西米恩身穿绿色衣服，他自己穿棕色。他咽了咽口水，用手背抹过双眼。

"若能控制发作，就立刻接见大使。"他说，"事先做好准备，缩短接见时间。没有宴会，不共进晚餐，不搞二次接见。规格要正式。"

"我该说什么？"

"说您愿意给阿斯特里堡时间，让他们清洗自己的朝廷。但您要彻底的清算，还有马斯支持者的人头。这是您唯一的选择。因为就您现在的情况，我们不能打仗。"

西米恩缓缓点头。这一刻，国王的脊背比道森进来时弯得更低。可能他的背早就驼了，而这时已经无需掩饰了。

"如果控制不住呢？"

"那就指派别人。派个使者或代言人。如果您想找个有身份的，就封他个白塔守护者的名号，自从欧德·法斯克兰死后，这个封号就一直空缺。否则……哦，天哪。"

道森重新坐下。

"否则怎样？"国王追问。

"如果您的状况继续恶化，那就只好推迟。一旦您去世，就由摄政王处理。"

西米恩呼吸沉重，仿佛被人揍了一拳。

"而这就是我们的现状，不是吗？"道森说。

"也许吧。"西米恩说，"谢谢，老朋友。这正是我想听的话，我也知道，再没第二个人敢如此仗义执言，尽管他们心里有数。你可以退下了。别误会，我只是觉得我该休息了。"

"当然不会，陛下。"道森回答。

他在拱门前停步回望。西米恩国王已转过身去，道森看不到他的脸。恐怕这是我最后一次见他了，道森心想。然后，他离开了。

王堡大门前,他挥手遣走马车。他不想坐车,宁愿走一走。从王堡到府邸的路有好几里长,但他不在乎。他整了整挂在腰上的剑,迈开脚步。他曾在坎尼普漆黑的街道上整夜漫步、奔跑;曾在空荡荡的集市广场上纵马飞驰;曾喝酒醉到走不了直线,趴在某座桥边吐到天旋地转。曾经有个夜晚,他连走了八里路。不,十里。而从垂死君王的寝宫走回自己的府邸,路程还不到当初的一半。

横跨深渊的银桥虽然号称"银",其实是木石结构。桥墩深扎在峡谷崖壁中,埋入城市地底,深度可与高塔相比。道森在桥当中停步,遥望南方。一群鸽子在他脚下的阴影里盘旋,再往下便是藏在深渊底部黑暗与雾霾中的垃圾堆。他站了很久,思绪飞转,痛心不已。越过虚空,在他身后,城中的车马行人来来往往。男人、女人、马匹、公牛、贵族、农夫……他黯然泪下。

当他走进自家府邸外的院子时,一辆陌生的马车正停在大门旁。车身的装饰和布料的颜色表明它属于斯吉提林家族。查古族老门奴起身鞠躬,身上的链子"哗啦"作响。

"老爷,"他说,"您回来真太好了。见您的空马车先回来,夫人很担心。她正在卧房里接待纱比娅·斯吉提林。乔瑞少爷希望在您方便时同您谈谈。他在您的书房。"

道森点点头。门奴又鞠了一躬。他刚走进门廊,猎狗便迎上前来,粗尾巴挥打空气,嘴巴咧开,真挚地龇着犬牙。道森挠挠它们的耳朵,不由露出微笑。再没有哪种爱会比狗对主人的更纯洁了。

他想了想,是不是该先见克莱拉,然后再去看儿子?可夫人的房间位于府邸最远端,而他的臀部已走得生疼。其实,他已经猜到乔瑞想谈什么。自从克莱拉跟他提过之后,他就知道早晚会有这么一场谈话。他挥挥手,给猎狗下达命令,让它们全都坐下。他走进书房,关上房门。

乔瑞站在窗前,午后的阳光照在脸上,再次提醒道森,除了下巴和眼睛的形状,以及头发的颜色以外,这孩子长得可真像他妈妈。不久之前,乔瑞还是个手脚细瘦的男孩,到处爬树,捡落下的树枝当剑玩。可如今,他肩膀宽阔,表情严肃,手中的剑已经可以伤人。

"父亲。"乔瑞说。

"儿子。"道森应道,刚刚压下的泪水似乎又要涌上眼眶,"你气色不错。"

"我想……有件事,需要得到您的许可。而这件事,您可能不喜欢。"

道森疲倦地哼了一声,坐下,立刻后悔刚才应该先叫杯喝的。不要酒。今天不喝酒。只要来杯水就好了。

"你想娶斯吉提林家的女孩。"道森说。

"对。"

"即使她不能为家族带来荣誉。"

"她能。世人也许看不出来,但她能。她曾做过傻事,并为此受辱至今。但她是个好女孩。她不会让您丢脸。"

道森舔舔嘴唇。第一次听克莱拉提到纱比娅·斯吉提林时,他就从心底冒出一打异议与担忧。随后,异议和担忧有增无减,只是被他暂时推到脑后。回到坎尼普之后,它们再度浮现。那个野种的父亲是谁?难道乔瑞愿意一辈子戴着那个男人——无论是谁——给他的绿帽子?巴列斯正在斯吉提林的舰队里服役,他是不是更合适的人选?一个女孩尚未出嫁,就偷食禁果,他又怎能相信她婚后能管好自己?

"你还会梦见万奈吗?梦见那场火?"

"会。"乔瑞阴郁地回答。

"因为这种内疚感,所以你要娶个残花败柳为妻?只因为你能拯救她?"

乔瑞没有回答。他不需要回答。

"这场联姻并不明智。"道森说,"女孩的过去已经显明了她的为人。我们跟斯吉提林家已经缔结联盟,所以我们的家族在联姻中得不到任何好处。再说了,你两个哥哥还没娶妻,让最小的儿子先结婚显得很奇怪。当年,父亲告诉我该跟谁结婚时,我很感激他的指引与智慧。我不会把迷途羔羊带回家,请求他的收留。"

"我明白了。"乔瑞说。

"真的明白?"

"真的,父亲。"

"如果我要你现在就去找那女孩断绝关系,你会去吗?你会忠于我、忠于这个家吗?"

"父亲,您要我这么做吗?"

道森露出微笑,然后纵声大笑。

"你不会去的。"他说,"你会找你母亲,想办法逼我就范,或者私奔去博加,或做其他傻事。我了解你,臭小子。我给你换过尿布。别以为你能骗我。"

乔瑞的嘴角挂着害羞和迟疑。道森上前一步。

"去吧。"道森说,"我同意了,去做你早就想做的事吧,而且我祝福你。能嫁给你是她的幸运。我也会把她当女儿看待。"

"谢谢您,父亲。"

"乔瑞,"道森叫住走到门口的儿子,"这个世界比我们想象的更短暂,也更动荡。所以,生孩子要尽早。"

茜茜琳
Cithrin

茜茜琳费了好些工夫,才理清这次失败的来龙去脉。在她承保的第一批商船中,有一艘叫暴鸦号。那是艘三桅轮船,船舱很大,船员充足。船长是个达提奈族男人,双眼不是常见的黄色,而是绿色。第一次谈合同时,他曾带茜茜琳到甲板上参观。茜茜琳至今还记得他言语间的自豪感。他说,暴鸦号曾多次在海上航行,远至塞拉米斯角。但他现在打算退休,不想再过漂泊于海上、靠星星导航、盼望遥远海岸的日子了,所以改在自由城邦、普特、比兰卡和纳林尼岛之间从事没有风险的简单贸易。他说,内海的风暴也许能吞没小帆船,但奈何不了暴鸦号这样的真正海船,因为她经受过大海飓风的洗礼。他对卡博尔海岸出没的海盗嗤之以鼻,说他们是海边的懦夫。不管谁来找麻烦,只要调转船头,驶向开阔的大海,那些胆小鬼自然就放弃了。

茜茜琳发现他很有个人魅力,航运记录很出色,自信心也很强。他甚至愿意接受对银行极为有利的条款。他只给货物买了保险。要是船没了,那我肯定也死了,钱也就没意义了。当时听起来,这话并不像预言。

　　暴鸦号在斯图班的大港口过冬,在空要塞浮游塔的影子中睡了一个冬天。融冰之后,她立刻离开纳林尼岛,顶着冰雪和风暴驶向南方的温暖水域,开往奥利瓦港。往南的航程顺利且平稳,她加入一支开往赫雷兹的船队,一起航行大半个星期。然后其他船只开往各自的母港,暴鸦号则继续向南,经过塞琳,绕过卡博尔海角水下冒出的锋利岩石——灰烬岩丛。

　　她驶过厄马里恩,跟另一艘刚从莱昂内亚北上的轮船相遇,互相致意。她离家已经那么近了,却再也没能驶回奥利瓦港。那艘船的船长说,暴鸦号刚在海平面上消失,不到半天,又有三艘小型快艇,没挂任何国家的旗号,在他南边的远处经过,朝深海驶去。

　　之后便只剩各种猜测。毫无疑问的是,暴鸦号最后一次现身的三天后,海上起了风暴。由此可以推断,暴鸦号收起船帆,往船舱上钉木板,准备经受白花花的巨浪和利刃般凶狠的雨水。船长可能会爬下瞭望台,忧心忡忡,担心他们被狂暴的天气逼回岸边。而盘踞岸边的海盗船都是黑色,行驶在黑色水面上十分隐秘。可能不等暴鸦号看清楚,海盗船已经靠到跟前。

　　对于海上的敌人,暴鸦号的防御系统没什么作用。海盗船不需要长途航行的索具,体型更小,更易操控。也许暴鸦号想逃往深海,却被拦截。或者她想逃到港口,却被追上。被海浪推上岸的暴鸦号残骸散发着亚麻籽油的臭味,而在翻腾的海面上倒油是众所周知的登船技巧。由此推断,袭击可能发生在更靠近岸边的地方。

　　袭击者登船时,也是暴鸦号最佳、更是最后的生还机会。最常用的登船工具是带钩的铁链,熟练的海盗还会用尖齿靴和铁钳,像昆虫一样爬上木制的船身。登船时也许死了几个海盗,尸体落入愤怒的大海,立刻被吞噬。但爬上甲板的海盗恐怕更多。茜茜琳猜测,最后的抵抗血腥而漫长,船员们被一寸一寸地逼退,甲板被雨水和鲜血染成深色。雷声在风与浪的搏斗中咆哮,闪电在头顶的雷雨云中穿行。同样可能的是,船长下令投降,却被丢进海中淹死。最后,船身的残片和船员的尸体都冲上了岸。至于货物,无影无踪。

派克举起手,肥厚的手指捏成拳头,握着十几张纸——有提货单、意向书、要求美狄安银行履行承诺的请求信。总共十一个商人和货主把希望寄托在暴鸦号上,结果却大失所望。

"我他妈该怎么处理这些东西?"她质问。

茜茜琳坐在那里,双手压在腿下。咖啡厅后面的小房间外,小鸟一边唱歌一边做窝。艾桑普尔师傅调制的咖啡香透过紧闭的门缝飘入,如隔壁房间的欢声笑语一般引逗着茜茜琳。她强压下怒火。

"赔钱?"她说。

亚姆族女人翻了个白眼。

"是啊,谢谢,我看得懂合同。我是说,我该怎么向总部交代?"

派克把纸页一张张叠放在桌上,像在整理某个极其复杂的游戏里的卡片。茜茜琳很想从她手里把纸张夺过来。看着它们,她就像一个饿得半死的人站在面包店门前,却被禁止入内。

"风险很低的。"茜茜琳说。

"那我为什么会赔钱?"

"有时低风险也会失败啊,所以才叫风险。如果只投稳赚不赔的生意,赚的钱都不够吃的。"

"你划破拇指签下合同,收了一百个标准银币,如今我却要赔出将近一千个。你还说是低风险?好吧,感谢老天我们没有更多低风险了。"

"支行可以承受这次的损失。"茜茜琳说。派克"啪"的一声把另一张纸摔在纸堆上。一张黄色的纸,字迹墨水呈铁锈色。茜茜琳指着它说:"这张不用赔。"

"什么?"

"这张是默兹林·库玛斯的。他名声不好,喜欢夸大自己的货物数量。就凭一张他自己写的清单?那可不行。只要上面没有船长的拇指印,你就不用赔。"

"你干吗不出去跟别人吹吹水,或者干点别的?"派克叹了口气,"我来处理这些。"

茜茜琳的怒火从肚腹直蹿上喉咙。她的血涌上双颊,眼中噙着沮丧和愤怒的泪水。派克往那张可疑的清单上又放了一张纸,舔舔指头,继续翻看,不再看茜茜琳。她皱着眉头,脸颊的肉上扯出上百条细纹。

"你为什么不喜欢我?"茜茜琳问。

"哦,我不知道,小家伙。"派克回答,"我为什么不喜欢你?嗯……我来这里,替你干所有的活,做所有的决定,承担所有责任,还要写报告,为科莫·美狄安和总部负责。可老天却不让我当银行的发言人,因为那个人是你,不是吗?你在城里四处闲逛,装成一位了不起的夫人,却不够年纪签署你自己的合同。"

"我没求他们派你来。"茜茜琳说。

"你求,或者不求,我不感兴趣。"派克说,"这不能改变什么。问题是,无论你要什么、想怎样,或者我要什么、想怎样,最后为失败负责的人都是我,而享受成功的人却是你。"

"我可以帮你的。"茜茜琳说,"你知道我足够聪明,可以分担一些责任。"

"不。"

"为什么?"

派克放下手里的单子,抬头正视茜茜琳。大个子女人的脸上如铁似冰。

"因为你不够格。你可以玩游戏扮演银行家,但你不是银行家。行了,住口。你提完问题,就该闭上漂亮的小嘴巴,听好答案。你不是银行家。你不过是个走运的敲诈犯。"

"我不是……"

"如今你在市民眼中有了地位,有了银行发言人的名分,有了华服、美食和庇护所,可这一切都是踩在我肩膀上得到的。他们不能炒掉你,除非你签下的每一张可恶的合同都经我们之手抹掉或洗白。这要花好几年。而我呢？只要他们寄一封信来,第二天我就会被扫地出门。尽管他们不会,但他们随时可以。你得到了胡萝卜,挨大棒的却是我。光累死累活还不够？还要让我喜欢你？你想用链子把我拴上,像你那个宠物雇佣兵一样？省省吧,臭丫头。"

公证人不再说话。茜茜琳站起身,感觉像挨了一顿狠揍。她的身体因公证人深深的怨毒而颤抖,大脑却如融冰一般冷静明晰。受到震动的似乎只是身体而已。

"那好,我不妨碍你工作了。"茜茜琳说,"如果支行有任何需要我帮忙的地方,请直说。"

派克喉咙深处不耐烦地"咯"了一声。

"还有,说真的,"茜茜琳指指桌上的单子,"别赔那张。"

——◆——

茜茜琳漫步在城南最靠近港口的街道上。这里挤满了木偶师,有时甚至把十字路口的三个角都占了,大多数表演各种版本的老剧目：取笑扎苏鲁人彭妮彭妮的愤怒和暴力的滑稽剧,或是提兹奈族臭虫的机灵事和罪行——通常,一个十字木架上绑着三个黑鳞木偶,所以它们的动作会一模一样。也有些木偶师表演本地人更感兴趣的剧目,比如一个残疾寡妇被迫卖掉自己的婴儿,却因婴儿太难养被退了回来,加上些黄色笑话,再用长着丑陋牙齿的木偶充当婴儿,这就成了一出搞笑剧。对城里居民来说,拿某个著名的贪污总督开开玩笑也是一场精彩的演出。茜茜琳在一个公共广场停下,站在一对纯血辛奈族女孩跟前,看她们一边唱着怪诞的曲子,一边摆弄做成血腥男人形象的牵线木偶。两个女孩肤色苍白，比茜茜琳还瘦，牙齿磨成鲨鱼一般的尖牙。茜茜琳说不清这个形象算是更吓人还是更另类，但肯定会限制她们能表演的剧目范围，同时这也是笔相当大的个人投资。

茜茜琳在琢磨，演员的技艺究竟更看重小范围内的精湛，还是大范围内的多变？这个命题似乎宽泛，但同样适用于银行。相对来说，特定领域内的合同——保险、借贷、合伙经营、信用证明——不需要太多额外的专业知识；但要扩大生意范围，比如出借守卫，或为银行名下的货栈做货物担保，虽然需要更多的资源和更高的费用，但也能获得其他生意无法带来的收益。

辛奈族女孩唱出一长串高调连贯的颤音，互相应和，混成令人不安的合唱。茜茜琳左边的女孩旋转起来，深色裙子随之飘起，露出涂成蓝色的双脚。茜茜琳看到了，却没在意。

派克和这两个尖牙木偶师倒有几分相似。除了同样损坏的牙齿，她还想限制银行的经营范围，使之局限在少数令她安心的领域，并通过缩减开支增加收益。小范围内的精湛。很安全，很小气，跟茜茜琳的直觉截然相反。

"执事。"玛可斯喊道。茜茜琳根本没发现他来到自己身后。

"队长，"她问，"守卫们怎么样？"

"损失了几个人。"玛可斯回答，"雅丹姆和我的薪水降得最多，稍微减轻了对他们的打击。在他们的心情平复之前，我和雅丹姆总要留一个守在支行里。我可不想被手下人偷了保险箱。"

两个辛奈族女孩受到干扰，皱起眉头，声音变得刺耳了。茜茜琳掏出几枚铜币，丢进敞开口放在木偶师中间的袋子，然后挽起玛可斯的手臂，往西边的海堤走去。

"我没法让她回心转意。"茜茜琳说，"绝无可能。我们不光互相看不顺眼，意见也背道而驰。"

"这是个问题。"

茜茜琳大脑运转。自从懂事以来，银行就是她的整个世界。钱币、支票、汇率、如何定价、如何利用他人制定的糟糕价格。陪伴她成长的就是这些东西，而不是爱。

"我正在考虑一个方案。是一个专以寻找失物为生的人提出来的。"茜茜琳说，"但这种事情，派克不会喜欢，你说对吧？"

玛可斯斜眼看着她。

"听起来不像是她喜欢的类型。"他说，"银行做过这种事吗？"

"任何能赚钱的事，银行都可以做。"茜茜琳回答，"这个方案还让我想到一个主意，我希望你能去查一查。如果可以的话。"

"你知道的，你不能谈判……"

"我想不会有麻烦。说实在的，这事可能赚不到钱，但如果真赚到了，我们就能给派克足够的钱，召回原有的守卫。"

"听起来有点意思。"玛可斯说，"你又打算开展什么业务？"

"没超出银行的范畴，甚至不能算新业务。"

"寻找失物？"

"对。"

"寻找我们的失物？"

"对。"

海堤就是一道粉刷过的石墙，墙外下方是海湾，码头附近的海水颜色浅得跟沙子差不多，远处的深水区则是靛青一般的蓝。一艘引航船正领着一条浅底帆船，穿行在保护城市临海一面的暗礁和沙洲之间。奥利瓦港建城数百年，也曾陷落，但没有一次是被暴力攻占的。

玛可斯斜靠在墙上，望向下面的海水。阳光斜射，映出他棕发里夹杂的银丝。他眯着眼睛抵挡光线。

"你打算寻找我们的失物？是什么？"

"暴鸦号的货物。"她说，"我们要给它赔钱。海盗总得在什么地方上岸吧。只要我们找到地点，也许就能挽回一部分损失。就算只有十分之一,也足够恢复守卫的薪水了。"

海鸥舒展宽阔的翅膀,乘着从海面吹来、被城墙挡住的微风,自海堤上飞过。几个身穿帆布水手装的提兹奈年轻男子一边走过,一边说说笑笑,声音有些吵闹。其中一人喊了句下流的玩笑话。玛可斯扭头看着他们经过。

"我可以四处打听打听。"玛可斯说,"反正没什么坏处。"

"要尽快才行。"

"我会尽快打听。"他说,"然后呢?就算把货物找到并带回来,我们能得到什么?"

"我们是在保护支行的钱。"茜茜琳说。

"派克不会感激我们。"

"我们这么做也不是为了她。"

"哦。"玛可斯说,"但这解决不了真正的问题。"

"不能直接解决。不过,如果我们所做的事能让支行境况好些,那么对日后也许会有帮助。等派克走后。"

"你觉得会在什么时候?"

厌烦感在茜茜琳肩胛之间揪紧。她抱起双臂。一只海鸥俯冲而下,影子掠过她的脸庞。

"我必须做点什么。"她说,"我不能干坐着,眼睁睁看她缩手缩脚,害我们满盘皆输。"

"同意。只要能给我的人付薪水,当然还有我,叫我做什么都行。要是能瞒住派克就更好了。只不过,万一成功,支行业绩更好,她留下的可能性也就更大了。"

"如果只为赶走她而减少银行的利润,会损害银行。"

茜茜琳用手掌按住太阳穴。说到底,她和派克面对的是同样的问题。

"我跟她能交换身份就好了。"她说,"我才不在乎能不能出席宴会。我只想掌握那些账本。"

"她不会赞同这个主意。"

"我们可以干掉她。"茜茜琳开玩笑说。

"我不相信这样就能赢得总部的信任和认可。"玛可斯说,"但我们确实应该做点什么。"

茜茜琳摇摇头。队长的话有如鹅卵石,沉重地压迫她的肺腑。她想去酒吧,但随即把这念头赶走。啤酒没用的,它甚至无法让她感觉舒服些,但也许能帮她入睡。

"科莫·美狄安。总部。"她说,"他们永远不会信任我,对吗?"

"多了解你之后,也许会的。"

"好吧,也许我可以给他们写几封乖巧的信。"茜茜琳酸溜溜地说。

"反正没坏处。"玛可斯说,"与此同时,看看我们能不能找到你的海盗吧。"

盖德
Geder

盖德的身材不算高，艾斯特却比盖德还矮半个头。男孩的手臂比盖德短，二人的身板差不多壮。但王子的优势在于——速度快。

长剑破空刺来，盖德用剑去挡。剑刃交击，铿锵作响，冲击力震得他手指生疼。艾斯特一转身，剑收到身前，再次刺出。盖德反应慢了。王子这一剑刺中他肩头，滑过决斗皮甲，蹭到耳朵上。一阵剧烈的疼痛，盖德丢下剑，抬起手掌，捂住耳朵，摇晃，倒退，坐倒在地。手指上沾满鲜血。他听到艾斯特的剑"哐当"落地，抬眼望去。王子瞪着双眼，担忧地看着他。

盖德笑了，伸出染血的手。

"看！"他说，"这是我第一道决斗伤疤。感谢老天，剑没开刃，不然你就把我的耳垂割掉了。"

"对不起，"艾斯特说，"对不起。我不是有意……"

"哦，别说了。"盖德回答，"我知道你不是有意的。我没事。"

盖德翻身爬起。他府邸的决斗场位于后花园，远离街道。结实的泥土地上种着一排老灰树,树根顶起并拱裂了古老的石墙。白玫瑰枝叶繁茂,但还没长出花蕾。等开了花,整个院子将落满白色的花瓣。盖德站起身,耳朵还很疼,但不算糟。艾斯特迟疑地露出微笑。盖德咧嘴笑了。

"我的王子,你是个战士,也是位仁者。"盖德一边说,一边夸张地鞠了一躬,"在这光荣之地,我臣服于您。"

艾斯特哈哈大笑,也正式地鞠了一躬。

"得叫人给你的耳朵涂点蜂蜜。"他说。

"先进屋吧。"盖德说。

"比比谁跑得快。"

"什么?你要跟一个受伤的可怜人……"盖德刚说一半,拔腿就朝大屋跑去。身后传来艾斯特抗议的叫声,然后是追赶的脚步声。

盖德的大部分童年在里文翰度过。身为子爵之子,他拥有贵族的特权,却很少用得上。仆人和奴隶虽有很多,但即使是出身最高的农夫,跟领地继承人之间的壕沟仍然大得难以逾越。他的父亲不喜欢参政,所以盖德也没机会认识同等阶层的男孩。他只能在图书馆看书,用树枝和绳子搭建漂亮的小房子。冬天,他穿着黑色皮毛大衣,在冰封的河边散步。春天,他带着书来到母亲墓前,坐在碑石旁看书,直到傍晚的影子笼罩山谷。

但他从不觉得寂寞。他没有跟别人比较的机会,于是觉得一切都正常不过。过去如此,将来亦将如此。

等到了年纪,步入朝廷之后,他感觉不知所措、刺激而又屈辱。每个人都比他懂得多。他有时觉得,身边每个人都会说一种只有他没学过的秘密语言。某个人说了一句话,盖德听来完全没有恶意——评论一件外套的袖子长度、一首简单的小诗,或是那条从里文翰旁边经过但从不穿行其间的龙道——然后他的朋友们就会"呵呵"地笑。盖德不知道他们在笑什么,所以猜测他们在嘲笑自己。无论起初是不是,但没过多久,他们真的开始嘲笑他了。直到万奈焚城之后,他才得到朝臣的尊重。而这所谓的尊重其实是畏惧。盖德喜欢被人畏惧的感觉，因为那意味着再也没人敢嘲笑他。

而艾斯特不一样，他是真正的朋友。没错，王子比他小了将近十岁，从小就被朋友和玩伴簇拥。没错，他对现今朝廷的了解，盖德永远也比不上。但他是个孩子，是盖德的养子。他俩之间无需戒备。盖德跟他一起爬树、练习决斗、赛跑、欢笑、半夜到泉水里游泳。若跟年纪相仿的男人在一起，盖德会担心自己表现得像个傻瓜，担心自己付出的友爱被人误以为是浪漫的爱情。而跟女人在一起呢，他甚至无法讲出完整的句子。可跟王子在一起，盖德可以玩耍、欢笑、讲笑话，可以做任何事，而在旁人眼里，这些不过是大人对孩子的关切。

盖德耳朵上的伤口不大，但流血不少。一个仆人——是个动作温柔的达提奈族男人，一只眼睛瞎了，不再闪光——往伤口上涂了点蜂蜜和荨麻制成的药膏，然后用绷带包好。艾斯特的老师——一个由西米恩国王聘请的性情严厉的男人——找到他俩，要把王子领走。老师脸上那专制却又沮丧的表情逗得盖德和王子傻笑起来，也不知是谁先惹谁笑的。剩下盖德一人后，他躺在沙发椅上，闭上双眼。他的耳朵比在王子面前表露出来的疼多了，但药膏很有效。正当他迷迷糊糊时，门口传来一阵轻柔的声音。他睁开一只眼，发现管家站在门口。

"嗯？"盖德问。

"少爷，有访客。"

"哦。"他答应着，随即想起上一次的情景，于是又问，"是谁？"

"是乔瑞·卡连姆爵士。少爷，我把他带到了……"

"北客厅。"盖德接上，"好了，我自己能去。"

管家弯弯脖子，算是鞠躬，然后退下。盖德伸了个懒腰，把衬衣拉下来盖住肚子，起身。

如果说盖德有同龄的朋友，那就是乔瑞·卡连姆。他们一起在艾伦·克林爵士的率领下攻陷万奈，之后克林成了那座城市的庇护使，两人又一起在那儿待了漫长的数个星期。万奈焚城时,乔瑞就开始跟随盖德。他们还一同镇压了马斯、克林和伊桑简发动的雇佣军兵变。当盖德以为重回坎尼普将面临谴责甚至更糟的惩罚时,乔瑞的父亲却为他举办了庆功会。要不是乔瑞及其家人,盖德此时还只是个小子爵的儿子,除了喜欢看野史外一无是处。盖德应该称道森·卡连姆为"导师",当然,如今他的地位已经超越了道森。

这个冬天对乔瑞不错。他的面容比盖德记忆中平和了些,仿佛从悠长的阴影中走了出来,他的脸颊有了血色,微笑显得轻松。

"盖德,"他起身打招呼,"感谢你接待我这不速之客。我这人有点随性,希望没打扰到你。"

"当然没有。"盖德边说边同他握手,"如今我成了男爵,日子清闲又懒散。你也该试试。"

"我要想当男爵,先得干掉两个哥哥。"乔瑞回答。

"呃,对哦。除非迫不得已,千万别那么干。"

乔瑞的手掌不安地搓着袖子,微笑略显迟疑。

"我来……"他开口,却又停下,迟疑地摇摇头,"我来想求你帮个忙。"

"当然可以。"盖德说,"什么事?"

"我要结婚了。"

"你开玩笑吧?"这是盖德的第一反应,随后他看到乔瑞的眼神,"你一定在开玩笑。我们一样大啊。你不可能……你要娶谁?"

"纱比娅·斯吉提林。"乔瑞回答,"这也是我希望你参加婚礼的原因之一。你是冉冉升起的新星、朝廷的重臣。你出席婚礼,能堵住人们的非议。"

"非议?"盖德说着,在珊娜·达斯克林坐过的沙发上坐下。有那么一会儿,他好像又闻到了她身上的香气。他喜欢这张沙发,因为它承载着美好的记忆。

朝臣的尊重。而这所谓的尊重其实是畏惧。盖德喜欢被人畏惧的感觉，因为那意味着再也没人敢嘲笑他。

而艾斯特不一样，他是真正的朋友。没错，王子比他小了将近十岁，从小就被朋友和玩伴簇拥。没错，他对现今朝廷的了解，盖德永远也比不上。但他是个孩子，是盖德的养子。他俩之间无需戒备。盖德跟他一起爬树、练习决斗、赛跑、欢笑、半夜到泉水里游泳。若跟年纪相仿的男人在一起，盖德会担心自己表现得像个傻瓜，担心自己付出的友爱被人误以为是浪漫的爱情。而跟女人在一起呢，他甚至无法讲出完整的句子。可跟王子在一起，盖德可以玩耍、欢笑、讲笑话，可以做任何事，而在旁人眼里，这些不过是大人对孩子的关切。

盖德耳朵上的伤口不大，但流血不少。一个仆人——是个动作温柔的达提奈族男人，一只眼睛瞎了，不再闪光——往伤口上涂了点蜂蜜和荨麻制成的药膏，然后用绷带包好。艾斯特的老师——一个由西米恩国王聘请的性情严厉的男人——找到他俩，要把王子领走。老师脸上那专制却又沮丧的表情逗得盖德和王子傻笑起来，也不知是谁先惹谁笑的。剩下盖德一人后，他躺在沙发椅上，闭上双眼。他的耳朵比在王子面前表露出来的疼多了，但药膏很有效。正当他迷迷糊糊时，门口传来一阵轻柔的声音。他睁开一只眼，发现管家站在门口。

"嗯？"盖德问。

"少爷，有访客。"

"哦。"他答应着，随即想起上一次的情景，于是又问，"是谁？"

"是乔瑞·卡连姆爵士。少爷，我把他带到了……"

"北客厅。"盖德接上，"好了，我自己能去。"

管家弯弯脖子，算是鞠躬，然后退下。盖德伸了个懒腰，把衬衣拉下来盖住肚子，起身。

如果说盖德有同龄的朋友，那就是乔瑞·卡连姆。他们一起在艾伦·克林爵士的率领下攻陷万奈，之后克林成了那座城市的庇护使，两人又一起在那儿待了漫长的数个星期。万奈焚城时,乔瑞就开始跟随盖德。他们还一同镇压了马斯、克林和伊桑简发动的雇佣军兵变。当盖德以为重回坎尼普将面临谴责甚至更糟的惩罚时,乔瑞的父亲却为他举办了庆功会。要不是乔瑞及其家人,盖德此时还只是个小子爵的儿子,除了喜欢看野史外一无是处。盖德应该称道森·卡连姆为"导师",当然,如今他的地位已经超越了道森。

这个冬天对乔瑞不错。他的面容比盖德记忆中平和了些,仿佛从悠长的阴影中走了出来,他的脸颊有了血色,微笑显得轻松。

"盖德,"他起身打招呼,"感谢你接待我这不速之客。我这人有点随性,希望没打扰到你。"

"当然没有。"盖德边说边同他握手,"如今我成了男爵,日子清闲又懒散。你也该试试。"

"我要想当男爵,先得干掉两个哥哥。"乔瑞回答。

"呃,对哦。除非迫不得已,千万别那么干。"

乔瑞的手掌不安地搓着袖子,微笑略显迟疑。

"我来……"他开口,却又停下,迟疑地摇摇头,"我来想求你帮个忙。"

"当然可以。"盖德说,"什么事?"

"我要结婚了。"

"你开玩笑吧?"这是盖德的第一反应,随后他看到乔瑞的眼神,"你一定在开玩笑。我们一样大啊。你不可能……你要娶谁?"

"纱比娅·斯吉提林。"乔瑞回答,"这也是我希望你参加婚礼的原因之一。你是冉冉升起的新星、朝廷的重臣。你出席婚礼,能堵住人们的非议。"

"非议?"盖德说着,在珊娜·达斯克林坐过的沙发上坐下。有那么一会儿,他好像又闻到了她身上的香气。他喜欢这张沙发,因为它承载着美好的记忆。

乔瑞坐在对面，双手在身前互扣。

"呃，你知道她那些糗事。"

"我不知道。"盖德回答。

"哦。"乔瑞说，"那是几年前了。她出了丑闻，到现在人们还在议论，当然，不会当着她的面。我想为她洗清名誉。我想让她明白，她不再是流言蜚语里的女主角。"

"好吧。"盖德说，"但你得告诉我该去哪儿、该说什么。我以前从没参加过婚礼。哦！主持！我们可以让巴拉希普主持婚礼！"

"我……我想可以吧。"

"我会跟他谈谈。但他不是传统祭司。也许你可以请两位祭司来主持。"

"只请一位更合传统。"乔瑞说，"等我查查再说吧。不过，你不介意吗？我是说，参加婚礼？"

"当然不。"盖德回答，"为什么介意？"

乔瑞摇摇头，往后靠去。他显得困惑，还有些犹豫，仿佛盖德是个谜，而他只能猜中一半。

"你真是个宽宏大量的人。"乔瑞说。

"没那么了不起吧。"盖德说，"我是说，只是参加婚礼嘛。除了出现在现场，不用做什么特别的事吧？"

"还是要谢谢你。这事对我很重要，我欠你个人情。"

"不，你没欠我。"盖德说，"不过，既然你来了，我确实有件事想问你。你还记得阿斯特里堡大使吗，你父亲要我见的那个人？"

"艾什佛大人。记得。"

"后来怎么样了？我跟国王谈过，但据我所知，陛下到现在也没接见他。我担心自己说错了什么话。"

◆◆

"你必须做好准备。"西米恩国王说。

"不会的，陛下。"盖德回答，"我肯定，这病一定能好起来。夏天过去之前，您就能恢复健康和精神。还要过好多年，才会……才会……艾斯特绝对……绝对不会……"

盖德的话慢下来，最后停下。他的大脑竭力搜索下一句话，却什么都找不到。他听到自己喘着粗气、低声呜咽。一阵轻微的眩晕感袭来。他往前屈身，前额压在膝盖上。

我不能呕吐，他想，无论发生什么，绝不可以呕吐。

国王传见他时已近黄昏。春天的太阳在燃烧，低低地挂在空中，拉出长长的影子，把街道和巷子笼入渐渐腾起的暮色中。夜晚开放的常春藤张开蓝色和白色的花瓣。盖德离开府邸时，发现克霆·伊桑简家的窗户亮起柔和的灯光。若是一年前，接待王室信使的人极可能是伊桑简，或者马斯，或者那个可恨的艾伦·克林。盖德来到王堡，虽然城中其他房子都已沉入暮色，但高塔的尖顶仍然在阳光下闪闪发亮。风从北方刮来，冰冷却不刺骨，只吹得树木纷纷点头。迎接盖德的既不是仆人，也不是奴隶，而是一个拥有贵族血统的国王守卫。他带着盖德来到西米恩的私人房间。

盖德低伏着头，感觉天旋地转。他还记得刚才的喜悦之情：艾丙勃男爵兼王子庇护使，应凌渊王座紧急召唤而来。如此描述，似乎极其浪漫，十分高贵，仿佛一场凌驾万人之上的白日梦。但不承想，竟是如此结果。

摄政王。这个词，听着令人窒息，看着叫人眩晕。

"帮帮他。"西米恩的话仿如沮丧的抱怨。一双温柔的手扶住盖德的肩膀，将他拉起。国王的术士是个原血族，但全身布满螺旋形文身，倒像是哈维金族。他轻声念着什么，用指尖按压盖德的喉咙和手肘内侧。

一阵暖流涌入体内，盖德的呼吸轻松了些。

"他没事吧？"国王问。

术士闭上双眼,一只手按着盖德的额头。盖德似乎听到远处传来铃铛的声音,但别人好像都没听到。

"只是震惊过度,陛下。"术士回话,"他身体很健康。"

"我不敢相信。"盖德声音发颤,"我收养艾斯特时根本没想过。我是说,您那么健康。我从来没想象过……哦,陛下,我真是非常、非常难过。我很难过。"

"听我说,"西米恩说,"日落时分我的精神比较好,但仍会有神志不清的时候,所以我没多少时间跟你讲话。你必须代替我接见艾什佛大人。你明白吗?到时候,这些事务都要交给你了——保护艾斯特,跟阿斯特里堡缔结和平。"

"我会的。"

"离开前,我会尽可能安排好一切,但我的能力不比以往了。"

昏暗的房间里,西米恩似乎更像个幽魂。他左眼下耷,仿佛血肉快要从骨头上脱落。他的话语含混不清,身下垫着一大堆枕头,支撑着无力的脊梁。盖德宁愿相信,他不过得了场大病,全力施救后即可痊愈,但眼前没有一丝迹象表明这是真的。西米恩开口想说话,但好像忘了什么,愣了一会儿神。

"他为什么会在这儿?"西米恩说。

"陛下,您召我来的。"

"不是你,是另外一个。门边那个。他戴着什么?"西米恩显得很烦躁,随即害怕起来,"哦,天哪,他为什么戴着那个?"

盖德转身,但门边空无一人。他背后所有汗毛都倒竖起来。术士伸手轻按盖德的肩膀。

"今晚陛下不能再跟你谈话了。"术士说,"等他恢复神志,我们再派人去接你,好吗?"

"好。"盖德说,"拜托你了。"

此时刚刚入夜,但一弯细月已高高悬在夜空。男仆扶着盖德登上马车,背靠薄薄的木板。马夫吆喝一声,马匹拉着车子颠簸前行,铁蹄和铁皮车轮碾压街石。快走到银桥前面时,盖德往前探身,透过窄小的窗户往外喊话。

"不回家。去神庙。"

"是,大人。"车夫掉转车头。

烛台上点着火把,火焰如此纯净,以至柱子上没留下一丝烟痕。蜘蛛丝旗仍然挂在原处,但在黑暗中看来,那红色跟八方标志一样漆黑。盖德在台阶上停下脚步,转身遥望。城市在他眼前铺展,提灯与蜡烛呼应着头顶的星星,如同静止水面上的星影。王堡、深渊、贵族府邸、贱民蜗居……一切都将由他号令,由他掌控。他将成为这片土地、安提亚及男孩艾斯特的庇护者。他将成为摄政王。因此,他将成为实际上的国王。而安提亚,将臣服于他的意志。

他没听见巴拉希普走出来。不是因为大个子祭司脚步安静,而是因为盖德有些心不在焉。他的心思有一半神游在外,在欢欣与恐慌间左右摇摆。

"盖德王子?"

大祭司的阔脸庞充满关切。盖德在台阶上坐下,石头仍然留有一些白天的暖意。巴拉希普挽起袍子下摆,坐在他身旁。二人就这样坐着,久久不言,像两个孩子玩了一整天,累坏了,正坐着凝望屋后的巷子。

"国王快死了。"盖德说,"我会接替他的位子。"

祭司露出平静的微笑。

"这是女神对你的眷顾。"他说,"对于得到她祝福的人来说,世界本当如此。"

盖德回过头。微风吹拂,深色的旗帜泛起波纹。一阵惊恐突然攥住他的心。

"她不会……我的意思是,女神不会为了我杀死国王吧?不会吧?"

巴拉希普的笑声低沉而温暖。

"这不是她的风格。世界由微不足道的生生死死组成,这是她的旨意,但她并不干预世事,她只会把选中的人摆在合适的位置。至于他们的成就,永远只能由他们自己的努力达成。她很低调,但她的旨意永不落空。"

"好吧。很好。我只是不希望因我的一帆风顺而害死艾斯特的父亲。"盖特往后躺下,脊梁骨硌在台阶上,"我必须告诉他。可我不知道该怎么说。你该怎么跟一个男孩说,他父亲要去世了?"

"是要说得得体才行。"巴拉希普回答。

"还有阿斯特里堡大使,就是那个希望我说服国王单独接见他的家伙。如今看来,接见他的人该是我。"

"我会陪你一起去。"巴拉希普说。

"至少国王向我交代了他的意向,所以,对于那家伙,我知道该怎么做了。而且摄政王像国王一样有顾问,会有人为我出谋划策。不像在万奈,人人都希望我失败。"盖德脑海深处泛起噩梦的片段:万奈的烈火再次在他眼前舞动,照亮了一个孤零零的绝望身影,烈焰声汹涌咆哮。一时间,负疚和恐惧如昨日般鲜明,他连忙把记忆重新锁闭。他是安提亚的英雄。万奈发生的是好事。再次开口说话时,他的声音稳定了些,"不会像万奈那样。"

"你说得对。"

盖德"呵呵"笑了。

"艾伦·克林听说了,肯定会吓得失禁。"他咧嘴笑道。

"你打算怎么做?"巴拉希普问。

"嗯?"

"那个大使。"

"哦。西米恩要我保护艾斯特平安,并同勒禅国王缔结和平。我答应他了。"

"啊。"巴拉希普说道,停了一会儿,他又问,"如果这两件事无法兼得,你会怎么选?"

玛可斯
Marcus

　　龙族,庞大而冷酷的生灵,自灭亡那一刻起,他们筑造的建筑就一直决定并影响着人类的一切,直至未来的世世代代。其中,高耸的纪念碑也许最不足道。但还有耸立在伊萨梅湖心的无阶塔、卡斯的龙族墓地、空空的要塞等等。它们充满神秘感,令人害怕,令人敬畏。当然,更伟大的力量藏身于平凡之中,那就是龙道。它贯穿众多国家,每逢交汇之处,便有城市凭借贸易和便利交通带来的好处而崛起。十三种族亦受到伟大主人最初创造他们时的意志所限:辛奈族瘦弱、苍白,不适合战斗,所以躲在普林西安纳德,那里的山川峡谷利于防御;查古族、扎苏鲁族和亚姆族为暴力而生,为战争而长,他们在克沙特安家,那里一马平川,没有任何天然屏障抵御入侵者。在某个季节里打赢一场仗,换了下一季就会无从抵挡。哪里有战争,最适合战争的种族就在哪里繁荣。哪里能提供庇护,需要庇护的种族就会出现在哪里。从历史开辟之初,龙族的印记就一直存于世间,并将一直存到世界终结之时。

印记虽然存在，却并非永恒不变。

在每座依靠龙道而生的伟大城市四周，还有其他小城——镇子、村庄，有些甚至比驿站大不了多少——它们的路由人类之手铺成。伟大的龙道交汇之处，耸立着伟大的城市，但那儿的农场经历数个世纪的耕种之后已经贫瘠。更远的土壤更肥沃，能种出更多庄稼，于是，新的城市——卑微的人类住地——诞生了。

大地在变，人类也在努力突破烙入血脉的束缚。只有在人们心中，种族才界限分明、互不混淆。确实，并非所有种族都能混血，比如辛奈族女人就生不出亚姆族孩子，好比捕鼠梗生不出大獒犬。还有些混血儿无法让女性怀孕，或者自己怀不上孩子。孕育混血儿很困难，这让十三个种族互相保持着一定距离，但若仔细考察，你会发现，除了淹族，没有哪个种族是真正的纯血种。一个长着深色大眼睛的查古人，祖辈也许有南族血脉；哈维金族和扎苏鲁族可能有秘密通婚的夫妻；原血族和辛奈族的配对只不过是不受欢迎、遭人白眼罢了。历史还留下了其他让人不愉快的配对，因为并非所有被敌兵奸污的女人都能下手杀掉自己的孩子。

人类种族的历史，是爱恋与离合、自然与人工、战争与贸易、秘密与张扬绘成的繁复画卷。在玛可斯丰富的人生经历中，茜茜琳·贝尔沙克仅仅是其中一个例子，坐在矮木桌对面的男人则是另一个。卡普森·哥特马克，由扎苏鲁族母亲和亚姆族父亲生下的孩子。他的皮肤上镶着遗传自母亲的青铜鳞片，但远不成形。他的嘴里挤满扭曲的尖牙，既不像亚姆族的獠牙，也不像扎苏鲁族的牙齿。他好似从孩童故事里走来的怪物，两不像，但完全为战斗而生。不认识他的人绝想不到他会以诗人自居，更想不到他会养鸽子。

这栋房子以石头筑成，外抹灰泥，坐落在塞米斯镇中心附近。屋外的暮色里，卡普森的孩子正跟镇里其他小朋友一起玩，绕着鸽舍踢一只死老鼠，快乐的尖叫声中既有厌恶，也有男孩特有的无情。

"有个地方，"混血人说，"不近，但也不远，是个没人去的小海湾。"

"你能带我们去吗？"

"不能。"卡普森回答，"但我能告诉你地点。毕竟我有家人，而且这事与我无关。"

玛可斯瞥了一眼门口。雅丹姆·黑恩斜靠着石头门框，抱着双臂，表情莫测。从这里沿海边返回奥利瓦港需要半天时间，虽然玛可斯不喜欢二人同时远离银行和保险箱，但雅丹姆坚决不同意他一个人来。屋外，一个孩子尖叫一声，不知是因为疼痛还是高兴。

"好吧。"玛可斯说，"两个银币买你一张地图。如果去了能找到海盗，就再给你两个。"

"收了这钱，我是要替你们宣传，还是保密？"

"不管怎样，都给你钱。"玛可斯说。

卡普森起身走到壁橱前。壁橱用海浪冲上岸的木头做成，房间里有股淡淡的焦油和咸水味，就是出自它。玛可斯看着他伸手去够最顶上的架子，取下一张比他手掌稍大一些的羊皮纸，上面有深色的墨水笔迹。

他把羊皮纸放在桌上，玛可斯拿起来看。上面画着曲折的海岸线，错不了，还有四个清晰的地标，写了名字。这人早有准备。其背后的含义可能极好，也可能很糟：如果镇民愿意帮他对付海盗，那夺回货物的可能性会更高；不过，如果卡普森认为有人将受到正义的制裁，那情况就会有些尴尬。

但那只能以后再担心了。玛可斯从腰间解下钱袋，取出四枚银币放到桌上，随后又掏出两枚。卡普森扬起双眉。

"这是买名字的。"玛可斯说，"我要知道对手是谁。"

"你认为我知道他的名字？"

玛可斯耸耸肩，伸手去取额外的银币。

"里纳尔。马西欧·里纳尔。他有一部分卡博尔的贵族血统。"

"很好。"玛可斯说着,折起地图别进腰带,"跟你聊天很愉快。"

"希望还有机会见到你。"

玛可斯弯腰出门,雅丹姆跟在身后。大海往南延伸,一片铅灰,十分平静。日落的最后一丝金红依然勾勒出西方的地平线。他心中闪过一个念头,想现在就纵马往西边进发。两人骑马的话,不到半夜就能抵达那个小湾。在最糟的情况下,他们会被发现,然后打上一架。

可他的人都在奥利瓦港,而且茜茜琳在等消息。这时继续往西属于毫无必要的冒险,但也确实是个诱惑,因为他心中的不安需要释放。

"老大?"

就去看一眼,这句话在他喉头徘徊。

"回城。"他说,"多找几个人再回来。"

雅丹姆竖起双耳。

"干吗?很惊讶吗?"

"我以为咱们会立马杀过去,老大。"

"那样很蠢。"

"我也这么想,老大。但我觉得,干这种傻事是咱们的风格。"

玛可斯耸耸肩,郁闷地朝坐骑走去。他明白,要是自己一个人来,可能已经头脑发热了。

他们找了个橡树丛扎营,把马匹绑在枝丫丛中的古老祭坛上。那祭坛爬满了常春藤,残破不堪,早就被人遗忘。到了早晨,饿了一夜的玛可斯吃了条腌山羊肉干,外加一把春天收的豌豆。豆子还裹在豆荚里,吃起来软绵绵的。从西边进入奥利瓦港的路看上去还好,山坡上布满青草和石楠花,绿油油的,就是起伏不平,到处藏着碎石,一不小心就能崴了马蹄。据传闻说,古代卡博尔国王曾沿着海岸线入侵比兰卡,可第一场战斗还没打响,他们已经伤亡惨重。玛可斯并不相信这个故事,但也不怀疑。

高大的浅色城墙挡住了太阳,显得颜色有些发暗。进出城门的人群中夹杂着许多乞丐,但由于玛可斯在城中知名度颇高,所以不会受到骚扰。这些人既是骗子也是小偷,有的说孩子生病,有的自称双脚残废——其实没人注意时走得可快了。他们更容易骗骗外乡人,被乞丐无视则成了城中居民的标记。虽说只是个无形的标记,但玛可斯已经拥有。仿佛光是闻闻奥利瓦港的空气,他就已经成了那些人的同谋。经由货摊、马匹和复杂的街道网络,玛可斯穿过城垛,进入真正的城区。

出乎意料的是,刚走出马厩,玛可斯便听到一个声音在喊他。一条巷子口站着个长脸男人,头发如铁丝般条条竖起,一身普特人的橄榄色皮肤,身穿朴素的棕色袍子,挂根拐杖,把手处因频繁抓握已经发黑。玛可斯的嘴唇不由自主地咧开,微笑。几个星期以来,这还是头一次。

"吉特?你在这儿干吗?"

"我想我是来找你的,"老演员说,"还有雅丹姆·黑恩!再次见到你们可真高兴。依我看,城市生活很适合你们,对吧?我相信,我从没见过你俩气色这么好。"

"他说咱们发福了。"玛可斯说。

"我知道他在说什么,老大。"雅丹姆佯装恼怒地回答,然后龇牙咧嘴,露出灿烂的笑容,"没想到剧团这么快就回来了。"

吉特师傅迟疑一下。

"他们没回来。我一个人来的。玛可斯,如果你有时间,我想跟你谈谈。当然,如果你和雅丹姆有事要忙,我不会打扰你们。"

玛可斯瞄了雅丹姆一眼。从查古人脑袋偏转的角度判断,他同样听出了弦外之音——单独谈话,连副手也请回避。雅丹姆耸耸肩。

"我去向执事报告。"他说。

"能不能请你帮个忙,别说见到我的事?"吉特问。

这一次,雅丹姆的双耳戒备地高高竖起。玛可斯点了一下头。

"既然你没意见,"雅丹姆说,"那我在支行等你,老大。"

"我很快回来。"玛可斯说,"但我得先弄明白吉特神神秘秘的想干吗。"

吉特带玛可斯来到盐区,在小广场周边找个酒吧坐下。广场中间有座干枯的喷泉,直径就相当于成人的身高,但依然略显庞大。鸽子大摇大摆地随处走着,"咕咕"叫着,随地拉撒。玛可斯和吉特共坐一张长凳。一个原血族女子,棕发、棕眼、脖子上有一大块紫色胎记,给他们送来两杯烈性苹果酒。他们先聊了聊剧团——桑达、斯密特、贺尼特、麦克尔、卡莉,还有他们离开奥利瓦港北上之前新收的演员查丽特·苏恩。都是些日常琐事和闲话,但玛可斯察觉,谈话背后另有隐忧。

这时,吉特沉吟半晌,玛可斯趁机追问。

"剧团出事了?"他问。

"我想没什么事,不过少了个演员嘛。我相信他们确实很有天赋。照我看,就算没有我,他们依然有机会出人头地。"

"可你离开了他们。"

"是啊,其实我也不想。但我发现有件事更需要我,又不能把他们卷进去。失去奥珀尔的打击已经够大了,尽管她是自作自受。"

玛可斯往前探探身。奥珀尔曾是吉特剧团的女主角,后来背叛了茜茜琳,而这间酒吧的位置距她殒命的海堤不算远。对于她的死,玛可斯本以为自己会记忆犹新,但实际上,他只记得杀了她之后,把尸体从海堤缺口推了下去。

"这是你来找我的原因?"玛可斯问,"为了奥珀尔?"

"不是。"吉特回答,"不是她。"

玛可斯点点头。

"那为什么?"

老人"哈哈"大笑,笑声中却没有愉悦。他眼睛下面挂着两个黑眼袋，双手握住酒杯，显得很憔悴。

"我从坎尼普赶来，本想跟你谈谈。可如今我坐在这里，却又觉得很难说清。好吧。我要完成一个使命。我估计会很危险，可能活不下来。"

"什么使命，吉特？"

"我相信，某个……邪恶势力已重返人间。除了我，我不知道还有谁能对抗它。我觉得我必须去，但基于一些复杂的理由，我不希望只身前往。在四处旅行的过程中，我遇到了很多人，但我认为只有少数几人能同我一起完成使命。其中包括你。我希望你跟我一起去。"

仿佛回答一般，鸽子一同腾空而起。珍珠色的翅膀扇起一阵臭烘烘的热风。玛可斯喝了几口苹果酒，好让自己思考一会儿。

"更有可能的是，你演戏太久，错把假戏当真了。"玛可斯说。

"我也希望你说得对。"吉特叹了口气，"如果我疯了，也就是茫茫人海中一个小人物迷失罢了。可我觉得，我的神志很正常。"

"疯子都以为自己正常。你准备去打败谁？"

"透露更多细节会让我显得更癫狂。"吉特师傅回答，"而且我觉得分享它们并不安全。起码此时此地不行。不过，只要你答应跟我一起去，我承诺，我会向你证明我的话至少有一部分是真的。我要往南走，然后往东，很远的东方。我相信路上很危险，可有你陪伴会安全些。"

"我可以推荐几个保镖。"玛可斯说，"我刚刚失去了几个本想留住的守卫，所以知道哪儿能找到急需用钱的剑士。但我本人哪儿都不去。我还有工作。"

"这么说，你还在给茜茜琳的银行快乐地打工？"

"是否快乐与工作本身无关。"玛可斯说，"但我喜欢。"

"你的合同有多久？"

"我是为茜茜琳工作。"

吉特双眉绞起，像两条毛毛虫。

"我明白了。"

"我可以帮你找到好保镖。"玛可斯说。

"我不需要好保镖,我只想要你。"吉特说完,"哈哈"笑了。尽管焦虑不安,但笑声依旧温暖,"哦,我想结果不如我想象的那么顺利。我本以为你会答应的,玛可斯。但我不会强迫你。"

"你没法强迫我。"

"我可以。"吉特说,"而且我很想这么做。但我视你为朋友,所以我决定不那么干。希望这番话能让你重新考虑一下。我还得做些准备,所以会在附近逗留一段时间,盼望你及时回心转意。当然,如果你能帮我保密,我会非常感激。"

"有人追杀你?"

"是啊。"吉特说完,长饮一口苹果酒。

长胎记的女子走过来,指指他们的杯子。玛可斯摇摇头。他不需要更多酒精。

"如果需要帮助,在银行用不着我的平淡日子里,我会尽量帮你。"玛可斯说,"我只能做这么多。"

"谢谢。"

玛可斯沉默片刻,想再说些什么,但最后只是拍拍吉特的肩膀,把只喝了一半的酒杯留在身旁的长凳上。回支行的路不算长,但玛可斯走得很慢。自从接受了茜茜琳·贝尔沙克和银行的雇佣,他便谢绝了其他所有的工作。他绕过街上的马粪,从身穿金绿两色制服的女王卫兵旁边经过,心中第一次意识到:如今手上这份合同,也许是这辈子最后一份了。

为银行工作没有明确的截止日期。这也不是什么要塞,需要坚守一个夏天,或到秋天必须攻下。他的手下不是士兵,而是守卫,有时甚至不能算做守卫,而是私人武装、放债者的打手。这种工作是没有尽头的。

有那么一会儿,他想象自己数十年后会是什么样子:他走在同一条街上;时光拔光了他的头发,或把它们染成白色;他的关节变得粗厚、疼痛;也许他找到一个女人,她能容忍他的坏脾气和不堪的过去;他一直管理着守卫队,渐渐变得恋家、年老、安逸,直到变成比吉祥物强不了多少的象征。这人曾闯荡过世界,可如今你瞧瞧他,根本看不出来。这幅未来景象展现在他眼前,如此清晰,似乎伸出手去,就能碰触到老人的肩膀。

他不得不停下一会儿,仰望天空。想想坎宁·麦斯,他被塞进箱子,只剩脑袋露在外面,可能就是这种感觉吧——死亡的感觉。他很想回过头去,去找吉特师傅,再喝些苹果酒,听听究竟是什么状况把老人弄得疯疯癫癫,只为让那一幕不要成为自己的结局。

然而,这样做便意味着离开茜茜琳。支行距他只有几条街了。他凭着纯粹的意志命令自己走到那儿。雅丹姆正在屋外焦虑地踱步,等他。

"老大?"

"我没事。"

"有什么……"

"没有,雅丹姆,没事。什么事都没有,永远不会有。"

查古人的耳朵贴在后脑。玛可斯很想在对方的眼眸里找到愤怒、伤心,或除了关心之外的其他情绪。关心太像同情了。

"我们一直做得很好,老大。银行很安全。队员虽然刚被降薪,但忠心耿耿、训练有素。派克很烦人,但不成问题。如果你回顾一下,自从我们离开埃利斯……"

"你又想对我说教吗?我的灵魂是圆的,正要往下翻滚,对吗?"

雅丹姆迟疑一下,说明他的回答是:对。

但他却说:"不,老大。"

克莱拉
Clara

谢天谢地，乔瑞谢绝了盖德·帕列库让他那些克沙特朋友做司仪的主意。婚礼仪式在大教堂举行，日期安排在坎尔·达斯克林主持焰火启朝仪式的第二天。但这样一来，就没有足够的时间完成所有礼仪了。克莱拉要跟斯吉提林夫人共进两次晚餐，双方家庭还要有一次聚餐。斯吉提林大人把舰队事务全部抛下，才在婚礼当天早晨及时赶回坎尼普。巴列斯跟他一起回来。维卡连则提出申请，方才放下学业回来参加婚礼。总之当天，克莱拉的儿子们都到齐了。至于说，他们能不能在大部分时间里老老实实，概率还是比较大的，但那更多地是看在纱比娅的分上，而不是乔瑞。

事实上，如果乔瑞是要找一个能够让两个哥哥安心的妻子，那么他的选择再好不过了。婚礼现场气氛中所隐含的关于纱比娅的丑闻和非议，克莱拉心想，会把孩子们都置于同样的境地，一旦他们与身家清白的人发生什么争执，都会招来冷嘲热讽。说真的，一旦嘲讽开始，那么孩子们很可能会在不知不觉之间逾越某些界限。

另外一边,伊丽西娅则送来了表达遗憾的信。虽然希望女儿生病的感觉很奇怪,但克莱拉宁愿相信她真的是在拉肚子。毕竟腹泻可以治愈,羞耻和不忠就很难克服了。但那是以后的问题了,手头的事已经够她忙的了。

至于教堂本身,完美至极。

巨大的圆形地板以白色大理石铺就,历经几代人脚步的打磨,光滑如水。黑绿两色的圣坛伫立在中间,上方是雄伟的穹顶。拱门雕刻成龙翼的形状,环绕拥抱着宽广净白的天空。克莱拉指挥仆人从她自己的花园里砍下许多樱桃枝,虽然叶子较少,也不太精神,但樱桃花瓣可以点缀石头的白色。四周的长凳都铺了丝绸软垫,颜色对应各大家族的标志色,或红、或金、或棕、或黑、或靛。在前排的贵宾席,克莱拉为女方家族布置了雕花黄铜椅,为自己家族布置了雕花青铜椅。另外还有一个银色座位,铺着帕列库家族的灰蓝两色垫子,是为盖德和艾斯特王子准备的。

现在距婚礼只剩几个小时,克莱拉穿行在座位之间,脚步击起声声回响,礼服的丝绸缎子轻轻摩挲。她走到自己的座位前,抬头,与龙族雕像巨大无神的眼睛对视。正如与朝中权贵朋友的交往,她的虔诚遵循另一套礼节。神是一种存在,因此,唱圣歌时睡觉,或献祭时挠痒痒都很无礼。此时此刻,她抬头凝望,心中的悲伤与希望互相角力。她朝龙像抬起手。

"愿他们幸福。"她说。

"你认为他们不幸福?"道森从她前方的柱子间走出。

他今天身着黑金两色,那是永恒之城的标志色。在浅色石头的映衬下,他的衣服颜色显得更浓厚、更深暗,仿佛以午夜的天幕裁剪而成。克莱拉对他微笑。

"我希望他们幸福,仅此而已。既然我没什么办法,那就只好尽人事而听天命喽。"

"比如祈祷?"

她伸出双臂,做了个祈祷的手势。道森跨过石地板,从石龙的影子下走出来,样子虽然疲倦但透着几分愉快和潇洒。他伸手环抱克莱拉的腰,转身顺着她的视线望去。克莱拉靠入丈夫怀中。他的手臂就像多年前那天一样,结实,强壮。

"愿他们幸福。"道森的声音在石柱间回荡。当然,他不是向龙,或向神祈祷。这是他对妻子的献礼,与她同舟共济的宣言,"还记得我们俩站在那儿的时候吗?"

"记得。"克莱拉回答,"呃,记得一部分吧。我当时喝了酒壮胆,可能有点醉了。"

"对啊,对啊,你确实醉了。"

她把头靠在丈夫身上。

"真的?"她问。

"是啊。话说回来,帕列库家那小子真是不可理喻,乔瑞必须做准备了。"

克莱拉深吸一口气,挺直腰杆。

"亲爱的,带我上战场吧。"她说。

跟所有在春天举行的婚礼一样,婚宴安排在避风的教堂院子里。根据克莱拉的统计,收到请帖的客人应该有五百个,可看这人山人海的场面,估计到场有一千人。按照传统,树枝上绑着代表斯吉提林家族的装饰布条,数个种族的奴隶站在笼子里,演唱献给安提亚、神祇和春天回归的颂歌。其中一个笼子里站着个纤弱的辛奈族女孩,瘦小、苍白,仿佛用糖做成。她的胸膛像风箱一般起伏,用克莱拉听不懂的语言唱着一首自豪而激越的曲子。克莱拉在笼子前找到乔瑞,他正给盖德·帕列库解围。

只消看一眼,克莱拉就明白了。坎尔·达斯克林的女儿珊娜正对着班尼恩家的大女儿冷笑,而纳新·派乐林似乎快哭出来了。克莱拉觉得有些尴尬，不禁猜测自己是不是也曾这么因感情外露而失态。她真心希望没有。

当然，这并非完全是女孩们的错。在朝廷中，女人的命运一向受到婚姻的约束与定义。从某些方面讲，这是她们的福气。克莱拉也曾站在教堂里，当时她还不到二十岁。从那天起，她在朝中的地位就已固定——卡连姆夫人，欧得灵山男爵的妻子。当然，她完全有可能变成纽宁男爵夫人，或者某个小伯爵的妻子，比如麦吉里夫人。无论如何，她的地位和等级都会被定义，而她必须在约束中努力营造自己想要的生活。没了身旁的道森，她依然是克莱拉，但这名字的含义将会改变。当女孩们看到盖德·帕列库时，她们看到了安定、身份和权力的希望。她们的所作所为完全出于别人的言传身教，完全理所应当。

尽管如此，克莱拉也不能容许她们毁掉今天这个日子。

"艾丙勃男爵！"克莱拉扑过去，伸手挽住盖德的手臂，"我到处找你。亲爱的，不介意我把帕列库大人领走吧？"

"没问题，母亲。"乔瑞回答，眼神里透着无言的感激。

克莱拉露出微笑，挽着盖德转过身，小心翼翼地引着他，掩饰着他被自己拖走的痕迹。教堂侧面有个凉亭，她可以到那里，假装跟盖德闲聊一会儿。但以她的人生经历，她不知道该聊些什么。盖德·帕列库的怪异之处——其他人都未提及过——在于他变化的程度和频率高得吓人。跟乔瑞一起出征自由城邦之前，克莱拉对他的印象很模糊，就跟其他处于朝廷边缘的人一样。盖德从万奈回来之后，克莱拉在庆功宴上见过他，跟他一起跳过舞。当时他显得震惊、迷失又惊喜，像一个孩子第一次观看术士把水变成沙一般。然后，在那漫长而难熬的夏天，他消失了，回来之后，他消瘦了，也坚强了，变得充满自信，而且，似乎知晓了可怜的菲利娅·马斯夫妻俩的一切。如今，又过了一个冬天，他站在这里，拥有自己的领地，下巴长了肉，全身散发着浓厚的焦虑气息，仿佛浸透了他的皮肤。

"谢谢你,卡连姆夫人。"盖德扭头望向那群朝中仕女。他是希望她们跟过来,还是害怕呢?克莱拉不清楚,也许两者都有吧。"我不擅长这类事情。"

"挺尴尬的,对吧?"

"没有夫人的男爵。"盖德脸上挂着僵硬的微笑,"你也知道,她们以前没一个人喜欢我。"

"我敢肯定这不是真的。"她回答。其实她心里清楚,这就是真的。

盖德似乎看到了什么,期待并愉快地眯起双眼。克莱拉顺着他的目光转过头,看到艾伦·克林爵士刚刚抵达。

他的脸色如此苍白,简直像个鬼魂。目睹朋友和同党因谋杀和叛国罪被执行死刑之后,他就像大病一场,久久不能痊愈。盖德曾受过克林的统领,克莱拉知道他们之间有些嫌隙。克莱拉的脑海中清晰地浮出一段记忆:长子巴列斯快满七岁时,曾用火烧飞蛾玩。年轻的男孩啊,总是无知亦无情。而这正是她在盖德身上看到的情形,并让她回想起身为三个年轻男孩的母亲是个什么感觉。

"不好意思。"盖德从她臂弯里抽出手臂,"我想去见见一个人。"

"没问题。"她回答。

盖德朝克林走去,脚步间有些跃动,透露出一丝欢快。克莱拉目送他远去,胸中混合着喜爱和担忧。愿神明保佑那个俘虏他的女人,她心想。

教堂另一头传来一声叫喊,然后是个男人的吆喝声。克莱拉连忙赶过去,生怕又出什么岔子。那边已经聚了一群人,正因为什么人或什么事而欢呼,然后,纱比娅·斯吉提林出现在人群上方,应该是被某人扛在肩上。她穿着一件新叶绿色的礼服,头发在脑后编成麻花辫,露出脸庞。她大声笑着,双手紧紧攥着什么保持着平衡。吆喝声再次响起,女孩的双眼戒备地睁大,身子开始往前移动。人群没有散开,而是跟在后面。巴列斯和维卡连一边一个,扛着未来弟媳往前跑,手里各抓着女孩的一只脚踝，以免她往后翻倒。女孩的手指牢牢揪住巴列斯浓密的黑发。巴列斯身穿海军制服，肩头别着向长官致敬的斯吉提林家族徽章。维卡连身穿白色祭司袍，但还没得到代表已经宣读最终誓言的金色编织绳。三人哈哈大笑，大呼小叫地在花园里到处乱跑，假装绑架新娘子。

自豪与满足之情涌上克莱拉的心头。不管这是有意之举，还是本能的玩耍，孩子们发出的信息非常清楚：如今这女孩不仅是乔瑞的妻子，更是我们的家人。她姓卡连姆了，谁敢招惹她，就是招惹我们。克莱拉在人群中瞥到一抹鲜红和金色。是艾斯特王子。他受到欢快气氛和年轻女子的吸引，跟大家一起笑，一起跑。如果西米恩也能跟道森并肩而行，今天就更完美了。

婚礼仪式在日落前一个小时举行。道森携克莱拉、斯吉提林大人携夫人先后落座。然后是盖德和艾斯特王子，他们像学童一般交头接耳，窃窃私语。再然后，安提亚的朝臣身着盛装，按仔细安排好的次序缓缓进入，坐满礼堂。这里有克莱拉自小就认识的男男女女，有朋友，也有盟友。几乎整个朝廷都来观看她儿子和斯吉提林家的女儿如何再造自己，重获新生。

祭司领唱圣歌时，克莱拉闭上双眼。道森攥住她的手，她睁开眼睛瞄了丈夫一眼，抹去眼泪。道森的眼睛当然是干的，眼神很庄重。对他来说，仪式令他平静、安心，因为它完全遵循应有的传统。而正是传统约束了世间的混乱。轮到他们走到圣坛前的新人身边时，克莱拉的仪态和自信要比当年自己的婚礼时出色许多。

最后，祝福完成，众人鱼贯而出，走入夜色。空气中还有一丝寒意，这是冬天消逝前最后的反击。乔瑞和纱比娅坐马车离开，返回府邸。到了早晨，女孩将跟儿子们一起坐到早餐桌前。

他们所有人将会开始漫长的尝试，互相交流，礼尚往来。假以时日，儿子在法律上的婚姻宣言终会成真。女孩不仅改变了姓氏，日后亦会真正成为卡连姆家族中人。有的是时间。

至于今晚，巨熊兄弟会和其他较小的俱乐部中会有许多场长谈。道森和斯吉提林大人将会给朋友和盟友们送去庆贺的礼物，喝酒喝到神志不清，第二天则睡到日上三竿。克莱拉将守住宅邸，确保新人不会受到打扰，或被狂欢过头的客人欺负。她在教堂门口等待。上百个家族的马车、轿子和男仆在街上互相推挤、咒骂，努力执行自家主子的命令。斯吉提林夫人过来陪她站了一会儿，闲聊片刻——内容无非是刚刚过去的冬天，朝中女眷穿的裙子，坎尔·达斯克林的焰火让客人直咳嗽，等等——没有特定的主题，没有任何对克莱拉的感谢，后者也没暗示需要对方感谢。随后，斯吉提林大人领走了妻子。两个女人都安心了，因为她们都明确了对方的立场。所以，一切都好。

克莱拉回到家时，院子里所有的提灯都点亮了。所有仆人和奴隶都跑到屋外，仿佛要准备什么大型聚会。另一方面，雇来的守卫队遵照她的命令继续值班。今晚没人能在克莱拉不知情的情况下进入或离开她的府邸，而且，因为他们都在走廊和厅堂间驻扎，看守花园和窗外，所以不太可能会去偷听乔瑞和纱比娅——她的儿子和新儿媳——的悄悄话。

她坐在休息室里喝茶，吃着蜜糖面包，心里想着孙子的问题。当然了，从某个角度来说，她已经有一个了。纱比娅的头一个野种应该到了会喊妈妈的年纪，也该会爬了吧。但他不知道，从今天起，他妈妈已经开始了新生活，他甚至不知道自己的母亲是谁。斯吉提林大人当然不会容许纱比娅接触他，更别说照顾他了。

克莱拉点起烟斗，拿起刺绣活儿。她跟自己说好，明早要去查看那个孩子的情况。纱比娅已经是她家的一员了，所以她有责任确保那个孩子得到妥当的照顾，并从此再无音信。

有人轻敲了一下房门，她应了声"进来"。是管家。他负责接收新婚的贺礼，并把清单整理好了。克莱拉伸出手，管家把单子交到她手里:班尼恩大人从自家马厩里挑了两匹阉马,连同一辆用卡连姆家族色装点的小马车一起送给他们;巴斯廷大人送来一个银盒,里面装的半盎司香料若是真货,其价值将比班尼恩的马车和马队加起来还要贵重;就连克霆·伊桑简也送来一个手镜,装着伊拉萨的玻璃,镶着银边,并印有两位新人的名字。

毕竟,这正是婚礼的目的:一个表达善意和铺张浪费的机会。去年是竞争对手,今年则有可能成为朋友。就算不能成为朋友,也可以成为友善的相识。这种羁绊和关系的建立,是斗争与阴谋的另一面。正是它们编织出文明的画卷。道森通过维护传统礼仪与规则想要保护的一切,克莱拉利用表达谢意的字条和进口的手镜也达到了同样的点头之交。两种策略没有优劣之分,但同样不可或缺。

夜深了,道森还没回家。克莱拉很晚才上床,立刻就睡着了。她在梦中见到一只老鼠和旋转的车轮,这时,一阵熟悉的触动将她唤醒。梦境退去,房间由模糊变为清晰,道森坐在她床边,身上依然穿着喜庆的黑金两色衣服。有那么一会儿,她以为丈夫打算以他自己的方式庆祝一番。想到两人间熟悉的肌肤之亲,她懒洋洋地露出微笑。

烛光照亮道森的脸,他脸颊上的泪痕晶莹闪烁。克莱拉的睡意顿时消失无踪,坐起身来。

"你怎么了?"

道森摇摇头。他身上散发着加度葡萄酒的味道和浓郁的烟味。克莱拉立刻想到乔瑞和纱比娅。关于新婚夜悲剧的歌谣太多了。她抓住丈夫的肩膀,把他的身子扳过来,夫妻俩四目相对。

"亲爱的。"她稳住声音,"你一定要告诉我,出什么事了?"

"我老了,越来越老。"道森回答,"我最小的儿子已娶妻成家。我的童年好友也离开了,被拖入黑暗。"

他醉了,但话语间的哀伤不会骗人。他不是因喝得太多而伤心,而是因为伤心,所以喝得太多。

"西米恩?"克莱拉问。道森点点头。他回答时,声音里满是忧伤。
"国王驾崩了。"

茜茜琳
Cithrin

在纳林尼岛东北方，耸立着海上贸易的中枢，灰色的石头城斯图班。赫雷兹东南方有道恩，盛产灯具、狗，以及达提奈族大矿场。伊拉萨南边有控制内海贸易的塞达普五城。北海岸则有卡斯、龙族墓地、科莫·美狄安和他的总部。美狄安银行的各大支行如轮子上的辐辏，散布于整个大陆。其中一个支行，不久前还在自由城邦中的万奈，如今却落户比兰卡南部海岸的奥利瓦港。此时此刻，茜茜琳坐在桌前，手指划过地图，脑海里幻想着它们。

自从记事以来，她就生活在万奈。当那座城市被烧毁时，她的过去也随之灰飞烟灭。她儿时玩耍过的街道和运河，连同所有记得它们的人一起消失了。如果她不能记起集市广场北边或南边的某条街道，那它们就将被世人遗忘，再没有办法证明它们的存在，或者更糟，没人会想去考证。

如今，奥利瓦港是她的家，因为机遇把她带到了这儿。银行支行是她的——而不是派克的——因为下赌注的是她，赢家也是她；还因为,是艾曼尼执事教会了她做生意的技巧。对她来说,塞达普不过是个传说。她从没去过那么遥远的东方,也没见过那五座耸立在海上的伟大城市。她从没有听过黑色海鸥的鸣叫,也没见过淹族在海浪下的聚会。但她知道从莱昂内亚运出的黄金和香料如何通过它们中转,来自普特的公牛如何用海岸边上的平底大驳船运到城下的海滩集市卖掉。花上一个星期,坐在支行里研究一下账簿,她就比当地人更加明了塞达普的运作逻辑及驱动力量。金钱有自己的逻辑、自己的架构,这就是她掌握的知识。所以,从这个意义上说,她了解任何地方,即使她从没去过。

她顺着西边的海岸线看过去。普林西安纳德没有银行支行,却有家族:她母亲的娘家,纯血的辛奈族人。关于他们,茜茜琳只知道,他们曾拒绝收养一个混血孤儿。对她来说,这次拒绝无关痛痒,就像一个成年人想起从出生时就残缺的脚趾一样。那不过是个事实,如同天空的颜色、大海的韵律。她的族人住在那儿——茜茜琳用手指敲着地图——可就算他们在万奈被全部烧死,也不会改变什么。

在他们北边是北海岸;西边是狭海和纳林尼岛;东边是阿斯特里堡和安提亚帝国。这些地方是银行网络的中心,涉及北方贸易的方方面面。它的影子,连南方内海的温暖水域也笼罩在内。

多了解你之后,也许他们会信任你。队长曾这样说过,但他们永远不会信任她。本来,按照茜茜琳的希望,他们将通过她发往北方的报告来了解她,从而信任她。如果他们能看到她如何管理支行、如何平衡收益与损失、如何增加合同,那他们就能明白她的经营思路。然而,在公证人的束缚之下,茜茜琳成了自己仆人的仆人,无法挣脱。

她真想把派克派出去。如果银行有件差事足够重要,一定要派人过去,但又没重要到影响其他运转资金,那派克也许别无选择,只能将这里的事交给茜茜琳。

既然是幻想,那她完全可以想象有条龙复活了,把派克抓走,飞到海外，喂给一只巨大的螃蟹。反正是梦，何不做得大些？

楼下临街的大门传来敲门声，打破了她的幻想。她起身，拉拉裙子，抚平裙褶。身为银行家，第一个任务就要做到表里不一。以她的情况来说，她要时刻注意保持掌门人的形象。

敲门声又响了。

"稍等。"她答应道。

她把头发梳到脑后，插上几根发针固定。卡莉和吉特师傅说过，这种发型可以让她显得成熟些。她又看了看化妆盒。她很少化妆，而且每次都是为让自己显得老一些。好吧，她不一定非要化妆，如果茜茜琳执事碰巧有一天显得比平时年轻些，也许只是因为她心情舒畅。这个念头，即使在她自己想来也是酸溜溜的。

等她的女人身穿总督府制服，一身柔棕色皮毛，串着代表这座城市的绿金两色珠子，脖子上套着铜环，说明她是个信使。

"茜茜琳·贝尔沙克执事？"

"我是。"茜茜琳回答。

女人鞠了一躬，递上一个奶油色信封，封蜡上盖着总督的印章。看她递信的庄重程度，仿佛递来的是敌方国王的头颅。茜茜琳用两根手指夹起信封，用大拇指拆开封蜡。

致美狄安银行奥利瓦港支行的发言人和代理人茜茜琳·贝尔沙克执事。我，艾德里果·贝林德·塞丹，作为女王陛下任命的奥利瓦港总督……

茜茜琳略过开头的文字，跳到页面下方，就像撇去汤面的浮沫。一个月后将有一场官方晚宴，庆祝城市正式建城三百周年。当然了，这里三百年前也有一座城市，在它之前、再之前、一直倒退到龙族的时代，同样也有。城外山坡上还有些石雕遗迹，几乎已被风化得变回了石头。只不过三百年前，有人曾在纸上签了字，还有人曾划破大拇指，在纸上留下指模，如今他们打算杀几头猪，喝点新酿葡萄酒，发表几句演讲。

她当然会去参加。即使她的竞争对手兼旧情人卡华尔·恩姆也会出席,即使那一晚将沉闷又恼人,她也要去,强颜欢笑,一举一动要有掌权者的模样。不然,她有可能被人揭穿。权力的幻象一旦破灭就很难再造。

"谢谢。"茜茜琳说,"我会去的。"

信使鞠了一躬,小跑着离开,身上的珠子互相碰击,发出脆响。茜茜琳想了一下,要不要回楼上把妆化了?毕竟她还要去咖啡厅参加一个没什么意义的会面。但她决定,还是算了。她关上门,锁好。

走在大集市附近的街道上,她能看到很多反映城市状态的迹象:角落里的食物摊档展示出今年收成的好坏;如果街上有很多马牛粪便,等待奥利瓦港法官的客人来清理,说明犯罪率比较低;根据从进城的龙道那边转移过来的乞丐数目,可以断定是否有商队即将抵达,或者进城的是不是本地人。这种感觉,就像术士闻到某人的呼吸,就能判断他们肺的情况一样。茜茜琳下意识地做出这些判断,就像她整个童年所做的一样。只不过,如今家里不再有艾曼尼执事了,也不会有人听她陈述自己的结论。这不过是个习惯而已。

派克不在咖啡厅。这一方面是个好事,因为接下来几个小时里,茜茜琳可以自行处理银行事务,不受她的干扰。可另一方面,她所做的一切,事后都必须向那个讨厌的女人汇报。咖啡厅里坐着的都是她熟悉的脸庞。艾桑普尔师傅朝她露出微笑,挤了挤盲眼。

"稍等片刻。"说完,他走到屋后。茜茜琳知道,不一会儿,他将捧着一杯现磨咖啡和一个微甜蜂蜜卷回来。她在屋前一张朝向外面广场的桌旁坐下,等待。艾桑普尔师傅送来的东西完全符合她的预料。老人轻拍她的肩膀,缓缓走了回去。总有一天,茜茜琳心想,他会去世,而这个咖啡厅将会彻底变样。它会变成另一种未知的东西。她在想,那会是什么样。

男人刚走进广场，茜茜琳就知道他是自己等待的人。虽然以前从没见过他，只看过他留在银行的方案，但茜茜琳看得出，他走路的姿势透着一种坚定。他是达提奈人，和族人相比，他的肩膀更加粗厚，双瞳更为明亮。他穿着一件束腰皮外套，上面还文着一个龙族图腾。他走到桌前，茜茜琳朝对面的椅子点点头。男人坐下的动作如舞者般优雅。他往前倾身，胳膊肘撑住桌面。

"你是达尔·辛拉玛吧？"茜茜琳说。

"贝尔沙克执事。"他点头致意。

"我看过你的方案了。只是你提议的探险，银行没有赞助的先例。"

"确实，风险很大，但回报也很高。西莉亚·佩勒仙发现太阳神庙之后，带回来的黄金和珠宝足够她过一百辈子；沙吉克·佩勒仙没找到黄金，但他从古代图书馆里发掘出一套设计图，成就了后人用来攻城的武器。这名单很长，执事。"

"但上面没一个人还活着。"茜茜琳指出。

"暂时没有。"男人微笑着赞同，"不过，数代人以来，有谁抓住过机会？世界已经看腻了历史。你知道吗，龙族足迹遍布世界，我们却只走龙道，只去容易去的地方，在便利的位置修建城池。我们看来方便的一切，对龙来说根本不算什么。他们的路在开阔的天空。奥利瓦港有失落的宝藏吗？没有，因为一直以来，人们总在旧房子上建造新房子。可枯废荒漠里有宝藏吗？比兰卡北边，没有铺设龙道的地方呢？人们对那些地方的探索，超不过一锄头砸下去的深度。我的童年就在那样的地方度过，我们到田野里挖掘龙牙。离家时，我手里已有十几颗了。"

这番话很动人，而且男人说的时候，有种长时间练习的流畅。茜茜琳摇摇头。

"故事很好听，"她回答，"也有些道理，不过……"

男人往前探身，往她面前放了件东西。是牙，长度跟她手掌相当，弯的，尖端很粗糙，呈锯齿状。牙根一端是宽大的平面和许多钩子，应该是用来把牙齿固定在硕大的下颚里的。茜茜琳把牙齿拿起来，意外地发现它挺重。

"世上隐藏的珍宝，"他说，"远超你的想象，而且其中有些并不仅仅能用来当装饰品。"

茜茜琳翻看着手里的巨大牙齿，心中如有火烧。它没有一点石雕可能留下的凿痕，也没有浇铸可能造成的平直面。它依然有可能是伪造品，只不过，即使真是伪造的，它的工艺也比茜茜琳的眼力还要出色。不过嘛，就算它真是颗牙齿，拥有它的也可以是任何一种野兽。她不禁想象，派克的獠牙被拔掉之前是什么样子的？据她所知，这东西可能根本就不稀罕，只不过是某个格外健壮的亚姆人的牙齿。

或者，它真是一颗龙牙。

"龙族的消亡，带走了许多东西。"达提奈人继续说着，眼中的光芒如同两簇烛火。他眨眼时，茜茜琳甚至能看到他眼皮上的血管脉络，"能腐烂的都烂光了，但有些东西是不受时光影响的。给我钱，雇佣车子、铲子，我就能带回早被人类遗忘的宝藏，带回我们做梦都想不到的宝贝。"

好吧，茜茜琳很想说，好吧，拿去，也把我带上。带我离开这座城市。我们一起赚足钱，创建一个全新的银行，把科莫·美狄安和派克·厄特豪踢到街上。但她还是把龙牙推回桌子对面。这很浪漫，像一场梦。就算派克没把保险箱坐在屁股下面，茜茜琳也知道，对这事的正确答案是"不"。这是个亡命之徒的游戏。而她竟然被吸引了，这比真正的风险更能说明她此刻的心理状态。

达尔·辛拉玛噘起嘴。

"不行吗？"

"不行。"茜茜琳回答，"你会找到别人的。你的故事非常精彩，只男人刚走进广场,茜茜琳就知道他是自己等待的人。虽然以前从没见过他,只看过他留在银行的方案,但茜茜琳看得出,他走路的姿势透着一种坚定。他是达提奈人,和族人相比,他的肩膀更加粗厚,双瞳更为明亮。他穿着一件束腰皮外套,上面还文着一个龙族图腾。他走到桌前,茜茜琳朝对面的椅子点点头。男人坐下的动作如舞者般优雅。他往前倾身,胳膊肘撑住桌面。

"你是达尔·辛拉玛吧?"茜茜琳说。

"贝尔沙克执事。"他点头致意。

"我看过你的方案了。只是你提议的探险,银行没有赞助的先例。"

"确实,风险很大,但回报也很高。西莉亚·佩勒仙发现太阳神庙之后,带回来的黄金和珠宝足够她过一百辈子;沙吉克·佩勒仙没找到黄金,但他从古代图书馆里发掘出一套设计图,成就了后人用来攻城的武器。这名单很长,执事。"

"但上面没一个人还活着。"茜茜琳指出。

"暂时没有。"男人微笑着赞同,"不过,数代人以来,有谁抓住过机会?世界已经看腻了历史。你知道吗,龙族足迹遍布世界,我们却只走龙道,只去容易去的地方,在便利的位置修建城池。我们看来方便的一切,对龙来说根本不算什么。他们的路在开阔的天空。奥利瓦港有失落的宝藏吗?没有,因为一直以来,人们总在旧房子上建造新房子。可枯废荒漠里有宝藏吗?比兰卡北边,没有铺设龙道的地方呢?人们对那些地方的探索,超不过一锄头砸下去的深度。我的童年就在那样的地方度过,我们到田野里挖掘龙牙。离家时,我手里已有十几颗了。"

这番话很动人,而且男人说的时候,有种长时间练习的流畅。茜茜琳摇摇头。

"故事很好听,"她回答,"也有些道理,不过……"

男人往前探身,往她面前放了件东西。是牙,长度跟她手掌相当,弯的,尖端很粗糙,呈锯齿状。牙根一端是宽大的平面和许多钩子,应该是用来把牙齿固定在硕大的下颚里的。茜茜琳把牙齿拿起来,意外地发现它挺重。

"世上隐藏的珍宝,"他说,"远超你的想象,而且其中有些并不仅仅能用来当装饰品。"

茜茜琳翻看着手里的巨大牙齿,心中如有火烧。它没有一点石雕可能留下的凿痕,也没有浇铸可能造成的平直面。它依然有可能是伪造品,只不过,即使真是伪造的,它的工艺也比茜茜琳的眼力还要出色。不过嘛,就算它真是颗牙齿,拥有它的也可以是任何一种野兽。她不禁想象,派克的獠牙被拔掉之前是什么样子?据她所知,这东西可能根本就不稀罕,只不过是某个格外健壮的亚姆人的牙齿。

或者,它真是一颗龙牙。

"龙族的消亡,带走了许多东西。"达提奈人继续说着,眼中的光芒如同两簇烛火。他眨眼时,茜茜琳甚至能看到他眼皮上的血管脉络,"能腐烂的都烂光了,但有些东西是不受时光影响的。给我钱,雇佣车子、铲子,我就能带回早被人类遗忘的宝藏,带回我们做梦都想不到的宝贝。"

好吧,茜茜琳很想说,好吧,拿去,也把我带上。带我离开这座城市。我们一起赚足钱,创建一个全新的银行,把科莫·美狄安和派克·厄特豪踢到街上。但她还是把龙牙推回桌子对面。这很浪漫,像一场梦。就算派克没把保险箱坐在屁股下面,茜茜琳也知道,对这事的正确答案是"不"。这是个亡命之徒的游戏。而她竟然被吸引了,这比真正的风险更能说明她此刻的心理状态。

达尔·辛拉玛噘起嘴。

"不行吗?"

"不行。"茜茜琳回答,"你会找到别人的。你的故事非常精彩,只要你能找到愿意接受的人,那你的故事也很有说服力。换做是我,我会去找个钱币比理智更多的贵族试试。而我是干银行业的,我们的钱不是靠夸张的演技和风光的冒险赚来的。"

"我更为你感到遗憾。"男人说,"你以为我在骗人?自吹自擂?"

"不。"茜茜琳说,"我认为你很真诚。就算你不是,我也不会看低你。"

男人点点头,站起身。

"你想喝杯咖啡吗?"茜茜琳问。

"不用了。"他说,"谢谢你,执事。我要去找那个钱币比理智更多的贵族,最好还是一个尚未被你榨干油水的。"

他的话里带着一丝火气。这也难怪,茜茜琳刚刚令他失望了嘛。

"别忘了你的龙牙。"她说。

"你留着吧。等你听说我发现了更好的宝贝,就会想起我了。"

"那谢谢你了。"茜茜琳说完,目送他离开。

她也曾走过龙道之外的路。她坐在整座城市的财富之上,在积雪和冰冷的泥泞里跋涉,拼命逃离安提亚的军队。当时根本没觉得刺激,不过,随着那段日子离她越远,关于它的回忆却越灼热。她用完面包和咖啡,逐根手指舔净油渍,把龙牙收进钱包,回家。

那个男人当然是对的。不光寻宝人知道,走私客也知道。龙道覆盖大部分陆地,却并非全部。没有龙道的地方人烟稀少。龙玉之路虽然也穿过森林,但都是小林子。大森林里没有路,对樵夫来说难以涉足。砍倒一棵—两百年树龄的橡树,比穿过泥泞和农场小径去找千年老树更容易。再说了,谁又知道那些树根下沉睡着什么?亡命之徒、梦想家,以及有事要瞒住别人的人,才会离开龙道。

她还记得自己跟吉特师傅及演员们一起在积雪里艰苦前行的情景:提兹奈族商队领队和他的饭后宗教布道;总想找人吵架的锡铁商人;卡莉、麦克尔、贺尼特和斯密特;那个吻了她,还差点上了她的桑达；以及奥珀尔。要不是积雪封了贝林关口，她永远没机会了解他们，仅仅是认识罢了。商队将按照计划前往卡斯，永远不会离开……

在茜茜琳还没明白过来之前，她的心跳就开始加速。一个计划在她脑中浮现，成型，仿佛早就等在她的头颅里，拉开帘子看时，就已经谋划完毕。解决派克·厄特豪的方法就摆在她眼前，简单、明显、却又无可争议。她在街上停下脚步，放下心头大石，哈哈大笑。

支行里没地方供公证人居住，所以她在两条街外租了一间房，夹在次等澡堂和屠坊之间。房外是一道沉重的橡木门，装着雕成狗头形状的铁门环，也许有什么象征意义吧，但茜茜琳不知道。派克应门的声音压抑而低沉。问明来人不是税官或小偷之后，她打开门闩。随着皮铰链"吱呀"作响，大门打开了。

"我可以进来吗？"

"当然可以，执事。"派克让开门。她的房间比茜茜琳的房间小，但也差不了太多。若要比较的话，也是因为派克的桌子更大一些。账簿摊开，放在桌上，旁边是一份写了一半的报告，仔细写着记号和数字。那是银行的密文，但没有密码，派克可以直接用密文读写。"有何贵干？"

"报告什么时候能写好？"

派克抱起双臂。

"估计一个星期，最多不超过两个星期。问这干吗？"

"我估计，你不会亲自把它们送去总部吧？你不是要在北海岸待一小段时间吗？如果是，你不在时，我可以帮你照看这里。"

不出茜茜琳所料，对方的脸庞被轻蔑占据了大半。

"我看不行，执事。我接到的指示相当明确。"

"那好吧。"茜茜琳递上一张柔软的奶油色信纸，"别说我不想帮你。"

派克皱着眉接过那张纸，打开，眼睛扫过信纸，眼中的迷惑和怀疑越发强烈。

"你受邀出席宴会?"她问。

"是啊。"茜茜琳说,"不过,你必须代我去参加了。我要送报告去卡斯。"

道森
Dawson

　　送葬队伍从王堡出发。安提亚帝国之王西米恩躺在花床上。花瓣有红、有金、有橙，如同未能烧尽死者的火葬柴堆。国王的镀金盔甲在阳光下熠熠生辉，静谧的五官仰望天空。所有大家族都出席了：艾丁佛、班尼恩、法斯克兰、布鲁特、维伦、考特、帕列库、斯吉提林、达斯克林，还有很多很多。数十个家族，都是多年前向道森的老朋友宣誓效忠之人。他们穿着丧服，面纱遮面。尽管天空万里无云，但有风拉扯着道森的衣袖，压过了祭司的朗诵，散发着雨水的气息。道森低下头。

　　他已忘记跟西米恩第一次见面时的情景。但那一定发生过。在某一个时刻的第一次见面，引出下一次见面，渐渐地，安提亚血统最高贵的两个男孩走到一起，四处撒欢。他们一起上决斗场，做对方的副手，维护荣誉。他们互相开玩笑，一起恶作剧。长久的友谊，就由这一切逐渐锻造而成。此时此刻，快乐的回忆背叛了他，触动了他的泪点。有一次，他们为了捕猎一头野鹿，甩掉猎犬和驯犬师，追着野兽穿越森林。那头鹿带着他们穿过一个农夫的小花园,绕过小石屋。他们骑马穷追不舍,将一排排豌豆和茄子踩成绿色的烂泥。当时是多么快乐、荒唐、欢畅而又美好。当那农夫冲出来,看到满身泥巴和烂菜的王位继承人时,脸上滑稽的表情逗得他们哈哈大笑。如今,道森是唯一一个还记得这些的人。

本是两人共同的回忆,如今只有他一人缅怀,今后亦将如此。就算他把这件事说出去,对别人来说,这也不过是个故事,而非回忆。这二者的差别,就是生与死的差别——生命中的某一刻,与埋进土里的过去的差别。

西米恩曾是那么年轻、高贵、强壮。但不知为什么,他依然唯道森马首是瞻。在一个年轻男孩的世界里,再没有比受到自己钦佩的人钦佩更美妙的事了。但后来,这种爱戴不可避免地终止了。到如今,就连重新获得它的梦也醒了。一个死了,另一个站着,面纱在鼻翼前翕动,听一位比死者年老十岁的祭司一边抬手伸向神祇、一边肃穆地念着悼词。国王的呼吸已经停止,血液在血管里凝固、转黑,他的心脏——曾经能爱、能忧——此刻也像一块石头。

祭司点起一盏大提灯,随后钟声响起。先是第一口钟响了一声,然后十几口钟响应,最后上千口钟齐声鸣鸣,如一张张黄铜嘴巴,宣布所有人都已经知道的消息。人人皆有一死,西米恩在道森的记忆中说,国王也不例外。道森上前一步,站到用岑树树干做成的白柱子旁。礼节已经规定好他应该抬起哪根柱子,他的前面是谁,后面又是谁。他的位子并不像他希望的那么靠前,但也足够近,可以看到年轻的艾斯特走出来,站到队伍前方。

男孩的脸色苍白得像奶酪。按照传统,他已经在葬礼之中、下葬之前接受了加冕。毫无意外,帕列库被任命为摄政王。国中权贵在曾经的小王子、现今的国王面前屈膝下跪。艾斯特头上的银色雕花王冠松松垮垮,仿佛随时会歪到耳朵上,但他的脚步干脆而自信。他知道如何装出一个成年男子的气度，即使实际效果反而显得他像个孩子。站在小王子身后的盖德·帕列库虽然身为庇护使，但身上的王室风范更是差远了。钟声齐齐静止，取而代之的是干巴巴的葬礼鼓声。道森和其余上百个抬棺者一起，抱起柱子，把西米恩扛到肩上。

在王族墓室，他们把道森的童年好友放在黑暗中，离开，关上身后的门。守灵官在墓室门口各就各位。接下来一个月里，他们将会在此露宿，守着一簇日夜不灭的营火，纪念西米恩和所有先王。在那之后，他们将放任营火熄灭。祭司朗读最后的颂词，道森的家人来到他身边。克莱拉站在他右侧，还有巴列斯和维卡连。乔瑞在他左侧，臂弯勾着刚刚披过婚纱的纱比娅。最后的悼词念完，枯骨般的鼓声停下，安提亚贵族转身走向各自的马车。

"无论如何，我很难过。"一个声音在他们身后响起。艾什佛大人身穿黑色丧服，脸颊像其他人一样抹了灰，"我听说，他是个很出色的人。"

"他是个凡人。"道森回答，"有美德也有缺点。但他是我的国王、我的朋友。"

艾什佛点点头："我很遗憾。"

"如今帕列库是摄政王，你得跟他见面。"道森说。

"是啊。"

"他要求我也出席。"

"我很期待。"艾什佛说，"会面已经拖了太久。最好能有个全新的开始。"

不会有全新的开始，道森心想，正如不会有全新的结局。一切世事都如坎尼普的建造：每一层都建在前一层的基础之上，一层一层往下压，一直压在世界的骨架上。即便早被遗忘的古物，仍然埋在底下的某处，塑造着今日人们的外表与本质。

但他的回答却是："是啊。"

丝绸与挂毯遮盖着墙壁,熏香和木炭温暖了空气。国王的卫兵贴墙而立。不论在盖德跟前,还是在西米恩跟前,他们一样面无表情。就连盖德·帕列库的气质似乎也与新身份相近了。裁缝用红色天鹅绒为他做了一件锦袍,搭配一个金环。他穿上之后,表面望去还算威严。虽说他的样子更像穿着戏服,但现在才开始,随着时间流逝、阅历累积,他总会与衣装相称起来。

艾什佛大人站着,双手互扣在身前,等待安提亚的摄政王就座。道森心里猜测,不知盖德是否了解,除非他坐下,否则其他人都不能坐?

道森有些不悦,不是因为这次单独会面竟还来了其他人。毕竟这是盖德成为摄政王之后的第一次官方行为。他已证明自己在万奈是件趁手的工具。他揭发马斯时所用的魔法——不论那是什么——至少挽救了艾斯特,可能还挽救了王国。特尼甘大人和斯吉提林大人也来了,他们有资格出席。至于丹尼克男爵考特大人、艾丁福德公爵班尼恩大人就有点问题了,但他们最多只能代表朝中权力的变化趋势,也算可以接受。最让道森恼火的是盖德还带来了一个人。

"卡连姆大人。"大祭司鞠了一躬。在坎尼普度过的一季并没把他脸上的沙尘抹去多少,他依然像个克沙特腹地的牧羊人,也许他本就是个牧羊人。盖德的宠僧在房间里举止自如,堪比道森在猪舍内举步维艰。

"巴拉希普大师。"道森没有鞠躬,语气中也没有一丝暖意,"没想到会在这儿遇见你。我还以为我们要讨论国家大事。"

"没关系。"盖德说,"是我请他来的。"

道森忍着没顶回去。有些话他可以对平级的人说,却再也不能对盖德讲。他只是点点头。

"那好,"盖德摆弄袖子,"我们开始吧。大家请坐。"

艾什佛等待着,一举一动都以盖德为先,以免出现自己坐着、摄政王站着的尴尬一幕。巴拉希普没有就座,而是站到后面,背靠墙,头略略低下,像个默祷的男孩。道森坐下,心里的气稍微顺了些。这种会议没理由欢迎一个外国祭司参与,但他起码表现得像个仆人。安提亚其他贵族则完美地无视掉祭司,仿佛他根本不存在。

"艾什佛大人。"盖德往前倾身,手肘撑住桌面,"是你请求的这次会面。我想我们都知道原因。你有什么话要说吗?"

"谢谢,摄政王殿下。"艾什佛答应着。他花了点时间,依次与桌边每个人对视,并趁机整理思路,"我们全都清楚菲尔丁·马斯的罪行。勒禅国王要求我来这里,向各位保证,他对那场阴谋全不知情,否则他会坚决地反对。杀害艾斯特王子的企图,无论在过去还是现在,都是违背道义的。在下谨代表阿斯特里堡,请求诸位宽限时日,好让我们自行处理共谋者。"

特尼甘清清嗓子,盖德冲他点点头。道森琢磨,盖德是否了解,这一来,会面将变成公开讨论,直到他下令终结为止?肯定有礼宾使教过他这些礼节,但新任摄政王能记住多少就是个未知数了。

"必须要有实质性的惩罚措施。"特尼甘说,"要知道,阿斯特里堡护短的传统可是历史悠久。"

"就是。"班尼恩接话,"什么样的国王愿意跟外国人并肩对付自己的大臣?勒禅能在宝座上待这么久,靠的可不是给自己的朝廷引入争端。"

"请听我说。"艾什佛回答,"他依靠的同样不是引来入侵和战争。对阿斯特里堡来说,打仗没有好处,安提亚也一样。战争要是打起来,可不是哪个小领主为了一块地而打的小仗。你们想要共谋者,留在自己的疆土里等待就行。我们的国王会制裁他们。可如果你们侵犯阿斯特里堡的主权,就会改变事情的性质。"

"慢着。"斯吉提林大人说,"你说'制裁',按谁的法律制裁?"

艾什佛点点头,竖起一根手指。

"我们不能把阿斯特里堡的贵族交给外国法庭审判。"话音刚落,桌前就炸锅了。所有人都提高嗓门,试图压过别人的声音。只有道森和盖德保持沉默。帕列库双眉紧锁,嘴唇愤怒地抿着。他压根没在听别人讲话,但也无所谓了,反正会面正在迅速沦为一场骚乱。

命令他们安静,道森在心里对男孩喊道,命令他们恢复秩序。

可帕列库只是双手撑着桌面,下巴枕在手上。厌恶涌上道森的喉咙,他大声呵斥。

"我们还是小学童吗?我们已经沦落成这样了?争论、吵嚷、指名道姓地叫骂?墓室里的先王尸骨未寒,我们就堕落到如此地步了?"他的声音如风暴般撼动咽喉,"艾什佛,别再妄图向我们做任何宣传,直接说勒禅国王的条件吧。"

"不必了。"盖德接话。他的下巴没有离开桌面,所以说话时,头就像池塘里的玩具船一样上下起伏,"我其实并不关心条件是什么。暂时不关心。"

"摄政王殿下?"艾什佛问。

盖德坐直。

"我们必须知道条件。"特尼甘开口,但帕列库瞥了他一眼,他只好闭嘴。

"艾什佛大人,针对艾斯特的阴谋,你知情吗?"

"不知情。"艾什佛回答。

盖德的目光闪动一下,离开艾什佛,又回来。道森眼看着帕列库的脸色先是苍白一下,随即潮红。他呼吸加快,像刚刚参加完赛跑。道森扭头,想看看男孩情绪变化的原因,但只看到站岗的卫兵和祈祷的祭司。

"勒禅国王知情吗?"

"不知情。"

这一次,道森看到了。虽然微弱得几乎无法察觉,但就在艾什佛大人回答的一瞬间,祭司摇了摇大脑袋。不是吧。道森感觉自己快窒息了。

安提亚的摄政王竟然听从异国祭司的指令。

盖德再次开口,声音冷如冰霜、充满愤怒,但道森几乎没听进去。

"大使,你刚刚向我撒了两次谎。如果你再说谎,我就把你的双手用盒子送回阿斯特里堡。你听明白没有?"

阿斯特里堡大使惊呆了。这是道森认识他以来的第一次。他的嘴巴像木偶般嚅动,却发不出声音。相反,盖德的话滔滔不绝地涌出来。

"你忘了自己在跟谁讲话。我了解这场阴谋的真相。阻止马斯的不是别人,是我。我。"

艾什佛开始舔嘴唇,仿佛忽然口干舌燥。

"帕列库阁下……"

"你以为我是傻瓜吗?"盖德继续质问,"你以为我会坐在这里微笑,跟你握手,承诺和平,然后任由你谋害我的朋友?"

"我不知道您听说了什么,"艾什佛竭力恢复镇静,"也不知道您是从哪儿听说的。"

"听听,这句话才是真的。"盖德说。

"可我向您保证——向您发誓——阿斯特里堡没有任何杀害贵国王子的阴谋。"

目光的闪动,祭司的轻微否定,又来了。道森想跳起来,却像在椅子上生了根。盖德似乎很平静,但那双厚重下眼皮的眼睛幽黑而无情。他说话时,语气像在聊天。

"你别想嘲弄我。"他扭头对卫兵队长下令,"逮捕艾什佛大人。我要刽子手在今晚之前把他的双手砍下来,打包送回阿斯特里堡。"

一时间,连卫兵队长的平静外表也碎掉了。但他很快恢复过来,艾什佛点点头,竖起一根手指。

"我们不能把阿斯特里堡的贵族交给外国法庭审判。"话音刚落,桌前就炸锅了。所有人都提高嗓门,试图压过别人的声音。只有道森和盖德保持沉默。帕列库双眉紧锁,嘴唇愤怒地抿着。他压根没在听别人讲话,但也无所谓了,反正会面正在迅速沦为一场骚乱。

命令他们安静,道森在心里对男孩喊道,命令他们恢复秩序。

可帕列库只是双手撑着桌面,下巴枕在手上。厌恶涌上道森的喉咙,他大声呵斥。

"我们还是小学童吗?我们已经沦落成这样了?争论、吵嚷、指名道姓地叫骂?墓室里的先王尸骨未寒,我们就堕落到如此地步了?"他的声音如风暴般撼动咽喉,"艾什佛,别再妄图向我们做任何宣传,直接说勒禅国王的条件吧。"

"不必了。"盖德接话。他的下巴没有离开桌面,所以说话时,头就像池塘里的玩具船一样上下起伏,"我其实并不关心条件是什么。暂时不关心。"

"摄政王殿下?"艾什佛问。

盖德坐直。

"我们必须知道条件。"特尼甘开口,但帕列库瞥了他一眼,他只好闭嘴。

"艾什佛大人,针对艾斯特的阴谋,你知情吗?"

"不知情。"艾什佛回答。

盖德的目光闪动一下,离开艾什佛,又回来。道森眼看着帕列库的脸色先是苍白一下,随即潮红。他呼吸加快,像刚刚参加完赛跑。道森扭头,想看看男孩情绪变化的原因,但只看到站岗的卫兵和祈祷的祭司。

"勒禅国王知情吗?"

"不知情。"

这一次,道森看到了。虽然微弱得几乎无法察觉,但就在艾什佛大人回答的一瞬间,祭司摇了摇大脑袋。不是吧。道森感觉自己快窒息了。

安提亚的摄政王竟然听从异国祭司的指令。

盖德再次开口,声音冷如冰霜、充满愤怒,但道森几乎没听进去。

"大使,你刚刚向我撒了两次谎。如果你再说谎,我就把你的双手用盒子送回阿斯特里堡。你听明白没有?"

阿斯特里堡大使惊呆了。这是道森认识他以来的第一次。他的嘴巴像木偶般嚅动,却发不出声音。相反,盖德的话滔滔不绝地涌出来。

"你忘了自己在跟谁讲话。我了解这场阴谋的真相。阻止马斯的不是别人,是我。我。"

艾什佛开始舔嘴唇,仿佛忽然口干舌燥。

"帕列库阁下……"

"你以为我是傻瓜吗?"盖德继续质问,"你以为我会坐在这里微笑,跟你握手,承诺和平,然后任由你谋害我的朋友?"

"我不知道您听说了什么,"艾什佛竭力恢复镇静,"也不知道您是从哪儿听说的。"

"听听,这句话才是真的。"盖德说。

"可我向您保证——向您发誓——阿斯特里堡没有任何杀害贵国王子的阴谋。"

目光的闪动,祭司的轻微否定,又来了。道森想跳起来,却像在椅子上生了根。盖德似乎很平静,但那双厚重下眼皮的眼睛幽黑而无情。他说话时,语气像在聊天。

"你别想嘲弄我。"他扭头对卫兵队长下令,"逮捕艾什佛大人。我要刽子手在今晚之前把他的双手砍下来,打包送回阿斯特里堡。"

一时间,连卫兵队长的平静外表也碎掉了。但他很快恢复过来,敬个礼。至于艾什佛,他已经忘光所有礼节,站了起来。

"你疯了吗?"他喊道,"你以为自己是谁啊?外交不是这样搞的!我是大使!"

卫兵队长伸手按住艾什佛的肩头。

"大人,您现在必须跟我走。"

"你不能这样!"艾什佛嚷嚷,言语中充满恐惧。

"我能。"盖德回答。

艾什佛挣扎着,却没能抵抗多久。大门在他身后关上。安提亚贵族面面相觑,久久沉默。

"大人们,"盖德·帕列库——安提亚帝国的摄政王——开口,"我们要开战了。"

※

道森坐在沙发上,身下的皮革"吱吱"轻响。乔瑞和巴列斯坐在对面。他最宠爱的猎狗在膝旁呜呜,把湿漉漉的鼻子伸进他手中。

"他以前说对了。"巴列斯说,"菲尔丁·马斯的事,他说对了。他知晓内幕。也许……这次他也没错。乔瑞,你跟他一起打过仗?"

"是。"乔瑞语气里的忧惧回答了一切。

"我们怎能做出这种事?"道森说,"我不相信,我们真做了。"

"不全是我们的原因。"巴列斯说,"如果帕列库所言是真……"

"我不是指打仗。我甚至不是指他伤及使节的人身安全,那家伙是个无礼、虚浮的混蛋。我不是说这些。"

"那是什么,父亲?"乔瑞问。

在道森的记忆中,帕列库看着大块头祭司,后者脑袋往一边移动一根手指的幅度,再移往另一边。在他的眼里,这一幕的含义毫无疑问:祭司在指示帕列库如何行动,而帕列库服从了。西米恩已经去世,他们竟把凌渊王座交给一个狂热的信徒,而他崇拜的甚至不是这个国家的臣民。想到这儿,他快吐了。就算他早晨醒来,发现海水在空中漂浮，鱼类在本该鸟类飞翔的天上游动，也不会比这个念头更颠覆。一切都乱套了。王国的正常秩序粉碎了。

"我们必须纠正他。"他说，"必须改。"

一阵轻轻的叩门声传来，房门开了个巴掌大的缝隙。一个男仆探进头，神色惶恐。

"老爷、少爷，有客人。"他说。

"不见。"道森回答。

"老爷，是摄政王帕列库大人。"男仆说。

道森差点喘不过气来。

"请……请他进来。"

"需要我们回避吗？"巴列斯问。

"不用。"道森说。尽管正确的答案是"用"，但他希望家人陪在身边。

盖德进来了。他依然穿着同一件天鹅绒袍子，但没戴金环。他的样子跟以前完全一样：个子矮小，有发胖的危险，脸上挂着迟疑的微笑，没有道歉的理由，就先露出道歉的表情。

"卡连姆大人，"他说，"谢谢你见我。乔瑞，巴列斯，见到你们真高兴。纱比娅还好吧？"

"她很好，摄政王殿下。"乔瑞回答。帕列库摆摆手。

"拜托，叫我盖德。你一向叫我盖德的。我们是朋友。"

"好吧。"乔瑞答应。

帕列库坐下。道森这才反应过来，他和孩子们根本没起身。他们应该起身的。

"我来想请你帮个忙。"帕列库说，"你知道，我跟随特尼甘打过仗。当然，还有艾伦·克林及其他由他统领的人。万奈的一切处理得很糟糕，我做庇护使期间也一样，尽管我不想承认，但本来也许能做得更好。"

你背叛了你的国王,背叛了我的朋友对你的信任,道森心想。

"不管怎样吧,简而言之:我不信任他。你和你们一家一直对我很好。说起来,当初我在朝中不知所措时,还多亏了你的指点。如今我需要一位统军元帅。虽然任命特尼甘合情合理,但那只是因为他最近才带过兵。其实,我更愿意选择你。"

道森往前坐了坐,只觉脑中一团糨糊。

帕列库背叛了自己的国王和国家,把权力交给一个牧羊人,向阿斯特里堡宣战,注定将让成百上千人牺牲在边境。现在他却跑来,把军权交到道森手上,而且说得像请他帮忙一般。

道森用了整整一分钟才说出话来。

"摄政王殿下,我非常荣幸。"

玛可斯
Marcus

数个世纪前,某人沿坡顶筑了一道矮墙。月光之下,那些零零碎碎的岩石令玛可斯联想到指关节的骨头。他跪在那里,一只手压在被露水打湿的滑溜溜的草地。他下方的小海湾里有三艘下锚停靠的船,浅船底,双桅杆,比被它们追猎的大肚子货船快得多,也灵活得多。其中一艘的船舷有块补丁,应该是不久前才被撞凹的,新补的木板颜色鲜亮,未经风雨。

沙滩上,一簇营火还未熄灭,橙色的火光是春夜里唯一的温暖。从他们所处的位置,玛可斯可以数到十来座房子——其实更像帐篷而非小屋——散布在刚好高出潮汐线的位置,看来是个比较规整的营地。很好。靠近水面的沙滩处还晾着五六艘长长的皮划艇。

雅丹姆·黑恩轻轻嘟囔一声,抬起大手指向东边。那儿有棵树,高出水面大概一百尺,朝天空伸展。距树顶不到三分之一处的树冠里有一点闪亮——是月光在金属上的反射——说明那儿有岗哨。玛可斯指指外面那几艘船。在最靠近岸边的船上,一个黑影高踞在索具上。

雅丹姆伸出两根手指,询问似的挑起浓密的眉毛。两个哨兵?

玛可斯摇摇头,伸出第三根手指。还有一个。

二人静静坐在暗影里。在四围大石的衬托之下,影子更显深暗。月亮缓缓沿轨道移动。第三个哨兵动静很小——远处一棵随风摇摆的树上,有根枝丫的动作稍微慢了些。玛可斯指向那里,雅丹姆抖抖一只耳朵。他行动时不戴耳环,所以不会发出声响。玛可斯最后望了小海湾一眼,尽可能记住更多细节。然后二人退下山坡,消失在夜色里。他们先往北,再转向西,一直没说话,直到走出低声对话能传播距离的两倍之外。

"你数了多少个?"玛可斯问。

雅丹姆边想边吐了口唾沫。

"不到七十,老大。"他回答。

"我数的也差不多。"

脚下的路比鹿径宽不了多少,只是树丛间的狭窄通道。不出几个星期,夏天的枝叶就会把它堵塞,但今晚,腐烂的落叶和早生的柔软青苔掩住了他们的脚步声。从枝叶下的暗处望上去,月亮只剩零散的白色斑点。

"我们可以回城,"雅丹姆说,"召集一百个人,也许还得找艘船。"

"你以为派克愿意出钱?"

"找人借嘛。"

树丛里,一只小动物慌慌张张地逃走了,仿佛他们是两团野火。

"离岸最远的那艘船吃水比其他两艘深。"玛可斯说。

"没错。"

"如果我们开船来,他们会看见的。等到我们靠近,海面上就只剩水了。"

雅丹姆沉默了,只剩脑袋碰到低矮枝丫时的低哼声。玛可斯双眼盯着黑暗,其实什么都没看。他的双脚摆动,轻松前行,大脑在努力思考。

"如果发现我们从陆上靠近，"他说，"他们会把船开出去，然后在海面上朝我们挥手致意。如果我们只用现有的人手跟他们在岸上打，那他们就占有人数和地理上的优势。如果我们召集更多刀弓手，他们有可能会逃走。"

"总之很难，老大。"

"你有主意吗？"

"再多雇点儿人，好好干一场。"

玛可斯苦笑几声。

他的队伍在黑暗处扎营，但声音和食物的味道穿过夜色飘了过来。五十个人，好几个种族——一身水獭皮的可沓丹族、黑壳的提兹奈族、原血族……都有。甚至还有半打身披青铜鳞片的扎苏鲁族，他们本想接受另一个看守房屋的合约，但在最后一刻谈崩了，就跑到玛可斯这儿来了。多种族导致营地气氛比较紧张，还好常见的种族蔑称并没出现。他们是可沓丹人、提兹奈人和扎苏鲁人，而不是咔嗒鬼、蟑螂和硬币。至于原血人，既然有权决定谁去挖厕所的人就是原血族，自然不会有人对他们恶语相向。

重点是，多种族为玛可斯提供了多选择。

阿哈里尔·阿卡赖恩是美狄安银行奥利瓦港支行的守卫元老之一。他加入时，支行刚刚建立，是一场赢面极低的豪赌。他的皮毛颜色正在转灰，尤其是嘴唇四周和后背的位置，但上面还串着银色珠子，而不是玻璃。玛可斯弯腰走进帐篷时，他从小床上坐起来，双眼睡意蒙眬，但说话很清楚。

"韦斯特队长，雅丹姆。"

"抱歉吵醒你了。"雅丹姆说。

"阿哈里尔，"玛可斯说，"你在海里能游多久？"

"老大，你是问我，还是问我们这一族？"

"可沓丹人。"

"游多久都行。"

"别吹牛。现在不是夏天,海水很冷的。多久?"

阿哈里尔打了个长长的呵欠,甩甩脑袋,珠子"咔嗒"作响。

"龙族创造我们就是为了水战,队长。唯一比我们在冷水里能游更久的只有淹族,但他们全是软柿子。"

玛可斯闭上眼睛,眼前又一次浮现出月光下的小海湾——下锚的船、帐篷、隐蔽的小艇、闪着火光的煤炭。他的手下,算上阿哈里尔,一共有十一个可沓丹人。如果安排他们下水,还剩下三十人多一点,但要对付两倍的敌人。玛可斯舔舔嘴唇,抬头望向副手。在唯一的蜡烛映照之下,雅丹姆显得很平静。玛可斯清清嗓子。

"你把我丢到阴沟里,然后接掌队伍大权?"

"不是今天,老大。"雅丹姆回答。

"就怕你这么回答。所以我们别无选择了,阿哈里尔?你们还需要几把刀子。"

玛可斯骑马往西,身后背着盾牌,身侧挂着长剑。太阳从他背后升起,影子在他眼前拉长,仿如巨人。在他左侧,大海如金箔一般闪亮。他刚好能看到那棵藏有哨兵的树。在如此明亮的光线之下,那个可怜鬼肯定得眯着眼睛。当然了,也有可能根本没往外看。那可危险了。如果玛可斯真的发起一场突袭,他们死定了。他有些不安,老天爷的幽默感可能更喜欢那样的情节发展。

"散开。"他朝身后的队伍下令,"拉长队列,制造出人数很多的错觉。"

他的话被一声接一声往后传。时机非常重要。这地方在阳光下变了样,小海湾并不像夜里那么遥远。玛可斯在马鞍上挺直腰。

"来呀。"他喃喃自语,"看着我们。往这边看,我们就在这儿。"

那棵树上,一根茂盛的枝丫抖了抖,反射回来的阳光比黄金还刺眼。号声响起。

"成了。"雅丹姆沉声说。

"没错。"玛可斯回答。他在想象小帐篷里的情景:水手们忙乱地收拾物品,往各自的小艇奔去。他默默数了十次呼吸,把盾牌拉到身前,拔剑。

"下令冲锋。"他说,"干掉他们。"

当他们转过进入小海湾的弯道时,一阵稀稀拉拉的箭雨朝他们飞来。玛可斯喊了一声,士兵应声而动。狭长沙滩的另一头,十个弓箭手站在那儿,一边放箭,一边准备跳进最后一艘藏身小艇,逃到安全的水中、船上和海里。其他小艇已经驶了出去,载着足以打败玛可斯队伍的人数,飞快地朝双桅船划去。

最前面的小艇距海岸十来码远,开始下沉。

在闪亮的海水中,借着耀眼阳光的掩护,十几个可沓丹人正用长刀给小艇开出新的破洞。

玛可斯勒马停下,挥手示意己方弓箭手沿海岸线布好阵形。与此同时,扎苏鲁人像疯兽一般嚎叫着,冲向水中的小艇和敌人。双桅船上出来几个人,呆看着岸上和潮水里的演出。第一艘小艇沉没了。第二艘还漂在海面上,里面的人没划船,只是慌乱地用头盔和双手往外泼水。反正划船也划不远。

玛可斯抬起手,弓箭手拉开弓弦。

"现在投降,还有活路!"他对着海浪吆喝,"胆敢逃走,结果就是死。你们自己选。"

海浪中,一个水手朝双桅船游去。玛可斯用剑指向他,等三排箭飞出去之后才收起。像收到暗号一般,阿哈里尔率领其他可沓丹人从水里钻出黑乎乎的脑袋,随着海浪起伏,在双桅船和正在沉没的小艇间排成一行。在玛可斯的注视下,水里的可沓丹人一齐把刀子举出水面，犹如大海长出了牙。

"把武器丢到水里。"玛可斯喊话，"我们可以网开一面。"

海盗们从海里游回来，神情阴郁，衣衫凌乱。玛可斯的手下把他们逐个抓住，绑好，按在地上，看押起来。

"五十八个。"雅丹姆说。

"双桅船上也有几个。"玛可斯说，"还有一个被我们射成了刺猬。"

"那就五十九。"

"还是比我们多得多。"玛可斯说完，补充一句，"回去以后，可以在酒馆里再夸张点儿。"

一个年轻的原血族男子从海里走上岸，胡子按卡博尔的风格编成辫子，眼睛是明亮的绿色，脸庞又瘦又尖。他的丝绸袍子贴在身上，滚圆的肚皮无所遁形，活像一只溺水小猫。玛可斯踢踢马肚，小跑上前。

"马西欧·里纳尔？"

海盗头子抬起头，轻蔑地望着玛可斯，等于承认了。

"我一直在找你。"玛可斯说。

男人骂了句粗话。

玛可斯在坡顶搭起帐篷。框架上的皮革虽挡不住苍蝇，但是能挡住风。马西欧·里纳尔坐在垫子上，裹着一张羊毛毯，浑身散发着盐水味。玛可斯坐在营地桌前，桌上放着一碟香肠和面包。山坡下，玛可斯的手下正在给投降的双桅船卸货，先把货物运到岸上，再搬上马车，形成一条长长的流水线，活像一个货运驿站。

"你挑错了船。"玛可斯说。

"你挑错了人。"里纳尔回答，嗓音比玛可斯预料的要小。

"五个星期前，一艘名叫暴鸦号的商船绕过海角往东，却没成功。它被拦截，沉没，货物不知所终。是否觉得耳熟？"

"我是卡博尔国王瑟凡的堂弟，你和你的法官没权逮捕我。"里纳尔扬起下巴，"我要行使卡斯登条约。"

玛可斯咬了口香肠,慢慢地嚼。说话时,他拖长了每一个音节。

"里纳尔船长?看着我,我像法官手下的士兵吗?"

年轻人的下巴没有收回去,但眼中现出一丝犹疑。

"我为美狄安银行工作。我的雇主为暴鸦号承保。你搬走那艘船上的箱子,既不是从运货的水手那儿偷东西,也不是从拥有它们的商人手里偷。你是从我们的手里偷东西。"

海盗头子脸色变得灰败。帐篷帘子"哗啦"一声掀开,雅丹姆走进来。他已经戴回了耳环。

"怎么样?"玛可斯说。

"货物跟货单吻合。"雅丹姆回答。他脸色阴沉,装出一副传说中危险的查古人模样。玛可斯猜,副手觉得这很好玩。"我们找对了,老大。"

"继续。"

雅丹姆点点头,离开。玛可斯又咬了一口香肠。

"我堂兄,"里纳尔说,"瑟凡国王……"

"我的名字叫玛可斯·韦斯特。"

里纳尔睁大双眼,瘫倒在软垫上。

"你听说过我,"玛可斯说,"那么你就该知道,依赖贵族血脉不是最佳选择。你母亲是个小祭司,跟一个被君主流放的王族男人喝醉过酒,这就是你的保护伞。而我?就连国王也曾死在我的剑下。"

"国王?"

"呃,只有一个,但你明白我的意思。"

里纳尔想说话,但他必须咽口口水,润润喉咙,方能开口。

"你想怎样?"

"我打算要回我们的财物,或者说,要回你手里剩下的所有属于我们的财物。我没指望它们能抵消我们的损失,但可以作为一个开始。"

"你想怎么处置我?"

"你的意思是,如果我不把你交给法官?也好,我想跟你达成一个共识。"

下面的海滩传来一声喊叫,十几个声音随之惊呼起来。玛可斯对海盗头子点点头,两人一起走到外面的阳光下。闪亮的海面上,离岸最远的一艘船着火了。白烟从船身升起,细弱的红色火舌舔舐桅杆,即便在这里也看得清清楚楚。里纳尔喊了一声。仿佛应答,火焰中突然腾起滚滚黑烟。

"别担心,"玛可斯说,"我们只烧一条船。"

"我要看着你死。"里纳尔说,可惜语气软弱无力。玛可斯伸手按住他的肩头,扭他转身,回到阴凉的帐篷里。

"如果我杀了你,或烧光你的船,"玛可斯说,"那么明年这个时候,小海湾里会出现另一群人,跟你们一样。银行的投资还要冒同样的风险。情况没有变化,我还得跑回这里,跟另一个人进行同样的谈话。"

"你烧了它。你烧了我的船。"

"仔细听我说。"玛可斯把里纳尔按坐到地上。海盗用双手抱住脑袋。玛可斯走开两步,从营地桌前拿出茜茜琳准备好的纸张。他本想傲慢地把它丢在海盗脚边,可这家伙好像要崩溃了,所以玛可斯把纸放到对方膝头。

"这是我们为奥利瓦港承保的船只名单。如果我不得不再次来找你,那么到时,你最好的结果只有向法官自首了。"

微风转了个方向,沥青燃烧的臭味灌满帐篷,坏了香肠的味道。皮革帐幕如小船帆一般拂动。里纳尔打开那张纸。

"不在名单上的船……"

"不关我的事。"

"我不是这一水域唯一的海盗。"他又说,"如果其他人……"

"你应该劝劝他们。"

里纳尔的脸恢复了血色。震惊消退,原来的理直气壮开始回归,还带上了任性。这时,海面传来的声音比较欢快了,是笑声。应该是玛可斯的手下。一辆马车发出"吱呀"声。是时候回去了。

"你们要跟我们一起走,直到塞米斯小镇。"玛可斯说,"从那儿走回来不太远,你们的人不会渴坏。"

"你以为自己很了不起,以为没人能对付你。"海盗说,"你以为你比我厉害。其实你跟我们一样。"

玛可斯斜倚在营地桌上,低头看着海盗。里纳尔很年轻。虽然装腔作势、张牙舞爪,但他跟在酒吧里绊倒醉汉、在街上偷摸女人的小子没什么区别。他是个叛逆的坏孩子,还没长成男人,却弄了几艘船,出来欺凌弱小、打家劫舍。

玛可斯脑中冒出好几种回答:等你亲眼见过家人死去就明白了;再说一遍,趁你还有机会,成熟起来吧,小子;是的,我比你厉害;我的船可没着火。

"我们很快出发。"他说,"我会安排守卫,别想逃跑。"

外面,那艘双桅小船烈火熊熊,冒出浓烈的黑烟,携着火星和灰烬飞向盘旋的海鸟。玛可斯走下山坡,来到排好队的马车前,准备回家。他手下一个年轻的可沓丹人正坐在医疗车上,手臂被剃光,绑着绷带。皮毛之下,他的皮肤跟原血族一样。

那个死掉的水手盖着油布。其他人的手臂被扭到身后绑好,站成几排,脸色阴沉愤怒。玛可斯的人则咧嘴大笑,开着玩笑。情况跟打完仗差不多,只是这次没怎么流血。海浪打上沙滩,抹去他们的脚印,只留下光滑的沙面。骡子毫不理会火焰的味道和士兵的玩笑,拉着装满丝绸和黄铜制品的车子往小路走去。盐和烟的气味混在一起。

玛可斯感觉脑海深处黑暗的情绪又开始涌动。任何战斗之后——不论是宏大战役,还是酒吧斗殴——这种冷漠感总会出现。每当战斗的炽热和刺激退去,现实世界及过往历史将会回流。如果他败了,情况会更糟。可就算他胜了,黑暗仍然存在。玛可斯把它压下。

还有真正的工作等着他做。

雅丹姆站在领头的车旁,身边有匹满身汗水的马,马背上驮个辛奈族男孩。是信使。玛可斯走过去时,男孩下马,牵着坐骑走开,休息去了。

"怎么了?"玛可斯问。

"准备回去了,老大。不过,让我领队比较好。执事让你回城后,马上去支行见她。"

"出什么事了?"

雅丹姆意味深长地耸耸肩。

"一场真正的战斗。"他说。

茜茜琳
Cithrin

报告写完、封好。信封钉合，周围压上封蜡，盖上美狄安银行的印章，再署上派克的个人签名。他们做了那么多事，茜茜琳本以为报告字数会多些，结果只有皮革装订的薄薄四小本。公证人对奥利瓦港支行的所有报告用一个小背包就能装下。现在，到了具体安排行程的时间，做过许多准备的茜茜琳反而犹豫了。

信息传递的速度一向难以确定。把一条紧急短信从奥利瓦港送到卡斯，用术士的法术也许只需两天。信鸽则要飞五天，但更可靠些。一个独行信使，骑上一匹快马，横穿比兰卡的广阔平原，在驿站和民宅借住，十天后可以抵达萨拉苏玛，然后再花五天，才能坐船到卡斯，前提是途中没有被强盗拦截，而且海上天气要好。商队的速度就更慢了，但也更安全。只要茜茜琳乐意，光是路上来回，她就能耗上半个季度。

天黑了，她坐在房间里，手里把玩那颗龙牙，面前摆着地图，想象自己可能走的不同路径，自己同自己争论：要不要在萨拉苏玛停留一段时间,结交女王的朝臣;要不要从奥利瓦港直接乘船,沿途参观一下卡博尔和赫雷兹的港口;要不要打扮成信使,一人上路,在广阔的世界里独自骑行。每个新版本都比前一个更美妙、更诱人、更真实。最后她选了个折中的方案:玛可斯、雅丹姆·黑恩,加上她,一路走龙道。人少可以走快些,训练有素的保镖和少许回报就能挡住大部分麻烦。至于到卡斯之后需要的裙子、化妆品和礼服,她就不带了,改带一张信用证,到了再买。

结果,传来了开战的消息。

"不行。"玛可斯说,"不能走陆路。北海岸的龙道肯定全是逃难的,比兰卡边境也会有很多。"

支行里空空荡荡,只有他们三个——玛可斯、茜茜琳和派克。值勤表上用粉笔写着六个名字,其中大多数正跟着雅丹姆,走在从塞米斯小镇回城的路上,剩下的也被玛可斯遣到大街上去等。茜茜琳能听到守卫的说话声,但听不清他们在说什么。她的地图铺在地板上,三人一齐盯着看,仿佛线条里隐藏着什么秘密。比兰卡在南方,周围是些小国。北海岸在北方偏右的位置,像个不满意的大哥俯视着比兰卡。再过去就是战场。

"海路也有问题。"派克吮着牙齿说。

"为什么?"茜茜琳问。

"我们刚把一艘海盗船烧成灰。"玛可斯说,"也许过一段时间,再给他送上血腥复仇的机会比较好。"

派克脸色一黑,但没说话。茜茜琳一直等到玛可斯回来,确定计划成功之后,才把行动告诉给她,从而把她置于一个难受的境地:茜茜琳在派克不知情的情况下,以银行的名义采取了行动,但没涉及正式谈判,也不用签字。她所做的一切没有违反与银行的协议,但其中的含义和意图令派克很难受。不过嘛,暴鸦号承保的损失至少有一部分追回来了。虽然派克不喜欢,但结果让她无法抱怨,正如她也没什么可高兴的。

"走陆路到萨拉苏玛,然后乘船。"派克说,"避开卡博尔附近水域,带她一直往西,绕开最糟糕的地方。"

"虽然中间会经过一些比较混乱的地区,"玛可斯说,"但已经是最佳路线了。有些农场税赋太重,当地人会把过往旅客当成强盗或猎物。"

"说得对。"派克赞同,语气里高兴比担忧更多,"报告需要保护。"

"我不想要一整支卫队。"茜茜琳说,"玛可斯和雅丹姆两人就够了。"

"够个鬼。"派克说。

"你做不了决定。"玛可斯说。

亚姆族女人惊讶地张开厚嘴唇。

"你当真?"她问,"我刚刚才开始觉得你们不是傻瓜。还是说,只有我仔细考虑过其中的关联?为了新的继位问题,北海岸去年差点打上一仗,查西安国王的屁股还没坐热王座呢。阿斯特里堡跟北海岸边境最长、防备最弱,如今又准备跟安提亚帝国上战场。"

"你的意思是?"茜茜琳委婉地问。

"你想跟玛可斯·韦斯特一起去那边?据我所知,上一次在北海岸,他杀掉了他们的国王。"

"并把王位送给了查西安夫人。"玛可斯接口。

"结果现在,她侄子戴着那顶王冠,你要再把它抢回来吗?"派克继续,"如果我是北海岸的国王,发现你跑回我的国土招摇过市,手中长剑敲出的音乐传到我的耳里,你想我会怎么办?保险起见,我会把你这可爱的小笨蛋锁起来,然后调查是哪个该死的小丑把你带进来的。当然,我指的不是这位执事。"

"我能应付。"玛可斯说。

派克挑起双眉,但没再说什么。街上有人喊了一声,然后是笑声,接着门口传来干脆的敲门声。是雅丹姆·黑恩。他的耳朵往前竖着，显得热切而专注。

"全在货仓里了，老大。"

"你有全部清单吗？"派克劈头就问。

雅丹姆走进房间，递给她一叠纸。茜茜琳的注意力依然放在地图上，心里反复琢磨即将开始的旅程。一股预料之外的紧张绷紧了她的腹部。在她的眼角余光里，派克正在用满是疤痕的大拇指掠过清单。她翻开第二张单子，纸张间的摩挲声有如厌倦的叹息。

"这些不是我们的。"她拍着单子说。

"现在是了。"玛可斯回答，"在我们的货仓里。"

"哦，真的？"派克反问，"万一哪个盐区的商贩向总督提交认领书，你准备就这么对法官讲？我们从海盗手里抢来的，所以是我们的？如果没有文件证明所有权，就把它们搬出我的货仓。"

茜茜琳伸出指尖点着北边的海岸线，从北海岸划到阿斯特里堡，再到安提亚。那个帝国的军队曾夺取万奈，某个安提亚的庇护使又将它一把火烧光。茜茜琳曾逃离过安提亚的士兵，他们会记得的。如今，开战双方的边界是一条河，从南边的沼泽起源，流入北边的大海。只有一条龙道横穿那条河，宛如城墙上的一扇大门。而大海，别的不说，将变成更广阔的战场。如果阿斯特里堡的贵族和商贩要逃往西边躲避战火，北海岸将是他们唯一的避难所。

"没错，它们是我们的。海上救助是我们的权利。"玛可斯正说着，茜茜琳意识到自己听漏了一部分对话。

"你以为你报上大名，就可以留下任何贼赃吗？你会坐牢的。我……"

"我想跟队长单独谈谈，现在就谈，拜托。"茜茜琳说。三双眼睛齐齐转过来盯着她。派克和玛可斯眼中都有怒火在焖烧，雅丹姆则一如既往地难以读懂。"玛可斯一个人。就一会儿时间。"

派克"呸"了一声,但没吐出口水。她走了出去,步态起伏,像一艘困在深海中的船。雅丹姆点点头,抖抖一只耳朵,也退了出去,在身后关上门。

"那女人真是个灾星。"玛可斯伸出两根手指指着屋门,"我怀疑,他们派她来就是为了惩罚我们。"

"也许是吧。"茜茜琳说,"但她说得对。"

"她说得不对。从里纳尔夺走箱子那一刻开始,他……"

"我不是说这个。我是说卡斯。我不能带你去。"

玛可斯抱起双臂,斜靠高台。那是以前赌坊留下的最后一张桌子。他面无表情。

"原来如此。"

"我去卡斯,是为争取科莫·美狄安的支持。"茜茜琳说,"身边带个是非人物对我没有帮助。你是玛可斯·韦斯特,是杀死蜉蝣王的人。我忘了这一点,因为我熟悉你,你也从不把过去的事挂在嘴边。可对其他人,尤其北海岸的朝臣来说,一听到你的名字,就会联想到军队和死去的国王。我要科莫·美狄安喜欢我,或者,尊重我。"

队长的嘴唇紧抿,颜色发白。愤怒扯动他的嘴角,拉出尖锐的线条。他沉默很久。茜茜琳的心揪紧了,以为他要辞职,离开她,离开银行,离开这一切。但最后,他望向茜茜琳,表情柔和下来。

"好吧。"他说。不远处传来一声狗吠和一个男人的咒骂。玛可斯挠挠脸颊,声音如沙子落在纸上:"我想,总得有个人监视派克。"

"谢谢你。"

"但你还是需要保镖。如果不带我和雅丹姆,那你至少要带四个人。我俩就是这么厉害。"茜茜琳露出微笑,玛可斯也挤出一丝微笑,"只要……只要答应我,你一定要平安。我在北海岸的过去很糟糕,我失去了几个人。"

"我答应你。"

虽然茜茜琳成功地把自己塑造成比兰卡一位显赫而重要的公民，但实际上，她从未跨过比兰卡与自由城邦的边界、走进沿海山脉和丘陵之外的内陆。她上一次旅行还是隆冬时节，按照想象，内陆该是一座座起伏的山岭和巨石，点缀着森林和草场，因为自由城邦间的土地在没有泥泞和积雪时就是这副样子。直到走出奥利瓦港外围最后一座农场和房屋之后，她才看到那片广袤开阔的大地，此生第一次听到草地的歌声。

比兰卡的内陆一马平川，地平线上连一座小山都没有，龙道横穿其间。茜茜琳发现自己浮想联翩：龙道是活的，在他们身后盘卷，在他们眼前升腾，如随行的海蛇，护送她穿越草海。如果有人问她，她会说，高高的草叶随着微风摇摆的摩挲声，就像麦秆相互摩擦的声音。她仿佛走在瀑布之下，就连最轻微的风也发出呼啸。到了第三天，茜茜琳才能分辨出其中夹杂的声音：人声、乐声、笛声、鼓声……还有一次，是个人数众多的唱诗班的歌唱声。

农场房屋和耕地宛如梦境，在草浪中浮起、落下。她差点以为路上遇到的人都是未知的种族，他们说话的声音里会带有草地的"呜呜"声。当然，那些人其实都是原血族和辛奈族，只是面庞被太阳晒得粗糙，手掌发黄，长满老茧。他们看起来是如此熟悉、普通而平常。最后茜茜琳告诉自己，这块大地之所以显得虚幻，只是因为陌生感和她自己的焦虑作祟罢了。所以，当一只大型动物突然横穿前方的龙道时，她还没在意。那家伙的身形足有她坐骑的一半大小，全身乌黑，水淋淋的，嘴里长着匕首般的牙，脸上却顶着华丽到失真的花朵状鼻子。身边的保镖们戒备地吆喝起来，她才发现那头动物是真实的。

尽管玛可斯开玩笑说要四个人，但出发时，他只派出两名守卫。他们都是原血族，一个叫巴斯，一个叫克里森·莫特。每当夜幕降临，周围却没有客栈或旅馆时，其中一人就会牵马离开龙道，好像遛狗似的在草地里兜圈子，把一片圆形区域内的草都踩平。草地潮湿翠绿，但他们从不生火。

茜茜琳躺在自己的皮革小帐篷里，一手搭在身上，另一只手枕在脑袋下。帐篷顶离她只有几寸，保温效果出奇地好。她累得全身发软，后背和双腿因骑马而阵阵酸痛。腹部的纠结像个不受欢迎的老伙伴，总在最不需要时跑回来，不让她睡觉。她只好假寐，闭上眼睛，竭力不听两个守卫聊天，可惜毫无效果。因为他们在说闲话，内容是玛可斯。

"我听说，春密尔知道，队长是他能打赢那场战争的唯一原因。"巴斯说，"所以他极度担心队长叛投敌营，最后把自己吓得半疯。埃利斯之战打完，春密尔找了一堆查西安夫人那边战死士兵的制服，给他自己人穿上，派去谋杀队长的家人。他们把队长抓住，要他眼睁睁看着妻子和宝宝被烧死。"

"不是宝宝。"克里森·莫特说，"那女孩有六七岁了。"

"那就是小女儿。"

"我只是说明一下，她不是宝宝了。队长怎么发现那是个骗局的？"

"不知道。应该是俘虏了查西安夫人之后吧。"

"我想他在那之前就知道了，后来一直在演戏。队长花了一年时间结束战争，让春密尔当上国王，等那混蛋自以为安全了，才把他干掉。"

"有可能。袋子里还有吗？"

茜茜琳听到一阵酒水流动声。营地周围的草叶在寂静中摇动。她发现自己又睁开了眼睛，只好恼火地用力闭上。

"不管怎么说吧，春密尔抢到北海岸的王座，骑马返回卡斯，打算控制那个地方。当时，他坐在营帐里，正在写准备砍头的名单。队长走进去，说明自己如何得知了真相。大家知道的下一件事，就是韦斯特手拿一把斧头,全身血淋淋地走到笼子前,砍断查西安夫人的锁链,把那顶还带着春密尔肉片的王冠交给她,说王位是她的了,其余他就不管了。然后他人间蒸发,退出宫廷,直到现在,他成了奥利瓦港的雇佣守卫,给执事干活儿。"

又是一阵葡萄酒注入嘴里的"咕嘟"声和"嗞嗞"声。

"你说,他是不是爱上了执事?"

"巴斯!她……"

"嗨,她已经睡几个小时了。不过说真的,他完全可以自己组建一支雇佣军,接受卫戍任务,酬劳是现在的四五倍。可他却留在这儿。酒吧里半数女孩子愿意跟他上床,可他谨小慎微,像对待玻璃一样,不让任何一个误会他有意。"

"不,他只是忠于亡妻罢了。每当跟女人相处时,他总会想到她。"

"哦?我感觉他爱上执事了。"

"我告诉你,往日的伤痛让他的心变成了石头。"克里森·莫特说,"再说了,执事虽然有张漂亮脸蛋,却没长奶子。"

"哦,兄弟,"巴斯"呵呵"笑了,"你最好祈祷她真睡着……"

"我没睡着。"茜茜琳说。

一阵沉默,仿佛会持续到永远。她从帐篷里钻出来,站直。星光照耀下,两个男人脸色煞白,一脸懊悔。酒袋拿在巴斯手里,茜茜琳走过去,夺下它。

"你们喝得够多了,马上睡觉去。"她说,"你俩都去。"

两个男人没敢再说一句,缩回到各自的铺盖里。茜茜琳站在那儿,瞪着他们,直到自己也觉得可笑才回到小帐篷里。聊天停止了,可茜茜琳依然无法入睡。她躺在黑暗中,手中的葡萄酒不算最好,但也不差。喝掉半袋,酒水开始溶解胃里的纠结,跟她第一次在路上喝酒时感觉一样。有酒精松泛她的身子,一切似乎都亲切了些,闭上眼睛也容易了。她的心思时不时转到玛可斯身上。他不可能爱上她了,对吧？就像艾曼尼执事不可能娶她做新娘。虽然很英俊，可他年纪那么大。每当这时，她会刻意把思路转向生意上的细节。暴鸦号的损失肯定会列在报告里，寻回货物的收益却不会。她要确保总部的人知道后者，还要告诉他们，对于收回来的货物，派克不愿对保险合同之外的部分收取报酬。

她开始琢磨，该如何起草合同，保护他们找回来的货物，以免它们被别人夺走。她觉得这是有可能办到的，只是她从没见过先例。她得知道其他执事对这事怎么看。如果他们都认为派克不对，认可收取报酬的合法性，那银行就可以在合同里开出相当不错的价码。若能增强合同条款，那么，百分之十的完全承保价听起来非常合理。

渐渐地，茜茜琳的神志飘离了身子。在葡萄酒、琢磨合同的消遣，以及草场的"呼呼"声的共同作用之下，她发现眼睛已经合上好一会儿了，而且毫不费力。半梦半醒间，她塞好酒袋，翻个身，放松身体，沉入被踩倒的青草之中。再走几天，就能到萨拉苏玛，坐船，然后到卡斯，想办法说服所有人，把派克·厄特豪丢进井里，让银行重归她茜茜琳。

道森
Dawson

艾什佛大人的手被送走后一星期,军队也出发了。时间紧迫,所以兵力不多——二十名骑士,加上扈从;四百个刀弓手,大部分是从正在耕种的田里扯出来的小农夫。虽然近百来号人曾经上过战场,但职业军人大概只有两打。他们穿着手边能找到的盔甲,从阁楼和地窖里翻出为这种日子准备的长剑、长枪和猎弓。就在命令被送往南方和东方去召集更多士兵的同时,他们出发了。集合起第二支规模更大的军队,并从南部城堡或临近萨拉卡的东部边境开过来,可能需要一整个月。按照预计,全国可以召集六千壮丁,盔甲武器齐备,同时留有足够人力继续耕种,以免来年春天闹饥荒。

但那都是以后的事了。此时此刻,骑士们策马沿宽阔的龙道前行,身后跟着一车车粮草。队伍后面,坎尼普渐渐隐没,只剩下小小的王堡,仿佛地平线上的一抹污痕。队伍前头,道森·卡连姆元帅与儿子乔瑞并辔而行,速度飞快,好像凭榜样和意志的力量就能拉动身后的军队。

从地图上看，阿斯特里堡如一条宽宽的带子，把安提亚帝国与北海岸分隔开来。它夹在北方两个大国之间，仿佛站在两位骑士间的扈从。阿斯特里堡的海岸线是三国中最短的，只有两座值得吹嘘的大城市——卡特非和艾辛港，但它的天然屏障比羊皮纸上简单的墨水线条更加坚固。它的南边是一大片湿地，由南部边境山脉流下来的雨水形成，充沛的水量成为希亚河的源头，所以从枯废荒漠入侵既困难又耗时；西边则有许多疫病丛生的沼泽。至于希亚河本身，只有最北段适于航行，其余河段大多泥泞、冰冷、水深莫测。当代历史中，安提亚国内唯一一座曾背叛过凌渊王座的城市，就是坐落在希亚河畔的安琳堡。那座城市呼吸着阿斯特里堡的空气，同时为两个国家的忠实臣民提供安身之所。

道森研习过安提亚崛起成为帝国之前的历史，包括小王之间的战争，国土的分裂等等。他也清楚，一次迅速收场的小规模冲突，与一场持久血腥的战争——比如这次的双塞桥之战，就可能拖上几年——之间有什么区别。

从卡特非骑马往南走一天，一条龙道如缎带一般横跨河水激流。据传说，龙道的出现比希亚河还要早。它的下面曾是一片平原，但数千年的沧海桑田最终让它变成了一座桥。它的两端各有一座要塞，隔着河面互相敌视，能同时控制两座要塞的国家就能主导战争。道森最大的希望，就是率领一支足够强大的军队，抢在勒禅国王从盖德·帕列库之怒的震惊中回过神来之前，以压倒性优势攻克对岸要塞。任何跨桥攻击都需付出鲜血的代价，不过趁现在，花一个下午，损失五百来人，便能在接下来几年间拯救五千余条可能死在沼泽湿地、海边船上的生命。

道森的营帐如房子般坚固，厚实的皮革搭在铁架上，隔出墙壁和房间。营帐中央立个火盆，一缕浅灰色的烟雾盘旋飘入屋顶的烟囱口。他吃着鸡肉、苹果加怒火做成的晚餐，听着四周蟋蟀的吟唱，对面坐着不牢靠的盟友坎尔·达斯克林,后者正用拇指推着匕首给苹果削皮。

"老朋友,我不知道你想提议什么。"达斯克林说。

"我没有提议。"

"没有?"一条长长的螺旋状苹果皮落到地上,一边是绿色的果皮,另一边是浅白的果肉,"可听起来,你在指责摄政王殿下背叛王室。"

"我不是要发动政变。我不希望任何人的脑袋被挑在枪尖上,至少不是任何大人物的脑袋。但若能把帕列库那些邪教徒统统锁上铁链,赶出城外,我一点也不介意。"

"可是……"

"坎尔,我知道自己看到了什么。如果多留意,你也能看出来。他到哪里都带着那个宠僧。还有,我们对他们和那个蜘蛛女神有多少了解?我们行动得太快,任由对马斯的恐慌和他失败后的放松误导了自己。"

"这倒是史无前例。"达斯克林淡淡地说,"我们有过糟糕的摄政王,也有过昏庸的国王。我们试过好国王加烂顾问的组合,也见识过国王在妓院里醉醺醺地治理国家、而顾问忙着在国内四处救火。作为北海岸特使,虽然我不愿意见到大使被切成小块,但除此之外,我没看出盖德和他们有什么区别。"

"有区别。"道森回答,"那些坏国王和坏顾问毕竟还是自己人,他们属于安提亚。但这一次,我们却把自己交到了外国人手中。"

达斯克林的沉默似乎是认可。他说话时,声音低沉,若有所思。

"你觉得,我们在给别人打仗?"

"我没这么说。"道森边说边用手撕开鸡肉。换做家里或宴席上,他绝不会这样,但现在是在打仗,他在战场上,"我是说,如果帕列库忠于那些人,那我们现在的情况,就跟马斯把西米恩在阿斯特里堡的那个侄子推上王座一样糟糕。"

"我有种感觉,你要我做什么事。但我不太明白是什么。"

"我要你打探一下。不用调查所有人,只有帕列库提拔起来那些,比如布鲁特和维伦之流。调查他们是不是忠于帕列库。"

"他们当然是。"达斯克林说,"我们全是,包括你。我们在这里行军打仗,而不是待在宫中,这就是忠诚的表现。"

道森摇摇头。

"我来这里是遵从摄政王殿下的命令,"他说,"而不是盖德·帕列库。"

达斯克林哈哈大笑。一时间,连蟋蟀也停下了歌声。他切下一块苹果塞进嘴里,然后用刀尖指着道森。

"你可真会玩文字游戏。要小心啊,不然你会变成政治家的。"

"别胡说八道。"道森说,"不管怎么说,在这场仗打完之前没什么可做的。但只要我是元帅,培养各大家族的忠心就是我的责任。等我们料理了阿斯特里堡,就该对付那些祭司了。"

坎尔·达斯克林叹息一声。

"跟你合作真是件难事,道森,我们上次结盟的结果并不好啊。"

道森皱起眉头,但缓缓地,一丝冷笑在他唇边绽放。

"现在,我倒觉得你有事求我。"他说。

"我最小的女儿珊娜喜欢摄政王。我想,等我们把他身边那些宗教友人清理掉,你的儿子乔瑞也许可以举办一场舞会,帮他们引荐引荐。"

你想让我给你女儿拉皮条?这话已经到了道森嘴边,但他又咬了一口鸡肉,把它堵了回去。

"珊娜是个好女孩。"他改口,"不管发生什么,只要我力所能及,我都愿意帮她。"

"这话说得像个外交官。"达斯克林说。道森皱起眉头,但没回应。他能容忍侮辱,至少目前可以。有的是时间。如果攻下双塞桥的计划失败，时间就更多了。还有更多流血和厮杀。达斯克林忧虑地皱着眉头，盯着火盆上缓缓升起的轻烟，仿佛迷失在其中。

"有个问题。"他说，"你认为是真的吗？勒禅国王真的知情？真的许可了那场阴谋？"

"我不知道。"

"那你怎么认为呢？"

"他知情。"

达斯克林点点头。

"我也这么想。"他说，"所以，至少现在，你谋划要对付那些异国祭司是对的。"

※

早晨的空气中夹杂着野花的清香。地面被夜雨打湿，又被晨曦照暖。雾气盘桓在行人膝盖以下。第一缕晨光出现时，巡逻队就已经向道森报告过，所以他对眼前的一幕早有心理准备。河水自南方蜿蜒向北，流淌在刀刻一般的泥石峡谷之间。由于昨夜的雨，河水高涨，白色的浪花几乎触及跨在河上的浅绿龙玉。对岸的要塞圆得像一面鼓，有三个人高，以灰色石头砌成，涂上陈旧血色的灰泥。在安提亚这边——他这边——要塞建成方形，用粉白色砖块砌就。进出要塞的龙道上方，都有箭缝虎视眈眈。城齿很窄，仅够弓箭手上前发射然后退下。

两座要塞上方都飘扬着阿斯特里堡的旗帜，但数量不多。白色要塞上有三面，被露水和雨水打湿，颜色黯淡，耷拉着。对岸有两面。道森身后有来自十五个家族的二十名骑士。班尼恩和布鲁特、克伦堂和欧得灵山，以及其他家族和领地。十五面旗帜对五面，四百个战士对盘踞在箭缝后面的人。

乔瑞骑马来到他身旁。男孩脸色苍白，毕竟他已家有娇妻了。道森还记得，自己第一次怀着可能一去不返、留下妻子守寡的预期骑马上战场是个什么情景。那感觉是不一样的。

"他们分兵了。"乔瑞说,"为什么要分开?"

"想把两边都守住吧。"道森说,"如果他们把所有兵力都布置在我国这边,万一被我们逼退,那撤过去时就会阵脚大乱。可把所有兵力都布置在对岸,又会失去河面上的安全通道。"

"但现在他们应该撤退的。"乔瑞说,"他们有要塞,而我们人多。他们肯定知道这一点。如果他们在对岸集中兵力,至少还有点机会。把军队拆开,简直是发疯。"

"是勇敢。"道森说,"看到这边的三面旗帜了?他们不是要打赢,只是为了阻挡我们,等到援军赶来。"

"凭我们的兵力,足以连对岸的要塞也拿下,"乔瑞说,"并占领它。"

"攻下白要塞之后,剩下的兵力未必够。万一援军抵达,那就根本不够了。"道森在马鞍上转过身,望向扈从,"传令摆阵。我们没时间了。"

他们占据了大片原野——弓手、剑士、枪兵,还有一座小攻城塔。攻城塔的撞门锤是一根原木,前头裹了青铜,长度足够让两边各站三个人。道森曾在隆冬的节庆上见过比它更大的木头被丢进壁炉里燃烧。好在前面的不是城堡,只是桥头的要塞。况且,他们手里只有这么小的撞门锤。

他的军队摆好阵势。在战场充满钢铁与鲜血之前,只剩一件事。他叫来弗隆·布鲁特。后者小跑上前,嘴上那把搞笑的胡须随坐骑的步伐跳动起伏。

"布鲁特大人,"道森说,"你愿意接受这光荣的使命吗?"

"非常乐意,元帅大人。"他一口答应,语气的确像发自真心,这一点值得称赞。布鲁特从道森的扈从手里接过喊话用的喇叭,骑马奔向白砖要塞。他刚好走到弓箭射程之外,停下脚步,把喇叭举到嘴前。道森竖起耳朵听。

"以艾斯特国王之名、以帕列库摄政王之名、以凌渊王座之名,你们投降吗?"

有那么片刻,世界仿佛屏住了呼吸。有人回答,但声音太低,听不清。然后一阵箭雨映着银色晨光飞过来,刚好落在布鲁特和他的坐骑面前。骑士又一次举起喇叭。

"记住,我给过你们机会,你们这些无知软蛋!"

布鲁特快步跑回,脸色涨红,软绵绵的下巴往前伸着。他交回喊话喇叭。

"元帅大人,我说,还是撕烂他们的屁股吧?"

"记下了,爵士,谢谢。"道森说,"步兵,攻击!"

在道森注视下,步兵如决堤的洪水一般往前奔涌。白要塞的城齿里出现了弓箭手,箭缝中射出一阵阵箭雨。在战斗的呼号声中,道森听不清谁喊了什么,但他上过多次战场,知道那是怎么回事。从他指挥的位置望去,场面几乎可谓平静,然而,这世界上最喧闹、最愉悦、最可怕的情绪,就在那许许多多躁动的身体当中。他们发动了进攻,如今,无法回头了。

细细的梯子立到空中,梯顶装有带倒刺的钩子,想推开它们会更加困难。撞门锤发出闷响,一声又一声。少数带盾牌的安提亚士兵都把盾牌举到头顶。两把梯子钩住城头,开始有人往上攀爬。道森看着,齿咬嘴唇。北边有动静。河岸边有人,身穿阿斯特里堡的制服,起码一百个。他们本来藏在河边冰冷的泥泞里,准备从后方偷袭敌人。

"提醒北边有危险。"道森吩咐。扈从举起喇叭。短促地吹三声代表危险,长长地吹两声表示北边。看起来,伏兵以剑士为主,只有少数长枪在空中摇晃。撞门锤的闷响压过了一切声音,但战场上的呼喝声发生了变化,道森的战士转而迎向新来的敌人。

"冲锋!"道森边喊边拔出自己的长剑,"吹冲锋号!"

道森率领安提亚骑士朝希亚河及等在那里的敌人飞扑而去。对方的长枪比看上去多一些,但还不够多。在他身后左方某处,有匹战马惨嘶一声。但他听到声音时,人已经撞入敌阵,挥剑劈砍起脑袋和肩膀。在他右边,克伦堂男爵马卡利安·伟挥舞战锤,大喊着古老的酒吧小曲。在他左边,乔瑞正在追杀一个临阵脱逃的敌方士兵。道森的手指疼痛却愉快,剑刃上染满鲜血。撞门锤稳定的撞击节奏发生变化,南边传来吆喝声。白要塞的大门快要崩溃了。

"要塞!"他喊,"干掉他们,冲进要塞!逼退这些混蛋!安提亚万岁!西米恩万岁!"

粗哑的呼喊高声响应,安提亚骑士跟他一起掉转马头,往白要塞飞奔。

要塞外的地上躺着安提亚的战士们——士兵、农夫、成人、男孩,有的从梯子上坠落,有的中箭倒地,但有些还活着。要塞里传来战斗与杀戮的声音。道森没下马,而是纵马穿过要塞庭院,全力冲向另一边的大门。他的骑士紧跟在身后。龙玉大桥延伸到河对岸,两边修有古老的栏杆,龙玉上下都有木板,两边钉在一起,已经磨得很旧,颜色发白,甚至崩裂。它们是人类的作品,破烂腐朽,附着在龙族那无人关注却永恒不变的杰作之上。

桥面上站着三四十人,圆要塞耸立在他们身后的河对岸。从这里望去,它显得高大一些,宽阔的墙体略微往外倾斜,增大了攀爬的难度。要塞大门紧闭,把敌方和己方的人统统关在外面。

等他们开门把自己人放进去时,就有机可乘了。

"到我身边!"道森喊道,"所有人,聚到我身边!"

他的扈从老早就落到了后面,不过骑士和战士拿起了喇叭。到元帅身边集合号声如钟声般传遍要塞。六个人抬起掉到地上的撞门锤,搬到大门里面。其中一人满脸是血,右耳不见了。桥上的败兵有的在哀号,要求圆要塞收留他们,有的鼓起勇气,准备迎敌。

就在这时,他们头顶升起一面新的旗帜。又一面,第三面,第四面。

援军到了。道森回头看看集合起来的士兵。骑士几乎全在他身边，步兵却少了，少了很多。不过，还有机会。

"弓箭手！"他喊道。

十二个男人，只有十二个，手持弓箭，跑到门前。

"小子们，不要一次都放倒。"道森提高嗓门，压过河水的咆哮声和困在桥上那些人的哀号声，"我们要让对面要塞里的混蛋们彻底心寒，所以，慢慢杀。"

于是，道森的弓箭手轮流放箭，每次一人。桥上的人无处可躲，他们惨叫，哭嚎，愤怒地喊叫。他们朝道森的阵线冲过一次，但被压了回去。他们的人数越来越少。二十。十八。十四。十。绿色的龙玉，红色的鲜血，如画家用刷子刷出来的色彩，美丽，以至虚幻。绝望中，有个人跳入翻滚的河水。还剩九个。注定死亡的人们拼命敲打对面的大门，道森也专注地盯着它。但它没开。

它不会开。

"全部干掉，关门。"他终于下令，"给摄政王殿下送信，说入侵军已被逐回，边境安全了。"

而且，我们来得太迟了。但这句话他没说出口。白要塞的大门合上之前，他举起剑，往下一挥，朝对面的要塞行了个决斗之礼。这场战争的第一仗打成了平局。若他的经验给了他任何启示，那就是，来而不往非礼也。

玛可斯
Marcus

"我要杀了你。"可沓丹人嚷道。他垂在身侧的手握成拳头,痛苦的表情被脸颊和额头的毛发遮挡,看上去像只失望的小狗,而非美好生活希望被捏得粉碎的人,"你不能这样。我要杀了你。"

"你杀不了我。"玛可斯说,"真的,闭嘴好吧。"

旁边的女王卫兵是个原血族男孩,年纪比茜茜琳大不了多少。他朝哭哭啼啼的可沓丹人点点头,说话的对象却是玛可斯。

"刚才那句话是对市民的死亡威胁。"男孩说,"只要你愿意,我可以抓他见官。"

"他怎么付得起罚金啊?"玛可斯反问,"放过他吧。他今天够倒霉了。"

房子坐落在一个私人小院里。玛可斯身旁的女王卫兵是唯一的法律代表。其他那些走进屋里,把可沓丹人的财物搬到街上的男男女女全是玛可斯的人,或者说,全是派克和银行的人。其中也包括茜茜琳第一次派玛可斯雇人守卫支行时,雇来的可沓丹族守卫茵蓝。

面。

援军到了。道森回头看看集合起来的士兵。骑士几乎全在他身边,步兵却少了,少了很多。不过,还有机会。

"弓箭手!"他喊道。

十二个男人,只有十二个,手持弓箭,跑到门前。

"小子们,不要一次都放倒。"道森提高嗓门,压过河水的咆哮声和困在桥上那些人的哀号声,"我们要让对面要塞里的混蛋们彻底心寒,所以,慢慢杀。"

于是,道森的弓箭手轮流放箭,每次一人。桥上的人无处可躲,他们惨叫、哭嚎、愤怒地喊叫。他们朝道森的阵线冲过一次,但被压了回去。他们的人数越来越少。二十。十八。十四。十。绿色的龙玉,红色的鲜血,如画家用刷子刷出来的色彩,美丽,以至虚幻。绝望中,有个人跳入翻滚的河水。还剩九个。注定死亡的人们拼命敲打对面的大门,道森也专注地盯着它。但它没开。

它不会开。

"全部干掉,关门。"他终于下令,"给摄政王殿下送信,说入侵军已被逐回,边境安全了。"

而且,我们来得太迟了。但这句话他没说出口。白要塞的大门合上之前,他举起剑,往下一挥,朝对面的要塞行了个决斗之礼。这场战争的第一仗打成了平局。若他的经验给了他任何启示,那就是,来而不往非礼也。

玛可斯
Marcus

"我要杀了你。"可沓丹人嚷道。他垂在身侧的手握成拳头,痛苦的表情被脸颊和额头的毛发遮挡,看上去像只失望的小狗,而非美好生活希望被捏得粉碎的人,"你不能这样。我要杀了你。"

"你杀不了我。"玛可斯说,"真的,闭嘴好吧。"

旁边的女王卫兵是个原血族男孩,年纪比茜茜琳大不了多少。他朝哭哭啼啼的可沓丹人点点头,说话的对象却是玛可斯。

"刚才那句话是对市民的死亡威胁。"男孩说,"只要你愿意,我可以抓他见官。"

"他怎么付得起罚金啊?"玛可斯反问,"放过他吧。他今天够倒霉了。"

房子坐落在一个私人小院里。玛可斯身旁的女王卫兵是唯一的法律代表。其他那些走进屋里,把可沓丹人的财物搬到街上的男男女女全是玛可斯的人,或者说,全是派克和银行的人。其中也包括茜茜琳第一次派玛可斯雇人守卫支行时,雇来的可沓丹族守卫茵蓝。

外面已经聚了一群人：有邻居，有街边商贩，也有路人。再没有比人群更能吸引人群的了。茵蓝走出来，臂弯里抱着一个机关精巧的木偶，活像抱着个睡着的孩子。她把木偶轻轻放在越来越大的财物堆上。

"你怎么能这么做？"可沓丹人朝她怒吼，"你怎么能对自己的族人做这种事？"

茵蓝不理他，走回屋里。一个扎苏鲁人——名叫哈特——双手抱着一大捧衣服出来，其中有些丝绸和织锦，不难看出银行借的钱都去了哪里。不过，这笔贷款的间接收获不是衣服裤子，更不是那些木偶，而是收缴这所房子的权利。如今，违约条款已然生效，玛可斯便带着守卫来收走房子。雅丹姆弯腰穿过低矮的门框，手臂里夹着一张手缝床垫。可沓丹男人的眼中涌出绝望的泪水。

人群中，一个男人哈哈大笑，假装嚎啕大哭。

"这是最后一件，老大。"雅丹姆说，"我们可以拿木板封屋了，确保安全。"

"谢谢。"玛可斯说。

"不客气，老大。"

可沓丹男人坐在床垫上，双手抱头，抽噎，全身哆嗦。玛可斯在他身旁蹲下。

"好了，"玛可斯说，"想想接下来会发生什么。你会很生气，你想找我们——我、银行、任何人——进行报复。你的心情会差到极点，也许一个星期，甚至更长时间，才能恢复过来。在这期间，你无法理智地思考。你会告诉自己，烧掉房子是最正确的决定。既然你不能拥有它，其他人也不能。诸如此类。你在听吗？"

"你去吃屎吧！"男人抽噎着回答。

"我就当你在听好了。所以呢，我会留下人看守这里。他们会在屋里，在街上，确保没什么乱子发生。如果有人走进屋子，格杀勿论。

如果有人想从外面毁掉屋子,会被伤得很惨。所以,不要惹我们,明白吗?"

也许是威胁中隐含的温柔起了作用,可沓丹人点点头,很长时间没再哭。多少算是个好兆头。

"现在,我想给你个提议。"玛可斯说,"我没有任何恶意,也不代表银行,只是我个人给你的提议。你有这么多家当,却没地方放。它们可能在街上烂掉,这对你没任何好处。所以,我出三十个银币全部买下,这样你就可以空手离开,重新开始。"

男人眼中涌出泪水,挂在水獭般油亮顺滑的皮毛上,仿佛露水珠子。

"三十个,不够。"他哽咽着说。

"如果不是丢在街上,确实不够。"玛可斯同意。

"我要木偶,那是我谋生的工具。"

"那你挑三个木偶留着吧,价格不变。"

男人的目光扫过箱子、衣服,还有一个石膏大花瓶。瓶里的鲜花快枯掉了。绝望笼罩了他的脸。围观者要么幸灾乐祸,要么假装同情。

"我本来打算还钱的。"男人轻声说。

"可你没有。"玛可斯指出,"现在说已经晚了。带上你的娃娃和银币,从头再来,好吗?"

男人点点头,更多泪水涌了出来。玛可斯把一个装银币的钱袋塞进他手里。

"好了,把他想要的三个木偶留下,剩下的东西装车运回仓库。"

"好的,老大。"雅丹姆答应着,"然后呢?"

"去洗澡,我觉得有点脏。"

奥利瓦港的夏天有如强盗,隐藏在温柔的海风和漫长舒适的傍晚

里,借着海浪和鸟雀的鸣叫说着友善、安抚的话。此时,正午的阳光像是只紧压在肩头的手,玛可斯还可以视其为伙伴,但炎炎夏日最终会变成热气蒸腾的白昼和汗流浃背的夜晚。到那时,可沓丹族会把后背剃得只剩毛茬;原血族和辛奈族则会放弃端庄,换取凉爽。正午刚过,白天的生意便会停止,城市陷入高烧的梦魇,直到傍晚,夏日的暴力终于减缓一点为止。

但现在,炎夏还未开始。春天仍然在诱哄所有人放下戒备。但它总会来的。

茜茜琳已经走了两个星期,此时可能正在萨拉苏玛和卡斯之间的水上行船。她不在的日子里,工作内容跟她在时一样——支付款项、看守保险箱、收取款项。时不时,某个客户或合伙人需要他带上几个帮手,跟着某人或某些物散散步。如今派克没有了对手,似乎也平静了一些,但她依然会弄出许多必须完成的小任务,同时不断抱怨为完成任务而花掉的钱。所以,在某个方面,什么都没变;但从另一方面看,却又全都变了。

"我要去追她。"玛可斯说。

雅丹姆往前坐坐,小心地喝着啤酒。他的沉默代表思索,也代表反对。玛可斯往前靠在粗糙的木板桌上。这间酒吧,他们不常来。院子里有三个打鼓的扎苏鲁族男孩,鳞片亮得像绿蛇,复杂的鼓声让空气显得更加浑厚。玛可斯拿起自己的碗,看看里面的雪豌豆焖牛肉,又放下。

"我在想茜茜琳扮作男孩,从万奈过来那一次。"

雅丹姆点点头。

"老大,那你打算穿上裙子吗?"

"我可以穿车夫的衣服,或者商人的。我不用亮出身份,只要骑马过去,保持低调。等她准备回来,我就跟她一起返回。"

"为什么?"

"既然要走，躲藏也没什么意义，不是吗？"

"我是问，为什么要去找她，老大？有什么好处？"

"我觉得很明显啊，保护她的安全。"

雅丹姆叹了口气。

"怎么了？"玛可斯问，"说啊。反正你很想说的。你想告诉我：她没有危险，克里森·莫特和巴斯也能很好地保护她。可她正走向战争。一场真正的战争，不是玛西亚城主玩的那些小把戏。她不清楚那种暴行能扩大到什么地步。你知道我说的是实话。"

"如果你认为三把剑比两把剑更能保护她，那不如派别人，老大？茵蓝去过卡斯。"

雅丹姆的黑眼睛直视玛可斯。多年相处下来，玛可斯已经适应了雅丹姆的嘲讽，以至有时会忘记，查古人的面容可以变得多么强硬。这种时候，人们很容易就会相信，查古人确实是为狩猎、杀戮，以及至死不渝的忠诚而繁育出来的一族。玛可斯默默掂量一下自己的论据，可在雅丹姆毫不动摇的凝视之下，甩出它们就像用指甲刀去砍大树。

"你希望她遇到麻烦，老大，可她没有。"

玛可斯的耐心崩溃了，目光也冷了下来。

"什么意思？"

雅丹姆抖抖耳朵，耳环"叮当"作响。他低头喝酒，可刚拿起酒杯，玛可斯就伸掌挡住杯口，把它压回到桌上。

"我在问你话。"

雅丹姆放开酒杯。

"老大，自从埃利斯的事以后，你就想复仇。"

"我要的是正义。"

"随你怎么说。"雅丹姆拒绝转移话题，"我跟你一起去了。当时跟现在情况不同，但我在场，我见证了全过程。你没有简单地杀死春密尔，而是制定计划并付诸实践。你让他眼看着死神逼近，也让他明白因为什么,却无力阻止。他死之后,你以为自己会好过一些。但你不是傻瓜,你知道问题没有解决,可你以为……正义……能带来某些补偿。然而,它不能。"

"我相信,你这番话是想说明个什么问题。"玛可斯说,"因为我知道,你不会为了某个无聊的论点就把艾雅思和梅丽安从坟墓里揪出来。"

"我不会,老大。"雅丹姆的语气里没有丝毫歉意,"我想说的是,你杀掉春密尔并不仅仅因为他该死。你想要救赎。"

"你再说那些宗教……"

"你对茜茜琳也一样。"雅丹姆拒绝停止,"她是个小女孩,面对一个无情的世界。我们帮了她。仇恨无法为你带来平静,于是在灵魂深处,你觉得爱也许可以。所以我们来到这里,救了茜茜琳·贝尔沙克,但你仍然得不到你想要的救赎。于是你想告诉自己和所有人,她依然需要拯救。可她不需要。她很好,老大。"

"我本来没想给她打工来着。"玛可斯辩解,"我想甩手走掉。是你说,我们应该回来。是你说的。"

"是的。当时她确实需要我们。"

"正如她现在不需要我们一样?"

"是的,老大,正如她现在不需要我们。"雅丹姆放缓语气,可这温柔比大喊大叫更让玛可斯难受,"我们有份稳定的工作,薪水也很公道。我们有地方住,有东西吃。如果这不是我们想要的日子,那就奇了怪了。"

"我们每天跑去收别人的房子,把他们丢到街上。这种日子很舒坦?"

"换了以前,我们会杀掉他们,老大。"雅丹姆说,"所以,我没觉得现在更糟。"

玛可斯站起来。院子里传来阵阵鼓声,遇到笼罩两人的危险气场,统统化于无形。寂静中,玛可斯的声音显得特别大,出乎他自己的预料。

"你自己给那杯该死的啤酒买单。"

"好的,老大。"

玛可斯大步往外走。酒吧里的男人女人纷纷让道,一个个都把眼睛望向别处。要是有人跟他说话,可能会挨揍,但没人敢。街上,傍晚的斜阳把高处的云朵染成红色和金色,有如鲜血与金钱。衬托之下,它们后面的天空显得更蓝。玛可斯回头往北,朝大集市、咖啡厅、宿舍和支行的方向走去。木偶师在街角流连,朝人群吆喝,争取观众和铜币。等怒火由白热冷却为灰暗而痛苦的红色时,玛可斯已在一个木偶师跟前逗留了几分钟。那人只是简单地重复着扎苏鲁人彭妮彭妮的故事。主角木偶做工不错,身上有彩绘的鳞片。木偶师的手也足够灵巧,木偶仿佛拥有自己的感情。不过,除了惊讶、愤怒和同情,《彭妮彭妮》倒也不需要表现其他的情感。当主角把妻子和宝宝丢下井时,玛可斯朝收钱的袋子里丢了一枚铜币,走了。

一切总要如此收场——鲜血、死亡、徒劳的暴力。在《彭妮彭妮》中,作为对主角的回报,妻子和孩子复活了,但他们给彭妮彭妮带来的只有折磨和死亡。世事无法调和,时间不可倒流,失去的无法挽回。这正是玛可斯想看的故事,但他即使看完,仍然无法信服。

出于逆反心理,他重新制订起计划来:一匹好马,足够到卡斯的盘缠;他可以在原血族聚居区找份轻松的工作,租个房间,不需引起任何人的注意。也许能办到吧。美狄安银行不会很难找,他可以找个地方扮成乞丐,直到看见茜茜琳走进或走出,然后……

他在一个巷口停下,朝阴影里吐了口唾沫。今天早上,一切还显得可行。

格斗馆对面的方形小楼本来不是宿舍,但现在是了。它身上仍然留有过去的痕迹——墙上的洞立本来装有某种大型器械,但后来被拆走,用其他颜色的石头填补,形成一个补丁;最东边的屋梁被很久以前的火灾熏黑;石头上有一连串刻痕,一年又一年地记录着某个早已被人遗忘的孩子的成长。它曾经也许是座学校,或是挤了十户人家的拥挤住宅,所有住客都影响着其他住客的人生。到了冬天,人们会点起砖瓦砌成的壁炉。那炉子是如此古老,上面的铁壳已磨得跟布料差不多薄。

如今,住在屋里的男人女人是他的队友,是美狄安银行的私家保镖。平时这个时间,屋里守卫比较少。只有夜幕降临,他们才会下班,或休假回来,躺到休闲的绳网吊床和摊开的铺盖中,在遮风挡雨的屋檐下一同入睡。此时,屋里只有那个披着棕色外壳的提兹奈族男孩,人人都叫他小强,不叫他的真名。当初玛可斯雇佣他时,他的年纪几乎连男孩都够不上。

"一切都好吧,队长?"

"世风日下,道德沦丧,此外一切都好。"玛可斯回答。男孩哈哈一笑,当他开玩笑。玛可斯把自己的铺盖扛到肩上,爬上屋顶。活板门打开时,一只鸽子受到惊吓,慌张地腾空飞起。他摊开铺盖,躺下,看着白云变灰,天色变暗。下面的街上和身下的宿舍里都有人声。他的思绪不停地飘向艾雅思和梅丽安。她们,曾是他的家人。当年,他曾拥有一个家。艾雅思一头黑发里夹着灰丝,梅丽安的长脸自仔离开娘胎就带些愤慨之色。玛可斯仍能听到小女儿在婴儿床上的笑声,记得亲吻妻子肩窝的感觉。当年,他是正统王位继承人连恩·春密尔的元帅,是意气风发的年轻将军。当年,他曾想改造世界。

如今,时间已过去十年,艾雅思和梅丽安再也体会不到任何痛苦。有时,玛可斯连她们的容貌都想不起来;但也有时,他十分切实地感觉到她们正跟自己同处一室,虽然看不见,却在悲伤地指责他。悲伤会改变一个人,可明知如此,他又能怎样?

活板门再次打开时,天已全黑。玛可斯不用看,也知道来人是雅丹姆。高大的查古人在他的脑袋旁盘腿坐下。

"派克找你,老大。她想知道你买的东西为什么会出现在银行仓库里。"

"因为我是银行的守卫队长。"

"你去跟她讲,可能会更有说服力。"

"除非她想自己把它们丢到街上,否则原因不重要。"

雅丹姆"呵呵"笑了。

"笑什么?"玛可斯问。

"我也是这么跟她说的。她似乎并不觉得这种可能性很好玩。"

"老伙计,"玛可斯说,"那女人真是讨人嫌的极品。"

"是啊。"

"但话说回来,她也不是我遇过的最糟糕的上司。"

"所以还能忍受,老大。"

"说得对。"

刚才的鸽子——也可能是跟它相似的一只——落在房子边上,先用一只水汪汪的黑眼睛看看他们二人,再用另一只眼睛看。

"好吧,雅丹姆。你把我丢到阴沟里,然后接掌队伍大权?"

"老大?"

"但不是今天。"

"没错,老大。"

"你觉得,梅丽安能不能长成一个好银行家?"

"难说啊,老大。我想,如果她下定决心,应该可以吧。"

"我要休息一下,早晨再去对付派克。"

"是,老大。还有……"雅丹姆清清嗓子,声音如深沉而遥远的雷声,"如果我说得太过分……"

"说得过分正是你的职责。每当有需要,你就该挑过分的说。其他人太尊敬我了。"玛可斯说,"呃,也许除了吉特。"

"我会记住这番话的,老大。"

雅丹姆站起来,慢步走开。月亮藏在幽暗的云后。星星出来了,先是一颗,然后是一把,最后群星闪烁,数目远超人类的想象。玛可斯看着它们,直到意识自作主张地飘走。他拉起毯子盖好自己。一阵烤肉的香气乘着飘忽的微风,飘来,飘去。

噩梦如期而至,梦境几乎跟以前一模一样——烈火、惨叫、在他臂弯里逝去的弱小身躯。只是这一次,火中有三个人。玛可斯还没辨清第三个人是茜茜琳还是自己,他就惊醒了。

茜茜琳
Cithrin

  第一次出海,茜茜琳预料在船上会遇到许多困难:比如晕船、狭窄的船舱,还有明知性命全赖船身才能浮在水面上,却对它没有什么控制能力的担忧。这些都得到了印证,只是大多数没她预想的那么难受。令她惊讶的是,被迫无所事事反倒对她颇有安抚的效果。无论白天黑夜,无论任何时候,她都可以跑上甲板,斜靠船舷,凝视波浪或远方那条往后退去的暗色海岸线。她无事可做,也就没什么压力。就算她希望船能快点开到卡斯,或是想念支行楼上的小房间,也没什么影响,所以没多久,她发现自己开始单纯地享受旅行。就这样,她成了最先看到淹族的人之一。

  起初,只有一个比蓝色略浅一些的影子。接下来,水下出现了什么东西——像一根剥去树皮的原木或一条浅色的鱼。然后,一具类似原血族男人的身躯出现了,全身赤裸,双眼空洞地盯着空中。一个水手喊了一声,声音里带着笑意。茜茜琳身后随即响起"啪嗒啪嗒"的脚步声,船员纷纷来到她旁边的船舷。淹族男人并非独自一人,旁边还漂着一个女人,再过去还有一个。渐渐地,浮上来数百人。眨眼间,海面上便漂满了淹族。他们的四肢动作缓慢,可能完全是海水推动的结果。茜茜琳亲眼看着一个淹族从她正下方的海水深处升起——那是个年轻男子,几乎还是个孩子,身材瘦弱纤细,像少年人或辛奈族一般。他的黑眼睛似乎发现了茜茜琳,脸上缓缓露出微笑。

"以前没见过淹族吗,执事?"巴斯问道。茜茜琳没发现他也走过来了。

"见过一次。"她回答,"在万奈的运河里见过一个。但从没见过这么多。"

"他们通常结伴而行,规模比这小。我们运气好,一次看到这么多。"

一个水手叫了一声,纵身跃入水中。随着他溅起的水花,淹族立刻沉入水里,如石头一般往深处坠落。茜茜琳眼前的男孩也消失了。海里的水手"哈哈"大笑,试图跟在他们后面潜水。

"真是个混蛋。"巴斯嘴里这么说,语气却并不气愤。

"他们为什么要逃?"

"他们动作慢,出水后很虚弱,还没穿衣服。水手和岸上的人有时会想出些残忍的点子。"巴斯回答,"淹族跟其他人一样,遇到威胁就会躲开。连鱼都会。"

茜茜琳点点头。她看着那个水手,后者咧着嘴笑,在同伴的拉扯下爬回船上。茜茜琳决定,余下的航程一定要躲开这人。

卡斯到了。首先映入眼帘的是白色的石灰石悬崖,又走半天,才能看到城市本身如冰川一般自海岸线上升起。似乎连大海也被染白,朦胧的天空呈现一片淡漠的浅蓝。有人类——或者说,十二个陆居人种——活动的第一个迹象就是渔船。它们又黑又小,正纷纷往悬崖或北方的水边小镇驶去。

尽管建在海边，但严格来说，卡斯并非一个港口。它坐落在北方龙道的尽头，俯瞰波涛。悬崖下的外沿依附着一个巨大的码头网络，但很少有商人愿意使用。他们宁愿航行到悬崖尽头，再把货物搬上岸，送入城中。茜茜琳和其他旅客没多少行李，于是在码头下船，沿之字形山路爬上卡斯。她摇摇晃晃地走在小路上，身体平衡还没适应静止的土地。她不安地发现，悬崖上还有更古老的山路，但已被侵蚀得无法使用。此刻在她脚下染白鞋子和裙子的白色石灰小路，总有一天也会成为同样的废墟，她只能希望不是今天。

在悬崖顶上，山路转向东边，变成一道宽阔的铁楼梯，通往一个宽大的广场和城市本身。前方，议会塔拔地而起，有十层楼高，塔身的石头像皮肤一般光滑。最顶一层，每一面都有十来扇窗户，镶着彩色玻璃，时刻准备宣布暮日议会通过的任何法令或决定。如果议会塔的设计是为让经过的人惊叹，那它成功得不能再成功了。即便在战争最为激烈的时期，这座塔楼仍然神圣不可侵犯。没有哪个国王或王子愿意招惹议会里的神学家和术士。而且，对任何政权来说，没有了议会塔，卡斯都将黯然失色。

过了议会塔，又出现一只龙玉雕成的龙，身躯比她乘的船还要庞大。它蜷缩着，巨大的鼻子收在翅膀下。茜茜琳曾在书里读过龙族墓地，以及墓地入口伫立的末代龙帝魔雷德的睡像。尽管早有心理准备，眼前的景象仍然令她屏息。

然而，设计这座城市时，并不是为了在悬崖顶上仰视。它的设计者是要从空中俯瞰。虽然建筑倒下又被重建，虽然能烧毁的早被过去的军队烧毁、恢复、再烧毁，但在灵魂深处，卡斯是龙族的城市。它的街道和广场都很宽阔，以便容纳庞大的身躯，尽管它们已有数百年没从上面走过。巨大的栖息台——传说是龙族会面的地方——保持干净与稳固，仿佛人类之主总有一天还会回归。

茜茜琳的童年在万奈的狭窄街道和运河中度过，长大后住在奥利瓦港的密集街巷和白墙之间。而卡斯,庞大但灰暗,宏伟、肃穆又威严。宽阔的街道仿佛在自吹自擂,高耸的塔楼如大树般矗立。一个身穿上等盔甲、身侧挂柄长剑的男人独自走在大街上,茜茜琳吃惊地发现,他竟是城里的卫兵。奥利瓦港的女王卫兵巡逻时至少两人一组,更多是五六个人的小队。万奈城主的卫兵则身穿华丽的镀金盔甲,手拿铅头棍,看谁不顺眼就敲谁。而像这种,独自一人巡逻,附近没有明显的同伴,要么是大大的笑话,要么说明城中罕有暴力。茜茜琳不知道,自己是该觉得更安全,还是更有危险感。

街角有个术士,正表演从空气中召唤闪电,还发出一阵阵低低的雷声,就像入侵的战鼓。他没摆出乞讨盒。茜茜琳也不知道是该看他的表演,还是继续走。

她花了一个小时才找到美狄安银行。银行大门甚至比她的支行还要低调:一道黑色的门,夹在一家鱼店和一间破烂小庙之间。只有门上的银行标志和一个钱币形状的木头招牌表明了它的身份。茜茜琳打个手势,示意保镖留在街上。焦虑偷偷钻入她的肺腑,疲倦拉扯双腿和后背的肌肉,凝视狭海时获得的平和仿佛梦境,她几乎已经遗忘。

她站在门前,深呼吸。在记忆中,吉特师傅曾提醒她,走路时要把重心沉到臀部,把下巴抬得更高。老人的话在她耳边响起:你办得到。

她办得到,但她不是非办不可。没人知道她要来。她可以命令巴斯和克里森·莫特把账簿抬进去,然后打道回府,根本不需要跟科莫·美狄安或其他任何人打交道。只要她不进去,他们就无法拒绝或藐视她。只要她不尝试,就不会失败。

她推开门,走进去。

门里的银行并不像她想象中那么阴暗。天窗透入日光,屋里摆满盆栽常春藤和即将盛开的紫罗兰。一个年纪跟玛可斯·韦斯特相仿——只是身体开始发福、头发开始花白——肤色很像磨光桃心花木的男人从一扇她没发现的门里探出身来。

"需要帮助吗?"他问。

茜茜琳抬起手里的账簿,仿佛它们是抵挡恶魔的护身符。

"我送来了奥利瓦港支行的报告。"她的回答僵硬而尖厉,还好没叫出来。她在心里暗自庆幸。

"啊,那你应该去总部。往北走过三条街,再往西走过一条就是。从西侧的门进去。"

"谢谢。"茜茜琳回答,接着又问,"难道,你就是尼森执事?"

男人的表情中露出一丝兴趣。

"我是。"

"艾曼尼执事以前经常提起你。"茜茜琳强迫自己露出微笑。

这话不是真的,她只在从万奈带出的文件和账簿里见过他的名字。不过艾曼尼执事已经死了,卡姆也死了。所有能揭穿她的人都已离开这个世界,所以真相可以随她的心意转变。此时此刻,她希望真相是自己能跟这位陌生人搭上一点关系,无论关系有多薄弱。

转眼间,男人的迷惑变成惊讶,惊讶又变成了兴趣。

"这么说来,你是贝尔沙克?"尼森说,"等我一会儿。"

他消失在门里。茜茜琳听到他的声音在喊人,然后有人大声答应。卡斯的口音快速而清脆,茜茜琳只听清两个词:老头子和明天,应该不是有用的信息。

再次回到日光下时,男人披着一件原色羊毛斗篷,脸上挂着微笑,但笑容中并非全是善意。

"我送你过去吧,执事。"他说。

"谢谢。"茜茜琳回答。

如果说刚才的支行很低调,那总部便远远弥补了这种不足。它高达五层,不像城里的一所房子,更像一座坚固的堡垒。外墙的窗户窄得像箭缝,没装玻璃;屋顶有装饰石雕,但完全可以当成壁垒来用。尼森领着茜茜琳穿过一道铁门,进入王宫花园一般的院子。一座喷泉发出"咯咯汩汩"的水声,窗户上垂着雕刻繁复的窗页,屋里飘出熏香的味道。不知仆人还是奴隶把铺路石擦洗得十分干净,整个院子一尘不染。尼森带她走进一个宽敞通风的房间,里面的墙壁用砖砌就,挂有织锦。他们走上房间里的一道楼梯。楼梯顺着墙壁盘卷而上,通往一道镶嵌着象牙和黑玉的橡木门。

作为总部,比任何 家支行都富裕也在情理之中。因为它毕竟是银行总部,而不是单纯的中央银行。任何一个支行——茜茜琳自己、尼森执事,或其他人的——的利润或损失,都由支行自己承担。它们因各自的成绩或崛起,或垮掉,但所有支行与总部间的来往均与外界无关。总部并不放贷,也不接受存款,只是负责调度各家支行间的货币流。除了银行,任何人都无法与总部或科莫·美狄安签约。如果茜茜琳在战争或恶劣的暴风雨季之前签出太多保险单,她就可以宣布自己的支行破产,但债务就将由她承担,没人能从总部或其他任何一个支行处得到赔偿。事实上,根据情况,总部可能也会成为她必须赔偿的债主之一。

这一切听起来像天方夜谭。而正是这些人为的规则,把这座房子变成了财富避风港,把她的支行变成了风险机器。茜茜琳对这一切都很清楚,也很了解,就像熟悉数字和字母一般。只不过,她以前从没亲眼见过它们在现实中如何实现。她默默地在心里重新估算自己支行的价值,换算成这里的门、喷泉、织锦和薰香。她的脑袋有点晕。

尼森执事敲敲门。开门的女人穿着一件上好的深色棉袍,袖子卷到手肘。茜茜琳微笑,点头,完全无法判断眼前这位是个身份高贵的女人,还是个穿着华丽的仆人,只好选择一副两种都不得罪的态度。身旁的尼森执事朝她摆摆头。

"从奥利瓦港来的贝尔沙克执事刚刚到埠,送来了报告。我想,科莫也许愿意见见在比兰卡最有影响力的女孩。"

"事实上,我来自自由城邦。"茜茜琳说,"我是说,以前。"

这话很白痴,但就像早已计划好一般溜出她的嘴巴。深色长袍的女人挑起一边眉毛。

"他不太舒服。"女人说,"今天时机不对。"

"那我改天再来吧。"茜茜琳说着,半转过身子。

"谁来了?"一个男人的声音喊道,"是谁?"

女人伸手拉住茜茜琳的手腕,就像拉住狗的耳朵以免它乱跑,然后转向屋内,大声答话。

"是尼森执事和贝尔沙克执事。"

"你打算让他们站在那儿吗?"

女人和尼森对视一眼,都耸了耸肩。她退后一步,招手请他们进入私人房间。脚下的地板是用茜茜琳从没见过的金棕色木头铺的,涂了一层漆,如沾水的石头一般闪亮。墙上装着金色和银色的烛台,打磨过的金属表面映射着精致小蜡烛发出的光芒。墙上挂着一幅织锦,图案无疑就是他们身处的这所房子,只是色彩如此靓丽鲜活,仿佛彩虹蝴蝶的翅膀。茜茜琳无法想象,什么染料才能达到如此效果。她后悔来之前没有先休整一下,买点更漂亮的裙子,至少也该换双干净点的凉鞋。

他们进入的房间有一侧敞开,通往一个阳台,可以俯瞰下面的院子。树木的枝丫披着春天的绿衣,摇曳着,新生的叶子映着阳光,如水面或钱币一般闪亮。科莫·美狄安倚在房间正中一张皮革编织的椅子里,身上除了缠腰带之外没有别的衣物,棕色的皮肤上抹着粉,几乎变成白色。他的肚子里积聚着中年发福后的脂肪,头皮上挂着几缕白发。看到他,茜茜琳立刻联想到一块面团,扑了面粉,等待发酵后做成面包。

男人右脚弯曲,长度跟正常人一样,但左脚直挺挺地伸着,缠着绷带,膝盖和脚踝都很大,形状扭曲,肿胀发红。一个身穿术士袍子的年轻提兹奈人蹲在病腿旁边，正在低声念咒。茜茜琳从没见过痛风病人。虽然她知道那是一种很折磨人的病，却不清楚究竟有多严重。她强迫自己收回注视的目光。术士指间有什么东西"咔嗒"响了一下，似乎痛苦地呻吟一声，但科莫·美狄安没理他，只用一双浅棕色的眼睛上上下下打量茜茜琳，估量她。那眼光，不像男人看女人，更像木匠审视木材。

"我送来了奥利瓦港支行的报告。"茜茜琳说。

"好吧。你有什么事？"科莫·美狄安问，见她没有立刻回答，又问，"你不派信使，反倒自己把报告送来。你亲自来到这里，说明你有事。什么事？"

这一刻，茜茜琳在刀尖上摇摆。的确，她跋山涉水地跑来，就是为了这一刻。这个男人，身处权力与金钱构成的庞大迷宫的核心，而她要与他对话，争取他的支持。她曾想象，会不会有一番朝臣般的睿智对话，或像艾曼尼执事从小跟她玩的那种半游戏半严肃的问答。她曾设想，要在几个小时或几天时间里，给这男人渐渐留下深刻的印象。然而此刻，她却站在一个近乎全裸的病人面前，而最重要的问题却丢在二人之间的地板上，如同坏掉的玩具。

这一刻渐渐拉长，茜茜琳感觉机会正从指尖溜走。眼前就是她一直想要说服的男人，她却站在这里窘迫发呆。这时，她脑海深处响起一个熟悉的声音。是女演员卡莉——她教会茜茜琳如何扮演一个银行家，扮演一个完全成熟、处于权力巅峰的女人。你扮演的女人，想象中的卡莉轻声问道，会说什么？

茜茜琳鼓起勇气，扬起下巴。

"我来是想告诉您，您派去的公证人胆子像田鼠，手段像山崩。然后，我还想说服您给我更多资金，以及更多使用它们的自由。"茜茜琳的声音有点僵硬，有点刺耳，"到目前为止，我的表现如何？"

房间里一片寂静，连术士也停止了念咒。随后，科莫·美狄安——美狄安银行的灵魂和支柱——大笑一声。茜茜琳这才喘了口气。

"给她搬张椅子,把报告拿给我。"他说。茜茜琳把封好的账簿交到他手里。他的身体比乍一看还要肥大些。他解开封印,打开账簿,阅读里面的密文,轻松得像看平常信件,"好吧,执事,让我们看看,到目前为止,你表现如何。"

盖德
Geder

孩提时,甚至年轻时,盖德都曾想过做国王会是什么滋味。当时他的白日梦显得十分美好:如果他是国王,艾伦·克林爵士那种人会随叫随到;如果他是国王,他可以确保坎尼普的图书馆——乃至整个安提亚领土的图书馆——都装满了书,并且保存完好;如果他是国王,他可以命令任何想要的女人到床上来,没人敢嘲笑他、拒绝他,或评论他的肚皮大小。这些都是年轻男子可以放心拥有的幻想,因为没有成真的危险。

只是,当然,它们成真了。

现如今,每天早晨醒来,他发现床边已经站了一打仆人。让人伺候洗澡、穿衣,都是仪式上的羞辱,但他也明白,这是为了突显身份的高贵:安提亚的摄政王,不可以自己穿衣服、自己刮胡子、自己绑鞋带。他顺从地让仆人扶自己起床、脱下睡衣,然后赤裸地站着,等另一个仆人把干净的内衣披到他身上。洗澡时,他也没法摆脱贴身侍从的照料。当然,他可以下命令把他们赶出去,而那意味着承认被他们看到自己没穿衣服是件烦心事。一旦承认那是烦心事，再回想起到目前为止，他已经被人伺候着洗过许多次澡，就会更加地羞耻难当。

他本该一开始就拒绝的，可当时没意识到，而现在已经太迟了。过去的惯例已经把他困住，他只好继续忍受以后必定重复发生的事。

至于命令女人陪他睡觉，他宁死也不会干。因为整个过程中，毫无疑问——绝对不必怀疑——至少总有一个仆人谨慎地待在能听到他下令的范围之内。就算他知道怎样向女人开口，但在仆人面前表演？这念头简直让人无法忍受。

不过嘛，一旦熬过最难受的适应期就好了。早餐总是那么丰盛；从早上到中午，他可以待在私人图书馆，看古书，做翻译；不然还可以去探望艾斯特，跟他一起嘲笑王子的老师。一般来说，那一大群仆人会随着时间渐渐被人遗忘，好像他们在场只是为了各忙各事，盖德就不会觉得自己像个展览品了。

至于王堡本身，总是那么虚幻。盖德还是朝臣时，曾到过王堡里的几个大礼堂，可住到里面之后，他开始觉得这地方不太像房子，更像是南族童话里描述的某种大昆虫的窝。它的墙壁表面看来是实心的，实际上大部分都跟仆人的走道和隐藏通路互相交错。一条狭小邋遢的走廊可能会横穿一个地下室，只为通往一个庞大的私人浴室，里面铺着靛蓝色瓷砖，热腾腾的水冒着水汽像瀑布一般流下。到处都有偷听的小洞——长凳下、拱道里——让偷听者藏身其中。

王堡有个房间甚至建在一个大型升降台上，随时可以把国王和客人直接送到王堡最高处，免得抬着他们爬楼梯。空气里到处是薰香味。所有音乐室里都有音乐家待命，随时遵照国王的命令演奏——以盖德的情况来说，则是摄政王的命令。他时常觉得，自己的生活方式总是受到别人的摆布，所以有种不确定感。当然，巴拉希普的陪伴除外。祭司是个稳定的存在。

"没什么变化，摄政王殿下。"达斯克林边说边走过作战指挥室。

这个房间比决斗场还要宽阔，地板上铺着各式土壤和草皮，做成阿斯特里堡和安提亚西部的地势模型。盖德的工作台靠在坎尼普所在处的墙边。伫立着都城的高坡大概有脚掌那么高，分隔阿斯特里堡和枯废荒漠的山脉则将近他的膝盖。北海岸的外围布满蓝色小珠子，权当大海，被墙壁阻挡后，仿佛流入世界的边缘。

坎尔·达斯克林穿过阿斯特里堡的平原，跨过南边湿地那群大玩推挤游戏的军队，又走过希亚河和排列在双塞桥两端的军队。与前天相比，唯一的变化只有珠子大海上船只的位置，其中真正重要的只有四艘。

"早上好，大人。"巴拉希普说。

"大师。"达斯克林回答。对话就此打住，两人似乎都觉得这样就很好。

"我还没有收到卡连姆大人的报告。"盖德说，"但南方应该有变化。"

"应该有。"达斯克林的语气等于说完了剩下的话：*应该有变化，却没有发生。*

盖德讨厌自己话语里隐约的歉意。可别的不说，坎尔·达斯克林原本是西米恩国王的北港庇护使。从小到大，像达斯克林、班尼恩、伊桑简和马斯这些人都是朝中的红人。如今盖德成了摄政王，达斯克林仍是朝臣，但盖德每次跟这人同处一室，总有种自己是小辈的感觉。虽说是他把达斯克林从战场上召回来的，并时刻准备再次给他下令，但事实只会让这种尴尬更加明显。

"我在考虑。"盖德边说边从桌前站起，轻手轻脚地走着，以免踩坏布置在双塞桥边的己方军队，"我们可以再建一座桥。我读过博加第三代君主库特·玛比的传记。他设计了一座用小船承载的浮桥。按他的设计，军队可以把桥推到河面上，然后踩在上面过河，再把它拖到对岸，如此反复。如果我们建一座那样的桥，就可以到达河这边。"他点了点希亚河的转弯处,"只是附近没有好走的路,即便抵岸,走到卡特非可能也要三天多。"

"是个好主意。"达斯克林回答,"但如何把足够的兵力送到对岸仍是个问题。如果卡连姆能为我们占领双塞桥的两座要塞,就能赢得一个安全之地供军队集结。至于您说的浮桥,如果宽度不能让大量士兵同时通过,那只要几个弓箭手,每次射几箭,就能把我们的军队全部杀掉。"

"但卡连姆说,他们在沼泽地里不能行军。"盖德说。

"他说得对。当年共主驾崩之后,阿斯特里堡和安提亚之所以分裂成两个国家,正是因为那条河、山上的激流,及两者之间的泥潭。"

盖德清了清嗓子。

"所以,我希望你前往北海岸。"听到这话,达斯克林抬头望向盖德。盖德不太确定,但觉得对方的表情里似乎有一丝愉悦,"这里和那里的山区中间有道缺口,其间多是小山头,藏着上千个小要塞和哨所。不过,如果查西安国王调兵开往边境,那阿斯特里堡将被迫从南边抽出一些兵力,以防止北海岸的入侵,对吧?"

达斯克林在房间里来回踱步到埃利斯一带,然后回头打量,挠了挠下巴。

"差不多……是这样。"他说。

盖德瞄了巴拉希普一眼。后者点点头。盖德咧咧嘴唇,露出一丝安心的微笑。

"他甚至不需要真的入侵。"他继续道,"只要他驻扎在那里,摆出入侵的架势……"

"您跟元帅大人说过这个想法?"

"啊,还没。怎么?我应该告诉他?"

达斯克林耸耸肩。

"道森不喜欢别的国家卷入安提亚的内政。我认为,他觉得找盟友很丢脸。不过,是的,我在北海岸有朋友和联络人,但他们不全是朝臣。我不太确定那边情况如何,但我可以查出来。班尼恩在哪儿?"

"班尼恩大人驻守在安琳堡。"盖德回答,"因为道森觉得那边可能会爆发新的叛乱。他的儿子们都在主力部队那边。你什么时候能动身?"

"您想什么时候都行。"

"那就明天吧。"盖德说。"我已经派人通知了斯吉提林大人。他会为你备好一艘船,前提是艾辛港尚未突破封锁。但斯吉提林大人认为它还没有。"

"我将竭尽全力。"达斯克林立刻微微鞠了一躬,随后,他迟疑一下,又问,"我无意冒犯,但我能打听一下南方前线的事吗?"

"什么事?"

"我听说艾伦·克林也上了战场。事实上,他在前线,相当靠前。"

盖德耸耸肩。

"我们希望诱使敌人离开阵地。"他说,"而且我觉得,给克林一个再立功勋的机会也挺仁慈。你不觉得吗?"

"当然,摄政王殿下。"达斯克林又鞠一躬,"我明白了。"

房门在他身后关上。盖德转头望向祭司。

"怎样?"

巴拉希普歪着头。

"王子问的是?"

"刚才的话是真的吗?"

"是的,他明白了。"祭司平静地回答。

"他明白了什么?"

"他没说,王子。"

"他赞成吗?"

"他没说。"巴拉希普还是那句话,并摊开手掌给盖德看,仿佛向他送上掌中所捧的空气,"活人的话里说了什么就有什么。如果你想知道刚才那些事,就去问他,这样我们就能知道了。"

盖德走到卡特非的小模型旁边，蹲下。距离真的很短，他可以从卡特非一步迈到卡连姆的指挥部。他的心底涌起一股冲动，很想一脚踩到模型上，把碍眼的城墙、街道和塔楼踩扁，碾进泥巴。要是能对真正的城市这么做就好了。他听到一个深沉的声音响起。

巴拉希普在笑。

"怎么了？"盖德问。

"王子……"

"我是摄政王。"盖德懊恼地说，"摄政王高于王子。"

"摄政王殿下，"巴拉希普说，"我的朋友。你们这些人真奇怪。他们想在外面的世界建功立业，却把你关在这里，跟这些小玩意作伴。"

祭司从桌旁站起，走到双塞桥前，盘腿坐下，捡起代表丹尼克男爵的骑士雕像，假装对他本人说话。

"小战士，你为何而战？嗯？你希望赢得什么？你的心是怎么告诉你的？"他假装倾听，或者他确实听了，然后假装听见。他抬起头，快乐地看着盖德，"他没说。"

"哎呀，我又不能亲自跑到战场中间。"盖德说，"我必须掌控全局。在这里，我才能看清一切。我是说，如果我想知道南边的补给线是不是拉得太长，只需往那边看一眼就能知道。"

"不，你不能。这里的一切都是假的。你看到这个玩具跟那个玩具那么遥远，而不是很近，就以为可以从中得到信息。来，看我。"

巴拉希普伸手，把南边的一支军队往前推。

"现在你的补给就能在需要的时间里迅速送到，对吗？"

"不对！"盖德说，"你不能动一动模型，就让它成真。"

"对，你不能。"巴拉希普赞同，"这些都是虚的，是没有灵魂的物品。他们给你送来的命令和报告也一样。写在纸上的字句。虚的。你怎么能靠纸张和玩具打赢人的战争？"

"你有更好的主意吗？"盖德反问。他的本意是想挖苦，潜台词是你当然没有,但他心中有些希望——深切地希望——大个子祭司的回答是"有"。

"有。"巴拉希普回答,"等等。这座桥——不是这个小玩意,而是你们议论的那座。可以终结战争的那座。要我把它给你吗?你愿意从我手中收下它吗?"

"我不……不明白你的意思。"

巴拉希普改成跪姿,继而站起。模拟战场的泥土黏在膝头,他伸出宽大的手掌把它们拍掉。他的声音很平静。

"让我派三个祭司去这里,给我二十天时间。然后带你的军队过桥。我们将打开桥上的大门,终结你们的战争。让我为你办成这事,好吗?"

"好。"盖德说,"如果你能办到,当然好。"

❖

盖德第一次——在此之前的唯一一次——下达命令是在万奈。那个命令成了一个残酷的玩笑。他依然不清楚,朝中某个派系究竟是出于什么心理,才会把万奈交给白痴一般、毫无准备的盖德·帕列库,好让那座城市陷入混乱。如今,他却统治了整个王国,拥有所有人的忠心和支持。朝中的政治阴谋永远不会停止,但权贵都已听从他的指挥,而他的目的是要战胜王国的敌人。如果有人希望他失败,那人就会成为叛国贼。

这下就改变了一切。就连曾经嘲笑他、把他视为可怜笑料的人都要畏惧他。只要他提出要求,那些人也会附随他。

当晚,他出席了古斯贝·阿林图爵士举办的宴会。

不久前,阿林图虽然不算盖德的敌人,但肯定不算朋友。现如今,他全家都为迎接盖德的大驾光临而折弯了腰。

巴拉希普坐在盖德身旁。大厅里坐满了阿林图的客人。欧斯德罗夫人佩带着丈夫的匕首,表示后者正为王室出战;刚从战场返回的乔瑞·卡连姆偕新婚妻子出席;还有白滩伯爵艾蒙德·瑟林连爵士;以及很晚才赶到的最后一位贵宾——盖德的父亲,里文翰子爵勒尔热·帕列库。

盖德朝父亲走去,把他拉向贵宾席。父亲斜着眼睛扫视人群。

"我从没想过自己也能坐上贵宾席。"父亲说,"我的孩子,这些日子以来,我是天天在权贵圈子里转啊。人人都比我高贵。"

"我想,既然您儿子是摄政王,那您本身已经是权贵了。"盖德回答,笑容里带着一点紧张不安。

父亲拍拍他的肩膀,点点头,没再说什么。这顿饭非常丰盛——洋葱甜猪肉、肥美流油的冬生野鸡、云雀舌和黑莓——而且统统用金盘银盘上菜。一个术士出场表演娱乐节目,呼唤天使和精灵的名字,双眼放出鬼魅般的光芒,双手亮得如同蜡烛。盖德看着眼前这一切,却因父亲冷淡的眼神和没吃完的食物而高兴不起来。术士表演完,精疲力竭地瘫倒在地。仆人在一片欢笑声中把他拖下台。盖德靠到父亲身边。

"有什么不对吗?"他问。

"没有。"勒尔热回答,"孩子,没事。一切都好。"

不需要巴拉希普的天赋,盖德也知道父亲在说谎。

"跟我去散散步吧。"他说。

盖德和父亲沿小路走去。路很长,铺着黑色石头,通往阿林图家的院子。父子俩表面上是独处,当然不可能是真的独处,摄政王的护卫和贴身侍从远远地跟在后头。马车和轿子等候在渐暗的天色中,准备把各位贵族送往他们想去的任何地方。但只要盖德还在宴会中,他们谁也不能挪动一寸。假如他一直逗留到黎明,众人也得照样陪同。这个念头陌生而愉悦,盖德很想试一试,仅仅是为看看随着夜晚越来越深,朝里高贵的男男女女如何努力抵抗睡意并假装愉快。

父亲找到一张长凳,坐下。盖德坐在他身旁。

"这段日子,时间不长,发生的事却挺多,是吧?"父亲说,"我儿子成了摄政王,谁能想到呢,嗯? 真是荣幸。真的……是啊。"

"我希望母亲还在,能目睹这一切。"

"哦,哦,是啊,是啊,她肯定会有话说,不是吗? 你母亲啊,是个火药桶。可怕的女人。"

一只蟋蟀唱起歌来。在盖德的记忆中,这是本季第一次听到蟋蟀的叫声。一阵强烈的哀伤突然涌上心头,随之而来的是一阵委屈。他已经竭尽全力,爬到了非王族血脉之人能爬到的最高位置。实际上,他已是无冕之王。他拯救了艾斯特,保卫了坎尼普。他赢了。但父亲仍然与他若即若离,表现得很失望。

"出什么事了?"盖德的语气比自己想象得更严厉。

"没事,没事,只是这场仗,你也知道,去年发生了那些打打杀杀、令人不安的事,如今又这样……我不知道。我从来不适合从政。你看这些人,以前没一个搭理我,现在却突然假装关心起我的想法来了。"

盖德哼了一声。

"我也有同感。"他说。

"你有没有想过,让一切恢复原来的样子? 跟我一起回里文翰?"

盖德往前弯下身子,双手互扣。

"有时候想过,但那不可能,不是吗? 如果我没有去过万奈,没在那个时间点回到这里,马斯和伊桑简的角斗士就会占领都城,艾斯特会死掉,而我们……无论如何都不会跟原来一样。"盖德耸耸肩,"历史就是历史,无法逆转。"

"我想,你说得对。但我每次展望未来,仍然觉得害怕。这一切,最后会怎样收场?"

"我认为这场战争不会持续很久。"盖德回答,"打完仗之后,这团乱麻将全部理清。"

道森
Dawson

虽然道森不喜欢，但战场已经转移到南边，因为他的兵过不了河。至于北方，除非安琳堡爆发新一轮叛乱，不然阿斯特里堡到不了河东。北方海面的封锁阻断了贸易来往，也确保了安提亚的商船免遭骚扰。但只要阿斯特里堡与北海岸之间的边界仍然开放，食物和补给品仍能从其后方源源不断地涌入。

晚春季节，到处是蚊虫，天气却还很冷。高高的野草能触到行人的手肘，挡住了沼泽，割得马匹两肋血迹斑斑。这里没有铺好的大路，只有小溪间结实土地连成的狭窄小径。冰冷的溪水刚在山顶冰川融化时还很新鲜，可流到南部之后已经无法饮用。挡路的不是池塘就是树木。士兵的衣服开始霉烂，死于热病的人比死在敌人剑下的更多。他唯一的安慰是阿斯特里堡军队也在忍受同样的折磨。四周没有要塞，也没有哨所提供庇护。最接近战斗的一次冲锋由可怜的白痴艾伦·克林发起。盖德·帕列库坚持要他做前锋，而他只在一块长满高草的草场上发起过一次真正的攻击，就被赶了回来。

然后，一道帕列库亲笔书写、盖章封印的命令传来。军队撤回双塞桥，与一群祭司会合。那些祭司将占领圆要塞，打开通往卡特非的捷径。道森回了信，要求解释。并不是他真的无法理解，而是如果他遵守命令，领军北返，那就意味着一旦帕列库的异教徒失败，他们就得再次南下，重新经历整个痛苦的战斗过程。很快就有了回复，道森别无选择，只能服从。

于是，在这初夏时节，他率军北归。途中他曾想象：来的至少会是一队武僧，个个沉醉在神学和正义之中，准备舍身冲过狭窄的双塞桥。可连这样的希望也落空了。

只来了三个人，身穿麻雀般的灰棕色袍子，铁丝似的粗糙头发梳在脑后。他们的表情平静而仁慈，让道森联想到醉得不可理喻的酒鬼或刚出生的天真婴儿。他们站在要塞外的小阅兵场上，见道森经过，鞠躬行礼。

这时，要塞内的指挥官是艾丁福德公爵班尼恩大人的长子拉博·班尼恩。道森怀着介于绝望与愤怒之间的心情，朝拉博走去。

"告诉我，这是个玩笑。"他说。

"元帅大人，他们刚到时，我也这么想。"年轻的班尼恩回答，"不过，观察他们一阵之后……现在我也不确定了。"

道森回头打量要塞里的士兵。他没把所有兵力都留下来守桥，因为没有必要。这个要塞只需数十人就能守住，而就算留下几百人也没办法闯过对岸。这里的战士看起来休息充分、精神焕发，跟他带的士兵完全不同。他脑中突然冒出个不安的念头。

"他们是术士？"

"我想不是，大人。他们跟我见过的术士都不像。他们……他们其实也没做什么，只是……大人，您得亲眼看看才能明白。"

"那好吧。"道森大步走到个子最高的祭司跟前，没有行礼，只是点点头，"要我相信你们的计划，把军队交给你们，就先证明给我看。"

半个小时后，这位祭司独自一人走到要塞外的宽阔桥面，只带了一只喊话用的喇叭。大桥、河水、圆要塞的血迹和砖石，在这一切衬托之下，祭司有如画家笔下信仰的化身——一只面对打击绝不屈服的麻雀。道森站在白要塞敞开的大门旁，双臂环胸看着。由于刚才的行军，还有之前漫长而纠结的艰难战事，疲倦已渗入他的骨髓。轻蔑的言辞在他喉咙深处盘桓，如胆汁般苦涩。

祭司把喇叭举到嘴前，扯着嗓门压过水声，喊话。

"你们已经输了！没人能抵抗安提亚的军队！你们在这里没有力量！你们已经输了！你们战斗的理由已经消失。你们的希望已经消散。你们赢不了。"

道森瞥了班尼恩家的男孩一眼。拉博全神贯注地望向桥面，眼睛看着祭司，嘴角挂着一抹鬼魂般的笑意。道森的笑声快要涌出喉咙，感觉却像哭。

"就这样？"道森问，"我们就这样夺取对岸？叽叽歪歪，把他们喊出来？"

"我知道。"要塞指挥官回答，"起初我的反应跟您一样。可是他们每天都这么喊，一直喊到晚上。他们喊的时间越长，就……就越像真的。"

道森骂了句粗话。

"趁还没人拿箭射翻那个白痴，叫他过来见我。"他命令，"别再浪费时间，了结这事吧。"

"遵命，元帅大人。"男孩窘迫地答应。道森大步走过院子，走上一道石头台阶。指挥官的私人房间狭小、阴暗、光线不足。坐在里面，光线与空间无法兼得。老天在上，道森必须看清跟他说话之人的脸，所以他选择坐在阴暗中，怒火中烧。

帕列库的三个异教徒都来了，在门口鞠躬行礼，然后坐到道森脚前的垫子上。他们抬头仰望，表情宁静，黑色的眼眸在烛光中闪闪发亮。要塞指挥官站在道森身后。

"把计划的其余部分都告诉我。"道森说,"喊完那些戏词,你们还打算做什么?"

祭司相互对视,显得有些不安。这倒是好事,说明他们还有些脑子,明白自己受到了质疑。道森坐在营地椅上,往前挪挪身子,身下的木头和皮革"吱吱"作响。

"等他们明白过来,您就可以从他们手里拿走您想要的一切。"中间的祭司回答。他的脸庞比另外两人圆一些,鼻子和嘴唇薄一些,口音令道森联想到幼年时读过的古诗,每个音节都像从废墟或泥土中挖出来似的,"不需再做其他。"

道森用舌尖刮了一遍牙齿内侧,点点头。这个动作是他年轻时从父亲身上学来的。每当他父亲愤怒得快要暴走,都会做这动作。

"胡说八道。"他说,"你们想把舌头喊到抽筋,我不管。但我们既没有兵力、也没有地利夺取那座桥。而我不许任何一个安提亚人为这蠢事送命。"

"愿女神保佑您。您不会失败的。"圆脸祭司回答。

"够了!要塞指挥官班尼恩,我要了结这事,所有责任由我承担。我今晚就给坎尼普写报告,列明我的判断及修正后的计划。请备好信使和马匹……"

"听听我的声音,"祭司插话,"您不会失败。我们是真相与女神的仆人。我们告诉您的是真相。他们无法抵御您的军队。他们会被打败。"

道森往后靠去。房里的热度、蜡烛的烟雾,营造出令人不快的气氛。

"你们认为这事有可能?"他质问,"他们的实际兵力比原来减少了吗?"

"兵力多少无关紧要。"

"他们全都病了？有瘟疫？"

"健康与否也不重要。你们是安提亚的战士，拥有强壮的内心和女神的祝福。而他们虚弱无力，理应害怕。"

"即便如此，"道森说，"他们躲在坚固的堡垒后，而我们唯一的进攻路线无遮无挡，露天而危险。我只要看看地图和人数，就能像报出名字一样确定地告诉你，我们攻不下那座要塞，正如他们攻不下这座要塞一样。"

"听听我的……"

"我不想听你的声音，臭小子。"道森打断他，"我也不在乎你重复多少遍说猪其实是猫。嘴巴不能改变事实。"

"能，大人。"中间的祭司坚持道，"能。"

道森气得语塞，只有哈哈大笑。烛火摇动、闪烁着。

"大人，若不是为了表达，言辞又有何用？"祭司问，"这是狗，那可能也是狗，但它们的样子完全不同。一只的个头有马的一半，另一只却能趴在女人的膝头。但我们都管它们叫狗。"

"因为它们受人驯养。"

"提兹奈族和哈维金族没有繁育能力，但他们是人类吗？金丝雀和鹰都是鸟，它们能从同一种蛋里孵出来吗？言辞是虚的，除非您赋予它们含义，而您赋予它们的含义塑造了这个世界。言辞是灵魂的盔甲与武器，大桥另一端的士兵没有抵御它们的能力。"

"你刚才说的那些，"道森一字一句地强调，"没一句说得通。战争不是言辞的游戏。"

祭司伸出一根手指："您成为元帅，但您本身没发生任何变化。您的手指还是您的手指。您的鼻子、脊梁、身上每一处，都跟原来一样。但您已经换了一个人。任命您的话被说出来之后，它就成了真相。猪也可以被说成另一种猫，只要我说了，而您理解了其中的真相，它就是了。如果我们说提兹奈族不是人类，他们就不是。我们是女神的忠仆,对我们来说,全世界都是如此。谎言对我们没有影响,而我们说出的话就是真相。"

"你们的话不能让刀剑回鞘。"道森说。

"刀剑回鞘是因为手收了回去;手收回去是因为心意转变。听听我的声音,大人,了解倾听我们说话之人已经了解的真相。您想要的已经属于您了。安提亚的刀剑是钢铁,敌人在您面前都是草芥。"

"好,好,你们还没见识过我刚刚踩过的草吧。"道森回答,但心思已经转向别处。

房间狭小而闷热,空气令人窒息,感觉就像这场战争:困顿、束手束脚。他们可能要在沼泽地里耗掉数年时间,一里一里地挣扎,往北方推进。他们已经错过太多耕种时机,到了秋天,粮草会十分稀少;再到明年春天,就会有人饿死。正如此情此景,今时今日。

如果这些祭司说的是真的,数百个——甚至数千个——此刻注定战死的人将能活下去,其中包括很多在他麾下之人。他们列队站在要塞外,只为等待他们的死期。也许,死在这座桥上,或者一年半后饿死在阿斯特里堡的泥巴中,根本没什么区别。

"听听我的声音。"祭司又说一次,他似乎格外喜欢这句话,"只要您愿意接受我们的馈赠,胜利将属于您。"

道森深吸一口气。他知道,这场仗注定失败。所有理智与经验都告诉他,安提亚会战败。但有股新的力量在与这个结论抗衡。而那股新生的意识,他虽无法接受它,但也无法抗拒它。那感觉如同他很想从梦中醒来,却不太肯定哪个是梦、哪个是清醒的世界。他的脑袋仿佛塞满乱糟糟的羊毛。

"太疯狂了。"他说。

"而您可以从疯狂中得到快乐。"祭司说,"再从胜利中得到快乐。"

※

他们披挂上阵。

祭司们本想对所有人发表演说,向他们保证,元帅卡连姆大人并不是带着三百人前去送死。但道森没答应。帕列库听从异国祭司的命令,而他又听从帕列库的命令,这已经够糟了。

走出小房间,后悔和忧虑立刻爬回他的心头。但命令已经下达,而且在他脑海中,仍然有个微弱得几近沉默的声音在说,也许一切能有个好结局。

三位祭司在桥面上站了个通宵,在夜色中喊话,嗓子都哑了。河水仿佛跟他们一起咆哮。喊话的内容跟道森之前听过的差不多,但偶尔会变一下花样:什么死者的鬼魂跟安提亚的士兵并肩作战、保护他们不受伤害啦;朝安提亚士兵飞来的箭矢会射偏啦;这条河已经跟凌渊王座结盟啦……全是些婉转的言辞,跟学校里的嘲讽差不多。但在漫长黑暗的夜里重复许多次之后,它们渐渐形成一个故事,把效忠阿斯特里堡描述成一种不幸。

道森试过睡觉,但只睡了几个小时,扈从便来报告说时间到了。

冲锋安排在黎明,因为太阳的光线正对敌人的眼睛。他们这次的攻城槌比上次好些:木头更粗,槌头包了青铜楔,还配有一块铺着茅草的木板遮挡射下的箭,以及可能会扔下的任何东西,例如热油、沸水、火把等等。冲破对方大门可能需要半个小时。在这半个小时里,将有多少人牺牲?全部?差不多吧。

伴随第一束苍白的曙光,起雾了,蓝幽幽的,宛如伸向天空的手指。祭司还在喊话,声音沙哑得像乌鸦。

"战士们,"道森对麾下的骑士说,"我们是安提亚和凌渊王座的贵族,别的不必多说。"

随着一阵清脆的铿锵声,骑士们抽剑出鞘,向他行礼。道森掉转马头,众人排开阵势。

第一缕阳光照耀在圆要塞上,道森下令冲锋。他手下的农场主、佃农和没有土地的士兵们涌过桥面,众多喊杀声混成震耳的咆哮,压过桥下的水声。一时间,道森以为敌人会被这一幕惊呆,吓得无法动弹。但随后,箭雨落下。他看到一个士兵肩膀中了一箭,踉跄几步掉进河里,被水冲走。然后是更多的箭矢、更多的惨叫。

接下来,攻城槌的撞击声响起。道森的马跳着脚步,也许是被混乱的场面吓到,也许是感了到主人的焦虑。三个祭司站在白要塞敞开的大门旁,瑟缩在棕色长袍里,无精打采,精疲力竭。

如果败了,我就把他们的脑袋送给帕列库。道森心想。

挤在桥对岸的人群仿佛在呼吸,像个未成型的巨人,而攻城槌就是它的巨大心脏。他们依然聚在一起,箭雨未能打散他们的队形。虽然有几支火把从上方的城齿间落下,却没能点着攻城槌。他们做得很好,就算死了,也死得英勇。

情况开始变化。"砰砰"声变成"噼啪"声,然后是碎裂声。人群中响起一声吆喝,前面的人开始从崩溃的大门间挤入圆要塞。

"杀呀!"道森喊道,"安提亚的骑士们,跟我来!跟我来!"

他紧紧趴在马背上,在激奋、狂喜和战争的狂热中龇牙咧嘴地飞奔过桥。桥对面的人群中既有己方战士,也有敌人,但见到他都纷纷避让。转眼间,所有骑士都冲入圆要塞的圆形院子,如海浪般冲散敌军,把他们卷走。有什么东西着了火,烟味浓烈刺鼻,但也很提神。战士的吼叫有如音乐。

到了中午,最后的战斗也已结束。阿斯特里堡死了六十个士兵,另有两倍人被俘。至于逃到野外和水中的人数,道森只能猜测。最重要的是,如今,龙道属于他了,通往敌国的心脏的道路畅通无阻。

他站在新占要塞的城墙上。这是整整一代人的时间里,安提亚在希亚河以西切切实实地占据的第一块土地。本来准备好把抗命报告送给帕列库的信使站在他旁边,等候着。道森把七封折好、缝好、盖好印章的信交给男孩。信里是他发给麾下所有还在战场上的指挥官的命令,内容都一样:战争已打赢。离开沼泽,到我这里会合。

这本该是光荣的一刻，本该是显赫的一生中最荣耀的一刻。

在他下方，战士在要塞院子里笑闹、跳舞。两个农夫把一个阿斯特里堡士兵的头颅当球一样踢来踢去，直到被要塞指挥官看见并阻止。众人在喝酒，享受比酒更醉人的胜利。阿斯特里堡的旗帜被烧毁，升起安提亚的旗帜。

安提亚的旗帜，旁边还有一面。一面红旗，绘有八方标志。院子里，那三只麻雀正在欢笑，跟战士们握手，接受他们的感谢。是帕列库的宠僧。这不是他的胜利，也不是凌渊王座的胜利，甚至不是帕列库的胜利。这是异国祭司的胜利。就算其他人看不出来，但道森知道。他知道，不仅如此，他还明白其中的含义。

他放任自己堕落了。

克莱拉
Clara

  胜利的消息如一阵和风,吹遍坎尼普,带来的变化非常小,却无处不在。克莱拉能从上百件小事里看出不同:面包师在小圆面包上抹了更多蜜糖;剪裁过度宽松的深色皮斗篷本来快要过时,却再度流行起来;各大家族的主妇们聚会时讨论的话题,从担忧丈夫出征转变为担忧他们回朝。克莱拉觉得,这一切就像目睹冬天的枯树抽出第一枝新芽:叶子尚未冒头,但已看到树皮泛出浅浅的绿。

  每天都有消息传来,既有谣言也有真相。有的说大军已夺取卡特非,有的说他们被击退。有的说,士兵见到西米恩的鬼魂在战场上厮杀,或大步穿过战场,或站在元帅大人身边。克莱拉也曾见识过冲突和战争,但鬼魂的传闻还是第一次听说。她不禁琢磨,战争期间的流言是否跟其他事物一样,都有潮流这一说?从这角度想来,倒也可以理解。

  然而,道森寄来的信件令人忧虑。

  他差不多一周来两次信,有时会延迟,但还不至于令她担心。道森没向她透露太多战况——她是妻子,不是战争顾问——至多描述了个大概。每获得一次新胜利,他的怒火似乎就更旺盛一些。他常常探讨安提亚和阿斯特里堡在政治和血缘方面的关联。他说两国就像打架的兄弟。他还会谈些对外国人的看法。老天作证,他向来对外国人没有好感,如今更是厌恶至极。克莱拉读着丈夫的信,觉得他写下这些文字更像给自己看,而非给妻子。仅从隐喻的角度看,西米恩的鬼魂似乎确实与他同在。

朝野间另一个可见的变化,就是盖德·帕列库的私人信仰越来越受欢迎。自从他以建立神庙的方式庆祝扳倒马斯,朝中就一直对那地方存有某种病态的好奇心。然后,他成了摄政王,朝臣为了争宠,纷纷涌向神庙。现在,撇开这种目的,神庙似乎越来越引起人们的兴趣。克莱拉不确定自己对此有什么想法,但她打算先跟道森商量之后再去。最好先弄明白丈夫的情绪,再决定是否拓宽自己的虔诚领域也不迟。

此时,通往卡特非的道路已经打通,阿斯特里堡的军队正从南边的沼泽地往北赶。克莱拉估计,道森可能会在仲夏时分到家。和谈不可避免。假如和谈安排在坎尼普,道森就能更早回来。在那之前,她自己也有休战谈判要处理。

对她女儿伊丽西娅来说,婚姻是件好事。虽然克莱拉嘴上不说,但她女儿从小到大总是太瘦,五官有棱有角,臀部窄小。伊丽西娅·卡连姆是个性格冷酷的女孩,跟朝中的任何人——男人、女人、男孩、女孩——一样,有自己生活的小圈子。年少时,伊丽西娅便以冷酷统治了她的圈子。如今,她成了戈曼·安纳林的妻子伊丽西娅·安纳林,她的脸庞和胸部多了一分柔和,看上去更像克莱拉的女儿了。而且,感谢上天,她的臀部也大了,否则生儿子时会更艰难。她的身体散发出自信和惬意的气质。

与她相比,纱比娅的表现比未嫁时更显迟疑。

克莱拉、伊丽西娅、纱比娅三人坐在夏季花园一棵高大梓树的树荫里。一个是嫁出去的女儿，一个是娶进来的媳妇。两个女孩——现在应该说是女人——坐在桌子两边，瞪着对方，勉强维持着礼貌。这反而能告诉克莱拉她们之间的分歧有多大。玫瑰丛对面的小池塘边上，不到五岁的小科尔·安纳林开心地叫起来，保姆连忙示意他安静。

"快满十三岁时，我得过一次腹泻。"纱比娅说，"我还记得当时的情景。我以为自己要死了。"

"确实很可怕。"克莱拉赞同，"对了，亲爱的伊丽西娅，你似乎恢复得不错。我只是遗憾你错过了婚礼和紧接其后的葬礼。世事真是奇怪啊，情况总是成对儿出现，快乐的事情刚过，就来点伤心事。"

"我想是神开的玩笑吧。"伊丽西娅说。她的口音变了一点，染上了安提亚东边和萨拉卡接壤一带那种略带清脆的元音，"幸好科尔没被传染，他小时候很爱生病。再没有比自己病了还要照顾生病孩子更倒霉的事了。"

纱比娅面带微笑，眼望远方。

"我不知道。"她说。

"你当然不知道。"伊丽西娅回答，"但你很快就能明白了。新娘嘛。我结婚还不到一年就生了科尔。"

"我可能要久一些。"纱比娅说，"乔瑞经常去打仗。"

伊丽西娅同情地"咯"了一下舌头，耸耸肩。

"久一些总比太快要强。"

纱比娅笑着点点头，连眼神都没变，似乎没把对方的侮辱当回事。克莱拉心想，乔瑞这个妻子确实不一般。

"哦！"克莱拉说，"我忘了带烟斗。说真的，我的记性开始变差了。你们也知道，我母亲记性就很差，最后那几年总在屋里晃荡，却怎么也想不起要找什么。但她觉得自己的情况很好玩，只是有时她完全迷糊了。亲爱的纱比娅，烟斗是不是在你的起居室里？"

"我想不在。也许在您的休息室里。我去给您找找好吗?"

"麻烦你了,亲爱的。我可不想让仆人以为我粗心大意,他们会说闲话的。"

克莱拉想跟女儿独处片刻,大家心知肚明。但纱比娅只当不知,起身对母女俩点点头。等她走进屋里,克莱拉立刻收起亲切的面具。伊丽西娅翻翻眼珠。

"她又不是我妹妹。"不等母亲开口,伊丽西娅抢先说道,"不敢相信,您竟让乔瑞娶了她。说真的,母亲,您想什么呢?"

"不管我想什么,如今她姓卡连姆了。拿陈年丑闻刺激她,对我们任何人都没好处。还有,你就不能假装自己真的病了一场?"

"这几个星期,我一直在我丈夫和他家人面前为您和父亲辩护。您知道他们怎么说吗? 卡连姆失足少女庇护所。您想,我听了会是什么感受?"

"我觉得,你该为你丈夫感到羞耻。"

伊丽西娅闭了嘴。池塘边传来响亮的溅水声,还有保姆的责备声。一阵柔和得几乎感觉不到的微风吹得玫瑰花蕾轻轻点头。几枚花蕾已经开放,有白色,有橙色。克莱拉更喜欢只有两三层花瓣的简单玫瑰,而不是其他人喜欢的华丽而繁复的球形玫瑰。她深吸一口气,定定神,继续对女儿讲。

"亲爱的,我们是一家人。"克莱拉说,"总有些外人试图拆散我们,而我们甚至无法怪罪他们,因为狗总会吠,人总会说闲话。可对家人,我们不能做那么做。"

"她……"

"她将成为我孙子孙女的母亲,正如你,亲爱的。她的过去很不幸,而你和你丈夫却要把它摆到我面前。是你们,而不是她。我从没听她说过一句对你们不利的话。"

伊丽西娅紧抿嘴唇,脸颊冒出红晕。克莱拉挑起双眉,上身前倾,等待女儿的评论或辩驳。早在伊丽西娅穿尿布时起,克莱拉就会采用这个姿势教训女儿。长年的影响自有其威力。

"不好意思,失陪一下。"伊丽西娅说,"科尔好像在叫我。"

"亲爱的,我相信他叫了。"克莱拉说,"我在这儿等。"

克莱拉拿起杯子。茶水已经凉了,但她照喝不误。孩子长大成人就难管多了。曾几何时,伊丽西娅每受到一点剐蹭或打击,都会钻到母亲怀里。但那个女娃娃已经消失,取而代之的是这样一位年轻女子。克莱拉不知道自己是否喜欢这样的转变,但她永远不会说出口。

她看到一个男仆从屋里小跑过来。是新来的男孩,克莱拉记不清他的名字,好像是莫辛或莫廷。得想个婉转的法子弄清楚。男仆穿着笔挺的制服,语调也很柔和。

"夫人,有位大人想见您。是克霆·伊桑简爵士。"

"真的吗?"克莱拉说,"他可真大胆。"

"夫人,要我带他到外面吗?"

"你是说带到外面的街上,还是外面的花园?"克莱拉问完便摆摆手,"带他去老爷的图书馆吧。我在那里见他。要是带到女人堆里,天知道他会听到些什么。"

"是,夫人。"男孩——对了,他叫莫南——答应。克莱拉又坐了几分钟,好让仆人有时间把伊桑简引到合适的地方。然后她起身,抚平裙子,慢步走到屋里。冷静下来之前,伊丽西娅不会再找她说话,纱比娅则可能躲到隐秘的地方哭去了。克莱拉估计,花半个小时接待客人不算太长,应该不会发生其他不愉快的事。

剪短头发之后,克霆·伊桑简显得有点老,也可能因为过去几年太过操劳。他的嘴唇和眼睛周围有了皱纹,上一次来访时还没有。那次会面仿佛发生在另一个世界。

"伊桑简大人。"克莱拉走进房间打招呼。

"欧得灵山男爵夫人。"他答应着,正式鞠了一躬。

"希望你不是来找我丈夫的。"克莱拉说,"他在外带兵打仗呢。"

"大家都很清楚你丈夫在战场上的出色表现。"伊桑简回答,"我不是来找他的。我想跟你谈谈,请你出面调解调解。"

克莱拉坐在沙发椅上,伊桑简坐在对面,双手握在身前,憔悴不堪。

"我知道,你丈夫和我有过几次不愉快。"他说,"但我从不质疑他的德高望重,以及他对王室和国家的忠心耿耿。"

"确实如此。"克莱拉说。

"你儿子也是朝中最有前途的年轻人。维卡连是模范学徒,广受好评。巴列斯和乔瑞都是斯吉提林大人一系。还有,当然,很多人都认为乔瑞是摄政王最信任的朋友。"

伊桑简咽了口口水。克莱拉抱起双臂。

"你想说菲尔丁·马斯的事吗?"她问,"大人,没有人指责你叛国,你也没受到他的牵连。说真的,朝廷并不大,我们之间或多或少也有些联系。可怜的菲利娅还是我堂妹呢,但没人会相信我们跟马斯叛国案有关。"

"无意冒犯。"伊桑简说,"可你、菲利娅、还有摄政王帕列库殿下都曾出力阻止马斯。我没有那种好运参与其中。"

"亲眼看着堂妹死在她丈夫剑下,我一点儿也不觉得算是好运。"克莱拉冷冷地说。

"我道歉,我的表达真是太蠢了。我只想说,你们对王室的忠诚得到了彰显,明确无疑。而我,直到真相暴露之前,都不知道马斯的阴谋有多大。当时,忠臣和叛国贼说的都是一样的话。"

分析合情合理,但没一句要求克莱拉做什么事或说什么话。所以她保持沉默,等待着。这一刻似乎被无限拉长。

"当时,艾伦·克林爵士也是我的盟友,"伊桑简继续道,"如今他在你丈夫麾下服役,我却没接到出征的命令。我想……我想,你是否可以帮我打听一下,为什么没有?"

"这时才来问为什么你不能上战场,真是个好时机啊。"克莱拉说,"如果在战况不那么明确地指向胜利时问,也许对你更有利。"

"我给摄政王殿下写过好几封信了。"伊桑简辩解,"可很不幸,到现在都没收到回信。"

"原来如此。"

"你丈夫和我在一些问题上有很大分歧,可我们自始至终都忠于凌渊王座。"伊桑简又说,"在这次争端中,我并不愿意阿斯特里堡卷入,正如他不想向北海岸求助。我也跟他一样,不是一个人作战。而且……"

"而且克林爵士得到了赎罪的机会,你自己却被留在坎尼普。"克莱拉接过话头。

"是的。"

"这些我完全不知情。"克莱拉说,"我没有参与决策,也不会跟道森讨论。"

"如果你能问问。只是问问……"

"帮你向我丈夫打听?"她微笑着反问,"收集情报然后报告给你?你不会这么想吧?"

伊桑简脸色煞白,可怜兮兮地笑了几声。

"说得好像我就是这么想似的。"他回答。

"不,我只是从另外的角度来看同一件事。"她说,"我会跟我丈夫说你来过,还有我们谈了什么。我会告诉他你很诚恳,因为你确实如此。如果他希望跟你讨论这事,我不会反对。"

"欧得灵山男爵夫人,我感激不尽。"

"你可以问,"她说,"但未必能成。现在,我必须请你离开了,我还要招待家人。"

伊桑简简直算是一跃而起,表情和语气都充满歉意。

"夫人,我不知道,不然我不会来打扰。看来我欠你更多了。如果有机会为你效劳,只需招呼一声。"

"伊桑简大人。"克莱拉说,后者停下脚步,"我丈夫讨厌你,但也尊敬你。所以,现在这情况不算糟糕。"

伊桑简郑重地点点头,离开了。克莱拉缓缓回到外面的花园。从道森的信上看,克林爵士并不享受他的赎罪经历。事实上,帕列库正在不遗余力地让那可怜人在战场上雪上加霜。她琢磨是该写信告诉道森,还是等他回来再说。

花园里,伊丽西娅和保姆依然在池塘边嬉水戏耍。纱比娅独自一人坐在桌旁,手里拿着克莱拉的烟斗。

"你在哪儿找到的?"克莱拉一边问,一边从女孩手中接过陶瓷烟斗。里面已结结实实地塞好了烟叶,可以直接点上。

"在您的休息室里。"纱比娅回答,"跟您猜的一样。我刚才在听您外孙说话。他很漂亮。"

"是啊,这方面很像他母亲。他母亲也很漂亮。当初她每年只长半个手掌高,瘦得像竹竿,但也很可爱。那孩子睡得很少,这也跟他母亲一样。告诉你一个秘密吧:身为外祖母,亲眼看着自己的孩子生儿养女,像你当年一样辛苦,很有复仇的快感。"

纱比娅露出微笑。她哭过的痕迹并不明显,只是眼圈周围稍微发红,喉咙处微弱的红晕已经褪去。从这方面看,这女孩很幸运。能掩饰泪水是种天赋。此时,她已焕然一新。克莱拉嘟起嘴唇。

"有时候,"纱比娅说,"不是经常,但有时候,我会想,如果我不是斯吉提林大人的女儿,世界会是什么样子?"

"啊,但你永远是他女儿。"克莱拉试图阻止女孩顺着这个话题说下去,但后者拒绝转换话题。

"我知道。有些女人没有我们的身份,却拥有我们欠缺的自由。我也明白,她们必须挣扎求存,但即使那样也有办法过上好日子,所以,也许……"

"不行。"克莱拉截住她。

泪水涌上纱比娅的眼眶,但没落下。暂时没有。

"不行。"克莱拉换成更柔和的语气重复一遍,"你不能想那孩子,更不能奢望把他接回来。你不能要求其他人忘记,你自己却记得,那不公平。没有那样的好事。"

"可我想他。"纱比娅轻声说,"我没法不想他。"

"但你可以不表现出来。乔瑞冒着极大的风险,给你带来了新生活、新开始,如果你不想要,就该拒绝。而你接受了他,还想保留过去,这既不公平,也不明智。"

"对不起。"纱比娅哽咽着说,"他是我儿子。我以为您会明白。"

"我明白,所以我才对你说这些。抬起头,看着我。不,看着我。看着我。对了。"

纱比娅咽了口口水。克莱拉感觉自己眼里也快涌出泪水。外面有个男孩——一个婴儿——虽然母亲爱他爱得心碎,他却永远无法知道。也许对女孩来说,这很公平。至少她做出了决定,尽管惩罚对她来说似乎太过严厉,但那孩子是无辜的。他没有过错,却要受苦,而且克莱拉将竭尽所能,确保母子之间永远疏离,确保纱比娅的旧日丑闻将永远留在过去。一滴泪水滚落纱比娅的脸颊,克莱拉也一样。

"很好。"她说,"现在,微笑吧。"

茜茜琳
Cithrin

　　最后的龙帝沉睡在茜茜琳面前——每块龙玉鳞片都有她手掌那么大;眼皮睁开,露出青铜眼睛上细长的瞳仁;折起的双翼像轮船桅杆那么长,也许更长。茜茜琳想象雕像化为真龙的情景:龙身转动,嘴里说出创建这个世界的语言。

　　光是雕像的体积、美感,及它暗示的身体力量就足以令人敬畏。龙爪能撕碎房屋。嘴巴能吞下一头牛。但仅凭尺寸还不够,雕刻家还通过龙眼的形状和龙腰的角度体现出智慧、愤怒和绝望。魔雷德,疯狂的龙帝,遭到同胞兄弟起兵背叛。魔雷德,被扎基斯·暴鸦密谋推翻。魔雷德,他的死亡解放了人类所有种族。

　　身旁的劳罗·美狄安挠了挠手臂。

　　"他们说,如果愿意,龙可以沉眠多年,像石头一样长久。"他说,"那是战争的一部分。龙族把自己埋起来,或藏进深洞,等军队后方或侧翼对着他们,就突然行动,从地下冒出来,将对手屠杀殆尽。"

　　科莫·美狄安的儿子比茜茜琳大一岁,举止却好似比她年幼许多。他继承了父亲的棕色皮肤、黑色头发。仔细些看,茜茜琳觉得男孩的脸庞日后会变宽、下巴会下沉,变得更像科莫。她不禁猜想,人要老到什么年纪才会得痛风? 劳罗冲她微笑。

"你想进去吗?"

"我跑了这么远的路,怎能不去?"茜茜琳回答。

这次来卡斯,她最不担心的就是旅途。什么强盗、海盗、疾病、野兽,她统统了解,也比大多数人更明白它们的风险。她从小学习如何理解风险。在一段上千英里、同时有上百条船跑的航道上,损失的比例有多大? 夏天冬天有何不同? 顺着海岸航行、跨过蓝色海水到塞拉米斯角又为何不同? 商队遭到屠杀、或凭空消失的概率是多少? 她的头脑里装满保险精算的表格,更重要的则是构建那些表格所需的工具。她比赌徒更擅长计算概率,所以旅途并不可怕。

反倒是递交报告的经过比较糟糕。她知道支行经营得挺好,但不清楚怎样才算足够好,也不了解其他支行的状况,更不知道自己那个临时冒出来的奥利瓦港支行对总部的总体策略有什么影响。让她害怕的不是风险,而是无法看清风险,无法以数字衡量它。未知,比确知的危险更可怕。

离开奥利瓦港那漫长的数个星期里,她夜夜难眠。其中最令她忧心的是:有什么办法能逗留足够长时间,以争取总部的支持? 她来工作,却不知怎样才能和谐地融入到日复一日的经营中,以免被他们赶走。

不过事到临头,却根本没遇到问题。她在奥利瓦港是个象征,在卡斯则是好奇的对象,而科莫·美狄安更是乐得把她留下,因为在这里,她对银行来说甚至算不上头面人物。但奇怪的是,她并不感到愤恨。她有种感觉——不论是否真实——科莫·美狄安愿意陪她玩这个游戏,愿意看看她能施展什么魅力取悦自己。在这期间,他会把各种障碍丢到她面前。

比如他儿子。

走过雄伟的龙玉雕像,龙族墓地出现在二人面前:一个个坟墓深入地底;一条条墓道宽过街道,如河水绘出的河床,兜兜转转,却比真正的河流更完美;龙墓延绵超过一英里,深达十层,每层都是坟墓。

遗体——如果里面真有遗体——早在数个世纪前就已经消失。不过龙玉祭坛上仍留有死者留下的爪印,大部分是三根巨大的前脚趾加一根后脚趾,但有些只有两根前脚趾,还有些前后各有两根脚趾。在最深的坟墓里,一个庞大的龙脚印压入地面,深度可到茜茜琳腰间。脚印边上的矿化痕迹表明它曾像池塘一样蓄过雨水,但后来干了。如今,它干净、空寂。

"想去就去吧。"劳罗·美狄安说,"没事,人人都试过。"

茜茜琳露出微笑,看看四周,然后走进脚印,躺下,手臂伸过头。她的脚和指尖只能勉强触到两端。她想象巨龙在头顶天空飞过、遮蔽太阳光芒的情景。曾经,他们雄霸天空。曾经,他们在这片空中、这片悬崖上盘旋。光是想想,都让她屏息。

她站起来,看到劳罗咧着嘴笑。

"好笑吗?"她伸出手去,劳罗接过——他的手很有力——把她拉上来。二人开始往回走。

"没有。只不过我在这里长大,而龙墓一直都在这儿,所以我从来不觉得它有什么了不起。但我喜欢看别人第一次见它的反应。对他们来说,它有种我从没体会过的意义。"

"这一切,"茜茜琳指指空空荡荡的墓穴和死气沉沉的爪印,"自人类开始之前就在这里、在你眼前。几乎从人类诞生之时,这里就有人维护、荒废、再维护。这些都没打动过你?"

"也许该有吧,"劳罗耸耸肩膀,"可事实上却没有。这不过是个墓地。对不了解的人来说,它是那么神奇。可对我来说,它和大海、天空、悬崖差不多,我天天都能看到它们。"

"嗯。"茜茜琳说。

"什么?"

"我跟玛可斯·韦斯特共事。"她说,"我在想,认识他的感觉,跟你说的情况差不多。"

总部给了茜茜琳两个惊喜。首先是佩林·克拉克,也就是被她要挟、不得不给她在奥利瓦港支行留个位子的审计员,他也住在总部位于城内的非正式要塞里。其次是佩林见到她显得很高兴。

她和劳罗穿过青铜大门,回到大宅,一眼就看见白皙的佩林·克拉克坐在一张长凳上。劳罗喊了他一声。后者朝他们挥挥手,顿了顿,再挥挥手。二人朝他走去,劳罗起先想拉茜茜琳的手,但最后改成伸手臂,抱住她的肩头。

"老弟。"佩林·克拉克说。严格地说,这称呼没错,因为佩林娶了劳罗的姐姐,但茜茜琳没法想象这两位是一家人,"你俩去哪儿了?"

"我带茜茜琳参观了龙族墓地。"劳罗说,"她从没去过。"

"执事,你觉得好看吗?"

"好看,谢谢。"茜茜琳回答。她能感觉到,身旁的劳罗对她和佩林之间的轻松对话感到意外,姿势变得有点不自然。而年长男人眼中则闪着最微弱的笑意。如果劳罗想跟她套近乎,她会跟佩林一起摆出大人的风范,给那小子一点颜色看看。身为障碍物是绝对享受不到安逸的。

"能不能把执事借我几分钟? 我有些事想跟她讨论讨论。银行生意上的事。"

"当然可以。"劳罗略显冷漠地答应,收起放在茜茜琳肩头的手臂,对她鞠了一躬,"你的陪伴很愉快,谢谢。"

"不,应该我谢谢你,劳罗。"她说。

她在佩林·克拉克身旁的长凳坐下,目送科莫·美狄安的儿子穿过院子。她注意到克拉克稍微挪挪身子,确保与她没有身体接触。

"我能问你个问题吗?"他说。

"当然。"

"你在这里,想争取什么?"

茜茜琳飞快地瞄了他一眼,佩林的表情一如既往地平淡而愉快。茜茜琳这辈子就没见过比佩林更擅于隐藏情绪的人。跟他同样厉害的,有;比他更厉害的,没有。

"我以为我说得很明白了。"她用跟科莫·美狄安说话时那种大胆而半开玩笑的语气回答。

"不。"佩林的语气一点也不轻松,"你说的是你想要什么,我问的是你为什么想要。你有什么雄心?"

"不好意思,"她说,"我不明白你的问题。我想经营我的银行啊。"

"是的。但你为什么想?"

"因为那是我的。"她说。

佩林深吸一口气,在长凳上半转身,侧对着她。头顶的大树在他脸上投下影子。有那么一会儿,他让茜茜琳想起了儿童画里的森林鬼魂。

"你想要财富?"他问。

"想吧。"茜茜琳说。

"那么,这不是答案。你想要权力?"

"我想要属于我的权力。"她回答,"我想要我挣得的那部分。"

"即使是你通过伪造和欺骗挣来的?"

"我没有伤害任何人。"茜茜琳抱起双臂,"我做的是正当生意。我遵守合同。它们不合法,仅仅因为我年龄不够。"

"但用不了多久就够了。"佩林的话更像自言自语。他用指尖敲着膝盖,眉头紧皱,"你知道科莫把劳罗推给你,是为了试探你想不想嫁入豪门吗?"

"他还不如直接问我。我不想。我不想任何人替我经营我的银行。如果我想,嫁给派克·厄特豪就行了。"

佩林哈哈大笑。

"那可是个奇景。好吧,今晚我想请你吃顿饭。"他说,"不是宴会,只是一顿晚餐,不过来吃饭的人很重要。"

"好啊。"茜茜琳答应,"为什么想让我去?"

街上有匹马嘶鸣一声,然后是车夫的吆喝。微风摇动着白皙男人脸上的树影。他在思量答案,茜茜琳在等待。

"我像你这个年纪时,"他逐字逐句地说,"只知道寻寻觅觅,却不知寻觅些什么。你是我见过最理解金钱与金钱威力的人之一,但你缺乏经验。这不是批评,只是事实。今晚有场谈判。我希望你去听听,看看游戏是怎么玩的。"

茜茜琳在脑海里反复琢磨这番话。她的心跳略略加快,脸颊泛起红晕。她长途跋涉到这里来,不正是要寻找这样的机会吗?

"我能问个问题吗?"她说。

"很公平,问吧。"

"为什么要这样做?"

他点点头,思索了将近一分钟。

"你还年轻,仍然处于自我塑造的过程中,尚未定型。你还在寻找成就人生的事业。有时,人需要帮助才能找到它。我更年长,手里有点权力。我认为你拥有日后成功的潜力,想让你欠我点人情。"

微笑不知不觉浮上茜茜琳的嘴唇。这感觉就像胜利。

"我还以为你想做善事。"她说。

"哦,执事,"佩林·克拉克微笑着说,"我们这里不做善事。"

晚餐在日落之前开始。餐桌用木板拼成,比劳苦人家用的桌子漂亮不了多少。桌上摆满碟子:蒜蓉蛤蜊、奶油面条、葡萄酒、新鲜出炉的面包。科莫·美狄安坐在上首,脚踝和膝盖已经消肿,跟正常人差不多了。茜茜琳、劳罗跟佩林·克拉克夫妇一起坐在桌子一边。佩林的妻子叫查娜,比劳罗更像他们的父亲。桌子另一头坐着一个安提亚贵族,皮肤黑得像咖啡,叫坎尔·达斯克林,是水泽男爵、北港庇护使、摄政王的北海岸特使。他咧嘴笑着,用手撕开面包。

"想想我的感受吧。"达斯克林说,"我带着恳请查西安国王出兵援助的殷切请求,坐着快船往这儿赶。等我到了,我们却打赢了。这么说吧,我可真是瞎折腾。"

科莫·美狄安"呵呵"笑着,点点头。

"我明白你的感受。"他说,"当年我在伊拉萨,花一年半时间谈判,争取一个岛上糖料种植园的经营特权。正当我准备把合同定稿交给他们的议会时,那该死的园子竟被烧了个精光。内海的糖料种植园最后变成了盐场。感谢老天爷,幸好我还没付钱。"

"我记得那事。"茜茜琳接话。

"你真记得?"科莫问。

坎尔·达斯克林的目光转到她身上,她这才意识到自己刚刚走上了多么薄弱的冰层。如果牵扯出她曾在万奈支行待过,接下来就会被问到为什么离开。如果有人调查她的年纪,很多事情就岌岌可危了。

"我听艾曼尼执事说的。"她的回答没有一点迟疑,"在万奈支行,对吧?"

科莫·美狄安噘起嘴唇,似乎在回想。

"听你这么说,应该是的。"他回答。又绕过了一个危险。

"你们这位新的摄政王,"佩林·克拉克说,"盖德·帕列库,我很少听说他的事。真奇怪,我以为会是我们更熟悉的人。"

"希望你指的不是我。"达斯克林说,"的确,帕列库的父亲是个子爵,并不起眼,但他儿子就不一样了。他阻止了角斗士兵变,揭发了菲尔丁·马斯。还有,从一开始,这场战争就是他一个人在推动。"

"他是什么样的人?"查娜问完,朝茜茜琳用力挤挤眼睛,补充说,

"我听说他还没娶妻。"

大家哈哈大笑，仿佛早就料到会有这个问题。

"他是个很强硬的人。"达斯克林回答，"几乎是在朝廷之外崛起，所以非常独立，有自己的想法、自己的计划。"

"野心大吗？"科莫一边问，一边敲开蛤蜊，扯出里面的肉。

"那是一定的。"坎尔说，"大家一开始都低估了他。现在不会了。他的非正式导师是道森·卡连姆，我估计，道森肯定觉得自己骑上了虎背。"

"劲敌啊。"佩林说。

"一语中的。"达斯克林说，"谁帮忙把那瓶葡萄酒递给我。我的酒喝完了。"

"不。"科莫·美狄安装出恐惧的样子，"绝对不能与他为敌。"

晚餐一直持续到夜色完全降临，话题涵盖了艺术、政治和旅途中的尴尬。每个人都很随意，互相交换玩笑和故事。葡萄酒非常醇厚，茜茜琳喝得有点高，感觉温暖又快乐，轻松得有点失去理智。离开前，达斯克林同所有男人握手，并像兄弟一般拥抱科莫·美狄安。他还亲吻了茜茜琳的嘴唇，看来他也有点醉得失态了。

他走以后，仆人进来清理桌子，给科莫的病脚送来小凳。经过这一晚，病脚的情况明显恶化，但直到这时，科莫才露出痛苦之色。其他人各自坐下，茜茜琳也是。

"好吧，"科莫的声音镇静而清晰，"我们得到了什么情报？"

"摄政王高深莫测。"查娜回答，"达斯克林不喜欢他。"

"但却怕他。"佩林·克拉克接话。

"你这样觉得？"劳罗说，"在我听来，他似乎对摄政王评价不错。"

"不，"茜茜琳说，"怕他是对的。但还有另一种情绪，我说不清。他们虽然在战场上打赢了，却对这场战争感到不安。为什么？"

真是个奇特的情景。她的整个童年都在另一张桌旁度过，与艾曼尼执事、卡姆和比瑟尔进行十分类似的谈话。分析、争辩、讨论、深入剖析。如今，她身处陌生的地方，与另一群人坐在一起，却像在家里一样自在。

"要么因为，他认为战争不会因打败阿斯特里堡而结束；要么因为，他觉得朝中的权力平衡将会因此打破。"查娜说，"你们看到没，我开玩笑说摄政王还没娶妻时，他有多紧张？"

"你是不是在想，可能会出现一场与阿斯特里堡贵族的政治联姻？"科莫问，"统一两国？"

"我认为达斯克林是这么想，但他不喜欢。"查娜回答，"他有女儿吗？"

"有。"佩林接口，"年龄也合适。"

"那就对了。"查娜说得好像这就是答案。

"我不太确定。"科莫说，"我认为并不只有联姻那么简单。我们对帕列库的盟友了解多少？"

"很少。"佩林回答，"他以好学出名，最近则多了一项——虔诚。"

"虔诚，呃？这也许是个问题。查西安国王应该组织使团，"科莫说，"派朝臣前去探访。对安提亚来说，这场战争顺利得惊人。调查清楚这个帕列库是否喜欢杀人很有好处。如果打败阿斯特里堡还不停战，那许多事都要重新考虑了。"

"我去跟陛下谈。"佩林·克拉克说，"我敢说，他的想法跟我们类似。我认为派去的使团不能过于正式。不派大使，派十来个朝中要员，加上几个巨贾。"

"也就是你。"劳罗显得有点懊恼。

"也就是我。"佩林·克拉克承认，"我在安提亚有些朋友，去看望他们也许很明智，看能打探到什么消息。"

茜茜琳发现自己在点头，心思却在别处。葡萄酒令她眩晕，但并不严重。佩林·克拉克在她记忆中说：你缺乏经验，这不是批评，只是事实。仿佛这样的事实不算批评似的。在她脑海深处,有些东西在扰动。现在不是采取大胆行动的时刻,而是扩大领域的时刻。她办得到。她清了清嗓子,像女学徒请求发言一样举起手。科莫·美狄安点点头。

"先生,请您批准。"她说,"我也想参加前往坎尼普的使团。"

盖德
Geder

王堡忙得像蚁山。仆人、工人、商人以更快的脚步、更大的噪音穿梭在安提亚的圣地中,仿佛随时会放声歌唱或动手打架。不仅王堡如此,当盖德出现在宴会或舞会上时,气氛也十分相似。整个朝廷在近乎失控的狂热氛围下振荡不休。甚至整个坎尼普都是。他们准备着即将到来的庆祝活动,只等阿斯特里堡的勒禅国王向卡连姆元帅投降的那一刻。届时,这场决定性的短暂战争——持续不到半个季度——便将以凌渊王座的胜利告终。

这一切令盖德十分紧张。他倒不是担心打不赢。每天都有更多信使送来更多战报,内容完全一致:卡连姆正率领军队稳步朝卡特非行进;敌人士气低落,节节败退。蜘蛛女神的祭司似乎真的非常管用。军中士气高涨,已有三个敌方将领愿意投降,被收为俘虏。盖德从道森·卡连姆的信中得到一种感觉:元帅和祭司间有些摩擦,但并不影响战局。而且道森那人有时有点过敏,所以,大概不会有问题。

令盖德困扰的,是看到那些色彩艳丽的盛装,看到仆人把彩纸剪成用来抛撒的小碎片。他明白，战争结束时会有庆祝，人们必须做好准备。这座城市宛如含苞待放的繁花，只等合适的时机绽放。尽管如此，胜利还没到来，就先假设它会到来，感觉像在召唤厄运。还有，虽然那些半藏不藏的盛装和准备中的盛会叫他困扰，但击溃阿斯特里堡后下一步该如何镇静的讨论更令他心烦。

"一旦勒禅求和，"恩玛·法斯克兰十指互扣，双手搁在大肚皮上，"相信我们已经明确，双塞桥必须永远由我们控制。这已经是最低的要求了。"

"还有赔款。"古斯贝·阿林图接话，"我们错过了整个耕种季节，让女人和孩子挨饿是不公平的。还有，牺牲的战士们留下了孤儿寡母，也需要抚恤。"

这种讨论显然已在巨熊兄弟会进行过了，如今则被搬到更豪华的地点——盖德的会议室。这里的墙壁垂着丝绸窗帘、来自塞拉米斯角的挂毯，以及普特的金链。地板铺着南族编织的地毯，产自莱昂内亚内陆某个小国。众人围坐的桌子用博加开采的一整块玄武岩凿成，桌脚是十三个人类种族的雕刻，支撑着做成王冠形状的宽大桌面，算是政治装饰品。空气里飘着侯斯卡薰香的味道，很像麝香，让盖德联想到油腻的食物和烂熟的水果。

盖德的贴身卫兵站在房间角落里，配着武器，面无表情。巴拉希普坐在门旁一张小桌前，好让盖德看见。大祭司看起来是在冥想，实际上双眼并未闭紧，眼皮后的眸子精光闪闪。

这不是正规的讨论会，因为安提亚最重要、最有权势的人此刻都在战场上。这是一次儿子辈、爷爷辈和助理们的集会，与会的全是坐在椅子上打仗的人。他们乐呵呵地吹捧对方的表现有多出色。在场人中，亲自上过战场的只有手上箭伤还未痊愈的古斯贝·阿林图，以及刚刚带着战报回来的乔瑞·卡连姆。安提亚的军队已经抵达卡特非，正准备最后的围城。

"请听我说。"乔瑞缓缓说道,"我们想得到什么?我是说,如果我们打算削弱阿斯特里堡几十年,这很容易办到。可这是我们想要的吗?"

"呃,他们必须受到惩罚。"恩玛·法斯克兰回答,"我的侄子因他们的阴谋而死,死在坎尼普的街上!"

"这正是我的意思。"乔瑞接话,"我们是想惩罚他们一下,然后让一切恢复原状?还是想控制阿斯特里堡?他们想统一两国,那我们呢?"

"我明白你的想法了。"阿林图说。

"我不明白。"盖德承认。这种事他一般不会轻易承认,但对方是乔瑞。

"比如夺取那座桥。"乔瑞解释,"如果日后还有战争,它就能帮助我们获胜。也许还能阻止日后再有战争,因为他们害怕被打败。但从一开始,他们就没想打仗,他们跟我们的人串谋。而我们不论要求多少赔款,都无法阻止这种事再次发生。"

众人沉默片刻。

"人质怎么样?"盖德问,"我们可以扣留人质,把他们的孩子收过来养。如发现任何串谋的迹象,我们手里还有人质。"

"我们得想个更长远的办法。"乔瑞说,"勒禅有两个儿子、一个女儿。如果他儿子放弃王位继承权,女儿嫁给艾斯特王子,那艾斯特就会成为阿斯特里堡的王位继承人。"

"这还真是往统一的方向走啊。"恩玛·法斯克兰若有所思地说,"也许无法避免。若确实如此,最好还是由我们制定规则。可他们肯定希望有些立竿见影就能实现的措施,不然,等艾斯特长大和勒禅去世,那可就太久远了。"

"你们都提出了值得考虑的建议。"盖德预感到这次谈话会往什么方向发展,连忙打住,"不过不好意思,我还有事,要先行离开。"

一阵当然没问题和谢谢摄政王殿下的低沉和声在房中响起，盖德起身从御用通道离开，卫兵跟在他身后。通道很窄，只有坐在王座上的人以及其护卫才能走。就连巴拉希普也得从普通的房门离开，到别处与他会合。

这正是盖德曾经自以为很享受的细节之一，无数伴随摄政王权力而来的小特权。但实际上，它给盖德的感觉却很沉重。成为安提亚帝国最有权势的人，意味着没日没夜的忙碌、形式与礼节的拘束，以及压在肩头的重担。他再也不能随心所欲地骑马到街上溜达。而且绝对、彻底地失去了独处的权利。他用古老藏书楼的走道换来了只有他和卫兵才能使用的小走廊，可这笔交易的结果并不像之前想象的那么诱人。

御用通道变宽，通往王室住处。高高的窗户俯瞰深渊和对面铺展的大地，阳光溢满高大拱顶下的房间，还带来了城中的柴火烟味。这是西米恩国王曾经住过的地方；铺着木地板的房间中，有一个正是女王去世之处；在盖德走过的烛光走廊里，艾斯特迈出了第一步。王子在这里长大，当他成为盖德的养子时，曾以为要离开这些墙壁许多年，但才过了几个月，他就回来了。这个地方，曾经、将来都是艾斯特的家，而不是盖德的。

根据经验，盖德知道，自己刚离开的会议要过些时间才会真正——虽然不正式——结束。巴拉希普会留在那里。就算有人意识到盖德的左右手依然在场，说话会小心谨慎，但他们不知道，即使真假混合，祭司仍能从中辨出真相与谎言。几分钟，甚至一两个小时的彻底自由，也让他高兴得关节有点生疼。

他听到艾斯特的读书声，还有老师的声音。老师是个年迈的辛奈族男子，身体虚弱，仿佛随时处于崩溃边缘。盖德循着声音走到书房，在门前的影子里躲藏片刻。

艾斯特坐在一张小桌前，抬头望向老师的桌子。辛奈族老人鼓励地微笑。王子从头开始。

"没有经过实践的理论永远不能成为知识。没有经过沉思的知识永远不能化作智慧。所以,实践与沉思,做与不做,是正确之路的核心。"

"是马拉斯·图卡的书本。"盖德说,"我不知道你在学习军事理论。"

他走进房间。老师朝他露出有气无力的微笑。

"摄政王殿下,您知道这段话?"他问。

"我读过一本野史,里面有一段跟他有关。那段文字对我非常重要。后来,我决定找他的作品来看。冬天时我还翻译过。在我的译文里,我没用'沉思'一词,我认为'冥想'更贴近原文。"

"我觉得它好闷。"艾斯特说。

"其中有些内容挺枯燥。"盖德说。这房间很小,但被阳光照得很温暖,"但另一些内容很有趣。你有没有读过精神训练那一段?"

"像术士的戏法一样吗?"艾斯特来了点精神。

"不,更像练习思考的方法。当他谈论沉思或冥想时,指的并不是一动不动,还有特定的技术上的含义。"

"您练习过吗,摄政王殿下?"老师问。

"没有,没真正试过,但我反复读过,而且觉得很有趣,可谓明智。"盖德微微咧嘴,露出懊悔的微笑,朝艾斯特凑过去,"我更擅长读书,而非实干。我能看看你用的译本吗?"

老师从自己桌后探身往前,把书递过来。盖德小心地接过。书非常古旧,书脊以皮革和绳子装订,书页是布料,比一般书本厚实,整本书有种坚实沉稳感。盖德恭敬地翻着书页。

"真漂亮。"他说,"你从哪儿得到的?"

"当年我跟艾斯特王子差不多年纪时,一位老师送我的。"老师露出微笑,"从那时起,我就一直带着它。我听说,摄政王殿下您拥有一个藏书量相当可观的图书馆,对吗?"

"啊,我不会说得这么夸张。以前我有更多时间看书、做翻译。我正在翻译一本野史,书中以诞生日期为线索,追溯伊拉萨王族的血脉,提出论点说提兹奈族每年有两个繁育季节。具体时间写得比较粗略,但这个论点相当新奇。"

艾斯特叹了口气,双肘撑到桌上。老先生的双眼闪闪发亮。

"听起来很有意思,大人,您还记得作者的名字吗?"

"那是本野史,距今大概只有三百年,所以不太可靠,不过……"

"是啊,那就没什么用了。那段时间的书都是。"老师赞同。

盖德翻着书页,指尖下的布料比皮肤还柔软。这本书里的作战地图跟盖德那本不一样,至少多了三张图,还有对比的表格,肯定是后来修订时加上的。他用指尖抚着古老的墨迹。

"这书能借我吗?"盖德问,"我想跟我那本比对一下。"

老师的表情僵住了,双手捏成拳头,像细小的蜘蛛。

"当然可以,殿下。"他说,"我很荣幸。"

"谢谢。"盖德说,"我会还你的。若你不介意,我现在就去把它跟我的书放在一起。"

"当然不介意。"老师回答。

"意思是我们可以做点别的了?"艾斯特看着盖德走出房间,充满希望地问。

盖德一边走一边翻书,手指滑过文字,身体被微小的兴奋之火烧暖。

这是他从没见过的译本,引用的原文似乎比他的那本更完整。

战争的目标是和平。肤浅的将军率军打仗是为赢得胜利,所以,他的本性将迫使他一次次重返战场。深明的将军率军打仗是为确保胜利,所以,世界的本性将迫使他一次次重返战场。睿智的将军率军打仗是为重塑世界,所以,他将创造一个不再需要他的天地。

这跟盖德手里那本完全不同。他可以肯定,自己的译本里没有深明的将军那一段。"深明"这种描述,图卡用得不多,且通常用来形容神职人员。盖德不禁猜测,后世的译者是不是把关于战斗武僧的讨论删掉了。

"啊,"巴拉希普说,"盖德王子,又在听空洞的声音吗?"

大厅里,大祭司坐在一张软垫长凳上,双手按着膝盖。

"我喜欢书。"盖德回答。

"有些书确实好看,但它们是玩具,没有实际意义。"

"好吧。"盖德合上书本,放到一旁,"这一点,我们只好保留各自的意见了。"

"现在是的。"巴拉希普赞同。

盖德在窗边坐下。下午的阳光炙烤着他的手背。

"你有什么发现?"

没什么意料之外的事。朝臣都相信胜利将至,但胜利要倚仗盖德、他的盟友,以及曾经的导师道森·卡连姆。至于如何处置被征服的邻居,意见不一,但这些差异都可以彬彬有礼地商量。例外的看法当然也有。其中一人主张等水泽男爵从北海岸回来之后再说。另一人认为,一旦收到求和请求,应该尽快安排艾斯特和阿斯特里堡公主丽丝蓓之间的婚礼。盖德也许会把战争拖长到毁灭敌方的农场、磨坊和造船厂为止,又或者保留那些设施,以便统一两国之后使用。

他们谈论了几个小时。太阳渐渐西沉,坎尼普缓缓进入日落的红光、暮色的灰暗,最后是夜色。月亮没出来,星辰在高远的夏季夜空中闪烁。终于,脑袋满溢的盖德起身告辞,回到卧室,让不认识的人给他脱衣服、往身上扑粉、把他安置在薄薄的春毯下。半梦半醒之间,他懊恼地想到自己忘了拿老师的书。入睡前再翻看几页一定很愉快。如今他看书的时间真是太少了……

早晨明亮而清冷。他在床上躺了一会儿,看着阳光洒入窗户。接下来,经过每日"羞辱"仪式之后,他走出卧室,进了王室餐厅。巴拉希普和艾斯特已经在里面了,两个人正在讨论什么,大祭司面带微笑,小王子哈哈大笑。盖德坐下,一个年轻仆人给他送上一碟烤鸭肉和炖梨子、一小截甜黑面包,还有一杯蜜糖咖啡,咖啡粉像泥巴似的沉在杯底。

"我错过什么趣事了?"盖德问。

"巴拉希普大师刚刚在模仿朝中大臣。"艾斯特说。

"学得像不?"

"不像。"艾斯特表示不满,"糟透了。"

巴拉希普露出微笑。

"我不擅长表演。"他说,"我不是那种人。"

"这要感谢上天啊。"盖德边说边扯下一块鸭肉,塞进嘴里。鸭肉咸香多汁,完全是开启新一天的完美选择,"我一直在考虑跟阿斯特里堡的和平条款,现在我知道该怎么做了。"

祭司和男孩齐齐肃容,专心听着。盖德喝了一口咖啡,有点过分地享受吊人胃口的感觉。

"我认为,接受纳贡和赔款,然后继续让他们控制国家是不明智的。别的不说,他们的朝廷以后不可能把我们当朋友看待。"

"还有,你必须在征服的城市里建造女神的神庙。"巴拉希普提醒。

"对,还有这事。"盖德同意。他都忘了这事了,但他也真心同意,"也就是说,我认为,我们必须统一两国。"

艾斯特的表情僵住了,"我明白了。"他说。

盖德摇摇头,挥挥手里的面包。

"不不不。联姻没用的。跟一个女人结婚,并不意味着就能一口气平定阿斯特里堡全境。从一开始，正是联姻让我们落到今日的田地，不是吗？混淆血脉，以致阿斯特里堡宫中出现有资格继承凌渊王座之人。要是数代以前，我们不是通过和亲来缔造和平，今天这种貌似合法的可能性就压根不会出现。这法子当时不管用，现在也不管用。"

"那怎么办？"艾斯特问。

"我们要接管他们的土地和城市，把阿斯特里堡重新变成安提亚帝国的一部分，就同当年在共主之下一样。而且，朝中有些人应该因他们的贡献得到封赏。由忠心耿耿的安提亚人控制那里，我们的担忧就少了。其实很简单嘛。我不明白之前为什么看不到。"

"现有的统治阶层怎么处理？"巴拉希普问。

"呵呵，不能信任他们，不是吗？我们揭发了他们、侮辱了他们，然后夺走了他们的地位和领地。"盖德说，"我相信，他们会竭尽一切给我们捣乱。而正是他们——或其中某些人——曾密谋杀害艾斯特。你知道，打败仗并不能改变他们的本性。"

"我明白了。"巴拉希普说。

盖德把半个炖梨吸进嘴里，用上颚压出梨汁，甜蜜的汁水涌入胃中。

"是啊。"他嚼着梨子说，"我也希望有别的办法。真的。可为了确保艾斯特的安全，我认为不能把权力留给敌人。他们已经做出了选择。既然他们不能成为朋友或盟友，那他们必须死。"

道森
Dawson

卡特非伫立在一片广阔的平原上,周围是一条条又长又窄的带状农田,看上去像场怪异的梦境。它的尖顶和塔楼以红石筑成,城墙的高度跟四个男人叠起来相当。在和平日子里,它是最出色的信鸽驯养者之家。据说,卡特非的信鸽是用龙族秘方养育的,就道森所知,这也许是真的。他年轻时来过这座城市,今天依然记得那浅色的街道,还有他们添加在咖啡里的胡椒粉和巧克力。他曾在阿斯特里堡宫廷那形状古怪的三角庭院里跟人决斗,而且打赢了。事后他喝了个酩酊大醉,在别人的屋子里醒来,身旁躺着西米恩王子。

军队抵达阿斯特里堡王城当天,道森烧掉了城墙外的每座建筑——农屋、仓库、马厩、制革场、染坊。烟雾散去后还不倒的房子也统统被夷为平地,只有城东的大墓地例外。他敬重墓地,况且安提亚与死者并无争执。然后,工程师开始建造攻城器械。投石机和弹弓把石头像雨点一般砸向高大的红色城墙和封闭的大门。他们分成小队,轮番轰炸城墙七天七夜。早晨和黄昏,道森派出杂工,到营地里收集排泄物和食物残渣,用一架投石机把它们泼到城里。很快,士兵开始往垃圾中加料——有死猫、染血的绷带、长蛆的烂肉。城门坚守不开,敌人龟缩不出。一切正如道森所料。到第九天,巡逻队发现了埋在地底的管道网,用来把城中的垃圾倒入一个隐秘的溪谷。于是工程师把它毁掉了。

石头用光,他们改用蘸满焦油后点着火的木头,又轰了三天。城中两次被烟雾笼罩,但两次都被困守城中的人扑灭,卡特非熬过了火雨。到第十天,道森才第一次看到真正的胜利希望:城里的信鸽全被放飞,一大群鸽子在塔楼上空迷惑地盘旋,试图回巢。到了黄昏,它们往北边飞去。道森考虑过派猎人追杀它们,然后把鸽子或乌鸦的尸体丢回城里。但他决定放过它们。就这样吧,信鸽和死者可以放过。

西米恩很喜欢卡特非。那里的宫廷带有一点异域风情,既熟悉又陌生;男男女女说话都有轻微的口音,把长元音说得比较重,以致他们当中的原血族也比坎尼普的扎苏鲁族和提兹奈族更异类;王宫前面有个宽阔、开放的广场,曾有上千女孩在那里为他俩翩翩起舞。道森的士兵从北边的采石场运回更多石头,于是新一轮石雨砸向城墙。有天晚上,城里溜出一小群绝望的士兵,趁着夜色掩护,放火焚烧投石机。被逮住之前,他们毁掉了两架。道森用第三架把他们送回城里,活生生送回去。

每天早晨,三个祭司都来见他。

道森坐在皮革营地椅里,光着双脚,让扈从帮他抓走皮肤上的虱子。明亮但潮湿的早晨令他联想到在湖里游泳的情景。久居沙漠的祭司似乎很讨厌这种气候。

"大人,只要您容许,我们可以打赢这场仗。"

"但我不允许。"道森的回答跟每天早上一样,"安提亚足够强大,不需要你们的帮助也能征服卡特非,而这正是我的意图。"

"听我说,大人……"

"说完了。退下吧。"道森每天都重复这些话。这几人巧言善辩，若任由他们开口，很可能会像攻打双塞桥要塞时一样，令道森再次屈服。他目送祭司离开，对自己露出微笑。

营地消耗完带来的粮草，开始在附近寻找。周围再也没有直立的树木，烧树的烟雾把空气熏得朦胧发白。搜索队带着车子往南边安提亚的方向搜索，越来越深入沼泽地。他们宰杀牛羊，毁坏农场。这是一场考验忍耐力的战争，是一场开始时进行得太快、结束时缓慢而艰难的战争。按道森最乐观的估计，这块大地的战争伤疤也将残留一代人的时间。

围城第二十天，有个士兵因在南边沼泽染上的热病而死。道森代替真正的祭司为他主持了葬礼，然后下令把他肢解后扔进城里。

第二十一天，南门举起一面祈求谈判的旗子。三个没有武装的男人骑马出城。道森带上弗隆·布鲁特和达西德·班尼恩，并故意把三个祭司留在营里。六个人在疲倦的军队和伤痕累累的城市之间找到一块空地，摆好一张桌子，坐下。

阿斯特里堡的人表现得十分傲气，但脸颊瘦削，骑着瘦马。道森让扈从带了一只火腿、一篮夏天的苹果、一轮奶酪和一桶啤酒。但他明知对方的眼里只有食物，却不开口请他们吃。

"卡连姆大人，我总算见识了。"三名骑手中最年长的人坐下，开口，"你果然名不虚传。"

"不好意思，我没法对你说同样的话。"道森说着，也坐下了。

"在下河涂伯爵迈辛·豪尔。"

道森点点头。地面不平，所以豪尔伯爵靠到桌上时，桌子晃了晃。

"你知道，"河涂伯爵说，"我们有足够的物资熬过围城。"

"不，你们没有。"道森说，"我们的进攻速度远超你们的预料，人数也比你们多。你们是在打瞌睡时被逮到的。就算你们的食物和水足够在城里躲一年，结局也不会改变。"

男人龇了龇牙,耸耸肩。

"我来是询问一下你们的停战要求。"

"你有权下令投降吗?"

"没有。"伯爵说,"只有国王有权。"

"那我应该跟国王谈。"

身后的弗隆·布鲁特"呵呵"笑了几声。道森一阵心烦。也许他该带别人来。

"我有权把你们的意图直接传达给国王陛下。"

道森点点头。

"他要敞开卡特非城门,将所有密谋杀害艾斯特王子的人都带来见我。接下来我们会在城里收取战利品,时间是十二小时,不会更长。之后,所有阿斯特里堡的城堡和领地都将纳入我的庇护之下,直到你们的国王和我们的摄政王盖德·帕列库达成最终协议为止。"

"那我应该跟摄政王殿下谈。"伯爵回敬。

"你不会喜欢的。"道森回答。

"我会把你的话带给勒禅国王。"伯爵说,"我们明天早晨再谈?"

"如果还能谈,可以。"

"我们不会反击或逃走。"伯爵保证。

"那我就静候你们国王的回复。"道森说完,朝布鲁特和班尼恩点点头。后者把食物抬上来,放到桌上,"小小意思不成敬意,没毒的。"

道森面带微笑骑马回营。快结束了。

※

"大人。"

道森在小床上动了动,勉力醒来。帐篷里漆黑一片,只有扈从手里的烛光。道森在床上坐起,摇摇头。

"什么事?"他问,"着火了?那些混蛋来偷袭?怎么了?"

"是信使,大人,摄政王殿下派来的。"

道森站起来。夜晚清凉但不冷。他披上斗篷走出营帐外。大部分炊火已经燃尽,四下光线昏暗。细长的月亮加上零散的星光,还不如他的蜡烛亮。信使站在坐骑旁,手拿背包。道森接过信,检查封印和缝线,确保可靠。他撕开缝线。里面的内容是密文。

"在这里等。"道森对信使说完,命令扈从,"多拿点光来。马上。"

解密花了一个小时。随着每个字的解开,道森的五脏六腑也越来越紧、越来越沉。命令很明确。摄政王经考虑之后决定,阿斯特里堡对安提亚犯下的罪行过于严重,威胁到帝国全境的安危和主权。因此,摄政王盖德·帕列库以安提亚国王艾斯特之名,宣布接管阿斯特里堡及其辖下所有土地和城堡。兹命元帅夺取并接收所有田地、城堡,俘虏阿斯特里堡所有贵族男女和孩童,以尽可能无痛苦、人道、方便的方法,全部处死。

道森坐在黑暗里,脸色苍白,把信又看了一遍。阿斯特里堡所有贵族男女和孩童。帕列库的拇指血印印在页尾,印章压在封蜡上。这是命令,由他宣誓效忠的摄政王发出。的确,摄政王是盖德·帕列库。的确,这道命令血腥残忍。但有条件的荣誉并非荣誉;有选择的忠诚亦非忠诚。道森独自坐在黑漆漆的营帐里,唯一的光源是蜡烛。他用手轻抚命令,喉咙紧缩,双手颤抖。

荣誉所在,必须如此。

这时,仿如梦境一般,他的眼前浮现出帕列库望向宠僧、后者点头的那一幕。

摄政王殿下:

  我很荣幸地为您送上喜报。今天下午,我接受了阿斯特里堡及其辖下所有领地的投降。勒禅国王已处于我直接控制之下。通过他,我也控制了所有效忠于他的人。

作为投降协议的一部分,同时遵照传统,我已把勒禅国王、他御下的阿斯特里堡所有贵族家族及成员归于我的保护之下。我未能执行您发布的最新命令,因为他们投降在先,而投降协议已经达成。我们都尊敬并看重帝国的荣誉,因此我将信守以您和艾斯特王子之名许下的诺言,我相信,您也会做出同样的决定。

道森拿起银色小刀片,划破大拇指,挤出一滴血,印在纸上,亲手缝好信,融化封蜡,压上印章。夜晚仿佛就在他身边溜走。他快步跑出帐外。早起的鸟儿已经开始鸣叫,但东边的太阳还没露脸。除了明亮的天色和欢快的鸟鸣,没有其他的黎明迹象。他把回信塞到信使手中。

"带这封信回去,亲手交给摄政王殿下。只能给他,别人不行,明白没?就算他的祭司发誓立刻送去,也不能给他。你要把信交到摄政王手里,知道了吗?"

"明白,元帅。"男孩说完,转身走了。

道森站了一会儿,听着马蹄声——踩在泥地和块块草丛上的柔和蹄声,走上坚固的龙玉后,变得清脆而遥远。还来得及。他可以再派个骑手,骑快马追上那男孩。这是道森发出的信,但他还可以追回。他闭上双眼,深深呼吸。清冷的空气充满他的身体,然后缓缓流出。他等待心中的疑虑不安过去。

找到扈从时,他在打瞌睡。道森把他摇醒。

"听我说,"男爵吩咐,"醒醒,听我说,你这小混蛋。你去找谈判旗,带到卡特非城下。找个人帮你举旗,以免城里有人太激动,用箭射穿了你。告诉那个伯爵,情况有变,我们没多少时间了,我要立刻跟他对话。能办到吗?"

"能……能,元帅大人。"

"那就别看着我发呆了,去啊!"

太阳初升,道森跟河涂伯爵迈辛·豪尔已经坐在无人地带的小桌前。到了上午,伯爵腰袋里塞着解码后的命令,哆哆嗦嗦、哭哭啼啼地骑马回城。道森在谈判桌前坐了一整天。椅子跟马鞍一样难受。他的后背又开始痛,肚子饿,喉咙干,极度疲倦。但他依然留在桌前,因为谈判尚未达成正式的结论。

当太阳沿着漫长而累人的弧线往地平线滑落时,城里传来一个声音——响亮、枯燥而沉痛的鼓声。道森前方远处,卡特非的城门"咔嗒"一声缓缓敞开。出城的士兵举着三角形的黄色投降旗,并倒举勒禅的旗帜。道森身后则传来震天动地的胜利欢呼,如海岸的浪花般从他身上刷过,而他本人只觉放下了心头大石。勒禅国王个子矮小,牙齿难看,但在道森接受他的投降、把他收入自己庇护之下的仪式期间,他一直表现得不卑不亢。作为交换,道森发誓竭尽所能保护他们。他给帕列库的信里,一切都已成真,只剩一点点差别。

这一点点差别,正是忠于坐在王座之人、与忠于王座本身所代表的荣誉之间的差别。

他命令弗隆·布鲁特到城中收取战利品。接下来十二个小时,卡特非将体会到失败的代价。安提亚的战士将在城里翻箱倒柜,收走黄金、白银、宝石、香料、丝绸。安提亚所有战士都去了,只有两个例外。就算道森有意保守秘密,恐怕也找不出更好的法子了。

艾伦·克林比道森印象中更显得苍白,他在南边战场染上热病,还没完全康复。术士说,他可能永远无法复原了。他坐在地上,表情阴沉,一脸抗拒。道森苦笑着打量曾经的对手:自己和他竟能合作,真是世事难料。

"克霆·伊桑简去见我妻子了。"道森说,"他妒忌你,希望自己也有机会上战场,重获荣誉和名声。"

"他总是有点傻,"克林说,"很真诚,但……"

"你确实有机会将功赎罪。"道森平静地说。

"我来这里不是为了恢复名誉,也不是因为马斯的所作所为。万奈焚城之前,我就作弄过盖德·帕列库,如今他想整死我,还不愿意给我个干脆。"

"我想你说得对。"道森说着,递给克林一杯蜜糖水。

"对他来说,我连一本书都不如。我的命还不如一本书有价值。"

"你在朝中还有多少朋友?"道森问。

"几个,但全都不肯跟我来往了。所有人都知道帕列库恨透了我。我这辈子都要困在这里忍受他的复仇。"他小口小口地喝水。

"克林爵士,"道森说,"我需要你的帮助。你的国家需要你的帮助。"

克林"呵呵"笑了几声,摇摇头。

"这次又是什么事?帝国的无上荣耀要求我脖子上绑着熊饵、脱光衣服爬山吗?"

道森探身往前。他突然产生一股强烈的忧虑:那三个祭司可能正在附近,偷听他的话。

"忠于个人和忠于国家是有区别的。"他说,"我曾以为,帕列库不过是件趁手的工具。"

"我想你错了,元帅大人。"克林回答。他的眼神比刚才专注了许多,他听出了道森的弦外之音。他不是傻瓜。

"不,我是对的。我错在以为他是我的工具。但他不是。他属于那些跟随他从世界的粪坑里爬出来的祭司。他们很阴险,我怀疑远比我们所理解的更厉害。盖德任由他们摆布,任由那些人选择我们的路,并将一直持续到艾斯特亲政为止。他是个怪胎,而我们愚蠢地把王座交给了他。只要他坐在上面,安提亚就要受苦。至于你,我亲爱的老朋友,注定不得好死。"

克林又喝了一口水,目光牢牢地盯在道森身上。他归还杯子,舔舔嘴唇。

"你有话想对我说,"克林说,"但我很累,病得也不轻。所以,请你用最简单的话告诉我你想干什么,行吗?"

"说得有理。我能给你一个机会,帮你摆脱帕列库的怒火,重获自由,重拾名声。不仅如此,我还要号召你保卫安提亚和凌渊王座。我们中间出了叛徒,这是我们犯下的错,如今我们必须纠正它。安提亚需要另一位摄政王,只要不是盖德·帕列库,谁都行。"

"你要我做什么?"克林问。但道森看得出,他已经有了答案。

"帮我杀了他。"

玛可斯
Marcus

纳林尼岛的商船抵达奥利瓦港,城市陷入疯狂。商贩涌入港口附近的旅店和酒吧,打探情报,往水手嘴里倒酒,往老板和酿酒商的钱袋里塞钱。哪艘船最先走,哪艘船最后走,哪几个商人曾在遥远的岛国上会面。每个细节都被榨出最后一点价值。这是奥利瓦港的旺季。尽管白天热得不堪,各种交易谈判依然充斥每个角落。美狄安银行没有直接参与去年的贸易,所以茜茜琳·贝尔沙克的缺席也说得过去,但不可能没人察觉。

低沉发白的天空洒下一阵小雨,浇得空气潮湿厚重,酒吧里更是热得像受刑。如果要在潮湿和炎热之间挑,那么雨水胜出,于是俯瞰大海的院子里摆满了长凳和椅子。老板把桌子收了起来,好腾出更多地方。玛可斯、雅丹姆、阿哈里尔·阿卡赖恩,还有那个名叫哈特的扎苏鲁族——四个人,四个种族,坐在一起。玛可斯注意到,院子里只有他们是这样的组合。

"你需要一个术士把啤酒冰冻。"阿哈里尔说。

"你需要一个沙漠。"哈特回答。

"沙漠有啥用?"可沓丹人问。因为夏天,他的皮毛几乎剃光,粉红色皮肤上点缀着粗厚的黑毛茬,粉嫩得不像话的乳头暴露在空气中,感觉真有点猥琐。没有了珠子,他更像原血族,但也更不像人了——哪个种族都不像。他的族人有些会留下一片V字形皮毛,上面依然串着珠子作装饰。但阿哈里尔选择了最彻底的方法。

"你找个大罐子,"哈特回答,环抱双臂比画着,"再找个小罐子放里面,罐子之间装满湿沙子,就能让小罐子里的肉或啤酒保持冰凉。只是这法子在这儿不灵光。太潮湿了。"说到最后一个字时,他的牙齿威胁似的"咔嗒"一声,"你呢,雅丹姆?查古人有什么法子?"

"喝暖酒呗。"雅丹姆咧开大嘴,露出小狗般的微笑。

众人哈哈大笑,只有玛可斯例外。他来喝酒,是因为不想在宿舍或支行里多待一天,而且港口旁边的酒吧似乎会有趣事发生。可来了之后,拥挤的人群和喧闹的人声又令他神经兮兮。地方太挤,人却太多。一旦有险,无法预警。紧张感在他肩头和胸口越积越多。

他扫视人群,寻找着,却不知要找什么。也许是一张熟悉的面孔。茜茜琳,或者派克,或者吉特师傅。对了,他在找吉特。他告诉自己,不是因为那家伙的疯狂计划,只为跟一个曾在奥利瓦港外的世界游历过的人——尚未被世界钉死在一处的人——聊上一晚。

他在想,吉特去哪儿了?此刻正在做什么?很难想象他离开其他演员会是什么样子。吉特建立了一个生活、一个家,却又放弃,只因他觉得自己必须走。理由荒唐,但也无所谓。在一个充满懦夫的世界里,他的行为毕竟是勇敢者的标志。玛可斯还不想离开这里,跟某个疯子进行一场注定失败的冒险。除非……

有人按住他的肩膀。他抬头,看到卡华尔·恩姆的脸。这个混血儿长着原血族的肤色和五官,但皮肤粗糙,留有未成型的扎苏鲁族鳞片的痕迹。他曾是茜茜琳的对手和情人,身上唯一让玛可斯喜欢的地方就是他不能生育。

"请你们喝一杯可好？"卡华尔·恩姆问完，等待他的回答。

"有何不可？"玛可斯说着，往长凳边挪了挪。

卡华尔朝一个忙碌的侍应喊了一声，指指坐在旁边的几名守卫，然后坐下。他的微笑既老练也真诚，很难让人讨厌。而这正是他的工作。

"执事似乎错过了这一季啊。"卡华尔说。

"她有急事去卡斯。"玛可斯说，"我不太清楚。我们只是可怜的小兵。"卡华尔哈哈大笑，因为他们都知道此言不实。"我听说你的护卫舰队计划不太顺利。"

"我们早就知道要过几年才能收到回报。"卡华尔·恩姆耸耸肩，"但我听说，也许我该感谢你。"

"就怕这种话。"玛可斯说，他想用脸上的微笑减缓话中的刺，但收效甚微。

侍应来了。他把托盘举过头顶，穿过人群，把去年产的苹果酒分给五人。酒液香甜、清爽，玛可斯灌了一大口，酒劲立马直冲脑门，后面只好改用小口吸。

"传闻说，活跃在卡博尔和奥利瓦港之间的海盗有一半转移到别处去了，因为声名卓著的韦斯特将军总是趁夜袭击他们，烧毁所有船只。"

"夸张了。"玛可斯回答，"只烧过一艘。你也知道，到了明年，故事就会传成我点燃了整个大海，而且任何人在别处损失船只，都会怪到我头上，因为我把海盗赶到他们那儿了。"

"可能会吧。"卡华尔赞同。院子另一头有人喊他的名字。他抬头望去，朝一个穿蓝色棉质礼服的原血族女子挥挥手，同时低声嘀咕了一句什么。

"你朋友？"玛可斯问。

"是客户。"卡华尔纠正,"恐怕我得……"

"你不在我们也照样喝你的苹果酒。"阿哈里尔露出灿烂的微笑,"边喝边想着你。"

"好伙计。"卡华尔·恩姆站起身,拍拍玛可斯的肩膀,"见到执事,替我问候她。没有她,游戏没那么好玩了。"

"她听了会高兴的。"玛可斯说完,目送对方离开。他也知道,自己对卡华尔的恼怒很不公平。奥利瓦港的民众都以为茜茜琳是个成熟女子。虽然玛可斯知道卡华尔·恩姆跟一个比孩子大不了多少的小姑娘上床,但后者不知道。

"嗯,"哈特说,"那女人是队长的粉丝。"

穿蓝色礼服的女人跟卡华尔说了什么,后者点点头。她朝玛可斯的方向瞄了一眼,然后过于迅速地移开了目光。她年纪太大,不能说漂亮,这点跟玛可斯差不多。她相貌标致,至于年纪嘛,玛可斯估计,他的妻女还活着,那她应该比艾雅思年轻一些,但比梅丽安年长。玛可斯叹口气,把酒杯递给雅丹姆。雨水把女人的裙子浇得贴在身上,像浇湿所有人一样。

"你们几个老实点。"玛可斯边说边站起来。

"你要去结识她吗?"哈特不怀好意地问。

"我要去散步。"

街道没有院子拥挤,却一样地热、一样地潮。马和牛拉着车子走过肮脏的步道,低着头,嘴里喷出热气。手按剑柄的男人走在一车车来自塞拉米斯角的丝绸、香料、黄金和烟叶旁边。空气散发着马粪、烂菜和咖喱的味道。对玛可斯来说,一切都很熟悉,但还没让他觉得像家。没有特定的目的地,他便走上了平时巡逻的路线。银行仓库开着,有人正拿着提货单跟一车箱子比对。茵蓝和小强见他经过,朝他挥挥手。宿舍里没人,天热,屋里不舒服,他手下的护卫都跑到阴影里乘凉去了。他们玩着乐器,互相吹嘘不太真实的战斗经历或艳遇。银行支行也开着门。茜茜琳刚买下房子时种的郁金香满是红色和粉红，仿佛庆祝一般。

屋里，派克坐在一张小凳上，双脚岔开，汗水顺脸流下，染湿了手臂和胸口下的袍子。她扬起下巴打招呼。

"你这样子像快淹死的猫。我正想找你。"她说。

"什么事？"玛可斯问。

亚姆族女人耸耸粗壮的肩膀："要看你怎么认为了。也许没事。来信了，在那边的桌上。要不是这该死的热天，我可以起身拿给你的。"

信纸很粗糙，原本缝起的边缘撕开后留下一排小小的泪痕状孔洞。这是银行用来写无需保密的信件时用的便宜纸张。底下的签名是茜茜琳，但她没按拇指印，所以不是正规文件。玛可斯从头慢慢读，心跳渐缓。

"坎尼普？"他说，"明知那边在打仗？"

"是啊。"派克说，"但我听说快打完了。我拿钱打赌，老科莫的眼睛正盯在下一场仗上。安提亚国土面积很大，可能还会继续扩张。要知道那儿有些什么玩家才好。"

"我不觉得这是游戏。"

"全都是游戏。"派克说。玛可斯试图从她的声音里寻找嘲讽，却只找到疲倦，"那女孩是个不错的选择，年轻、漂亮、聪明。人们会对她说些以为她听不懂的话。这事跟你有什么关系？"

玛可斯把信放回桌上。信纸软绵绵的，如折断的翅膀。

"没关系。"他回答，"只意味着在她回来之前，我得多守一段时间。"

派克咂了咂嘴唇。

"如果她不回来呢？"

玛可斯抱起双臂，斜靠在墙上，深吸一口气，觉得胸口空落落的：

"她为什么不回来?"

"因为她很年轻,正在寻找自己的位置。也许她不适合这里。也许她到外面之后,发现还能做别的,不用再当我的面具。"

"别告诉我这就是你的计划。"玛可斯回答,"说你没打算把她推到外面,是她自己找到了别的事情做,只把你留给支行。"

"我不能替她做决定。我也不知道她会不会一去不返。我只看到有这个可能性。"

"好吧。"玛可斯承认,"确实有可能。"

"如果成真,你还会在这里工作吗?"

玛可斯露出微笑。他胸中的空落感里多了一分愤怒。他不希望茜茜琳离开银行和奥利瓦港,更不愿意去想"他不希望她离开"这件事。

"我感觉,你想要一个确切的答案?"

"对。"派克说,"我希望你回答'会'。有玛可斯·韦斯特负责收款,能为银行带来一定威慑力。而且你做得很出色。不过嘛,如果你留下只是因为那个女孩,那就算了吧。"

"好吧,我会等到女孩回来。"他说,"如果她不回来,我们到时再谈。"

派克嘬了嘬牙齿,黄色的大眼睛紧盯着他。

"也好。"她说,"还有,我曾让你炒掉一些护卫,现在你可以把他们请回来了。其他人的薪水也可以恢复到原来的水平。"

"因为她不在吗?"玛可斯不再靠着墙壁,"茜茜琳在这里时,你处处刁难、吝啬小气。如今人人都知道你在管钱袋,你就彻底放开?是不是这样?"

派克的笑容如此灿烂,他都能看见齿龈上原本长獠牙处的黑洞。她在笑,却没有声音,只有肩膀和肚皮在抖动。她摇了摇头。

"那女孩的信不是单独送来的。"她说,"总部看了我们的报告,批准了我申请雇佣更多护卫的预算。所以现在,我可以花更多钱来请护卫。这不是秘密。我不是恶棍,你也不用把我当成恶棍。"

玛可斯站在那里,心里混杂着愤怒、迷惑和尴尬。

"不好意思。"他说,"我不知道你的预算通过了。"

"别介意,真的。"派克回答,"不过,奥利瓦港支行背上了不可预料的名声,我正在调查这是怎么回事。我想不通为什么会给人留下这种印象。"

"还有别的吗?"玛可斯问。

"有。你要留意一个人,叫什么乌斯·罗欧特哈队长,应该是从莱昂内亚来的,但可能会隐瞒身份。"

"我要调查的是?"

"你能查到的一切。把情报告诉我,我就知道有用还是没用了。你可以走了。我要继续坐在这儿出会儿汗。"

玛可斯走到屋外。他感觉自己像在格斗坑里挨了一拳,正中肋骨下方。世界没变,但也不一样了。奥利瓦港显得更小、更窄。似乎唯有茜茜琳住在这里,才能让这个城市拥有现实感。若她不在,那它只是个附在海边石块上的硬壳,没什么吸引力。

他沿着来时的路慢慢走回。雨还在下,只比刚才小了点。街道湿滑、发臭。一个小时后,也许两个小时,炎热将稍微放松钳制,但玛可斯仍将汗湿衣衫地度过夜晚。直到白天再次缩短之前,都会如此。可到那时,他还会在这儿,为派克和美狄安银行打工,等待茜茜琳回家,直到她显然不会再回来。他的脑海紧紧抓住这个念头不放,像用舌尖抵住发酸的牙齿。"她不是我女儿。"他对自己说。脑海里,遥远黑暗的深处,有个细小的声音回答,她是茜茜琳。

他不太清楚自己想要什么、期望什么。也许他们会留在这里。也许他和雅丹姆会保护她和她的银行平安,即使不是永远,至少也可以是几年。茜茜琳从没对他承诺过,他自己也没有要求过。若她找到了更好的路、更好的人生规划,并坦然接受,不算是对他的背叛。

一个乞丐伸着手走到跟前,看到他的眼神,吓了一跳,赶紧退开。他快走到酒吧,才发现自己又回来了。院子里跟刚才一样吵闹。可能更吵了。他走进去,发现雅丹姆看到了他。查古人的耳朵先是竖起,然后往前,指向他。但玛可斯只抬起一只手,好像说知道了,而非打招呼。

一堵宽大白墙的阴影下有张小桌,坐着卡华尔·恩姆和他的客人,再前面是白色的天空,灰色的海鸥在尖叫、盘旋。玛可斯迟疑一下。离开埃利斯之后,他有过不少情人,所以他知道性事能舒缓什么、不能舒缓什么。此时此刻,他的身体并不饥渴,不需要放松。能安抚他的,并非女人的床。

也不是别的东西。

我们有份稳定的工作,薪水也很公道。我们有地方住,有东西吃。如果这不是我们想要的日子,那就奇了怪了。

还想要更多?他想要更多什么?茜茜琳带走了什么,搞得他满腔怒火却不知该对谁生气?

卡华尔·恩姆身旁的女人望过来,看见他,露出微笑。玛可斯也微笑。这是个错误,但是他的错误。他找到侍应,点单,付了两倍多的银币。当他走近小桌时,卡华尔·恩姆微笑着挑起双眉。

"下午好。"玛可斯说,"为了报答你的友善,请你们喝一杯可好?"

"当然。"卡华尔·恩姆说,"这位是艾琳·柯达林,来自赫雷兹,我的好朋友。"

"玛可斯·韦斯特。"他挽住她的手。

"久仰大名。"女人回答。

✦

黎明前,雅丹姆在海堤边找到他。玛可斯已经酒醒。雨水在午夜过后便收了,云也散了。雅丹姆手拿一袋烤坚果,在玛可斯身旁坐下,打开袋口,递给他。玛可斯抓了一把。味道很甜,肉很厚。

"没见你在宿舍。"雅丹姆说。

"我是个混蛋。"

雅丹姆点点头,咬口坚果。两人默默嚼了片刻。海鸥鸣叫着,在夜色中展翅高飞,然后迷惑地调过头,落回两人下方的崖面。

"进展神速啊,老大。"

"是啊。"

"会有孩子吗?"

"不会。我有准备。不过后来,我开始提起……"玛可斯往前倾身,双手抱头。

"现在说那些事太早了吧,老大?"

"是啊。"

"会把她吓跑的。"

"确实。"玛可斯回答。他们下面的海上,有渔船开始出海捞鱼。海面几乎还是黑色,渔船就像更黑的点。

"你说的是艾雅思和梅丽安?"雅丹姆问,"还是执事?"

"茜茜琳。"

"这么说,你觉得她不会回来了?"

"大概不会了。她不回来,我也不能怪她。总有一天,我得搞明白怎样才能维系一个家庭。"

雅丹姆点点头,抖抖"叮叮"作响的耳朵。两人又沉默片刻。

"这问题我有答案。"雅丹姆说。

"是神学理论吗?"

"是的。"

"那还是留到下次吧。"玛可斯说着,双手一拍大腿,站起来,觉得整条脊梁骨都疼,嘴巴干得像棉花。他舒展双臂,肩膀像干树枝一样"咔咔"响,"我猜派克给我们开了一张工作清单?"

"是的,老大。不过嘛,如果你想睡觉,我可以带一队人全部搞定。没多少事是我们摆不平的。"

"不用,工作要紧。"玛可斯说,"让我看看是什么。"

道森
Dawson

坎尼普城门大开,像迎接传奇英雄似的欢迎道森一行。城里严肃的黑金两色淹没在众多喜庆的艳丽衣衫之后。王堡的窗户前飘扬着五人长的三角旗,深渊上的大桥挂满了鲜花和假花。道森在仪仗队簇拥下走过宽阔的街道。儿童唱诗班演唱赞美英雄和战争的古老歌曲,把道森的名字也加入历代著名将军之列,当成伟人、忠臣一般歌颂。真是讽刺之极:一切都是真的,但没有一个字是他自己挣来的。

暂时没有。

他的军队当然要在城墙外扎营等候。坎尼普不容许任何武装部队进入。一向如此。角斗士暴乱之后,老传统更是得到加强。当然了,就算道森下令攻城也不会有用。今天他能享受赞扬和荣耀,只因为他是盖德·帕列库及其教徒的工具。太快反目等于自取灭亡。道森扬起下巴,微笑,挥手,接受献给他的红白两色花环。他提醒自己,这一切不是缘于他过去的行动,而是从将来的成就借来的。

勒禅国王走在他身后,虽已年迈,依然摆出最自傲的姿态。缠在他脖子和手腕上的链子以白银制成,细得就像装饰品,但毕竟是链子。

摄政王在王堡宏伟的听政厅里等着见他,艾斯特王子坐在身旁,那个公牛般健硕的祭司站在王座后。帕列库头戴代表摄政王的小金冠,无视炎热的天气,还披着标志性的黑色皮革斗篷。祭司则身穿陈旧的棕袍,跟其他祭司差不多,活像一只蹲在乌鸦旁边耳语的麻雀。

四周的人群很安静,但并不沉默,道森能听到喃喃低语和抱怨。但替他喊话的传令官离他足够近,能听清他说出的话。

"摄政王殿下,"他说,"您将征服阿斯特里堡的任务交予我。我来向您禀报,任务已经完成。"

随着完成一词出口,人群爆发一阵欢呼。但道森没有露出笑容,只是盯着帕列库的脸。没有人知道他曾拒绝摄政王的命令。至于道森说阿斯特里堡贵族处于他个人保护之下,那份报告也没有得到回应。他的所作所为,很可能被摄政王判为叛国罪。不过此时此刻,人群的欢庆如同钟声般响遍城市,似乎又不大可能。应该不可能。

事实上,摄政王在笑。他的脸上挂着灿烂的笑容,环顾四周,仿佛欢呼的对象是他。帕列库站起来,示意安静,但喧闹声依然继续,久久不息。

"卡连姆元帅,你再一次证明你是凌渊王座的无价之宝。赐予你新头衔和新领地既是我的责任,也是我的愿望。从今天起,道森·卡连姆,你既是欧得灵山男爵,也是卡特非男爵。"

道森胸口一紧。新一轮欢呼如风暴般狂野。他已经猜到,不会有和平谈判,不会有条约签订,他们刚刚打完的战争不再是文明国家间的冲突,而是赤裸裸的征服。但没承想,帕列库居然把卡特非——几乎跟坎尼普一样庞大的城市——赐给了他,实际上,这就让他成了安提亚一人之下万人之上的权臣,仅次于摄政王本人。

道森的身体在行礼,心思却被这任命背后的含义所占据。他在想象卡特非的财物倒入自己手中、屋中的情景,想象儿子们的好运。相比之下，就连班尼恩大人也跟乞丐差不多了。

而他要做的，只是接受盖德及祭司的统治。他的良心是唯一的代价。道森从脖子上取下一个花环，放到地面，代表进献给帕列库。

我将赢得这一切，他心想。此时此刻，就算他把话喊出来，也不会有人听见。

正式觐见仪式结束后，道森继续忍受职责要求的各种任务，忙活了几个小时。先是俘虏的投降仪式。他花了许多时间跟狱官强调，俘虏们——尤其勒禅国王——只是暂时接受监管，他们依然处于道森本人庇护之下。然后他命令军队解散，放士兵回家跟家人团聚，结束作为元帅的使命。

他尽量避免跟帕列库和祭司独处一室，但礼仪要求他们至少要喝杯酒。单独觐见在决斗场附近一个小花园里进行。艾斯特王子正式问候他之后便告辞了，跑去跟几个贵族孩子玩耍。帕列库和巴拉希普大师坐在涂漆红木桌前，仆人脚步匆匆，送上冰镇葡萄酒和水果。道森向摄政王鞠躬行礼后，也坐下了，但目光却在打量那些贴身卫兵。十个。十把剑刃时刻保卫帕列库。打倒他们很难，但并非不可能……

"希望你回来的路途不算太艰苦。"盖德说，"听说你把弗隆·布鲁特留下，担任阿斯特里堡的庇护使？"

"是的，殿下。"

"这人的命运在过去几年里变化颇大。"盖德嘟嘟囔囔地说，"你知道，我跟他是在万奈战役中认识的。"

道森拿起杯子喝了一口。葡萄酒很棒。西米恩一直对饮品十分讲究，帕列库正从中获益。

"我想我听说过。"他回答。

"啊，他错过了狂欢，真是可惜。我还记得当初你为我庆祝时的情景，就是万奈那次。我一直在寻找报答你的机会。这会是一场精彩的欢庆。老实说，我相信整整一代人都会记住这一次。"

道森容许自己露出微笑。

"希望如此。"他说。

"听说在卡特非战役中,你不让巴拉希普的祭司协助你,我很遗憾。攻占那座桥时,他们帮了不少忙,不是吗?"

"我认为,攻占卡特非不需要他们帮忙。"道森说,"而且,让众人相信胜利确实属于安提亚,将更有利于士气。"

"哦,别说傻话。"盖德摆摆手,"人人都知道祭司是站在我们这边的。我的意思是,他们打击敌人的自信心,又不是因为他们跟阿斯特里堡的士兵有什么私人恩怨。"

"也许没有。"道森强忍着怒视大祭司的渴望,"但别的不说,形式上也是需要的。"

"这一切结束之后,我要跟你谈谈接收阿斯特里堡的事。我一直在查阅历史,却找不到好案例。我是说,两国曾侍奉一个共主的事实会有所帮助。"盖德叹息一声,"要是我的命令早一天送到你手里就好了。事情就好办多了。我是说,打仗时,死伤在所难免嘛。可如今,他们投降了,事情反而麻烦了。"

"不能大开杀戒。"道森说。

"但也不能留下他们。"盖德回答,"只有一半的胜利没有意义。如果不把敌人彻底消灭,岂不等于邀请他们恢复元气之后再打一次?如果你想要和平——真正的和平——我觉得,你就必须征服他们,不是吗?"

"我们需要的是正义,不是卑劣的报复。"道森话里的挖苦比他想透露的更重,"请原谅我这么说,殿下。"

"哦,不,拜托,你有话直说就是。你是这座城里我唯一信任的人。"

道森把身子往前靠去。

"殿下,我们是贵族。"他斟酌每一个字,"我们在这世上的使命是维护并延续秩序。阿斯特里堡贵族有安提亚血脉，很多都有。就算没有，我们跟他们也有过一段共同的历史。他们犯下的罪行，必须受到惩治，但要以平等的身份惩治。"

"哦，我绝对赞同。"盖德用力点点头，说明他根本没理解。祭司双目半闭，但似乎同样在认真听道森的话。道森心里窜起一簇怒火。

"世界自有其秩序。"他继续道，"我的手下忠于我，我忠于王座，而王座忠于这个世界的运行。我们之所以是我们，帕列库，因为我们出身高贵。贱民与我作对，我会杀了他。而贵族——有身份的人——与我作对，我会跟他上决斗场。但要我为一个屠夫大肆泼洒贵族的血，就算那贵族是外国人、屠夫是本国人，也是十分可憎的。"

"让我考虑一下吧。当然，我们多多少少也算平等，对吧？"盖德说，"我们是贵族，他们也是贵族。我们所做的一切，都是因为他们密谋杀害艾斯特，而艾斯特是这块土地上血统最高贵之人。我们所做的一切，都是为了他。"

我们所做的一切，都是为了你那些异教徒，道森心想。

"我想是吧。"他说。祭司喉间发出一个低低的声音，就像一个男孩发现了奇特的动物。

"大人，你似乎有点困扰。"祭司探身往前，凝视道森，"你有什么心事吗？"

你是混蛋，你没有资格质疑我。

"没有。"道森说。祭司露出微笑。

再次见到克莱拉，如同把滚烫的手放入清凉的水中。其他所有人，从男仆到乔瑞，都是满脸笑容，满嘴贺词。道森仿佛活在梦里，身处着火的舞厅，但身边没有一个人看到火焰。克莱拉看了他一眼，伸出手臂环抱他，仿佛母亲安抚孩子。

大半个晚上，他们一起待在男爵夫人的床上。妻子坐着，道森把脸埋在她膝头；妻子躺下，他俩共用一个枕头。一时间，外面那白痴、华丽、没头没脑、庆祝不休的世界仿佛消失了——就像女人脸上污秽的妆容。他在听克莱拉述说，他在外面打那场简短但重要的战争时，家里发生了哪些琐碎的危机。有个女仆结婚、辞职了。有个水塔漏了，只好把水抽光，然后修理。纱比娅渐渐融入这个家，但很难与伊丽西娅相处。她收到欧得灵山城堡的来信，说新犬舍建设情况不错，冬天前就能完工。

妻子床铺的味道、窗外鸟雀的啾鸣，还有她熟悉的抚摸，让道森得到了数周未有的放松。

"坎尔·达斯克林应该快回来了。"她说。

"他去哪儿了？"

"北海岸。"克莱拉回答，"显然，他去那儿是为争取联盟对付阿斯特里堡。等他回来，恰好能赶上庆祝胜利。我相信，没人料到这场仗会这么快打完。"

"还没完。"道森说，"没有真正打完。"

"呃，当然，到收获季节，食物可能会短缺。"克莱拉说，"不过明年……"

道森握住她的手，翻个身，仰面看着天花板。

"明年会在另一个地方度过，我的爱人。"他接过妻子的话。

克莱拉坐起身，皱着眉。道森的指尖滑过妻子的手臂。

"有什么事是我应该知道的？"她问。

"没有。不过，你、乔瑞，还有纱比娅，回领地住一段时间也许更好。如今我们要监管两个领地，孩子们必须学习如何经营它们。你教导他们再合适不过了。"

克莱拉面容一凛。

"有事发生。"她说，"什么事？你想干什么？"

"我的爱人，不要问我。"道森回答，"我会忍不住告诉你的。但目前,还是让我一个人知道最好。"

"道森……"

"这场仗不是我打赢的。帕列库虽是个怪胎,但命令也不是他下的。帝国的心脏腐坏了,而我要为国尽忠。尽管有危险,但我别无选择。"

克莱拉凝视着他,仿佛盯了有一小时之久。她的眼珠来来回回地转,想从道森的表情里寻找到什么。

"你要对付帕列库的祭司。"她说。

"我要做忠心和责任要求我做的事。"道森回答,"不要再问了。"

克莱拉站起来,一拍双手。

"乔瑞和我离开会引人注意的。"她说,"身为英雄的妻子,在这时候离开,太奇怪了。如果我留下,需要准备什么?会动用武力吗?"

"会。"

克莱拉缓缓呼出一口气,闭上双眼。这不是叹息。自从道森认识妻子以来,就知道她有这习惯。他还记得,妻子刚刚长成大姑娘时,也经常这样垂下眼帘,呼出气息。也许之前所有相似的情景,都是眼前这一刻的预演。他在床上坐起,握住妻子的手。

"亲爱的,我别无选择。危机正悄悄侵入我们的国家,如果不阻止,这个国家就不再是安提亚了。它的外表也许不会变,甚至国民也不会变,但国家将会消失,将被取而代之。我要竭尽全力,确保国家的安全。"

"好吧。"克莱拉说,"你去保卫国家。我来照顾家人。"

他温柔地亲吻妻子的前额,接着是嘴唇。她把道森推回床上。一时间,两人都忘记了世界。

※

上一次道森走进坎尼普地下的黑暗废墟——比午夜更漆黑的废弃拱门和走道——有驯犬师文森·寇尔陪同。这次独自一人走下来,他发现自己很怀念年轻人的陪伴。那孩子很安静,但忠心、勇猛。他不明白克莱拉为什么会突然不喜欢文森了。等他冬天回到欧得灵山,也许可以找个机会弥补一下两人之间的裂痕。

提灯光芒的前方,老鼠纷纷逃窜,尖利的爪子搅起古老的尘埃。这里的一切,曾经就是这座城市。这些石头也曾沐浴在阳光下,倾听街上商贩的声音。道森绕过一堆碎石,它们本是一根高大的柱子,用来庆祝某次早被遗忘的胜利。走得越深,废墟里崩塌的地方就越多,能走的路也就越少。但他相信自己认得路。

远处出现第一缕灯光,给了他希望,也让他担忧。希望是因为他找到了会议地点,而担忧也出于同样的理由。

四个男人围坐在一截倒下的花岗岩石板旁。艾伦·克林爵士、艾斯庭·柯西连、欧德·马特林和梅克斯·绍特。一个骑士、三个伯爵,挤在黑暗里。他在猜测,绍特、柯西连和马特林是否从一开始就是克林的同谋?马斯是否还有其他未被他发现的盟友?道森坐在一块石头上,打量眼前几人。他们曾投靠阿斯特里堡,反对西米恩。一年前,他们是对立的,如今命运却把他们联合起来。

"这么快就能召集如此多志同道合的朋友,真让人高兴。"道森说。

"他们能帮上大忙,大人。"克林把石板面上的处死命令推给他,"朝中有些人仍跟边境对面的家人关系紧密。"

道森拿起那张纸,折起来收进钱袋。

"我们能做什么?"绍特问,声音又尖厉又紧张。

"做能做的事。"影子里传来一个声音。道森起身,看着艾丁福德公爵班尼恩大人走进光里。后者长着一头沙色头发,一对黑色眼睛,表情平静而坚定。"我收到你的信,跟我儿子谈了谈。我只能得出同样的结论:安提亚已被异国巫师占领了。"

"这么说来。"道森说,"你儿子把双塞桥上发生的事告诉你了?"

"对。"班尼恩大人回答,"我支持你。但我们动作要快。如果泄露出去,我们所有人都会死。"

"你能带多少人?"道森问。

"二十个。都是我绝对信任、可以透露实情之人。我还能出一百个死士。"

绍特承诺七人。柯西连和马特林各十人,并说倾尽家族之力,可以再加七十个。

"我可以派十二人参与第一拨进攻。"克林说,"包括我自己,前提是我们都同意,帕列库必须死。"

道森环顾废厅,点点头。

"三天后,帕列库将为我举办一场狂欢宴会,"他说,"庆祝征服阿斯特里堡。虽然不是很清楚,但我怀疑他打算在那时对勒禅国王执行死刑。死士可以在我家集合。只要他们穿上我的制服,自称是我的仪仗卫兵,就可以在宴会期间进入大礼堂。我们将在座位上刺杀帕列库。"

"我不想引发内战。"马特林说。

"不会的。"道森回答,"一旦得手,我们就全体向艾斯特王子投降。我们做这事是为向王室尽忠。这一点不容许任何质疑。"

"这很大程度上取决于一个年幼男孩的判断力。"绍特说,"如果他决定治我们的罪,我们会被统统抓起来。"

"如果你想躲避风险,那你来错地方了。"道森说,"为拯救国家,就算我们全体牺牲,也是很小的代价。我们杀死叛徒,支持国王。没有别的路。"

"同意。"班尼恩一掌拍在石头上,"不过,杀死帕列库只是打落剑柄,另一个问题还未解决。"

"当然,"道森说,"还有那些祭司。他们必须被一网打尽,全部杀死。那座神庙必须烧毁。"

茜茜琳
Cithrin

　　茜茜琳这辈子从没到过这么北的地方。她从艾曼尼执事的故事和描述里知道了许多小细节，并想象出一幅幅图画，只是这些画面通常与现实不符。她知道，北方的海岸点缀着渔民的石头小屋，但在她脑海中，它们是四四方方的敦实房子，跟万奈那些很像，只是更小而已；而现实中，沿着灰绿色海岸分布的是些苔迹斑斑的陶疙瘩，不像人造，更像从土里长出来的。她知道，石头岛上有身形庞大、会滑翔的蜥蜴出没，以吃鱼为生，但她以为它们更像小型的龙，而不是笨拙的蝙蝠形生物。还有些事出乎她的预料，奇特而精彩。这里的白天更加悠长，太阳似乎刚让位给夜晚，黎明就露脸了。冬天则相反，黑暗和寒冷将席卷而来，夺回它们的领地。海上航程结束，小船载着使团靠上艾斯丁港的码头，茜茜琳踏上了安提亚帝国的土地。

　　她很少想过，原来土地本身也有个性。使团朝伟大的坎尼普走去，茜茜琳见识到了世界的多彩。她生长在内海的沿海地区，翻越过奥利瓦港东边的大小山坡，看过自由城邦北面的森林，但那些地方大多泾渭分明。而这里,所有地貌混淆在一起:翠绿的牧场、坚硬的岩石和浓密的树林比邻。道路两边是富饶的农场,形状窄长,用粗糙的黑石篱笆分隔。这里的山脉柔和委婉,爬向天空,如一块被放置许久才烤成型的面团。比起自由城邦、甚至比兰卡,安提亚显得更加自信且古老、沉静并恒久。这是她见过的最美的大地。她想爱它,可惜却爱不起来。

坎尼普自南边的地平线下升起,离他们还有三天的路程。从北边望过去,它像个低矮的山包,长着稀稀拉拉的秃树和疙疙瘩瘩的灌木丛。它的头上冒出炊烟,仿佛庞大军营里的营火。茜茜琳知道,这座城市以美丽著称,但要走得更近才看得出吧。从目前的距离看,它一点也不漂亮。

"你留意到大家是怎样分组的吗?"佩林·克拉克的问题打断了她的思路。

他们坐在炊火前。虽然天气暖和,不需火焰取暖,但光芒的振奋作用和长久以来的日常习惯促使大家围到火前。顺着佩林的目光,茜茜琳望向龙道另一边的营火。那边的营地里搭起一个色彩鲜亮的丝绸帐篷。在这由查西安国王和科莫·美狄安组建起来的安提亚帝国诊脉团里,男男女女加起来一共二十四人。其中只有五个贵族,他们总是与别人保持距离。在科莫·美狄安的餐桌上用手指撕面包吃的坎尔·达斯克林,便是贵族中的一个。

"一边是贵族,另一边是商人。"茜茜琳回答。

"历来如此啊。"佩林递来一个碗。碗里的黑豆亮晶晶的,像小虫子。豆子上盖着一层灰色酱料,看起来很恐怖,吃起来却有一股鲜味,仿佛出自比兰卡最好的厨师之手。"你有没有想过,为什么?"

"没想过,也不用想。"茜茜琳说,"因为我们知道,所谓的贵族血脉不过是种假象。"

营火对面的一个商人"呵呵"笑了。茜茜琳感觉血气涌上脸颊。

佩林吃了一口豆子,点头示意她继续。

"你只要增强原本就存在的界限就够了。"她说,"以种族为例吧:自从龙族创造出最后一个种族,至今已过了数百、甚至数千代人的时间。在这期间,所有十三种族看上去会融合成一个,结果没有。我们或多或少仍跟当初龙帝在天空飞翔时一样。在扎苏鲁族、亚姆族和辛奈族之间,存在真正的屏障,无需增强,已经不可逾越。"

"我提醒一下,你自己就是混血儿。"

"但这能说明辛奈族和原血族一样吗?不能。而贵族呢?人们利用武力或金钱就能成为骑士或伯爵。即使地位最崇高的家族,也难免有几个不受欢迎的成员过着穷苦卑贱的日子。贵族的肮脏秘密在于——它是权力的代名词。我们也可以编造别的故事,但那样做,等于在本来没有边界的地方搭起栅栏。"

"这就是他们坐那边、我们坐这边的理由?为什么?"佩林问。

"因为如果不这么划分,我们就无法判断谁的身价更高。比如你手里有十枚一模一样的硬币,其中只有几枚可以买五匹布,剩下的只能买一匹。你明白我的意思吗?"

"可所有硬币都一模一样。"佩林说。

营火旁,其他谈话都已停止,大家都在听茜茜琳说话。她拿起兑水葡萄酒的酒袋,喝了一口,继续说道。

"是的。所以出于利益考量,你不能把它们弄混,对吧?你把价值高的几枚放到那边的帐篷里,剩下的放到这边的营火前。如果你把它们放进同一个钱袋,那你从袋子里掏出一枚硬币时,你就分不清它值五匹布还是一匹。我们都是硬币。你、我、科莫、这里的诸位,我们只值一匹布。那边的人价值五匹。然而,如果把大家混到一起,你却找不出区别。所以大家都讨厌银行家。"

"我还以为我们尊敬贵族血统呢。"佩林说。

"我们才不,因为我们是看利润放贷的。一次明智的贷款可以让穷人变成富人。一次愚蠢的贷款能把权贵变成平民。我们掌控金钱在各方之间的流动,我们以此为生。我们是变革的动力。拥有更多身外之物的人,更有理由畏惧我们。"

佩林望向营火对面那人,后者点点头。茜茜琳突然害羞起来。

"你啊,执事,看待世事的角度非常独特。"佩林说着,往后靠去。

"不好意思。"她回答。

"不,你应该为此骄傲。这正是科莫派你来的原因。"

━━◆━━

坎尼普的城墙是如此厚重,以致穿越它的隧道里需要点灯照明。城里的街道跟奥利瓦港最窄小的巷子一样,挤满了车马行人。茜茜琳紧紧跟着佩林·克拉克,一只手紧按钱袋。她山长水远来到这里,可不想让路边小贼给她难堪。一路走来的大部分时间里,她胃里的纠结感一度销声匿迹,可是现在,它却像抽筋一般揪着她。仿佛走进这座城市,就剥去了她所有自信的外衣;仿佛这座城市并不喜欢她,而且他们双方都很明白这一点。

这里是改变她命运的帝国的心脏。那支军队就从这座城市开出。下令焚烧万奈的军官穿着安提亚的军装。万奈的火焰啊,烧掉了她曾经梦想过的所有生活,让她如枯叶般随风飘荡。封锁城门、放火焚城的人就住在这里。他们走在这儿的街道上,坐在酒吧里喝酒,随时可能出现在她身旁。艾曼尼执事和卡姆死了,他们的死,源于这里。

她紧咬嘴唇,下定决心。

坎尼普有很多原血族,这是她最先注意到的一点。是的,她会在这里或那里看到戴奴隶颈圈、替人拿包的查古人,或是扎苏鲁族轿夫。但街上每二十人里,有十九个是原血族。她注意到的第二点,是很多人都醉醺醺的。

"这里总这样吗?"她朝前面两步远的佩林喊道。

"不是。"他喊着答应,"我以前来时从不这样。我还没见过这里这么喜庆。跟紧我。旅店不远了。"

茜茜琳咬紧牙关往前挤。如果是熟悉的奥利瓦港,人体散发的热量和拥挤的程度不会让她如此难受,但这里的天空是另一种蓝色,空气比较稀薄,一切都不一样。

庆幸的是,旅店有个前院,不会让车挤进院子。进店的人都有事要办。茜茜琳觉得自己像是跌进了院子。

"在这里等。"佩林·克拉克嘱咐一声,弯身走进旅店的阴影。这里的石墙砌得像防御工事,窗户和门口却挂着鲜艳的彩布,如丑姑娘脸上戴的漂亮面纱。街上有人吆喝一声,语气里充满愤怒。茜茜琳真希望玛可斯和雅丹姆能陪自己一起来。去卡斯是一回事,是为了对抗派克·厄特豪,争夺银行控制权。但来坎尼普却是一时兴起,是数周来的疯狂决定。她抱紧手肘,缩起身子。

她还闭上了双眼,但没什么帮助。街上的噪音如河水奔腾。有人声,有铁皮车轮声,有狗追老鼠跑来跑去的吠叫声,有两枚铜币一个苹果派的叫卖声,有着黄昏时戏剧演出的预告声,更有满嘴粗话的恶言谩骂声……

茜茜琳突然心跳加速,然后才反应过来。那个预告演出的声音,她认识。

"斯密特!"她扯着嗓子,好让对方听见,"斯密特!是你吗?"

过了一会儿,传来回答声,好像离得很近,又像隔得老远:"茜茜琳?"

"斯密特!这里!"她喊道,"我在旅店这儿。"

男孩从人群中走出,仿佛走上舞台一般凭空出现。他的双眼睁得溜圆,满是惊讶和喜悦。茜茜琳朝他奔去,张开双臂,抱住他。斯密特欢叫着,把她抱到空中。

"你在这儿做什么?"等茜茜琳双脚回到地面,斯密特问,"我们不是安排你长期扮演执事了吗?"

"我还在演啊。"茜茜琳不愿放开抱着他的手。在吉特师傅带领的众多演员中,她和斯密特的关系不如卡莉或桑达那么亲近,也比不上奥珀尔——那是一段不堪回首的记忆。但在遥远陌生的他乡,即使是斯密特,茜茜琳也不愿放手,反正男孩也没有抗议,"总部派我和另外几人一起,过来考察这个新换了摄政王的地方。"

"而且刚刚打完仗。"斯密特接过话头,"有段时间,生意真难做啊,不过现在就像在金币河里游泳。你一定要来看看我们。我们编了新版《云雀悲歌》,换成了本地人物。我们花了好长时间才把名字弄对,但现在,被调侃的人每场必来,只为听我们念出他们的名字。太棒了。"

"大家都好吗?吉特师傅怎么样了?"

斯密特神色一黯。

"吉特师傅走了。"他说,"他把一切交给卡莉,说了些要去弑神之类的寓言,然后像蒲公英被大风刮飞一样飘走了。真想他啊。"

"真可惜。"茜茜琳无法想象,没有吉特师傅的剧团会是什么样子。

"我们能搞定的。卡莉对我们很严厉,但她眼光不错。还有个新来的,查丽特·苏恩——记得她吗?"

"见过几次。"茜茜琳回答。这时,有人推了斯密特一把。

"你俩私下说行不?"一个男人喊道,"卿卿我我的,真受不了!"

"你去死吧!"斯密特扭头回敬,"不管怎么说,她越演越好了,很入戏。"

"桑达呢?"

"还是老样子呗。"

"唉,那可真遗憾。"

"我会把这句转告给他。"斯密特咧嘴笑道。

"不要。"茜茜琳这才收回手臂,往他肩头轻轻揍了一拳。

"话说回来,你会来看我们演出吧?我们在一个叫黄屋的酒吧里落脚。名字起得不好,不过那地方到处都像涂过蛋黄似的,想找不到都难。就在深渊边上,一座大桥附近。那桥叫秋……秋桥。"

"什么深渊?"

"就是城中间的大裂缝。黄屋,秋桥边。说一遍!"

"秋桥边的黄屋。"茜茜琳照办。斯密特拍拍她的头,像拍小狗似的。

"你已经记住台词了。我得走了。这城里好多演员,我们得多争取些观众。"

"替我向大家问好。"茜茜琳说,"说我想念他们。"

"我会的。"斯密特答应着,消失在街上的人流中。茜茜琳听到他的声音还在预告演出,然而渐渐远去、变小、消失。

她回过身,佩林·克拉克正站在旅店门口,表情在厌恶和好笑之间摇摆,十分古怪。茜茜琳用卡莉教的姿势朝他走去——成年女子的步态,重心沉在臀部,脚步稳重。佩林说话时,声音里没透露任何情绪。

"我刚刚看到美狄安银行奥利瓦港支行的发言人在街上拥抱一个演员?"

"美狄安银行奥利瓦港支行的发言人是个千面女人。"茜茜琳回答,"有房间了?"

"有。我在想,如果你愿意,我可以带你到城里转转。"

"很乐意。"她朝佩林伸出手肘。后者鞠了一躬,接过。

这一回,没有了刚进城时的晕头转向,茜茜琳觉得坎尼普是座严酷但又美丽得惊人的城市。虽然身披节日盛装,但一旦明白该如何观看,她就能发现底下那些暗色的石头和威严的建筑。

那道大裂口位于城市中间,如建筑上的一道伤痕,揭出基座底下的骨架。两个人穿过通往王堡的银桥。桥上其实没有白银,只是粗大的木料,在深渊上空摇摇晃晃、"吱呀"作响。在桥边上,她拦住一个女孩,打听秋桥的位置。女孩指指南边,满脸同情,仿佛茜茜琳问的是天空在上还是下。

王堡本身夺人心魄，立刻成了茜茜琳见过的最庞大的塔楼。她也愿意相信，它可能是世界上最大的塔楼。环绕王堡的，是各大家族的大宅府邸、先人墓地和各式神庙。她在其中一座神庙前停下脚步。神庙上方飘扬着一面巨大的红色三角旗，旗帜中心绘着八方标志。佩林·克拉克抬头看看旗子，又低头看看她，但她只是摇摇头。在她脑海中，一缕记忆飘来飘去，却没留下旗帜的名字。于是二人继续往前走。

快天黑时，他们回到旅店。茜茜琳两脚酸痛，腹内的纠结感稍微好些了，但没完全消失。她想，只要喝下半袋葡萄酒，再吃些肉食，即使躺在陌生床铺上，她应该也能睡着了。佩林·克拉克跟她一起，坐在人满为患的大堂里。

"迷人的城市。"她说，"但我相信，你来不光是为带我四处逛逛吧。"

"不是。但我们只有一个晚上休息，所以随便逛逛会很愉快。"他回答，"明天就要开始工作了。有两个商人，一直跟我们有生意来往，住得离这儿不远，我想跟他们谈谈。还有一个人，声誉差一点，在深渊下面工作。"

"深渊下面？"她问。

"那是城里租金比较便宜的地方。"佩林·克拉克无奈地说，"很独特，但路很难走。"

"那儿的人不可能很重要吧。"

"不算富裕。"佩林回答，"富裕和重要不是一回事。了解一座城里奶油的味道，跟品尝渣滓不一样，但我们两样都需要。我去时，你也一起去。"

茜茜琳点点头，喝了一口葡萄酒。酒的品质不算很好，但酒劲很足。酒劲比品质更重要。它舒服地温暖她的胃，并蔓延到肩膀和脸庞。

"那么,你带我来,是为拿链子拴住我,还是要训练我?"

"训练。"佩林毫不迟疑地回答,"来之前,我跟科莫讨论过。说起来,我第一次从奥利瓦港回去时,就跟他谈过你的事。我们认为,虽然你风险颇大,但值得投资。你很擅长我们的工作,比同龄人拥有更多经验,也了解我们的运作方式。"

"所以我要么是最有力的盟友,要么是最强劲的对手。"茜茜琳说。

"没错。或者变成其他,反正对我们没有好处就是。"

茜茜琳微微一笑。

"告诉你吧,我是这样。所有这些事,只要有需要,我都会去做。"

"我猜也是。"佩林·克拉克回答,"但我以前错了,以后我不会再做任何扶持你的事。你必须自立,不然就退出。我希望你能站稳。"

"我们都明白对方的意思了。"她说。

"很好。探访完深渊下面的朋友之后,我们俩都要去见裁缝。我们得做几件衣服,要比包里那些更漂亮。我们亲爱的朋友坎尔·达斯克林,明天要在他的府邸举办私人宴会,客人中有好几个有趣的人物,值得结交一下。"

"去之前,你会告诉我该留意听什么吗?"

"当然。"

"宴会之后呢?"

"之后我们去王堡,参加为卡连姆元帅举办的庆功会,摄政王和王子都会出席。然后,执事,我们再看看有什么值得调查的。"

盖德
Geder

盖德起床，迎接每日的例行"羞辱"，让仆人为他扑粉、穿衣、打扮，准备面对光耀显赫的世界。跟每天早晨一样，他告诫自己：仆人根本没有留意他赤身露体的模样；就算他们留意了，但他是摄政王，那些人的看法也无足重轻。然而在他脑海深处，总是觉得自己不在场时，仆人就会取笑他。至于他的贴身卫兵，几乎去哪儿都跟着，却从来不跟他说话、不向他提问题、听到他讲的笑话也不笑。但这情况并不等于对他没有看法。身为摄政王，他当然不能自降身份去问他们，可他无法阻止他们心里的揣测。

早在拂晓时分，道森、盖德和艾斯特还没到场，庆功会便已开始。为此搭建的大帐篷以浅色丝绸为顶，已经有人安排好杂耍艺人和角斗士，还有许多糖果桌子供孩子狂欢。早上会进行各种游戏和比赛，赢家的奖品上刻着道森·卡连姆的名字，用代表卡连姆家族颜色的布料包裹。盖德计划于中午第一场宴会出席。届时道森会偕同夫人到场，运气好的话，乔瑞和他的新婚妻子纱比娅也会来。

盖德走过王堡的宽阔走廊。仅仅他的出现，便吓得仆人和奴隶四散躲避。他边走边想，乔瑞如今过得怎样。虽然他出席了婚礼，但他其实不太敢想象乔瑞竟然结婚了。每天早上醒来，看到的不是一群陌生人，而是一个女人，一个特定的女人。礼节不要求她回避目光，而自己将在她面前赤裸，光是想想，就足以令他胸口生疼。呃，只有一点点疼吧。

今时今日，他要怎样才能看透一个女人想要的是他本人，还是仅仅想要他此刻的地位？关于性事，他看过足够多的书，明白那是怎么回事。有些书里甚至还有图画。所以那事本身没有问题。问题在于，他担心那个女人——那个未曾相遇、尚在世间某处的她——跟自己在一起的理由仅仅是因为摄政王的身份，她只是假装爱他，像那些假装漠不关心的仆人、护卫一般地小心翼翼地假装想要他。这种担忧，比他面对早晨那些仆人时的不安糟糕一千倍，连想一想都无法忍受。

他可以下令处死国王、毁灭国家，但他大部分时间里的感觉是寂寞。寂寞，并且妒忌朋友能拥有他没有的东西。唯一真正明白他的人是艾斯特，然而盖德不能对一个孩子——一个由他庇护、养育成人并扶上王座的男孩——说那种事。不行。他不能。

"盖德殿下。"巴拉希普喊道。他的声音如岩石滑落一般，激起少许回声。

"早上好。"盖德回答，"我……我现在没什么要事，只是随便走走。一切都好吧？"

"我和弟兄们听到一些令人困扰的事，盖德王子。"

"是摄政王殿下。"

"摄政王殿下。我担心会出现动荡的局面。那些过度热爱谎言、畏惧女神审判的人感觉到了她的存在，却不愿悔改。"

巴拉希普凑过来，压低声音耳语："你必须提防。这世界表面光明清白，暗中却隐藏危机。"

一阵恐惧的寒意绷紧盖德的肩膀,他朝祭司靠过去。

"我们该怎么办?"他问。

巴拉希普露出微笑。

"跟我来。"他说,"带上卫兵。"

他们来到一个房间。这里原本是个舞厅,但现在人们不再用它。里面光线很差,地板被磨成碎片和木块。其中三面摆着一排排长凳,像剧场一般,逐渐升高,坡度很陡,最高一排几乎能碰到拱顶。女神的祭司们沿着那排凳子站立,至少有二十人,身侧挂着剑,手里拿着弓。盖德听到一个贴身卫兵吸了口气。巴拉希普示意盖德停步,走到第一排长凳中间,招手让盖德过来,站在他旁边。贴身卫兵们默不作声地沿着墙壁站好,但盖德看得出,他们的目光在不停地扫视房间。

巴拉希普指向最左边的一个卫兵。

"你,我的朋友,请你走上前来。"

卫兵没动。

"没关系。"盖德说,"照他说的做。"

卫兵离开队列,站到房间中央。在昏暗中看去,他像个准备演讲的演员。盖德以前从没把这些卫兵看做人类。这个卫兵应该有四十多岁,下巴左边有道浅色疤痕。盖德想,他叫什么?

"你有没有密谋伤害盖德殿下?"巴拉希普问。

"没有。"卫兵干脆地回答。

巴拉希普点点头:"请退回去吧,我的朋友。旁边那位,请走上前来。"

一个接一个,大祭司把卫兵依次叫到跟前,问同一个问题。最后,他拍拍盖德的肩膀,咧嘴笑了。

"这些人可以信赖。"他说,"让他们紧紧跟着你吧。我也尽可能时刻陪伴你。在我们查明你身边的威胁究竟有多大之前,你必须提高警惕,打起精神。"

"我相信一切都会好的。"盖德嘴上这么说,心里却并不相信。

"会的。"巴拉希普赞同,"但有时也会有危险。你的忠仆会保护你的。"

但这句话并没有发挥应有的安抚作用。盖德按原先的计划前往庆功会,心中的危机感却越来越强。艾斯特已经到了,身子坐在王族的贵宾桌前,眼睛却盯着决斗场。各大家族的男孩正拿着扑了粉的练习剑玩决斗游戏。而艾斯特,既没长成大人,也没真正当过几天无忧无虑的男孩。盖德在他身旁坐下,指指那些玩闹的孩子。

"你应该过去。"他说,"反正是给卡连姆庆祝嘛。"

"只是玩闹罢了。"艾斯特假装轻蔑。

"我觉得不是。"盖德回答,"那些孩子终有一日会成为你御下的臣民,现在就去了解他们是很明智的做法。我的意思是……"

巴拉希普在他旁边坐下,点点头。安全。绝对安全。艾斯特舔舔嘴唇,瞥瞥男孩们。其中有个最年长的孩子,正向其他小孩演示怎样让练习剑绕过手腕,再翻手接住。

"你说得对。"艾斯特轻轻点头,"谢谢你,盖德。"

"可是艾斯特,你要……小心。"

"我会的。"男孩答应。

盖德靠在椅背上,双手绞缠桌布。杂耍艺人四处走动、表演。仆人为他送上十几碟不同花样的食物。歌手即兴创作歌颂道森·卡连姆的曲子,但盖德一首也不喜欢。卡连姆到了。很可惜,他只有一个人。因为克莱拉·卡连姆和纱比娅都不舒服,乔瑞留下照顾她们俩。盖德放松了些,然而巴拉希普质问贴身卫兵的一幕仿佛不速之客,在他脑海里挥之不去。他无法排解不安,就像他无法飞起来。

午宴过后,各种庆祝活动继续进行。从中午到晚宴之间的时间被各种运动和运气游戏填得满满当当,感觉就像一场场小型骑士比武。各大家族都出席了,坐在各自的位置闲聊,有如一大群孔雀,为了各家的利益装模作样。卡连姆脸上那几乎不加掩饰的轻蔑,跟盖德心中的感受如出一辙。

骑士长枪比武开始又结束,接下来是格斗,然后是一连串比真实战斗还要花哨的决斗表演。卡连姆担任裁判,他颁发的奖品充分体现了他著名的讥讽风格。米林·拉特爵士在格斗比赛中得到了最艺术摔倒奖。特尼甘大人和侄子奥斯特间的长枪比武被判平局,以免"进一步破坏家庭内部团结"。这些玩笑都暗藏锋芒,随之而来的笑声则更是可谓冷酷,盖德也渐渐平静下来。无论巴拉希普担心会出什么危险,它都没有出现。

晚宴在日落前一个小时举行,地点是王堡最大的礼堂。点着油盏的枝形吊灯和切割水晶让礼堂笼罩在几乎没有影子的柔和光芒中,却也带来了铁匠熔炉般的热度。房间建成X形,贵宾席被安置在中间一个巨型转盘上,每小时转动两圈。道森、艾斯特和巴拉希普坐在盖德身旁,贴身卫兵跪在后面时刻戒备。特尼甘大人及儿子坐在巴拉希普右边,表情愉快而亲切。坎尔·达斯克林和女儿珊娜坐在卡连姆右边,离盖德较远。那个女孩老是盯着盖德,搞得他弄不清该对她微笑还是移开目光。夏季炎热,朝中的服装潮流倾向于轻薄,而珊娜·达斯克林穿的丝衣让他既希望女孩坐得更近些,又希望她干脆别来更好。

"摄政王殿下,有几个人我想介绍给您认识。"达斯克林说。桌子继续缓缓转动。"我来得太晚,没能在战争中出力,但我跟北海岸的对话很有意思。我甚至可以说,这些日子,全世界的关注点都在您身上。"

"我不明白为什么。"盖德说,"我的意思是,战争不是我挑起来的,是勒禅先动的手。至于说胜得如此轻松,全是道森和巴拉希普的功劳。"

"巴拉希普大师?"达斯克林瞥了道森一眼。卡连姆的表情如同冰石。盖德意识到自己无意中侮辱了道森,心里一阵懊悔。

"他是精神上的指引和安慰。"他急忙补救,嘴唇差点忙不过来,"胜利属于卡连姆。"

他很想顺着话题继续,抱怨一下那道未被执行的通杀命令,但他忍住了。那事留待日后再谈吧,他得召集更多人讨论,而且到那时,达斯克林和卡连姆无疑将有更充足的时间讨论怎样才能确保安提亚永远平安,避免敌人侵扰。

"你把那个银行家带来了。"卡连姆说。盖德一时没反应过来,随即意识到这话是对达斯克林说的,"没想到你会带他参加为我举行的庆功会。"

"真的吗?"达斯克林的语气跟刚才一样温暖,但底下却隐藏其他意味。感觉就像下午的决斗再次上演,只是武器由刀剑变成了言辞和隐喻,"我还以为你们分手时很愉快呢。反正他给我的感觉是,在欧得灵山的经历足够愉快。"

"我没有砍掉他的手。"道森说。

"他也没对你撒谎。"达斯克林回答。

巴拉希普脸上挂着高深莫测的平静笑意,双眼制造出昏昏欲合的假象,对人们说的任何话都没有反应。盖德不禁猜测,听到人们的真话和谎言会是一种什么体会,能让对话更清晰、还是更模糊?

"你们在说谁?"他问。

"佩林·克拉克。"达斯克林说,"美狄安银行之主科莫·美狄安的女婿。科莫很有权势,但不是贵族。"

"老朋友,这就是他们日后会刻在你墓碑上的话。"道森挖苦,"'他的朋友很有权势,但不是贵族。'"

"我招你惹你了,卡连姆?"达斯克林问。

盖德瞥了艾斯特和巴拉希普一眼。男孩似乎被二人间的敌意吓到了,大祭司却十分镇静。道森涨红了脸,但随即抿紧嘴唇,摇了摇头。

"没有。"他说,"今晚我有点焦虑,跟你没关系。我道歉。"

"起码我们不需要一场正式的决斗来搅乱你的庆功会。"

"不需要。"道森回答,"不用决斗。"

"也许我可以见见这位银行家?"盖德连忙转换话题,"是哪个?"

达斯克林伸手一指。是个白皙的男人,身穿绿色天鹅绒外衣,坐在一个身形硕大、穿着博加骑士正装的胖子,和一个瘦得像芦苇、头发几近白色的女子之间。那女子像辛奈族,却又不是。达斯克林顺着他的目光看去。

"那是茜茜琳·贝尔沙克,奥利瓦港支行的执事。"他介绍道,"银行里的新人,很新,但显然天赋过人。"

"他们来这儿干什么?"盖德问完才意识到自己的语气会引人误会,"我的意思是,我们当然欢迎他们,但他们在安提亚有生意吗?"

"他们是来求见您的。"达斯克林解释,"同来的还有长炉公爵夫人、白石公爵和沃德弗公爵。我觉得您可以考虑……"

他觉得盖德可以考虑的事被身后的叫喊声打断了。盖德扭身望去。大礼堂南边一角有事发生。一些身穿熟皮甲的人正大步闯进礼堂,手中剑刃出鞘。一个卫兵上前质问,却被砍倒在地。尖叫声随即响起。

"盖德王子!"巴拉希普喊道。盖德不记得自己什么时候站了起来,但大祭司撞过来的力量足以让他跪倒在地。他的第一反应只有困惑。他转过身,想再站起来。他看不懂眼前发生的一幕:巴拉希普左臂手肘上方有一大片深色污迹,而且正在扩大,脸庞痛苦地扭曲;他另一边的道森·卡连姆站了起来,手里拿着一把染血的匕首。有女人在尖叫,但盖德不知声音来自何方。道森仿佛被叫声刺痛,缩了一下,丢下匕首。盖德的贴身保镖立刻涌过来,将他围住。

"到我这儿来!"道森跳上贵宾席,"他在这儿!到我这儿来!"

"不要,等等。"盖德喊,"别叫,不对劲儿。"

巴拉希普的手拉住他的手臂,四根粗壮的手指几乎占据了盖德肩膀到手肘间的全部长度。

"我们必须走了,盖德殿下。必须马上走。来呀。"

有东西在盖德的皮肤上爬。是只黑色的小蜘蛛,被祭司的血浸透,细腿爬过,留下一道红色的痕迹。盖德大叫一声,想把手抽回来,可巴拉希普已经拉着他往东边跑去,像拉小孩似的。宾客全都站了起来,众人到处乱挤。从他们身后传来桌子翻倒的哗啦声、玻璃的碎裂声、金属的交击声。

他们来到房间尽头的门边,巴拉希普如受伤的野兽一般怒吼着挤过去。那只小蜘蛛、或是另一只跟它相似的,在盖德手肘的柔软处咬了一口。他叫了一声,一掌拍下,巴拉希普松了手。

"来啊,盖德王子!快过来!"大祭司喊道。盖德正想跟上,突然,一个惊恐的念头涌上心头,如冰水一般寒透他的心。

"艾斯特!"他大叫,"艾斯特在哪儿?"

"跟我来啊,盖德王子!"

"我必须……等我。我马上回来。"

盖德一头扎回血腥混乱的庆功会。暴力已经蔓延开来。他左边墙壁上有道宽大的拱形血迹。在他右边,三个卫兵包围了两个刺客,但另外两个刺客手提血淋淋的剑刃正朝他们逼近。盖德跳过一个中年男人,不知对方是死是活。他的注意力全在贵宾席,以及躲在桌下的艾斯特身上。数月以来,盖德第一次撒腿狂奔。等他冲到贵宾席前,几乎喘不过气来。他拉住艾斯特的手臂,就像巴拉希普不到一分钟前做的那样,想把蹲着的艾斯特拉起来。

"出什么事了?"艾斯特喊。

"你会没事的。"盖德斩钉截铁地说,仿佛坚定的语气能把这句话变成真实,"但你不能留在这儿。你必须跟我来。"

可等他起来看时,往东的路已被堵住,十几个刺客快把他仅剩的贴身卫兵淹没了。刺客群中,道森·卡连姆正用左手别扭地挥剑,跟敌人并肩作战。盖德倒吸一口冷气。卡连姆看见他了。

"那边!他在贵宾席!"

盖德转身,拔腿往北逃。礼堂已空了大半,男男女女尖叫着逃出王堡。盖德的心脏跳得如此之快,仿佛随时会梗塞,跳动最后一下,然后让他当场死亡。一个穿仆人制服的老人看到他跟王子一起逃走。在那惊恐的瞬间,盖德看到,老人脸上的惊恐转化为决心,拿起一柄汤勺,像棍棒一样挥舞起来。

"为艾斯特和安提亚而战!"老人大叫着,朝追赶盖德的剑士扑了过去。盖德没有停下,但他知道,老人死定了。

宴会厅外,走廊里的人们活像屠宰场里受惊的牲畜,四处乱跑,互相碰撞,再转身继续跑,却根本不知该往哪儿去。盖德跟他们一样盲目。巴拉希普已不知跑哪儿去了。

"您是摄政王。"盖德身后响起一个声音。是那个白肤女子,那个银行家。她的礼服袖子已被撕烂,雪白的肌肤上染了些深色污渍,但不是血,可能是汤,"您到底在干什么?这是政变啊。您必须逃走。"

"我不知道该去哪儿。"盖德回答,"到处可能都有他们的人。我不知道哪里安全。"

女人瞪着他。一时间,盖德觉得,对方眼里闪着炙热的疯狂之光。她笑了,口中的牙齿好似完美的珍珠。

"我知道。"她说。

茜茜琳
Cithrin

　　两方兵戎相见时,选择摄政王一方,更多是出于直觉,而不是理智。茜茜琳当然不是想救他或小王子。她只想看看发生了什么事。结果最后,她遇到一个男人站在礼堂外,一手牵着眼睛瞪得像钱币的小男孩,嘴里说不知哪里才会安全。

　　茜茜琳的第一个反应是,该死,这是你的城市,动动脑筋啊。

　　第二个反应是,秋桥边的黄屋。

　　逃出王堡很简单。她有王子,而王子是个小男孩,知道所有捷径和秘道的情报。王堡一直是他的家。一旦茜茜琳把找出通向王堡外黑暗夜晚之路的任务交给他,剩下的最大困难便是跟上他的脚步了。

　　屋外,花园里、大门处,到处都是喊杀声和晃动的火把。三人小心地快跑,绕过一道长长的树篱,翻过一堵墙,跳到街上。茜茜琳一边帮摄政王爬过粗糙的石头,一边猜想,艾斯特王子究竟多少次用这条小路来躲避老师。

　　昏暗的夜街中,茜茜琳停下脚步。喊杀声更加响亮,但也更远,剑刃和人声的骚乱依然在扩散。王子穿着绣有金线的白袍，戴着礼仪用的王冠，袖子上缀着珍珠，领口处钉着宝石。夜色里，他就像烛光一样显眼。摄政王好一些，那件深红色束腰外衣不会反射火光。他长着一张圆脸，年纪比茜茜琳的真实年龄大不了多少。他的身材说明他不久前曾很结实，但正退化到柔弱的地步。

"我们去深渊，"茜茜琳说，"然后往南，去秋桥。我估计我们要找的房子就在桥的另一头，但我不太确定。"

"如果他们占领了秋桥怎么办？"摄政王的声音尖厉而紧张。

"我们的麻烦已经够多了。"茜茜琳回答，"只求别再增加了。"

他们出发了，小跑着穿过黯淡的街道。途中，五六个骑士沿路跑过，茜茜琳只好把大家拖到一个巨大的大理石雕像的阴影里。雕像是个原血族男人，正把一口剑刺入一个外貌特别凶残的亚姆族女人的身体。还有一次，她想横穿一个广场，但那地方挤满了人，互相吆喝，挥舞着长剑，虽然还没打起来，但声音里充满暴力。于是茜茜琳牵着王子的手，摄政王跟在两人身后，退入阴影，寻找另一条路。

茜茜琳很害怕，但她喘了几口气，假装这一切都发生在另一个女人身上。她变得脚步稳当，决绝、迅速而坚定。路上遇见的男男女女虽然迷惑，但并不戒备。他们仿佛远离浪涛的海鸟，逃离暴乱之地。就算坎尼普的市民看见他们，也只会认为一男、一女和一个孩子穿着华贵衣饰在夜色中奔跑罢了，并不了解其中的含义。在黑夜中，在迷宫般的巷子和院子里，他们朝——茜琳希望是——别人在白天指点她的桥跑去。

桥就在悬崖边上，稍微往上拱起，横跨宽阔的裂缝。古老的大树为它献出躯干。它的宽度足够两辆马车迎面交错，中间还够一个人走动。上拱的桥面如隆起的山坡，挡住了对面，让人无法看清。那边可能有十几个男人，正举着出鞘的长剑朝他们冲来，而他们只有跑到最高处才能知道。

在她身旁，盖德·帕列库喘着粗气。茜茜琳缓缓转身，寻找像酒吧或剧场的建筑，但她只看到北方浓烈的烟雾。

"好吧。"她说，"我们必须过桥。"

"不行。"帕列库说，"会被发现的。会被人认出来。"

"我们也可以留在这儿，看看谁先找到我们。"她回答。仿佛给她的话加注标似的，喊杀声飘过宽阔而空荡的裂缝，在深渊对面的崖壁上回荡。

"不会有事的。"王子说。

"等等。"茜茜琳摘下男孩头顶那薄薄的王冠。从重量判断，王冠是纯银的。茜茜琳把它抛下悬崖，在空中划出一道弧线。"躺下。帮我往这袍子上抹泥巴。快。"

漫长而紧张的数分钟过去，安提亚王子的白色礼服沦为破布。珍珠宝石缝得太牢，扯不下来，但光芒已被抹暗。只能这样了。

茜茜琳带头上桥。到了桥顶，她停下脚步。北边的王堡被上百支火把和更大的火焰照得光影摇曳。有座房子着火了，烟雾被火焰照亮。茜茜琳对这座城市不够了解，无法判断那是什么房子。银桥上也有火光——骑士们携带火把和提灯飞奔过桥，参与战斗。消息很快就会传遍全城。茜茜琳不知那将意味着什么，只知道留给他们找避难所的时间正在消逝。深渊边的灯火也在增多，顺着东边悬崖顶部蔓延，离她越来越近。这时，她看到西边悬崖顶上有玻璃提灯发出恒定的光芒，还看到一个院子，背对悬崖，里面有个黑影可能是剧场车，舞台上还有灯。

帕列库的声音在发抖。

"不……呃……"

茜茜琳回头一看，发现对方正瞪着自己。原来，不知不觉间，她竟爬到桥身木栏杆的最高处。她意识到脚下就是万丈深渊，自己与虚空间仅隔几根涂油的弯曲木头。一阵眩晕扫过她的大脑。她倒退回来，心脏狂跳。

"我没事。"她说,"我很好。继续走。"

黄屋果然是座看了就绝不会弄错的房子。它有三层楼高,每层都比下面一层窄些,所以每层都有个小院子,可以俯瞰深渊。它的墙壁罕见地涂成雏菊花心的颜色。院子里挤满男人、女人和孩子,个个抬头望着放下的舞台和台上的演员。院子距秋桥最末端的厚重石槽不到一百尺,然而那儿有那么多双眼睛,如果就这样走向剧场车,人们随随便便就能看见他们三个,所以一百尺的感觉就像一英里。深渊另一边,火把正在靠近秋桥。茜茜琳把两个累赘拉到桥边的阴影里。

"留在这里。"她说,"看到院子里那些人扭头,马上跑到那辆车子后面。如果遇到车里的人,就说是茜茜琳让你们去的,让他们把你们藏起来。明白没有?"

王子点点头。

"可是,"帕列库说,"万一……"

"听我说,"茜茜琳打断他,"你们能办到。"

她朝黄屋的院子走去,目光扫过人群。熟悉的声音传到她耳中:是贺尼特和桑达,像她以前听过千百次一样斗着嘴。人群里应该有演员引导观众。在那儿,后面,是卡莉,正坐在四个人中间。茜茜琳正观察时,桑达说了句逗笑的台词,可惜语气太重,吉特师傅会为此责备他的,但卡莉带头发笑,观众也跟她一起哈哈大笑起来。茜茜琳以近乎小跑的速度绕过观众。卡莉的肩膀晃了晃,脑袋轻轻一动,微微点点头。她认出茜茜琳了。

茜茜琳走到卡莉身边,后者眯起眼睛。她凑过去,在演员耳边低语。

"我要你帮个忙,吸引所有观众的目光离开舞台几秒钟。我知道,桑达会杀了我们,可这事很重要,现在就做。行吗?"

卡莉露出坏笑。

"好妹妹,你应该知道姐姐我无所不能。对了,见到你真高兴。我们都很想你。"

茜茜琳还没来得及说我也很想你,卡莉已经撩起裙摆,往头上一翻,脱下了裙子。她的胸脯比茜茜琳记忆中更加丰满。

"老天爷呀!"卡莉的声音甚至压过了台上的演员,"那头骡子着火了吗?"

茜茜琳双眼瞪得溜圆,血顺着脖子猛冲脸颊,一直蔓延到耳根。桥那边有动静,帕列库领着艾斯特王子,像狗撵脚后跟一般狂奔而来。卡莉指着院子另一头的街道。舞台上,桑达跟贺尼特像脚下生根似的一动不动。

"在那儿。"卡莉打着手势,带动胸脯一跳一跳,"真的啊,着火了。"

男人和男孩跑到车子后面,爬上后门,舞台随之摇了摇。茜茜琳仿佛听到有人在车里低语,但那可能只是她的想象罢了。

"哦,不。"卡莉一边说一边把裙子穿回去,"不好意思,我弄错了,请继续。"

一时间,全场鸦雀无声……

"我……呃……我不答应,特尼甘大人。"贺尼特好不容易才挤出一句,"今天不能举行婚礼。"

"要举行!"桑达跺着脚大喊,声音和动作联合起来,把院里众人的注意力吸了回去,"我不会被你这样的人阻拦。拔出你的剑,做个真男人!"

两个演员拔出木头长剑,开始表演格斗。第二幕结束。卡莉伸出手臂抱住茜茜琳,领着她朝远离舞台的街上走去。

"你没必要那样做啊。"茜茜琳说。

"只是让人看看罢了。"卡莉回答,"再说了,毫无准备之下,那是最能引人注意的办法了。好吧,为什么要打扰专心致志的观众,害得我们今晚收入减半,现在能告诉我了?"

"看看北边。"茜茜琳说,"你能看到什么?"

卡莉皱着眉头望向夜色之中。

"他们在元帅的庆功会上点起了老天爷的篝火?"卡莉问,"而且桥上来往的人出乎意料的多。"她理了理脑后的头发,两鬓间现出去年还没有的几缕白丝,"事实不是这样,对吧?"

"道森·卡连姆想刺杀帕列库。有人带着家伙闯进了庆功宴。我不知道他们是什么人,但那肯定不是庆功。是内战。"

卡莉表情一凛,随口骂了一句发自内心的脏话。

"躲进我车里的两个人是?"她问。

"摄政王和王子。"茜茜琳回答。

"啊,当然是了。"

宽长的秋桥上传来马蹄声,越来越响,快要压过演员的嗓门了。桥顶冒出火把,片刻后,十几个穿着卡连姆和班尼恩家族服饰的男人涌进街道。

"叛国!"其中一人大喊,"火灾! 叛国!"

观众都站了起来。茜茜琳简直看到恐惧如池塘的水波一般扫过人群。骑士们驱马往城市深处奔去。有人大叫一声。他们看到北边的滚滚浓烟了。人群如同受惊的鸟群一般四散,留下贺尼特和桑达被遗忘在台上。

"收场,小子们。"卡莉大步走回院子里下令,"风暴要来了,我们得抱团,等它过去。"

一个圆脸女孩从舞台后面探头出来张望。是查丽特·苏恩。她两颊浑圆,很漂亮,一双眼睛睁得老大,透着不明就里的恐慌。桑达跟贺尼特对视一眼,桑达耸耸肩。

"有些晚上有好演出,有些晚上本身就是个好故事。"他说。

"卡莉,有什么计划?"台后传来斯密特的喊声。

"收起舞台,把车子停到马厩里,暂时不要讨论政治。"卡莉回答。

"那我们的客人呢?"查丽特·苏恩的音调随着每一个字往上飘,最后像鸟鸣一样收尾。

"没有客人。"卡莉说,"动手啦。"

桑达从台上跳下,开始拉扯铰链。贺尼特消失在台后。麦克尔出现了,穿着一件尺寸过大的黑色斗篷,戴着假肚皮,好像怀孕了似的。

"茜茜琳。"他说,"欢迎回来。"

———— ✦ ————

马厩后面,借着带罩提灯的光,盖德·帕列库和艾斯特王子变身成另一个人。演员们拿了四件不同的戏服给帕列库试,最后选定《深冬公主》里"希望之父"的装扮,棕色长袍加上弯钩拐杖,把他变老了几岁。艾斯特只需要穿上一条旧马裤,在腰间绑紧,加上一件脏衬衣,再往头发和脸上抹点灰。茜茜琳换上一件原血族女子的农夫裙,但臀部和胸部太大,查丽特·苏恩只好用针线收小一点。

"手就没办法了。"卡莉检查成果,"只要有人看一眼你们的手掌,你们就被逮到了。"

城里点缀着更多火把,一条条烟柱飘得比王堡还高,被风一吹,仿佛随时会倒下来。

"我必须感谢你们。"帕列库说,"你们所有人。为了我,你们都身陷险境……"

"哎。"麦克尔咧嘴笑道,"找时间我们跟你讲讲第一次跟茜茜琳合作的故事吧。我们还拿那事写了一部剧呢。"

"先把脑袋从绳套里解出来再说,好吧?"卡莉轻快地指出。

"留在这里迟早会被找到。"茜茜琳说,"不是乱党、就是王室的人。"

"说不定不止两方。"斯密特说,"这种事往往最后纠缠得比开始复杂许多。"

桑达翻了翻眼珠。

"拜托,你参加过很多次叛乱吗?"

整座城市一片混乱,安提亚帝国最有权势、最重要的两个人瑟缩在跟前,性命堪忧,桑达却还在为卡莉搅了场子而生气。

"我没跟你说过吗,博加动乱那会儿,我就在那儿?"斯密特问,"就在那时,我第一次遇见吉特师傅。当时我应该是二十或二十二岁,就在那儿……"

"先生们?"卡莉打断他的话。

"不好意思。"斯密特收起话头。

马厩散发着小便和马粪的臭味,还有越来越重的烟味。坎尼普在燃烧。茜茜琳的五脏六腑纠成一团。她知道,如果这时候吃东西——就算喝东西——肯定也会全部吐光。与此同时,她也很兴奋。她在想,佩林·克拉克此刻在哪儿。她相信,袭击刚开始时,佩林应该没有受到波及,所以,除非不幸被暴力误伤,不然他应该找得到相对安全的藏身处。但茜茜琳不会去找他,也确信他不会来找自己。那个人太忙了,忙着打探政治与策略。

但他手里没有摄政王和王子。茜茜琳有。

"我们可以躲到城市地底。"王子说,"那里全是废墟。如果找到某个没垮塌的地方,可以躲在那儿。"

"食物呢?"帕列库说,"还有水?而且,我们怎样知道什么时候才能安全回到地面?"

"我们能搞定。"卡莉说,"茜茜琳可以上来拿补给品。我们可以充当你们的眼睛和耳朵。否则我们就只是演员了,五六个试图躲避麻烦的演员,对吧?"

"没观众的演员可没多少吃的。"桑达说。

"把王子穿的衣服上面那些石头卖掉,就能买足够的食物和啤酒,坐在院子里玩上一年狗抓老鼠。"卡莉耸耸肩,"而且,在我看来,我们刚刚被雇佣了。"

帕列库往前弯身,抱起双脚。作为一个大帝国的摄政王,他显得有些失落。对他来说,眼前的情况不仅仅是绝望,也不仅仅是暴力。道森·卡连姆曾是他的元帅,统领他的军队。帕列库刚刚还为那人举行庆功会,回报却是差点挨了一刀。茜茜琳试图想象,被最信赖的人背叛会是什么感觉?

很容易,因为她也经历过。

她朝帕列库走了两步,坐在他身旁。他的眼中没有泪水,却有些更糟糕的情绪:迷茫、空虚。茜茜琳握住他的手。他手掌很大,手指很短,手臂上有个被虫子咬过肿胀起来的包。

"听我说,"茜茜琳说,"我们刚刚才认识,你没理由信任我,但你必须信任。这些人是我朋友,他们跟你或任何国家的朝廷都没有关系。如果他们说,能保我们周全,他们会做到的。"

"你怎么知道?"帕列库僵硬地说,"你无法确信他们会不会背叛你。我要找巴拉希普。我要知道他是不是平安。"

"我们可以帮你找,"斯密特说,"但不是今晚。等局势稍微稳定之后,我们可以帮你调查。除非他们真把这座城烧光。"

帕列库的目光落到茜茜琳身上,仿佛第一次看清她。

"我不认识你。"他说。

"我是茜茜琳·贝尔沙克。"她一边回答一边点头,鼓励他也一起点。随着点头的动作,心里也开始相信。"看,你现在认识我了。"

克莱拉
Clara

从欧得灵山寄来的信写得很糟糕,字迹像小猫的爪印,拼写充其量算相近。城堡里应该有抄写员的,附近的镇子里至少也有一个。文森·寇尔完全可以找个更熟练的人帮忙,但他没有。信的内容本身没什么大不了的:犬舍的建造进度、给猎狗喝水用的水池、春天出生的狗崽数目。克莱拉没有理由反对他写这份报告。这就像一次轻飘飘、没必要的碰手。跟文森的其他来信一样,克莱拉是不会回信的。不论曾经他多么疯狂地迷恋女主人,那孩子迟早能清醒过来。克莱拉仿佛是第一百次地放下这封信,继续不安地踱步。

今晚,她辗转难安,连女红都没有心思做。庆功会早晨便开始了,按照安排将一直持续到深夜。随之而来的是更黑暗的事。她盼望着:无论丈夫心里想什么,都要在最后一刻放弃;他将心烦意乱,失望而归,不做出任何出格的举动。她告诉自己,可能会这样的。明天的世界,可能跟昨天非常相似。

她拉扯衣袖,啃咬烟斗,牙齿在硬陶土上"咔咔"作响。道森这辈子都生活在朝廷政治和战争策略之中。他会安然度过的。无论要做什么,他都会去做。他们、他们家,会熬过去的,一切都会是好结局。她竭力相信这一点。她在挣扎,但失败了。

混乱消息传来的第一个声音,是孤零零的一匹马急驰到院子里的蹄声。随后是男仆的惊呼。忧惧拉着她走向大门。大门猛然打开,道森在门奴搀扶下跌跌撞撞地进来。他手里拿着剑,左臂和身侧鲜血淋漓。他的猎狗绕着两人打转,耳朵耷拉,一脸关怀。克莱拉一定发出了什么声音,因为道森猛地抬头望向她。

"全屋戒备。"他喘着气说。

恐惧涌上她的心头,寒意流遍她的全身。她不知道最糟糕的情况是什么,但它无疑已经发生。她镇静下来,走向丈夫,推开猎狗,把他的手臂搭在自己肩头。

"你听到老爷的话了。"她对门奴说,"去传话。所有房门立刻锁好,封起窗户,召集仆人,守卫府邸。做完之后去找乔瑞,叫他去厨房。"

"是,夫人。"门奴答应着,把道森交给克莱拉。

每走一步,道森都瑟缩一下,但没放慢脚步。猎狗焦虑地跟在他们身后。到了厨房,道森躺在宽大的橡木台上,紧闭双眼。克莱拉走向食品储藏室,主厨走了进来,停下。

"你还没有武器。"克莱拉一边说,一边从食品架上取下煮菜用的葡萄酒和蜂蜜。

"没有,夫人。"老厨师回答。

"你该去找一把。这里我来处理。你去召集手下,看他们准备好没有,万一要打,大家都要战斗。"

"要打的。"道森说,"眼看就要来了。"

厨师连忙走开了,可能去找武器,也可能会逃离府邸。克莱拉估计概率是一半一半。她在橡木台旁用餐刀割开丈夫的衬衣,扯掉。布料离开皮肤时发出的声音令她揪心不已。台子对面的钉子上挂着抹布,她拿过来擦去最浓的血迹。伤口有两道,一道沿左胸肋骨下方划过,另一道在他锁骨上方。伤口都不深,但血流不止。克莱拉打开酒瓶,咬掉瓶塞。

"他们知道。"道森说,"虽然不知详情,但知道有事要发生。他们有防备。"

"别说话。"她说,"会很疼。"

她把葡萄酒倒在丈夫身侧的伤口上,道森吸气弓背,但没叫。她又对另一道伤口重复同样的动作。道森的呼吸变得粗哑。他的衬衫已被撕掉,部分血迹也被洗去,克莱拉可以看到,丈夫整个身体右侧,直到手臂,肿起了十几处,虽没流血,但四周皮肤滚烫,且绷得像鼓皮。

"这里怎么了?"她一边说,一边准备给伤口抹蜂蜜。

"是蜘蛛。"道森说,"那个疯狂的混蛋祭司肯定在袍子底下藏了一麻袋蜘蛛。我砍了他一刀,那些玩意立刻蜂拥而出。"

"你砍了他。"克莱拉重复。既不是提问,也不是陈述,而是介于两者之间。

"如果我有意砍他,他早就死了。"道森说。克莱拉往他肋骨下的伤口抹了厚厚一层蜂蜜,用布压住,"我想砍帕列库的。"

听到这话,克莱拉用空出来的手捂住了嘴,随后才意识到把血蹭到脸上了。道森把她压在伤口上的手拿开,自己压着。伤口还在流血,但已经没那么厉害了。

"你……"男爵夫人说了一个字,停下来,重新开始,"你要刺杀摄政王?这就是你想干的事?"

"当然。帕列库让我别无选择。我、班尼恩大人、艾伦·克林,还有另外几人都是。这不是单独行动,也不为个人荣誉。帕列库跟那些异国混蛋结盟,我们要从他们手中拯救王国。不知为什么,他们知道我们要动手,卫兵都很警惕。本来不该由我拔刀砍他,可其他人到不了贵宾席,来不及。"

克莱拉的心直往下沉。她不知怎样才能挽回局面,恢复正常。她只希望己方能赢,但就连这一点,也只是无力的安慰。

"那他怎样了?帕列库还活着吗?"

"不知道。我想杀他的时候,那个混蛋祭司挡住了我,然后贴身卫兵追着我不放。其他人也许抓到他了,但我没有。停,够了。"

他坐起来。伤口还在流血,但已减缓。比起干涸的血迹,葡萄酒的染色作用更厉害,把他的皮肤染得深红。蜂蜜则闪闪发亮。他老了,如今胸前的毛发里灰色比黑色多,额头由于发际线后退而显得很高。他的手里还拿着剑。克莱拉不知家里有没有治疗蜘蛛咬伤的药膏,更不知祭司带在身上当暗器的是什么蜘蛛。

"我们怎么办?"她问道,心里为自己感到骄傲,因为她的提问更像制订计划,而不是绝望的哭喊。

"做必须做的事。"道森说,"我们要赢。我们有兵力、有盟友。我们必须召集他们,保卫自己。我们必须找到艾斯特。"

"找他?他失踪了?"

"是的。我们本打算结束之后,当场丢下武器,向他投降,可是……"

"如今城中到处刀光剑影,身为核心的王子却失踪了。"克莱拉说,"天啊,道森,你怎能做出这种事?"

"是我的职责。但无论结果多么糟糕,都值得一拼。"他露出不愿再说的表情,挪到台边,下地,"我要找点东西包扎,还需要一件干净衬衫。"

"你留在这里。"克莱拉说,"我去拿。"

她走在家里,却好像身处陌生国度。贴着墙纸的墙壁、闪烁的油灯、挂在墙上的艳丽挂毯。所有一切都太过清晰,如在梦中。仆人都不见了,没人帮忙。她从道森的衣柜里挑出两件衬衣,一件浅黄色,撕碎做绷带；另一件是近似黑色的深蓝，用来穿，万一伤口裂开还能遮掩一下血迹。卧室窗外站着三个她认识的人：厨师的儿子、那个最早听到不幸蹄声的男仆，还有蹄铁匠的助手。他们挤成一团，像在寒风中抱团取暖的小鸟。他们手里拿着长剑和铁锤，装出善于使用它们的姿态。克莱拉合上百叶窗，走开了。

回到厨房时，乔瑞已经来了。他头发凌乱，身上的皮甲还没绑好，半挂在肩头。他开始蓄须了，但还只有胡子茬，在脸颊上形成一片不反光的阴影。克莱拉进门时，儿子抬头看她，眼中那遥远的神色令她不忍直视。

"帮我给他包扎。"克莱拉挤出微笑说，"你父亲是个男子汉，一直如此，但我不能让他把血滴得满地都是。"

乔瑞没笑，但道森"呵呵"笑了。他们站在桌前，把浅色衬衣撕成布条。布料在她指下分开，细线根根断裂。

"班尼恩人手最多。"道森继续两父子已经开始的话题，"但他的府邸不利防守，过于开放，低矮树篱太多，一跳就能过去。克林家不如马特林家好，但除非我们查清消息是怎么走漏的，不然不能相信那些人。"

"可是你相信克林？"

"就算他着了火，而帕列库是世界上唯一的水源，他也不会投向帕列库。虽然很奇怪，但此时此刻，克林是我唯一能倚靠的人。"

克莱拉戳戳道森的手肘，让他抬起来，把一条浅黄布条压在他受伤的皮肤上。她的手指不需要指挥就知道该怎么做。也好，因为她的脑海如漩涡一般，没有任何念头能连成思绪。当她需要从丈夫身后绕一圈才能把绷带绑好时，乔瑞帮忙拿住绷带，她心里突然冒出一段强烈的记忆：她和妹妹一起清洗父亲的身体，准备葬礼。堵住她喉咙的哽咽虽不受欢迎，但无法阻挡。

"如果您认为找他最好，"乔瑞说，"我去找他们吧。"

贵宾席,来不及。"

克莱拉的心直往下沉。她不知怎样才能挽回局面,恢复正常。她只希望己方能赢,但就连这一点,也只是无力的安慰。

"那他怎样了?帕列库还活着吗?"

"不知道。我想杀他的时候,那个混蛋祭司挡住了我,然后贴身卫兵追着我不放。其他人也许抓到他了,但我没有。停,够了。"

他坐起来。伤口还在流血,但已减缓。比起干涸的血迹,葡萄酒的染色作用更厉害,把他的皮肤染得深红。蜂蜜则闪闪发亮。他老了,如今胸前的毛发里灰色比黑色多,额头由于发际线后退而显得很高。他的手里还拿着剑。克莱拉不知家里有没有治疗蜘蛛咬伤的药膏,更不知祭司带在身上当暗器的是什么蜘蛛。

"我们怎么办?"她问道,心里为自己感到骄傲,因为她的提问更像制订计划,而不是绝望的哭喊。

"做必须做的事。"道森说,"我们要赢。我们有兵力、有盟友。我们必须召集他们,保卫自己。我们必须找到艾斯特。"

"找他?他失踪了?"

"是的。我们本打算结束之后,当场丢下武器,向他投降,可是……"

"如今城中到处刀光剑影,身为核心的王子却失踪了。"克莱拉说,"天啊,道森,你怎能做出这种事?"

"是我的职责。但无论结果多么糟糕,都值得一拼。"他露出不愿再说的表情,挪到台边,下地,"我要找点东西包扎,还需要一件干净衬衫。"

"你留在这里。"克莱拉说,"我去拿。"

她走在家里,却好像身处陌生国度。贴着墙纸的墙壁、闪烁的油灯、挂在墙上的艳丽挂毯。所有一切都太过清晰,如在梦中。仆人都不见了,没人帮忙。她从道森的衣柜里挑出两件衬衣,一件浅黄色,撕碎做绷带；另一件是近似黑色的深蓝，用来穿，万一伤口裂开还能遮掩一下血迹。卧室窗外站着三个她认识的人：厨师的儿子、那个最早听到不幸蹄声的男仆，还有蹄铁匠的助手。他们挤成一团，像在寒风中抱团取暖的小鸟。他们手里拿着长剑和铁锤，装出善于使用它们的姿态。克莱拉合上百叶窗，走开了。

回到厨房时，乔瑞已经来了。他头发凌乱，身上的皮甲还没绑好，半挂在肩头。他开始蓄须了，但还只有胡子茬，在脸颊上形成一片不反光的阴影。克莱拉进门时，儿子抬头看她，眼中那遥远的神色令她不忍直视。

"帮我给他包扎。"克莱拉挤出微笑说，"你父亲是个男子汉，一直如此，但我不能让他把血滴得满地都是。"

乔瑞没笑，但道森"呵呵"笑了。他们站在桌前，把浅色衬衣撕成布条。布料在她指下分开，细线根根断裂。

"班尼恩人手最多。"道森继续两父子已经开始的话题，"但他的府邸不利防守，过于开放，低矮树篱太多，一跳就能过去。克林家不如马特林家好，但除非我们查清消息是怎么走漏的，不然不能相信那些人。"

"可是你相信克林？"

"就算他着了火，而帕列库是世界上唯一的水源，他也不会投向帕列库。虽然很奇怪，但此时此刻，克林是我唯一能倚靠的人。"

克莱拉戳戳道森的手肘，让他抬起来，把一条浅黄布条压在他受伤的皮肤上。她的手指不需要指挥就知道该怎么做。也好，因为她的脑海如漩涡一般，没有任何念头能连成思绪。当她需要从丈夫身后绕一圈才能把绷带绑好时，乔瑞帮忙拿住绷带，她心里突然冒出一段强烈的记忆：她和妹妹一起清洗父亲的身体，准备葬礼。堵住她喉咙的哽咽虽不受欢迎，但无法阻挡。

"如果您认为找他最好，"乔瑞说，"我去找他们吧。"

"不,"道森说,"派个信使。你带上纱比娅和你母亲,躲到安全地方去。"

"你凭什么以为我肯躲到别处去?"克莱拉严厉地说,"据我所知,这里依然是我的家。"

最后一条绷带绑好,她伸手去拿深色衬衣。道森抓住她的手。她分不清是自己、还是丈夫在颤抖。

"你留下,乔瑞也会留下。"道森说,"他留下,纱比娅也会留下。我还没被打败,但我不能一边战斗一边照顾你们三个。如果你们都在这里,我会分心的,我阻止不了自己。"

"前提是……"克莱拉哽咽一下,咽了咽口水才重新开口,"前提是,还有别的地方比这里安全。"

"乔瑞带你们两个出城。这里安定之后,他会带你们回来。"

"你说的是实话吗?"她问。但他俩都知道,这是个无法回答的问题。克莱拉在丈夫额头用力亲了一口,既为爱、也为怨,"让我收拾几样东西。乔瑞,去找你妻子。"

骑马和坐车最快,但也最引人注目。所以克莱拉和纱比娅穿上深色斗篷,戴上兜帽,走路。乔瑞身穿皮甲,腰挂长剑,在前面领路。克莱拉不禁自私地想,要是没把文森·寇尔遣走就好了。多一把剑,不论在她身旁,还是在府邸里守护道森的身后,都是件好事。

城市已经变了样。北边烈火熊熊。宽阔的街道过于开放,很容易被人发现,十分危险。阴影召唤着克莱拉,朦胧的黑影似乎给出庇护的承诺。但从纱比娅紧贴在她身边的走路姿势来看,儿媳跟她有相同的感觉:这黑乎乎的房子、黑漆漆的鹅卵石街道,不是她们居住的城市,而是个未知、危险、险恶的地方,只是戴上面具,冒充她们的家。

他们来到一个广场。白天,农夫会在这里,把收获卖给深渊西边那些大家族的仆人。排水沟里散发着叶子腐烂的味道,说明昨天的菜叶也被扫进了垃圾堆。他们对面,一群男人大步走进广场,火把高高举在头上。克莱拉和乔瑞一言不发,拉着纱比娅转进一个小商店的隐蔽处。火把的光芒太亮了,直视会刺疼眼睛。男人互相吆喝,粗哑的声音里浸满暴力和酒意。他们顺着克莱拉刚刚走过的路离开了,那边正是道森和家的方向。克莱拉眯起双眼,竭力辨认男人衣服的颜色,猜测他们是去支援的盟友,还是准备杀戮、抢劫和放火的敌人。可她分辨不清,也不敢靠得太近。

最后一人走过之后,乔瑞悄悄走出去,克莱拉和纱比娅跟在他身后。纱比娅拉住克莱拉的手,再也不愿放开。克莱拉把儿媳拉近些。在他们右边,有个女人在尖叫。今晚城里不知有没有卫兵,反正克莱拉没看见。女人突然收声了,克莱拉只能告诉自己,有人去救她,但心里却无法相信。

在前往西门的半路上,他们遇到街上设置的路障:桌子、椅子、箱子,加上一辆翻倒的大车。路障两边都有人。克莱拉不知道,他们的目的是为阻止像她这样的人逃出城外,还是为阻挡士兵和暴徒冲进城里。那些人没穿制服,也没插任何家族的旗帜。如果说,战争是在为光荣而战的战场上按规则和传统进行的暴力,那眼前便不是战争,而是比它更糟的东西。

"怎么办?"克莱拉轻声问。

"跟我来。"乔瑞说。

他们走进后巷。里面很脏,但克莱拉无暇顾及。就算斗篷下摆扫过屠场的血污也没办法。仪容和精细讲究自有其适用之处,反正不是这里。乔瑞伸长了脖子,仰望夜空,仿佛在提防星星扑下来把他们抓走。他忽然高兴地轻哼一声,引起了克莱拉的注意。

"什么?"她问。

"屋顶。"乔瑞指着只有一层的酒吧屋顶。酒吧的灯已经熄灭,百叶窗也关上了,"如果我把您托起来,您能爬上去吗?"

克莱拉打量那座房子。她还是小女孩的时候,也曾爬进大人不准她去的地方,但那是几十年前的事了。况且当年,她爬的大多是树。

"我试试。"她回答。

"好。"乔瑞说。

他们先把纱比娅托上去,然后乔瑞托起母亲,让纱比娅伸手来拉。最后乔瑞爬了上去。他默默打着手势,领着二人沿屋顶走到一个壁龛处,那儿的影子里藏着一把粗陋的木梯。

"从这里翻过去。"乔瑞轻声说,"后面是条巷子。我们可以把梯子架在两边的屋顶,然后爬过去,绕过路障。只要他们不往上看。"

"我觉得自己真没把你管好。"克莱拉顺着梯子爬了上去。从第二层的屋顶往下看,街面显得很遥远。路障那边的人在互相嬉笑,可他们开玩笑的样子让害怕和紧张的情绪暴露无遗。

纱比娅爬上来,蹲在克莱拉身旁。乔瑞也爬上来,跪下,把梯子一点一点拉了上来。

克莱拉望向城市。她居住的城市。烟柱更多了,但最靠近王堡的那一条变小了。要么有人组织了灭火队,要么是那座房子烧得只剩石头了。远处城墙上点缀着火把,低挂在空中的半弦月仿佛枕在西门上似的。

西门。

"慢。"克莱拉说,"你可以把梯子放回去了。"

"不,能行的。"乔瑞说,"我知道它好像不牢靠,但我以前这么干过。那次我们打了个赌,我……"

"门关了。"克莱拉截住他的话,"有人封了门。"

乔瑞走到她身旁。城墙距他们不远。若是平时的大白天,沿着下面的街道,只要几分钟就能走到巨大的城门跟前。此时此刻,就算在夜色中,也能清楚地看出两扇厚重的青铜大门被关上。关着,而且很可能上了门闩,如战时一般。

"我们被困住了。"纱比娅轻声说。
"是啊。"克莱拉回答。

玛可斯
Marcus

报告送到时，奥利瓦港正在下雨。夏季的台风雨从早晨就开始了。最初，完美的蓝天下只有一丝风的气息，到了中午，就成了在街道和墙壁间呼号的风暴，把街道变成了齐踝深的小河，把垃圾、污物和动物死尸从隐匿的角落里冲刷出来，推入海中。玛可斯在风雨中前行，但没跑。小强带话来，说派克要他去支行。他走到屋外，一分钟不到就全身湿透。跑完全没有意义。

花盆里的郁金香红得仿佛要滴血。它们已经掉了好几片花瓣，玛可斯走近时，一阵狂风呼啸着又扯掉一片。玛可斯目送花瓣在洪水中打转，如大河上一叶红色小舟。他推门进屋。

派克正在房里踱步，前额渗出汗珠。至少雨水让房间降温了，让她愿意起身走动。雅丹姆坐在一张高凳上，一身落水狗的味道，看上去跟玛可斯一样湿。屋里没有别人。

"今早信鸽来了。"派克开门见山，"总部派来的。"

"还好没拖到下午。"玛可斯拧着袖口的水，"他们决定派新的审计员来吗?"

"接下来一两天,其他人也会收到消息,所以我们动作必须快。安提亚有麻烦了。据我们在坎尼普的人报告,有人企图拿刀子给摄政王扎上满身洞。他们封闭了城门,此后街上一直有打斗。发生内战的可能性很大。"

骤然听到这番话,玛可斯好一会儿反应不过来。雅丹姆睁着棕色的大眼睛盯着他,等他明白过来。

"我有一张清单,列着我希望履行的合同,"派克说,"但必须在今天办完。一旦消息传开,谷类和金属的价格肯定会冲上天。我们只有几个小时的时间,而且,当然了,今天这个日子带着纸张出去,没到街角,墨水字迹就会全被洗掉。看来老天爷不喜欢我,但我们必须尽力。"

"茜茜琳怎样了?"玛可斯问。

派克皱起眉头,不肯直视玛可斯的眼睛。

"信里没提。印章是佩林·克拉克的,所以写报告的也是他。他没提茜茜琳。"

"但她在坎尼普,"玛可斯的语气开始变硬,"跟他在一起。"

"她去了坎尼普,但我不知道她情况怎样——安全、死了,还是失踪,反正佩林那张纸上对她只字未提。通信不是为了聊天,而是为了给我们挣钱。他给我们送来帮助银行所需要的信息,现在,我们应该听从他的指示。"

"我去找她。"玛可斯说,"合同你自己搞定。"

"老天爷啊,韦斯特,"派克回答,"那是坎尼普。从这里去,坐最快的船也要几个星期,走陆路就更远了。等你赶到那儿,事情早结束了。即使信鸽送来的消息,也不是那地方正在发生的事。事情可能已经解决了。也可能整座城市被烧成了平地。不论如何,我们的工作在这里。"

"顺风耳？"

"我觉得她开始喜欢我了，老大。"

"好吧，你是蛮迷人的。我要去一下宿舍，跟我来。"

"好的，老大。"

城市一片模糊，仿佛雨水不仅能冲走杂物，还能冲走线条和颜色，仿佛奥利瓦港本身正在融化。宿舍里，十几个守卫大致围成一个圆圈，正在玩骰子。玛可斯打量他们。他的队伍里，除了雅丹姆，所有人都是他雇来的，都是好人，可靠的男人女人，不仅忠于银行，也忠于他。

他会想念他们的。

"阿哈里尔。"

"在，队长。"

玛可斯抛出小背包。它飞过房间，被可沓丹人接住。

"里面有些合同需要履行。尽力去做，嗯？"

"好的，队长。"守卫解开背包扣。

玛可斯回头往门口走。雅丹姆站在门边，面无表情，双耳高高竖起。

"还等什么？"玛可斯问。

"没有，老大。"

"那就走吧。"

港口旁的旅店和酒吧里挤满了人，都是躲雨的。闲话、消息和未经证实的揣测便宜得只值一碗大麦汤或一瓶苹果酒。玛可斯从未想到，在一个地方居住超过一年，就能获得一种第六感，可以探察出不属于这地方的脸庞和口音。此刻他就要依靠这第六感找一些人——哪里有无聊琐碎的战争，哪里就有他们。

莫里森·寇克领着队伍在莱昂内亚替当地一个领主打仗，对付一个南族部落。另一边，卡罗尔·丹尼安接受了一份驻防工作，守在伊拉

"我无法接受。"玛可斯坚持。

"在这满是柔弱娇气男人的城市里,我也无法接受我是唯一一个漂亮的女人。"派克说,"但这不能改变现状。执事在坎尼普,我们在这儿。你想照顾她,那就照顾好对她重要的东西。同时做好你的分内事,你领了钱的。"

派克举起一叠纸。有合同、询问信和协议。雅丹姆清清嗓子,玛可斯强迫自己的手松开剑柄。好一会儿,周围只有流水声和风号声。派克走过来,递上纸。玛可斯缓缓地、不情愿地伸手接过。

"这是份危险的工作。"派克嘱咐,"除了你和顺风耳,不能让别人见到这些东西。"

"顺风耳?"

"她说的是我,老大。"

"啊。"

"你们所做的一切,都不如这件事重要。"派克继续道,"做好了,我们就能赚到足够的利润,今年剩下时间就算停工也能维持。所有合同上都写明了我要找的人的名字,不能落入别人手里,而且要立刻去做。"

玛可斯翻看一下合同,点点头。

"有防水的东西装它们吗?"

雅丹姆站起来,一手提个皮革小包,另一手拿个大防水信封。玛可斯接过来,折起合同收进信封,再把信封放进小背包。派克抱起双臂,眯着黑色的眼睛,满意地看着。

"别惹事。"她又叮嘱。

"我们会做必须做的事。"玛可斯回答,"雅丹姆?"

"来了,老大。"

玛可斯走进风暴之中。雨滴抓扒他的脸庞,刺戳他的眼睛。雅丹姆在他身旁"啪嗒啪嗒"地走着。

萨和克沙特的边境。提娅查·艾振西在玛西亚帮城主镇压造反的卫兵,她的队伍比寇克和丹尼安那两支规模更小,成立时间也更短。还有一支玛可斯没听说过的队伍正在赫雷兹,自称黑猎犬,但详情不明。

　　风暴吹着吹着转移到海上去了。天色渐晚,落日把南边高空的云朵染成华丽的红金两色,远远望去,它们下面那层灰云更显温柔。街上湿漉漉的,但很干净,连泥巴都被冲走了。木偶师和乐师都出来了,在街角和酒吧院子里卖艺。玛可斯买了一份熟牛肉,给雅丹姆买了鸡蛋和鱼,用折成锥形的蜡纸裹着。两人顺着宽阔的街道往前走。

　　"我最喜欢寇克,但我觉得去莱昂内亚没意义。玛西亚很近,但艾振西是个新手,而且我不知道能不能信任她。"

　　"而且她正给城主办事。"雅丹姆补充。

　　玛可斯耸耸肩,往嘴里丢了片牛肉。"这有什么问题?"他边嚼边问。

　　"我以为我们不给国王办事,城主算是小国王吧。"雅丹姆说。

　　"我又不找雇主。我有雇主了。我要找手下。"

　　雅丹姆抖了抖耳朵,"叮当"作响。

　　"老大,要手下干吗?"

　　"我要去救茜茜琳。"玛可斯说,"我还以为已经很清楚了。"

　　"就算找老相识帮忙,"雅丹姆说,"也是相当大的人情啊。"

　　"我不明白你是什么意思。"

　　"我们没有金子,雇不起队伍。"

　　"我知道银行的保险箱在哪儿。"

　　雅丹姆低头嘟囔一声。玛可斯走出五六步,才发现副手停下了脚步。查古人脸上表情空白、一片漠然。玛可斯走回去,站到他跟前。

　　"你有话说?"

　　"老大,按我的理解,你的计划是偷银行的钱,请一队佣兵,开进一个正在内战的帝国,是这样吗?"

"我的计划,"玛可斯的语气虽然随意,但混有嗡鸣的怒意,"是去把茜茜琳平安地救回来。为了这个目的,我什么都敢做。即使要把这座城市沉入海里,我也会的。"

"这不对,老大。"

"你想说她不值得救?"

"我想说,率领外国军队卷进一场内战,更像火上浇油。为此招惹银行,更是绝了后路,即便你找到她,也不可能回来了。"

"那我该怎么做?待在一旁冷眼旁观?"

"执事很聪明,很能干。你可以相信她。"

"她是个小姑娘,身陷战乱当中。"玛可斯说,"我们都知道一个女孩在战争期间会遇到什么。我要去找她,保护她。我从没要求你跟我一起去。如果你办不到,那就算了。"

雅丹姆一脸怒容,仿佛连头骨都扭曲了。

"我要你重新考虑。"他沉声说,"保险箱……"

"比还她值钱?"玛可斯说,"区区银行比茜茜琳更有价值?"

两人站在街上对峙。地平线上,云层里有闪电窜动,但太远了,听不到雷声。玛可斯又咬了一口食物。雅丹姆叹息一声。

"那你打算怎么抢保险箱,老大?"

"看守是我安排的。"玛可斯回答,"一把锤子、一个凿子、一辆车——配上好牲口。我们知道从这里去自由城邦的小路,也可以租艘小船,沿着海岸边跑路。该死,买艘渔船,不回来就是了。二十天能到伊拉萨,玛西亚就更近了。"

"离坎尼普还是很远啊。"

"这个问题今晚再讨论好了。"玛可斯回答。

买手推车没花多少时间。支行旁边就有个带院子的烧陶场,愿意卖掉一辆小车,而且玛可斯愿意多花钱。至于锤子和凿子,找个铁匠说明要求即可。那个铁匠敲了数十年锤子,几乎成了聋子。

计划简单，所以有效。

街道昏暗而空寂，奥利瓦港的正经市民都在床上睡觉，其他三教九流则大多集中在盐区附近。夜里巡逻的女王卫兵比较少，就算有，他们能有什么意见？人人都知道玛可斯和雅丹姆是银行的人。如果有人在前往银行的路上遇到他们，都会以为他们是去值班。一旦离开，玛可斯估计，那就是永远离开了。奥利瓦港或任何有美狄安银行支行的地方，都不可能再次朝他开放。

但这代价并不大。

夜色中，雅丹姆把小车拖进屋里，锁门，上闩。玛可斯下楼撬埋在地里的保险箱。锁头看来好拆，但还挺结实，他花了大半个小时才翻开箱盖。铰链上足了油，没有发出声音。玛可斯把提灯拿到箱子前。只有最机密、最有价值的合同才会放在这儿。纸不过是纸，能用它们变现的人很少。可宝石、一袋袋金币、一块块银锭、珠宝、密封瓶子里的珍稀香料，任何人都能用。玛可斯蹲在箱子上方，用空出来的手翻过银行的财富，心中评估。

"比我们刚来时少了。"雅丹姆说。

"意料之中。"玛可斯说，"大部分用来借贷和投资了。不过这些也够了。也许雇不起一支齐整的队伍打上一季，但也够请几百个刀弓手。没有漫长的补给线拖慢速度，在路上还能走得更快些。"

"我要请你帮个忙，老大。"

玛可斯抬起头。提灯照着雅丹姆的下巴，影子投在他脸上，像帽子般遮住他的表情。在这样的光线下，他完全可能是另一个人。

"什么事？"玛可斯问。

"一旦把这些东西搬上车，走到门外，这事就成了定局。这是最后一次重新考虑的机会。我希望你花一点时间，跟我一起祈祷。"

玛可斯哈哈大笑。

"我是认真的，老大。"

"老天爷不会听的。"玛可斯说,"他不会保佑我们。"

"我想我们才是倾听祈祷的人,老大。"

"那就赶紧。"玛可斯回答。

雅丹姆低下头,闭上黑色的眼睛。玛可斯站着,双脚不停交换,等待着。从这里到马厩隔着七条街,到港口就更多了。不过,凭着这些财物,买一条离城的路很容易。黄金、加上手里的剑,明早他们就能到另一个地方。雅丹姆睁开双眼。

"改主意吧,老大。"

"不行,反正神灵不会发话。神神叨叨的事做够了?"玛可斯抛出一小袋宝石,雅丹姆抬手接住,"帮我装车吧。"

雅丹姆用手按住他的肩头,世界随即旋转起来。地窖的石墙如锤子般敲中他的后背。他跌落下来,手脚着地。

"搞什么……"

雅丹姆走上前来,巨掌捏住玛可斯的脖子。玛可斯就地翻滚。他想拔剑,但查古人用另一只手钳住他的手腕,用力一扭。同时,捏住他脖子的手往上一抬,玛可斯的双脚便离开了地面,世界开始发红、模糊。他抬起膝盖,往雅丹姆肋下的柔软部位狠狠一顶,感觉那地方陷了下去,喉间的铁钳随即松了一点,让他吸进一丝空气。雅丹姆无情地拉扯玛可斯使剑的手臂,像拉动一只杠杆,但玛可斯已顺势挣脱钳制。

他急转过身,举剑防御,却慢了半拍。他买来撬锁的锤子优雅地砸中他的鼻梁,鼻骨迸裂,鼻血喷出,世界只剩一片痛楚。他感觉手里的剑被抢走了,但那就像发生在别人身上。他盲目地往前撞去,肩头碰上什么柔软的东西,雅丹姆被推倒在地。查古人往左边翻去,伸手钩住他的喉咙。玛可斯踢着脚,使劲低头,想用牙咬雅丹姆的手臂,却够不着。他嘴里有血,鼻子无法呼吸。他的手指抠进勒在喉咙上的厚实肌肉,似乎闻到一股烟味。他的双脚渐渐发软,眼前的世界缩成遥远的灰色小点,闪烁几下,最后消失了。

等玛可斯恢复意识时，双手双脚都被绑在身后，嘴里塞了布，还用皮绳绑紧。他的头上罩了个袋子，导致呼吸更加困难。他躺在手推车里，木轮正在鹅卵石街道上隆隆滚动。他的鼻子一抽一抽地往头颅里发送刺痛的信号。他扭动身子，试图换个姿势，好让自己跪起来，或者喊女王卫兵过来。

"这就是货？"一个陌生的声音问。

"对。"雅丹姆说，"你知道该送去哪儿？"

"知道。可我没法保证他不会半路挣脱绳子。我不是战士。"

"我是。"雅丹姆回答，"他挣不脱。"

有人提起他的腰，又把他丢下，狠狠砸在木板上。铁链"咔嗒"响起，加上一条宽阔的皮带，像肚兜一样缠住他。头上的袋子歪了点，玛可斯能看到一辆大车的车厢，木板里嵌着大铁环，雅丹姆正把铁链固定在铁环上。愤怒和意志力推动他跪了起来，但雅丹姆随手把他按了回去。

"你还要绑多久？"车夫问。

"快好了。"雅丹姆沉声答应。他扯了扯铁链，玛可斯随链子倒回木板，肩膀和臀部一阵剧疼，沉重的呼吸让鼻子又开始流血。只要他伸长脖子，就能看到查古人那坚忍的脸庞低下来看他。雅丹姆的双手都有新鲜的血迹，耳朵上有道割伤，但玛可斯不记得自己是什么时候割的。他心里有一部分仍然希望会被松绑，希望这是个玩笑，或者教训，或者对方又要开始宣讲夸张的宗教信条。

但另一部分，已经清醒的部分，则怒视着查古人，心想：竟敢这么对我，我要宰了你。

雅丹姆说话了。他语气平静，简直跟讨论天气、招收新兵，或其他任何事情一样。

"老大，我把你丢到阴沟里，接掌队伍大权？就是今天了。"

盖德
Geder

他们遁入地下。

盖德最初的想法是沿着深渊崖面的小径和栈道走下去，找一条可以通往城市地底废墟的通道。但那个叫茜茜琳的白皮肤女人看到了问题：使用别人正走的路，很可能会遇上人。想要安全，就得去没人去过的地方，打通不存在的道路。这想法仿佛是她的第二天性。盖德怕得要死，却无法否认其中的智慧。于是演员们花了大半天时间在城里寻找荒废的角落。他们找到了，那是一座古老的货仓，废弃不用，部分已经坍塌，墙壁也开始往地底下沉。

房子之所以坍塌，因为它底下是空的，有条古老的拱道，上面的石头暂时还撑得住。盖德身穿散发香水和化妆油气味的灰色粗布衣裳，跟着众人走进破房子，爬下拱道。碎石和拱顶之间只剩下一两尺左右空间，但足够让猫咪自由出入了。茜茜琳第一个进去，她仅带一盏厚实的玻璃灯，里面点着小蜡烛，就这样爬进黑暗。洞口很小，她必须用手肘爬。进去五六码之后，她往外喊话，说拱道里面变宽了，有空间，大家都可以进去。

下一个是艾斯特。石头在他的身下"嘎吱"作响。茜茜琳一直在喊话，直到王子找到她。

然后，轮到盖德。

当他只有艾斯特那么大时，他是里文翰领主的儿子，他家方圆一天骑程之内，再没有别的男孩子。所以，爬树、爬山洞、从悬崖上跳水……这些游戏从不属于他的童年。他没有冒险经验可以借鉴。所以，当他逐寸逐寸往前爬、日光渐渐消失在身后时，满心想的都是压在头顶的巨大重量。在古老石头的压迫下，空气变得更加稠密，身下的碎石变得更厚，把他顶得后背贴近拱道顶，他几乎像蛇一样往前滑。猫尿的臭味更加浓烈。有那么一会儿，他以为自己在黑暗里转错了弯，迷了路，要被生生埋在此地。

随后，他看到茜茜琳的烛光。等他跌到下面那个房间时，他相信自己的膝盖和前臂肯定已鲜血淋漓，可用蜡烛一照，那里只有几块轻微的擦伤。

艾斯特双眼放光，十分兴奋。他主动请缨，爬回去找等在外面的演员们。等他回来时，脚踝上绑了根绳子。三人一起拉绳子，把一盘东西从拱道里拖了进来，有蜡烛、毛毯和用密封瓶子装好的葡萄干、水、干肉。这些东西不能吃很久，但一天足够的。茜茜琳喊声谢谢，其他人的回答微弱地传来。然后，演员们走了。

这个房间是一座半埋的花园的一部分，仍能看出古老的柱子间有花床。一条敞开的水道通往更小的空地，那儿有棵枯树，靠着一堵仍然直立的石墙。还有一扇塌掉的门，通往城市更深的骨架，那边有些房间，也许曾是座房子。但那地方太小了，除了猫，谁都进不去，而且地上尘土很厚，没有人类的足迹。这里到处都是猫的臭味，但盖德发现，时间一久，臭味便消散了。

"好了。"茜茜琳说，"这里还不错。"

"我们应该多探探后面，"艾斯特说，"也许有另一条路出去呢。"

"最好不要。这里没人会经过。如果往里再探，碰上别人在用的地方，可能会被发现。最好还是留在这个没人来的地方。"

"谁会到下面来？"盖德问，"这地方就是个洞嘛。严格来说，就是个地洞。"

"每座城市都有穷人。"茜茜琳回答，"再说了，你想要什么？这是个避难所。所以我们只能待在这儿。"

——◆——

比起暴力，更折磨盖德的是背叛。他躺在黑暗里，双手垫在脑后。茜茜琳出去寻找食物并打探消息了。被他们占了窝的猫儿们不敢靠近，只能偶尔听到它们在远处用爪子刮蹭石头。艾斯特发出低沉有规律的呼吸声，说明他睡着了。盖德希望自己也能睡着。

可每当他闭上眼睛，就会看到道森·卡连姆，看到他手里的刀、巴拉希普手指上的血。说不通啊。那人是乔瑞的父亲，盖德曾帮他揭发并毁灭了菲尔丁·马斯，曾信任地把军队交给他。道森·卡连姆，朋友，导师。盖德眼前再次浮现出那把刀，还有道森眼里冰冷的恨意。

如果道森是敌人，那任何人都有可能是敌人。敌对的理由可能千奇百怪，甚至没有理由。

多么可怕、多么折磨人。反正艾斯特睡着了，不可能知道，盖德便放任自己哭了一会儿。因为恐惧，因为悲伤。

这里总有些杂音。仍在深处游荡的猫咪会试探性地靠近，然后慌慌张张地逃走。洞里没有老鼠，盖德估计，狩猎者的气味早把猎物吓跑了。时不时，他还能听到小石头和石块的碰击声，大概是某些小东西崩落发出的。历经数年、数个世纪之后，那些小石头，或雨水的细流，将会把这样的地方填满。在这些石头上，曾经有男人女人走动，欣赏花床里盛开的紫罗兰。但如今，连头顶的阳光都消失了。终有一天，就连这小小的空洞也会被沙子和石头占据。坎尼普底下可能埋着任何东西,永远都不会有人发现。这是一座建在失落之物上的城市。

有人嘟囔一声。小拱道里的石头发出摩挲声。盖德坐起来,紧张地舔着嘴唇。他什么也看不见。这里一片漆黑。他拔出匕首,呼吸沉重。

"你醒了?"茜茜琳问。盖德舒了口气。

"是啊。"他轻声说,"艾斯特睡了。"

"好吧。"她说,"给我点支蜡烛好吗?在外面我不敢点。"

"为什么?"

"现在是晚上,会被人看见的。"

盖德点起蜡烛。茜茜琳滑入地底花园。她的头发梳在脑后,扎成一条活泼的马尾。她的手和膝盖上都是尘土,肌肤如鬼魂般苍白,在烛光下简直在发光。由于混有辛奈族血统,她显得娇柔而脆弱,但她气场和举止中的自信说明那都是错觉。如果她是原血族,盖德会认为她不过是个小姑娘,至少从那光滑的皮肤看来是这样。可她是银行的执事,年纪可能比盖德还大。她是个见过世面的女人。她跪下来,解开脚踝的绳子,开始拉。一只盘子随着扯动"喀喀嚓嚓"地滑了进来。

"消息不太好。"她轻声说,以免吵醒艾斯特,"街上仍有打斗。有私人卫兵和贵族家臣,也有强盗。很多强盗。如果发现某个贵族府邸空了,他们会把它洗劫得只剩墙壁。还有些人趁机寻仇。今天下午,五个戴面具的人抓走一个商人,名叫德伦·鲁特,把他扔进了深渊,没人知道为什么。"

"巴拉希普呢?"

"神殿被烧了,但没倒。麦克尔和桑达去过那儿,没找到人,也没找到尸体。看样子,肯定有些祭司被杀。有人传闻,说在附近见过祭司,但到目前为止,我们一个都没找到。"

盖德身子向前,摇着头。他的肩膀紧张得生疼。太糟了,全都乱套了。没有了巴拉希普和道森,就算回到地面,他也无法想象自己能做什么。

"城里的卫兵呢?"他问,"他们在干吗?"

茜茜琳把手伸进黑暗的拱道,"哼"了一声,把托盘扯了进来。

"他们忙不过来。"她说,"外面根本没有王法了。说真的,今晚,我们三个也许是坎尼普最安全的人。"

"除非你的朋友背叛我们。"盖德指出。

"没错。"她赞同,从盘子里拿起个用布包裹的东西,放到地上,"但不太可能。"

"为什么?"盖德脑海中又现出道森·卡连姆的脸,还有他手上沾血的刀,"任何人都有可能,为什么不会?"

"以前,他们当中有个人试过。"茜茜琳回答,"其他人都看到了那人的结局。"

她从盘子里取下一只瓶子,然后是三个水袋,最后是个锡铁夜壶。她在烛光里举起夜壶,脸上露出懊恼的微笑。

"差点忘了必需品。"她说,"你说,我们该把它放到那棵树旁边,还是往里更远一点、鼻子闻不到的地方?"

盖德想象一下在对方听力范围内解开裤带的情景,脸滚烫起来。

"更远一点好些,你觉得呢?"

"好吧。"她说,"让第一个用它的人挑地方好了。"

在唯一的蜡烛照耀下,她解开布包。里面的食物够吃好几顿了,而且还挺丰盛:烤鸡、比她手指还细的生萝卜、半只葡萄酒煮兔子,还有放了太久以至敲起来显得很酥松的硬肉卷。二人坐在昏暗的灯光里开吃。茜茜琳喝着葡萄酒,一副娴熟的样子。盖德发现自己很难赶上对方的速度。最后一只鸡只剩骨头时,他们开了第三袋酒。看她喝酒的架势,盖德相信,她睡觉前肯定会把酒喝光。

艾斯特在毛毯里轻轻打呼,说着梦话。

"他很容易接受现实。"茜茜琳朝睡梦中的男孩摆摆头。

"他是装的。"盖德说,"其实他很难过。他很小时就没了母亲,如今又失去父亲。再加上王冠给他的压力。"

"只因生为王位继承人,就要经历那么多磨难,真不公平。"她说,"人们总以为权力会带来更多好处。"

"怎么?你觉得事情还不够美好吗?"他问。茜茜琳没有立刻笑。当她终于笑起来时,盖德松了口气。

"摄政王殿下,我猜这对你来说很不寻常吧。"她说,"但你从小到大都是贵族,跟王子一样,你能明白他承受的压力。"

"我不明白,真的。我是说,虽然现在我跟他处于几乎同样的地位,但以前我身份很低。他从会说话时起就知道自己要继承王位。我呢,只知道我将继承山谷里一块小小的领地,树很多,农田却不够。"

茜茜琳歪着脑袋打量盖德。葡萄酒为她的脸增添了血色,一缕散落的发丝在她唇前飘动,她把它吹开。

"那,发生了什么?"她问,"你如今高高在上,实际已是国王。"

"说来话长,一言难尽。"盖德回答。

"说得对。"她在说反话,"我们时间不多。"

盖德只好从头讲起。先是里文翰,那儿有条流速很快的小河,还有父亲建起的图书馆。他对母亲记忆不多,想起多少就说多少。接下来是他年幼时对坎尼普的想象。在父亲口中,那是座魔幻之城,贵族老爷和夫人们翩翩起舞,说着智慧箴言,为爱情和荣誉决斗。如今说来,他不禁发笑,但当年,幻想是如此的强烈、如此重要。

然后,他第一次涉足政坛,第一次上战场。

当他提到万奈时,茜茜琳没了反应,但她的表情从沉静到陷入思绪再到忧郁。尽管盖德脑中有个声音叫他停下,但眼前的女子越是沉默,他就越想逗她说话、惹她大笑。焦虑迫使他继续述说。他夸大自己的失败和缺点,只为搞笑。其他人都嘲笑他,所以这女子应该也会。但茜茜琳只是点点头。盖德心里明白,必须在焚城之前改变话题,但故事和酒精仿佛拥有了意志。他的嘴巴在描述特尼甘如何占领城市,如何任命艾伦·克林为庇护使,他的耳朵在听,他的心越来越惊恐。他把自己描述成克林意志的执行者和替罪羊。

当他提到把万奈的财富偷运出城的商队时,茜茜琳稍微恢复了点精神。他描述自己如何离开龙道往南走,领着一群不听话的提兹奈族士兵在冰雪和泥巴中跋涉,探索不可能有商队出没的地区,这时她的注意力完全回来了。盖德甚至放任自己坦白——第一次在人前说出口——他曾找到那些财宝,却又将它放走。她脸上难以置信的表情可谓滑稽。

"我知道。"盖德摇着头说,"那么做很卑劣,可能还算不忠,但克林实在是个虚荣……我都不知该怎么形容。"

她打量着盖德,那眼神仿佛第一次看清他。而她的微笑如浇向火焰的一瓢清水。盖德咧嘴笑了,耸耸肩膀。

"我只拿了一点点。"他说,"足够我回万奈之后买几本书。"

"当然。"她一脸惊异地摇着头,似乎是赞扬。盖德低下头,心里突然为自己的大胆感到骄傲,"焚城时,你还在城里。"

盖德深吸一口气。昔日的恐惧再度涌上心头。虽然一直置之不理,但它从来不曾远离。

"当时,我是那座城市的庇护使。"他说。

茜茜琳的表情一片空白。

"这么说,是你下的命令?"

真相就在嘴边。回答"是",实在太容易了。但盖德希望对方喜欢自己。

"不是。"他回答,"命令来自更高层。但我没能奋起反对。我应该站出来的。那是个错误,是个可怕的、愚蠢到极点的错误。无论谁下达的命令,他根本无法理解那意味着什么。无法真正理解。到现在,我还时不时做噩梦,梦见那场火。你……你去过万奈?"

"我在那里长大。"茜茜琳回答,"我的父母埋葬在那儿,银行收养了我。我认识的所有人都死于那场大火。"

盖德惊得五脏六腑都空了,心里默默感谢老天保佑自己撒了个谎。紧接着,愧疚如海浪般冲刷他的全身。

"我真抱歉。"他喃喃说着,别过头去。

"我不知道。"她说,"我爱他们,但他们不爱我。卡姆也许爱我。但我觉得,艾曼尼执事不爱任何人,他不是那种人。他们死时,我很难过,可是……"

"可是?"

"可我不知道,如果他们还活着,我会变成什么样子。"茜茜琳回答。她咬字还算清楚,正是醉得刚好知道说话不要拖沓的程度,"我想念他们。我猜,我也哀悼他们。但我喜欢自己现在的样子。我对一切都充满期待。以前发生的事把我带到了这儿,所以我无法评判它们是好是坏。如果我有父母会怎么样?如果不去卡斯,我会变成什么人?如果可怕的事能产生好结果,你会怎么做?"

"我不知道。"盖德回答。尽管他听不懂卡斯那部分,但她是从卡斯来的,所以,在过去某个时间点,她肯定去了卡斯。

她把酒袋拿到嘴前,仰头喝下。她的喉咙动了一下、两下、最后一下。一滴红色的酒液从她唇边流出,她用袖子擦掉。她微笑时,表情慵懒而愉快,跟混战中的城市废墟完全不搭。

"我醉了。"她把空酒袋放到地上,"可以睡了。"

"那好,晚安,执事。"

她幽幽点头,但双眼明亮而快乐。

"睡个好觉,摄政王殿下。看谁先用到那个夜壶。"说完,她嘟着嘴唇往前探身,吹灭了蜡烛。

黑暗纯粹而彻底。盖德摸到毯子,蜷缩起来盖好。他手臂上的擦伤有点痒,但不严重。他听到茜茜琳摸索着找毛毯,轻声骂了几句,翻身,布料发出摩挲声。她的呼吸先是轻浅而厌烦,然后渐渐柔和、深沉、规律。她微微打鼾,喉间发出尖细的呼噜声。盖德躺在泥土地上,用胳膊当枕头。他听到猫爪发出轻微的"啪嗒"声,大概是这个地洞原来的住客之一,被烤鸡的香味引来了。他又听到一条细小粗糙的舌头急急忙忙舔舐的声音。他动了动,猫咪立刻逃了。盖德有点抱歉,因为他不介意把吃剩的食物分给它。

他本来没意识到,那小小的烛火竟能给这小洞带来些许暖意,没有了它,气温开始平稳下降。他强迫自己睡觉,像年轻时那样数算自己的呼吸,从脚底开始,依次想着全身每一个部位,强迫肌肉放松,直到头顶。洞里越来越冷,但他已经不在意了。缓缓地,一寸一寸地,他的意识在飘远,融入宁静的幽暗。当茜茜琳往他身上贴时,盖德只能迷迷糊糊地感觉到她的存在。

他最后一个理智的念头是,自己正睡在一个女人身边,却一点也不觉得奇怪。

道森
Dawson

坎尼普城中的混战持续了一个多星期。一场接一场的暴力,一报还一报的复仇。到现在为止,已经两次有人企图冲开城门,但两次都被击退。城里的食物供应开始短缺,水池的水位开始下降。炎热的夏日携着数年来最猛烈的高温加入战场,万里无云的空中直压下来,把所有屋顶变成了灼烧的青铜,烤焦鲜花,热疯市民。

道森站在艾伦·克林家的屋顶,双手背在身后,强装自信地扬起下巴。他的城市在受苦。他的国家在受苦。此时此刻,阿斯特里堡完全可以重建军队,神不知鬼不觉地杀到城墙外。反正那也没有任何区别。他们自己造成的围城,跟敌人能制造的一样牢固。那感觉就像心爱的猎狗正在发疯,自己要把自己咬死,但道森只能惊恐又哀伤地旁观。

在他身后,艾伦·克林清了清嗓子,从没什么创意的梅克斯·绍特则有样学样。道森转身望向盟友。他们是被冤枉为叛国贼的爱国者。艾斯庭·柯西连已经牺牲,他在街上被人捅了一刀。欧德·马特林也在场，但显得微小、懦弱又厌倦。班尼恩大人也挺住了，但他不在这里。昨晚他的府邸着了大火，今早他带着十几个人回去，希望抢救一些财产。

"不能这样下去了。"克林说。

"我知道。"

下面的街上本该人来人往：男男女女、狗和小孩、去洗衣房替主子取回干净衣物的仆人、拉着一车车芜菁和萝卜前往集市广场的马匹……然而此刻，走在街上的是腰间佩剑、目光警惕的男人。他们是道森、克林和班尼恩手下的人，正在分组巡逻。为了宣示忠诚，屋顶上插着艾斯特的旗帜，可日子一天天过去，这一举动显得越来越没有意义。

"如果找到勒禅国王，"马特林说，"就可以合理合法地宣称我们是勤王之师，因为我们手里握有王室的敌人。"

"能确定他还没被人杀掉吗？"梅克斯·绍特问。克林回应的笑声低沉而恶毒。

"我们甚至不知道有没有人在养他。"他说，"不用动刀，他可能早就饿得去见天使了。"

"那我们只能投降了。"绍特说。

"决不能向帕列库投降。"道森反对，"就算放下武器，也必须向王子投降。否则，他们对我们的一切评价都会成真。"

"你低估了他们对我们的评价。"克林说，"但无所谓了。在我们找到王子或摄政王之前，无论向达斯克林、布鲁特或街上随便哪个人缴械都没区别。不管我们向谁投降，都没人能确保我们走到绞刑架之前的安全。"

"为什么不行？"绍特追问，"如果其他人向我们投降，我们会善待他们的。"

"但他们不会。"克林的话如绝望之歌，"他们要赢了啊。"

"那些祭司怎么样了？"道森问，"抓到了吗？"

"抓到几个。"克林说,"不是全部。尤其那个大祭司,无影无踪。我们只逮到六七个。"

"他们在哪儿?"马特林问。

"深渊底下。"他回答,"我们把他们丢到桥外。动手前,我跟其中一个谈了一会儿,他的故事很有趣。"

"我才不管猪叫是什么意思。"道森说,但克林像没听见一样继续。

"他们说,帕列库在王堡的秘密塔楼里坐镇,指挥所有该死的战斗。他有魔法庇护,刀剑刺入他的身体,会像刺入雾气一般落空。"

"胡说八道。"道森说,"我的刀砍伤了那个祭司。"

克林摇摇头。再次开口时,他的语气更加生硬。

"他们说,一切都在帕列库计划之中。这是他的肃清行动,从菲尔丁·马斯开始。只有他知道究竟有多少人被卷入。他们说,此刻的战斗,就像他敷在伤口的热毛巾,要把脓水都吸出来。"克林环顾屋顶四周,"如果你没明白这个隐喻,那我告诉你,我们就是他们口中的脓水。"

街上有人喊了一声,立刻有五六个男人拔出剑朝声音来源奔去。道森真希望自己的目光能转过屋角,跟随那些人的身影,而不是站在屋顶上。尽管这里能看到更多情况,却看不到街上的情景。

"你不相信这鬼话。"道森说。

"我不知道。"克林回答,"也许不相信,但再疯狂的故事,里面可能也藏着少许真相。帕列库当时知道我们要动手。"

"他表现得很惊讶。"道森指出。

"也许因为他不知道是你。"克林说,"但现在他知道了。也许一切都是设好的局,以揭发反对他的人。反正结果就是这样,不是吗?"

汗水顺着道森脊梁骨流下,他的袖子贴在手臂上。街上的喊声更加响亮,伴随着金属交击声。但克林照样当没听见。

"我不相信他成了什么大术士,能化身为雾,看透所有臣民心思。

可是卡连姆,有人相信啊,有人相信这话是真的。"

"白痴总是有的。"道森说。这时,街上的战团已被逼得退了回来,绕过屋角,往克林家的院子移动,"而你也在谈论这些。该死,他们又来了。发警报,防御。"

"有什么用吗?"克林问。

"免得我们被杀死。"道森逐字逐字地说。克林只是微微一笑。

"人人终有一死。"他说,"至少我不用死在沼泽地里。"

终于,防御的战鼓响起。在克林家里休息的战士纷纷出动,把袭击者赶到路障之外。那些路障还得后撤一些,因为班尼恩不在,道森人手太少,无法守住克林府邸四周的所有街道。天知道班尼恩何时才能回来。

或者,还能不能回来。

坦白地说,克林的家布置很丑。跟伊桑简、马斯和所有信奉破除旧习的新生代一样,古老的审美观在他身上已经失落。这里没有干净的线条,缺乏朴素、高贵或稳重的气度,完全没有经典建筑之美。门框雕刻着乱七八糟的小东西:猴子举起青蛙、狮子骑在青蛙背上、狮子朝展翅充当横梁的苍鹭挥舞爪子。织锦的图案华丽而繁复,垂着穗子,仿佛烂牙男人流下的口水。所有楼层无一例外,全镶着不同颜色的石头和彩色玻璃。

坐在休息室里的克莱拉有如石头中间的宝石。克林提供的床铺占据了房间的大半,但她坐在床上的样子,仿佛那是世界上最雅致的丝绸沙发。屋子里热得像烤炉,连一丝吹动轻烟的微风都没有,于是克莱拉把百叶窗都打开了,柔和的日光洒在她的针线活儿上。粉红、黄色和绿色丝线互相交错,组成道森看不懂的图案。他总感觉,妻子故意把图案做得复杂,将丝线做成待解的谜题,但最终的结果,将使每件作品都成为简单至极的雅致之作。

"你不该出现在这里。"她头也不抬地说,"只会让我觉得我分了你的心,让我感到内疚。"

"如果告诉你,我是来找乔瑞的呢?"

她露出微笑。克莱拉向来有种既表达愉悦、同时也不否认厌倦的天赋。

"那我会问,为什么不到他房间或兵营去找?"

"本来想去,"道森回答,"可我分心了。"

她放下手里的活儿,拍拍身旁的床垫。不用问,那是张过度柔软的垫子。克林本质上就是个软弱的男人,一直都是。

"再跟我说一次,"道森说,"菲利娅·马斯死的时候发生了什么?"

"嗯⋯⋯你还记得我们——你、乔瑞、盖德,还有他那位大个子信徒朋友——坐在客厅里的情景吗? 当时,可怜的菲利娅神经紧绷。当帕列库逐一揭露菲尔丁的所作所为时,可怜的人啊,她崩溃了⋯⋯"

跟以前一样,克莱拉又重复一遍:找借口去马斯家,受到质问时,祭司坚持说他们受到男爵的邀请,接下来,取得证明马斯谋反的信件,却被马斯发现,菲利娅被杀。

然后,文森·寇尔在走廊里抵挡男爵及其手下,那位牧羊人祭司巴拉希普靠恫吓把马斯赶走了。道森试图想象当时的情景,但失败了。他跟菲尔丁·马斯交手多次,不止一次动过刀剑。马斯? 怯懦地放弃? 放下剑,转身离开?

"他们拥有邪恶的魔法。"他说,"能击溃人的意志。他们毁了马斯,毁了双塞桥要塞里的战士。而且,我看得出,他们正在蚕食克林。他跟那些祭司说过话,他心里的火焰已经泯灭,跟其他人一样。"

"你确定不是狂热战斗之后的后遗症?"克莱拉问,"摧毁意志并不需要魔法,世事本身已经足够。"

她的话中隐含着事实,尽管道森不愿承认,依然耐心地摆在眼前,毫不退让。由此而生的倦怠压迫在他肩头,比拖延不止的战斗、比疲倦和担忧更沉重。相伴而来的还有悲哀。为了国家，他已竭尽全力。他履行了心中的职责，筑起壁垒，对抗那些短视、卑微、却能改变国家的人。要是西米恩多活几年，把王位传给艾斯特而不需要摄政王的话……

克莱拉拉起他的手。他竭力向妻子传达希望。

"斯吉提林应该到附近了。"他说，"一旦他领军南下，就能打开城门。现在我们与敌人势均力敌，而他一来，就可以打破平衡。"

"是好事吗？"

"如果跟他来的只有巴列斯，那就不是好事。"道森说，"但我们还有纱比娅。我们是斯吉提林的亲家。有他的支援，我们就能扭转局面。我可以把你和纱比娅送出去，还有乔瑞，如果他愿意走。"

"那你呢？"

鼓声响起，深沉而枯燥。道森看得出，克莱拉打了个哆嗦。又是防御的鼓声，又一波袭击。他们来得越发频繁了。他们的目的不是赢，而是不让道森的人休息。围城中的围城。

"我必须留下。"他说，"亲爱的，很抱歉事情搞成这样。有你在，本来应该一切顺利的。"

"真会哄人。"她半带娇嗔地说，"知道吗，你嘴巴很甜。"

"你值得哄。"道森说着，从床边站起。

等他走到街外，战士已将袭击打退。太阳把鹅卵石街道烤得滚烫。即使日落之后，热气依然会从地面腾起，持续好几个小时。若在太平时期，这个时间他应该坐在巨熊兄弟会里，在清凉的葡萄酒、辩论、作诗、聊天中度过一个夜晚。太平日子里，夏天也不会如此炎热。

院子里，战士已经搭起帐篷和防御工事，就像战场上的军队。克林的花园被靴子踩成烂泥。玫瑰花都被砍掉，清出空地；原本挂满葡萄藤、长满绿叶的大片藤架只剩两截树桩，架子拿去做路障了。战士们有的热得反应迟钝，睡在小床上休息；有的正前往水槽，或从那边回来。他们面容污秽，表情呆滞，举止间充满戒心。即使拿着锡罐喝水，互相点头致意，也是一副败军之相。

当然，这不是真的。在其他府邸里、广场上，怀揣其他意见的人也同样热、同样累，同样为这城市遭受的破坏感到深切的失落。道森手下的战士没有垂头丧气的理由。只要他们站着，这场战斗就还没输。

他和值班队长一起巡视营地一圈。本来，他们在克林府邸三四条街外设了路障，宣示附近的广场是道森的领地。可在持续不断的狡诈袭击之下，那些路障就像沙砾一般，被潮汐渐渐侵蚀。原本的高墙，有的变成小土堆，有的更糟，只剩垒起来的垃圾，几乎无法阻挡任何入侵。

"我们无法守住原来的防线，大人。"队长说，"大家嘴上不说，但心里都知清楚。一旦所有人都知道，就很难再有热情重建防线。我们需要后撤一点，减少两三个必须派人的防御点。"

"那进攻呢？"道森问。

"大人，您说什么？"

"进攻情况怎么样？"

队长思考着答案，脸颊涨红。

"我们派了搜索队出去，每次四个人，轮流寻找王子和摄政王，还有您想要的祭司。"

"不够。"道森说，"我们坐在这里，像等待法官判刑的罪犯。大家需要斗志。把防线后撤，派弓箭手上屋顶建立新的防御点。告诉大家，今晚休息。明天早晨，我们进攻敌人。"

"是，大人。"队长的语气里没有一点兴奋，迟疑片刻之后，他问，"卡连姆大人，我们的敌人是谁？"

"帕列库和他那帮克沙特教徒。"道森回答。

"是。可是大人，他们就是我们要搜寻的人。如果您是说，我们要带兵攻打特尼甘大人、达斯克林大人或其他大人的队伍，那事情的性质就不一样了,那种进攻可能不容易安排。"

道森听得出来,队长这番话里的措辞是多么小心翼翼。

"他们一直攻击我们。"他说,"而我们一直缩起来挨打。这样是赢不了的。"

"是的,大人。哦,我的意思是,这样确实赢不了。可他们不是我们的敌人。来攻击的都是我们认识的人。我们曾经跟他们一起服役,并肩战斗。其中很多人都跟随过您。这情形,和出兵攻打阿斯特里堡或萨拉卡不一样。我们在跟安提亚人打仗。不一样。"

"但他们现在是祭司的仆人。"道森回答,"他们已经堕落了。"

"是的,大人。可是,面对可能在阿斯特里堡救了自己一命的恩人时,很难想到这一点啊。而且他们跟我们没什么私人恩怨,只是遵守各自领主下达的命令罢了,大人。"

正如我们。这句话悬在两人之间。道森听得出其中的警告。渐渐消逝的不仅是希望,还有忠诚。大家都恨同一个敌人,才能产生斗志,然而除了祭司和帕列库,道森找不出其他目标。他不知其他贵族——特尼甘、达斯克林、布鲁特——是否也会面对同样的问题。希望是吧。

"谢谢你的坦白。"道森朗声回答,"重建路障吧。如果防守的人减少一些,那出去搜寻的人就能增加,对吧?"

"是的,大人。相信我们能做到。"

"那就这样做吧。"

太阳在笼罩城市的天穹中缓缓运行。道森恨它,恨所有藏在它裙下的星辰。有那么一会儿,王堡反射着阳光,如一道不会消退的闪电。道森想象帕列库高踞塔上,坐在秘密房间中,俯视他自己、俯视城市。那里将是他们的目标。如果要进兵、要发动最后一击,那就应该把帕列库从王堡的据点中连根拔起,把他从凌渊王座上拖下,让艾斯特取代他的位置。那个男孩可以成为比帕列库更出色的国王……

突然,一个声音轰然响起,激起的回声在城中建筑的墙壁间来回震荡,以致有些字句已听不清楚。但它的音调十分熟悉。道森迈开脚步,随即改成小跑。他心脏揪紧,往正在搭建新路障的方向跑去。他手下的战士被分成两队:一队陆续把圆木、桌椅、翻倒的马车堆在街上,搭建起阻挡同胞进攻的防线;另一队站着,手拿弓箭或长剑,准备抵挡新一波攻击。

但攻击没有来。没有战斗,没有刀剑。

在他们刚刚退出的广场上,一座攻城塔架在巨大的木轮上,由后面一队奴隶推动。塔下至少护着五十个剑士,但没发动冲锋。塔顶几乎跟屋顶一样高,上面有个射箭房,厚实的木板足以抵挡射去的箭矢。但是,本该由弓箭手探身出来往下发射箭雨的窗口里,却伸出一个喊话用的喇叭。喇叭中传出蜘蛛女神大祭司巴拉希普雷鸣般的深沉嗓音。盖德的操偶大师来了。

"听听我的声音。"他喊道,"你们已经输了。你们为之战斗的一切都没有意义。你们赢不了。听听我的声音……"

茜茜琳
Cithrin

"你需要洗澡。"桑达用脚趾头顶顶查丽特·苏恩,过了一会儿又说,"我也需要洗澡。"

"依我看,我们都需要好好洗洗。"卡莉说,"还要吃点新鲜食物。可能还需要一场风暴。"

茜茜琳蹲坐在车子后面,手拿一碗煮麦片。她特意等到下午才离开地洞,可她已经走到黄屋,太阳仍然刺眼。她已在黑暗中待了十二天。

"嗯,好消息是我们找到了大祭司。"卡莉说,"坏消息是他躲在军队的重重保护中,不让任何人靠近。我想过给他送信,但我不知道你们愿不愿意。"

茜茜琳皱眉。事实上,她也拿不定主意。过去那个星期里,为了换来一张温暖的床铺、一顿大餐,以及在浴室里待五个小时的机会,她宁愿割掉一根脚趾。可盖德和艾斯特一旦离开,她便再没理由跟他们一起回到洞里。她真心讨厌那个地方,但离开之后,盖德将变回摄政王帕列库殿下，艾斯特则变回王子和国王。一切都将改变。"

　　她来坎尼普，是为发现在安提亚与阿斯特里堡的战争中，她能做些什么。如今，她却跟这国家当今与未来最重要的两个领袖一起躲躲藏藏。她了解到的是：盖德·帕列库是个有趣、但有点笨拙的人，喜欢看不大可能属实的野史；艾斯特连怎么把口水吐到远处都不会，当然现在学会了——这要感谢她。她看得出，这两人感情深厚，心里都有一团火，还有，他们虽然嘴上都不说、甚至不承认，但都大受打击，十分伤心。他们爬上地面后便会离开她，她将再也无法进一步了解他们。

　　"我跟盖德商量一下好了。"茜茜琳勾起两根手指，捞起最后一点麦片，"还有别的吗？"

　　"还有世人最常听说的谣言和蠢话。"卡莉回答，"你知道吗，盖德能指挥死者的灵魂，到了夜晚，鬼魂会在街上游荡，为他根除敌人？"

　　"他没提过。"茜茜琳说，"但知道了也好。好吧，如果就这些……"

　　麦克尔咧嘴笑了。

　　"还有，"他说，"事实上……"

　　茜茜琳挑起双眉。

　　"你总是这样，"查丽特·苏恩说，"演《塔斯卡悲剧》时我就说过。你总是停下来吊人胃口。"

　　"很有效嘛。"斯密特说。

　　"是啊。"查丽特·苏恩说，"可是耽误时间，讨人厌。"她朝麦克尔扔了一颗鹅卵石。

　　"事实上？"茜茜琳提示。

　　"事实上，"麦克尔有点窘迫地说，"我找到了那个佩林·克拉克的藏身处。他搬到坎尔·达斯克林府邸的客房去了。倒也是个好主意，你们原来住的旅店烧了。"

　　"烧了？"茜茜琳问。

　　"出事后第四天烧的。"卡莉说。

"我的衣服都在那儿。"茜茜琳说。

"还有十二个人,"桑达回答,"其中两个是孩子。"

茜茜琳打量桑达。不算太久之前,她差点把桑达当作了情人。如今,站在她的立场看,当时的选择确实明智,就像夜间明亮的火把。

"是啊,我是个小家子气的女人。"她说,"我为死者和受苦的人哀悼,但我真的需要取回那些该死的衣服。你们能联络上佩林吗?他有没有像那祭司一样受到严密的看护?"

"他不接待不认识的访客。"麦克尔说。

"好吧。"茜茜琳说,"我需要能写字的东西。"

她仍然清楚地记得银行的密文,而且她的字条很短:与摄政王殿下和艾斯特王子搭上了线。我该问什么问题?让同一个信使带回信。她考虑了一下,要不要暗示自己、盖德和艾斯特躲在哪里,但还是放弃了。如果佩林想见盖德和艾斯特,自然会来找她。

这是金融业内重要而有用的课题之一。通往财富与权力的关键说来容易,实现却难——就算中介。比如纳林尼岛,它是一个寒冷的岛国,没有足够的耕地养活居民,也没有独到的资源,但外海的洋流把它置于塞拉米斯角和大陆之间,这就是一笔巨大的财富。如今,茜茜琳就处于纳林尼岛的位置,虽非永远,但维持越久,获得的好处便越多。

"好了。"她把字条递给麦克尔,"我一有机会,就尽快回来取回复。"

"地下情况怎么样?"卡莉问。

"担惊受怕、无聊至极,想快点结束。白天我们让艾斯特溜到洞口望风,似乎有点帮助。"

"好。等这事完了,希望摄政王殿下记得谁是他的朋友。我快把王子衣服上的宝石花光了。"

"真的?"

"熟透的橙子可能比珍珠换来的东西更多。"卡莉说,"有些地区已经开始挨饿了。如果不快点结束,会有更多人死去,而且死的不是在光荣战场上牺牲的大人老爷们。"

话都说完,茜茜琳把一个袋子扛到肩头。里面有四袋新鲜葡萄酒、一块巴掌大的硬奶酪、一瓶水、一些陈腐的面包,还有两把硬得像鹅卵石、至少放了一年的樱桃干。往回走之前,她停下来,望向深渊对面。空中弥漫着雾气,深渊对面显得有些灰暗。这时虽没有火灾发生,但难说以后有没有,比如今晚。

她在这里待了不到半季,坎尼普就已经从帝国的心脏沦落到满目疮痍。伤疤既存在建筑物的烧焦痕迹里,也存在她遇见的人们——街上和空荡荡的集市广场里的行人、如狼群般结伙游荡的剑士——面容中。她埋着头,走得很快。她的非原血族特征过于明显,绝不会被误认为城中的权贵,但她可以装成仆人。在这里,从事低等工作的人中,各种族都有,只要她装成其中一员,就不会有人怀疑她要去哪儿、去干什么。

她独自一人往货仓和地洞走去。有三个男人跟了她将近半里路,喊着下流话,提出粗俗的建议。茜茜琳垂着眼皮往前走,告诉自己这是个好现象,因为人们就是这么对待独自上街的女仆的。当那些人终于失去兴趣走开时,她长舒了一口气。

在货仓前,她停下来往各个方向张望。没人看见她。她按老办法把一截绳子绑在脚踝上,爬下去。这次没人跟她一起来,所以她懒得用盘子,反正带来的东西都装在袋子里。

第一次爬黑色地道时,感觉永远都爬不完,如今却觉得很快、很短。到了通往地底花园的地道口,她看到盖德和艾斯特并肩坐着,借着一支蜡烛的光,正在地上画图案。

"我走之后,你们一直点着蜡烛?"茜茜琳问。

盖德和艾斯特对视一眼,显然他们是共犯。茜茜琳叹了口气,开始拉袋子。

"你们要知道,这支蜡烛快烧完了,可最快也要等到明天,我们才能拿到新蜡烛。"

"要么现在黑,要么等会儿黑。"艾斯特说,"没多大区别嘛。"

"区别在于,现在黑是我们的选择,"茜茜琳回答,"等会儿黑却是被迫的。你们在玩什么?"

"盖德在给我画魔雷德的盒子。"艾斯特说。

"是我在一本书里看到的谜题,"盖德说,"关于终结之战的。"

"我们有终结之战吗?"茜茜琳把一缕油腻的发丝拨到脑后,"我可不确定大家都已经知道打完了。"

"我说的是龙族。"盖德说,"你看这里。"

茜茜琳走过去,坐在他们身旁。盖德把谜题重新画了一遍。中间一个圆点是魔雷德,两边分别是他的兄弟。然后是三颗石头,代表扎基斯·暴鸦可能躲藏的地方:火焰堡、幻境、河洞。谜题规定了每头龙移动的方式和顺序,目标是让魔雷德在检查完三个藏身地的同时,阻挡自己的兄弟。

"如果在第一处就找到暴鸦呢?"茜茜琳问。

"不,你永远找不到他。"盖德说,"其实就是为了把三个地方都检查完。"

"如果……"艾斯特把手伸到棋盘上进行各种尝试,可惜都不成功。茜茜琳留下他们两个玩棋,打开袋子,把东西放在待会儿能摸到的地方。蜡烛肯定坚持不到晚上。但在黑暗的洞里,白天和夜晚都一样。

他们在黑暗里吃了晚餐,然后艾斯特爬出黑乎乎的地道,在废货仓底下看日落。茜茜琳坐在地上,背靠石墙,手拿酒袋。盖德在她前面靠右边点的位置,只是看不见。

"你真觉得他们都死了?"茜茜琳问。

"谁?龙?当然。"

"来这里之前,我去龙族墓地看过。当时陪我参观的人说,暴鸦会把一小队龙催眠,藏起来,等敌军过去再醒来,从背后发动攻击。"

"我也在书上看过。"盖德说,"他们还有飞船,能把人带上半空。那些船拥有钢铁龙骨,装备着街道那么长的尖刀,可以跟龙族对战。"

"他们有没有赢过?"

"应该没有。"盖德回答,"就算有,我也没在书上看过。"

"我小时候做过骑龙的梦。有条龙是我的朋友,愿意背着我飞上天空,离开万奈,离开我认识的所有人,抛开一切。我听过许多故事,详细描述怎样才能让龙听我的话,唯命是从。然后……"她"哈哈"笑着,摇摇头,尽管没人能看见。

"然后怎么了?"盖德问。

"然后龙变成了钱。"她说,"背着我飞的原来是钱币、合同、信贷。谁能想到,我梦见的龙其实是那些东西?"

"也说得通。"盖德回答,"我的意思是,其实你梦见的也不是金钱。龙、钱、骑马率领军队,或头顶王冠,全都一样。它们代表权力。你想要的是权力。"

听到这话,茜茜琳沉思片刻。

"你想要权力吗?"她问。

"想。"盖德承认,茜茜琳听到他在地上挪挪身子,"我想让嘲笑我的每个人都受到惩罚。我想让每次羞辱都得到报应。"

"如今你获得了权力,却住在弥漫着猫尿味的废墟里,吃着演员为你弄来的食物。"茜茜琳说,"看来你的计划并不顺利。"

"这不算羞辱。"

"不算?"

"不算。你也在这里嘛。再说,这事还没完。我们不会死在这里。这一切的罪魁祸首将为此付出代价。"盖德的语气平静而自信。

他不是在吹嘘,而是陈述心里的想法。"对了,当时跟你一起的人是谁?就是你参观龙族墓地时?"

"科莫·美狄安的儿子。"茜茜琳又喝了口酒,"我想,科莫一定很难吧。他把祖父创建的小店扩展成覆盖世界的庞大网络——很多地方都有——而他儿子却什么都不懂。"

盖德的笑声温暖、沉厚,带着一点冷漠,仿佛茜茜琳不经意贬低劳罗令他心情很愉快。

"不过他女儿很聪明,"茜茜琳继续道,"就是佩林·克拉克的妻子。如果科莫希望银行能再坚持一代人,就会把它传给女儿。"

一阵轻轻的摩挲声宣布王子回来了,然后是碎石散落地的声音。

"外面怎么样?"盖德问。

"有光。"艾斯特说,"路上还有人声,听上去很生气。"

"他们看到你了吗?"盖德抢在茜茜琳之前问道。

"当然没有。"艾斯特回答,话里的笑意十分明显,"我是鬼魂王子,没人能看见我。"

这一晚比平常清凉些。艾斯特的呼吸平稳深沉,没平时什么两样。葡萄酒缓和了茜茜琳的焦虑,但她没把酒都喝完。还有一袋在她一臂开外的位置。她躺在盖德身旁的黑暗里,很想伸手去拿酒。然而,她想再喝的事实,本身就是她不该再喝的理由。

她很清楚,格外的宁静加上强烈的忧惧,很容易诱人放纵。她很可能因为醉酒而失去了机会。如果她对自己诚实点,那她就该承认,在黑暗中,跟盖德和艾斯特待在一起期间,就因为放任葡萄酒灌晕自己,她很可能已经错失了机会。同时,失眠也无助于保持警醒,无法让人专心。这其中一定有个平衡点,既能安抚她的神经,又不会将她麻醉。她不想等到年华老去,还让自己醉眼朦胧,成为以酒吧为家的废物。她知道自己很可能会变成那样。于是她躺在黑暗里,没有伸手去拿酒袋。

盖德翻了个身，手臂搭在她肚子上，脸贴在她肩膀和地板之间。至少他很温暖，而她嘴里的味道也不会比他好多少。从呼吸频率听得出来，他在装睡。茜茜琳不禁露出微笑。他可花了不少时间，才终于壮起色胆。当盖德的手握住她的乳房时，她一点也不吃惊。

她闭上双眼，把接下来要发生的事想了一遍。不，不仅如此，还有她想做的事。艾斯特已经证明，他可以在几个小时的烛光谈话中呼呼大睡，甚至大笑也吵不醒他。而跟国王或摄政王的做爱还用讲什么礼节吗？当然，她可以拒绝，摄政王也会优雅地接受，并且道歉。至少她希望盖德这么对待自己。可是，万一帕列库以摄政王的身份提出要求，那就是另一回事了。虽然说，想想他会用哪种身份做出反应也挺有趣，但为此付出代价，也许很不愉快。

仿佛神游天外似的，她惊讶地发现，自己的呼吸变得轻浅了。很不幸，这一来，她再也不能假装睡着了。她当然不想要盖德。但果真如此吗？她以前只有过一个情人，她还记得自己对那人的爱抚是个什么反应。情况跟现在多少有点类似。她收回心神，开始留意身体的感受。压在身上的重量和温暖令她惊讶。盖德的手换了地方，试探性地贴着她的肚皮，一寸一寸缓缓往下挪。茜茜琳的感觉并不是尴尬或不适，反倒对盖德如此迟疑很不耐烦。要做就做，不做拉倒。这么犹犹豫豫地动手动脚，真是丢脸。他打算干吗？假装自己的手是无意中落在那儿的？咦，它怎么会在那儿？

想到这里，她的笑声不由自主从喉咙深处冒出。盖德彻底僵住了，如那些趁黑溜进来的猫，害怕地停住。

真是个馊主意。不管从哪方面看，这都是一次糟糕的、馊透的、笨拙的、不适宜的冲动行为。茜茜琳正确的做法应该是转过身，就这么对他说。然后，从这场差点发生在他们身上的大灾难中尽量挽救和平。而她动了动，不听话的身子贴向他的手，嘴巴张开，刚想说话，却不知怎么分了心，吻上了他的嘴唇。

盖德的惊讶很快退去,僵硬的双唇柔软下来,回吻茜茜琳。哦,天啊,她心想,真是太糟了。

盖德抬手抱住她,呼吸凌乱。他在发抖。

"我……"他轻声说,"我没试过……"

"没事。"茜茜琳回答,"我试过。"

"茜茜琳!"

一声轻呼,如撕裂纸张般刺耳。茜茜琳挣扎着醒来。这一觉睡得很踏实,结果一开始她想不起自己是谁,为什么睁开眼睛还是什么也看不见。

"盖德?"她问。

"茜茜琳,是我!"

不是盖德,也不是艾斯特。

"贺尼特?"

"你有蜡烛吗?"演员问,"现在是中午,我来时没想起带蜡烛。"

"没有。"她坐起身。哦,天哪,衣服在哪儿?

她悄悄摸索四周的地面。盖德找到她的手,把一团熟悉的布料塞到她手里。"没有,昨晚我们把最后一支点完了,用来玩找扎基斯·暴鸦的游戏。我们干吗要压着嗓门说话?"

利用这空隙,她把衣服套到头上。

"听你这么一说,我也不知道。"贺尼特回答,"只是觉得这地方就该小声说话。"

"这里也能聊天的。"茜茜琳说。

"是啊。"盖德赞同。

茜茜琳左边传来艾斯特的笑声。她把手臂伸进袖子。好了,穿好衣服了。

"我是来叫你们出去的。"贺尼特说,"结束了。"

"什么结束了?"盖德问。

"坎尼普的战斗。"贺尼特像演戏一般自豪地宣布,"道森·卡连姆进了监狱,他的盟友互相指责,想找到怪罪或道歉的对象。"

"卡连姆投降了?"

"欧德·马特林背叛了他。差不多吧。你们很想知道这个消息的,对吧? 离开这鬼地方,回到人世间吧。"

"当然想。"盖德回答。茜茜琳听得出,他的语气里混杂着愉快和遗憾,因为这意味着某些事的终结。"回到人世间。"

玛可斯
Marcus

漫长的一个晚上，玛可斯都在寻找逃走的机会。他拉扯绑住手腕和脚踝的绳子，啃咬把布条固定在嘴里的皮绳，翻滚到铁环和铁链的极限处。折腾到停车时——早起的鸟儿正迎着黎明歌唱——他唯一的成果是手腕关节痛苦地脱臼了，还有，断鼻里流出的血算是均匀地洒了一车。

迎接车夫的人，声音很熟，但他想不起来是谁，直到那人走到旁边，裂开牙齿过剩的嘴巴微笑。

"没错，就是他。"卡普森·哥特马克哀伤地摇摇头，"早上好啊，韦斯特队长。在这么不愉快的情况下再次见面，真是遗憾。"

尽管长了一口那样的牙齿，他的笑容竟也能显得老成而愉快。这么看来，玛可斯的狱官是根老油条。

"酬劳应该跟他一起送来的。"卡普森说。

"对，对。"车夫说，"忘了。"

"你的确忘了。"

玛可斯听到钱包换手的声音,然后二人把他抬下车,像抬一头待宰的猪,走在昏暗中。他的肩膀疼得像火烧,脱臼的腕骨"啪"的一声归位,依然跟刚才一样疼。他们把他抬到一个鸽舍跟前,靠墙放下,卡普森掏出大铁匙开门。鸽舍的石头未经打磨,很粗糙,于是玛可斯把脸蹭在上面,将塞嘴的布条刮掉,吐在地上。布条湿漉漉的,粘着血。

"我翻倍。"他说,"他给你多少,我都翻倍。"

卡普森苦笑几声。

"你们给的酬劳已经相当不错了,队长。"他回答,"我不贪心。"

鸽舍内部不到二十步宽。鸽子们扇着翅膀,疑惑地"咕咕"叫。卡普森和车夫把他拖到角落,将连接皮带的铁链绑到一条粗铁棒上。铁棒两端深深扎进墙里,玛可斯只能跪在石地板上。车夫转身走了,卡普森拔出一把小刀。鸽群一阵骚动,仿佛为玛可斯担心。

"我有这方面的经验。"卡普森边说边割开绑住玛可斯双脚的绳子,"转过身去,谢谢。这事有两种结果,无论怎样我都能获得酬劳。这条铁链能让你自由活动,当然是有限度的。"

"五步的自由。"玛可斯怒道。

"但你相对可以走动啊。"卡普森割断玛可斯手腕上的绳子,"不然我还有一套旧镣铐,戴起来很刮人,给辛奈族做的,给你戴可能有点紧。如果你坚持,我可以用它。"

"我要宰了你。"玛可斯说。

"我不太会打架。"卡普森说,"如果你要杀我,我只好采取些防范措施。像你这么有经验的人,我真不知有什么简单的方法能困住你。这样好了,早晨会有正经的早饭,中午少吃点,日落前有顿正餐。夜壶呢,我每天倒一次。门嘛,一直在外面锁着,你个头这么大,也没法从鸽子洞钻出去。如果你给我惹麻烦,我也会叫你难受的。"

"比锁在鸽舍墙上还要难受?"

"难受也是个相对概念。"卡普森的微笑仿佛发自真心。

"你为什么这么做？"

"我养鸽子、写诗歌，总得想办法应付税官。"

他往后退，玛可斯摇晃着站起，膝盖以下像死人一样麻木。

"你要是愿意，可以尝试一下逃走。"卡普森说，"过一个小时，我会送早餐来。"

接下来一个星期，玛可斯试遍了所有能想到的法子。他试过扭断皮带。他试过把手伸到背后，摸索皮带和铁链的接口，直到肩膀和手肘都酸痛不已。他试过站在墙边，用尽全力往外冲，希望能扯断什么东西。然后他从头开始，把以前试过的法子再试一遍。有一次，他扯开嗓子喊救命。第六天，他想起曾听说可以用转动的办法把绳子扭断，于是做了几个侧手翻，把铁链扭得越来越粗，最后拧成比原来粗了三倍的铁疙瘩，再也动弹不得，他用尽全身力气继续转，希望能扭松某个铁环。

"哦，"卡普森送晚饭时看见了，说，"这法子我从没见过。你真聪明。"

"谢谢。"玛可斯嘟囔。反方向解开又费了好长时间，等链子终于松得可以活动时，他的晚饭早都凉了。

第二个星期的囚徒生活开始了，玛可斯发现自己的愤怒和狂躁开始减退。世界缩成一个微小却无法解决的难题，耗尽了他的心思。虽然他已经相信自己无法逃脱，但他仍然继续努力，重复着以前做过的所有事情，虽然预料到结果会跟以前一样，但也准备迎接愉快的惊喜。无论接下来要做什么，逃走都是第一要务。

鸽子似乎把他当成了免费娱乐。它们蹲坐在栖木上，用这只眼睛看他，再扭过头，用另一只眼睛看。卡普森的孩子们有时会从鸽舍高处的鸽子洞往里面张望，盯着玛可斯看几分钟，然后哈哈笑着逃走。夜里，玛可斯可以报仇了。他朝鸽子丢小石头和泥巴，直到它们竖起羽毛，幽怨地背过身去。

夜里,他总做噩梦。但已不是什么新鲜事了。

蓝白色的黎明之光缓缓亮起,透过窗户照进来。鸽子发出"咕咕"的叫声,仿佛互相问候早安。鸽舍外的锁头发出"咔啦"的响声,时间比平常早了些。门开之后,弯腰进来的人不是卡普森。

"吉特?"

"玛可斯,"老演员欢快地说,"我一直在找你,现在明白为什么你这么难找了。"

"你得把我救出去。"

"我会的。不过,我想先跟你谈谈。"

吉特师傅背靠粗糙的石墙坐下。他的样子比玛可斯记忆中苍老了些,头发里白色更多,身材甚至比从万奈到奥利瓦港时还要瘦削。玛可斯扯了扯铁链,"咔嗒"作响。

"把我从墙上解下来再跟你谈。"他说,"我们可以直奔主题,我不介意的。"

"你知道,我们签署合同或条约时为什么要割破大拇指吗?"吉特从腰带里抽出一把匕首。那是一把简朴的驯犬师匕首,但很锋利。

"因为那就是签合同的方式啊。"玛可斯回答。

"可为什么会变成这样呢?为什么要用血,而不是其他的……我不知道,比如眼泪、口水?据说从龙族时期就开始用血,但并非一直用血,而是从终结之战开始的。在那场战争中,魔雷德制造了忠仆,他的兄弟则创造了人类最后一个种族——提兹奈族。"

"好吧,"玛可斯说,"我从没听说过什么忠仆,只遇到过有人想说服我买个扈从。我估计,你说这些话是有什么目的吧?"

"我相信,用血签署,是为了证明双方都没有受到污染。假如其中一方有欺骗或强迫另一方同意的能力,那么通过血液,是可以揭露出来的。"

"我相信你说得对。吉特?现在帮我解开吧?"

"来,你看看这个。"

吉特把刀刃压在拇指上,直到一滴红色液珠冒了出来。伤口很小,跟针孔差不多,但血色深红,近乎黑色。不对,血滴中间有个黑色小点,很小的一块,仿佛一片血痂,透过吉特的皮肤挤了出来。

它翻滚到一旁,留下一道鲜红色的痕迹,然后舒展开细小的脚。

"好吧,很古怪。"玛可斯说。

"不要碰它,它们咬人,有毒,不仅仅是单纯意义上的毒。"

"吉特,我不想无礼,但你的血液里有活的蜘蛛?"

"是的。自从很多很多年前,我当上女神的祭司之后,一直都有。我相信她的祭司都有这种标记,但我没检验过。"吉特抓住那只小蜘蛛,用指尖把它捏死,"我和弟兄们发生了分歧。我认为自己已经不再信奉教义,还发现教内没有多少容纳异见的空间。你可能还记得吧,在我离开奥利瓦港之前,有消息传来,说有人从克沙特东边的山区带出一个新的宗教。那就是我的宗教。那些人跟我一样,血里有蜘蛛。至于后来安提亚跟阿斯特里堡的战争,以及目前的坎尼普乱局,我认为,这都是准备进行某种更大更坏的行动之前的初次试探。"吉特竖起流血的大拇指,"因为有我这样的人存在,所以你们签合同时要割破大拇指。"

玛可斯挠挠被困后长出来的胡子。他皮肤很痒,但说话时仍然镇静。

"就是你上次说的事吧?你说有邪恶势力被释放到世间。说的就是你?"

"是跟我一样的人。我血液里的蜘蛛是女神的标记,但不是她的力量。她的祭司,我们,拥有她赐予的能力,是操纵真相与谎言的大师。我曾经告诉过你,我可以非常有说服力,对我撒谎也非常困难。我们都是。对我说些我不可能知道的事吧,真话、假话,都可以。"

"吉特,我觉得这种戏法不会……"

"我认为,你会发现这不是什么术士的小戏法。"吉特截住他的话。

"好吧。呃,小时候,我偷过小朋友的蜜糖果子。"

"是真的。"吉特说,"再来。"

"第一次上战场时,我搞丢了剑。"

"没有的事,假话。再来。"

玛可斯皱起眉头。他的胃在翻腾,过了好一会儿,他才意识到那是因为忧虑。"大概一个月前,我在支行外面的街上捡到一枚银币。"

"假的。"

"是枚铜币。"

"啊,对,是枚铜币。"

玛可斯呼出一口气。

"这戏法厉害。"他说,"我明白人们为什么会想使用它。"

"但我认为,这并不是我能用它来做的最可怕的事。我发现,蜘蛛会让人永远相信我说的话。只要花时间不断重复,我可以让任何人相信任何事,无论那事有多么荒唐、好笑或危险。只要对我有好处,我可以让你相信自己是个神,或你的家人还活着,只是躲起来不肯见你。就算你明知道是假的,就算你的理智相信不可能,你的心也会把你引向我要它去的地方。我做得到,他们也能。"

"他们在安提亚?"

"而且跟王室关系密切。"

玛可斯坐在那里,沉吟了一会儿。国王或城主的腐坏不是新鲜事,心理变态的术士更是上千首歌谣里的标配角色。尽管如此,从吉特皮肤下冒出来的小蜘蛛仍然叫他心寒。

"他们想干什么?"

吉特打量自己的大拇指。伤口已经止血,再没有血或蜘蛛钻出他的身体。他的答话像是冥想。

"我在神庙时,他们教导我,女神将使正义回归世界,我们要坚守信仰,等待她给我们降下征兆。那是一个人,我们要成为他的忠仆,女神将通过他驱除世间所有的谎言。"

"那不好吗?"

"也许好吧,但我断定,那可能不是真话。"吉特微笑着说,"离开时,我是个非常低级的祭司,负责很多仆人干的琐碎活儿,其中一项是确保神庙打扫干净。我不用动手打扫,那是一位老人家做的事,如今我甚至记不起他的名字了。有一天,我问他有没有打扫,他回答有,已经打扫完了。而且他说的是真话。你明白吗?我的血液感知到他在说真话,就像我刚才感知你一样。只是他老糊涂了。他记错了。他以为自己打扫完了,他确信自己打扫完了。可他没有。于是,我失宠了。"

"就因为没打扫地板?"

"因为我的事证明,人可以在确信的同时出错。在我心里,我开始对女神的启示也持保留态度。我大量使用可能这个词。神庙打扫过了吗?可能吧。但也许还没有。女神是永恒的、对所有谎言免疫?可能吧。我们是她选中并宠爱的人?可能吧,但也可能不是。我对真相和确信之间的区别变得格外敏感。我开始怀疑。一旦我走上这条路,就再也无法掩饰自己。

"有一天,大祭司来找我。他说,他为我的不幸遭遇找到了疗方,要带我去见女神本人。我要穿过神庙深处的秘密通道,前往她的神圣洞窟。你知道吗,一直以来,只有大祭司有资格直接与女神沟通,但如今,我也获得了荣幸。"

鸽群骚动了一下,仿佛因吉特的语调而不安。

"你跟她见面的结果很不愉快?"

"我逃走了。"吉特说,"大祭司告诉我,我不会受到伤害,我也相信他。我知道他在对我撒谎,但我还是相信他了。我告诉自己,我不会受到伤害,她不会伤害自己的信徒。我有信心,他们所做的一切,都源于对我的爱护。只要我还信奉她,她就不会伤害我。然而,如条件反射一般,我想到了可能这个词。她可能不会伤害我。但她也许会的。一旦开始怀疑,我便意识到自己成为牺牲品的可能性是多么的大。我发现,我没兴趣追求宗教上的圆满,所以,我离开了。"

"我感觉,过程并没有你说的这么轻巧。"

"没有。我前半生从未见过这个世界如何运转,而现在,我在世间飘零了许多年,数十年。实情比女神祭司讲授的要复杂许多。真话和谎言、怀疑和确信。我发现,它们跟我理解的不一样。我不喜欢确信,因为它貌似真相,却并非真相。而且我觉得,一个正常人怎样才能做到确信,我有些大致的概念。"

"怎样才能做到?"

"先假装某件事,然后忘记自己是在假装。就像进入梦境一般。如果正义的基础是确信,而确信的并非真相,就有可能出现暴政。我们此刻经历的不过是开始,以后还将陆续出现。"

"可能吧。"玛可斯在学他。吉特哈哈大笑,把鸽子吓得飞了起来。

"是的。"吉特在缓缓飘落的羽毛中说,"可能吧。但可能性很大,让我觉得我有责任去阻止它,只要我做得到。"

"你打算怎么阻止?"

"龙铸古剑——龙族锻造,毒性永恒不散。神庙里有几把,但我找到了另一个收藏地。我相信,用古剑可以杀死女神,粉碎她的力量。我打算去找它们,然后回到故乡。到那时,我就可以到神圣洞窟里去见她了。"

"这计划很蠢。"玛可斯回答,"最可能的结果是你被干掉。我能扮演什么角色?"

"你帮我背剑。我体内的蜘蛛不喜欢那种剑。我相信自己没法子把它扛回来,但我觉得你可以。离开神庙这么多年来,在我遇到的所有人中,我相信只有你能办到,非你不可。"

玛可斯摇摇头。

"吉特,这一切听起来太狂热、太戏剧了。两个冒险者匆匆上路,寻找魔法宝剑?你确定这不是哪出打败恶魔女王的老桥段?"

吉特"呵呵"笑了。

"我在舞台上也演过一段时间戏。我看待世界,也许就是站在舞台的角度。但结果一样,我相信自己是对的。"他说完,又温和地劝道,"跟我一起去吧。我需要你。"

"你找错人了,吉特,我不是什么被选中之人。"

"你是。我选中了你。"

兴奋——愉悦——在玛可斯体内苏醒,如海浪一般涌来。这正是他想要的机会。在奥利瓦港那可怕、烦人的日子里,他一直渴望冒险。如今,老天把它摆在黄金托盘里递给他。但他仍然顽固地抵制。

"我不能去。茜茜琳在坎尼普,我必须去保护她。"

"你觉得你行吗?"

"行。"玛可斯回答。

吉特竖起一根手指,脸上的笑容里半是可笑、半是悲伤。

"记住你在跟谁说话。我可是会变戏法的人。"他说,"你觉得你行吗?"

玛可斯低头看看自己的脏手,他的指甲在挣扎中弄得破破烂烂。他没有武器,连买顿饭吃的钱都没有。他的喉咙哽住了。

"不行。"

"我也这么想。"吉特说,"雅丹姆也这么想,还有银行派来的那个公证人。而且我敢打赌,茜茜琳也不希望你去。就算她需要拯救,我认为她的策略也不是乖乖坐等养父去摆平事端。"

"她不是我女儿。我没把她当女儿。"

"随你怎么说吧。"吉特说。

"好了,这话题很讨厌。"玛可斯说。

"玛可斯,在我看来,你在奥利瓦港的生活已经结束了。也许还有办法回去,也许可以把日子融入一件穿在身上不会刺肉的盔甲,但我看不出怎样才能做到。"

"茜茜琳平安回来之后就可以了。"

"没人能平安,玛可斯。再也没人能平安了。我们都很清楚。我相信,你一直在寻找一个能让你光荣牺牲的任务,"吉特说,"碰巧我手里就有一个。如果我们赢了,就可以拯救茜茜琳和无数无辜者。除非你告诉我,你宁愿回去继续收债,我就不再烦你了。"

玛可斯觉得胸口闷得难受,现实沉甸甸地压在上面,像被埋在沙子里。但他还是挤出一丝微笑。

"走之前,能不能先把链子解开?"

吉特站起来,按住玛可斯的肩膀,把他转过来。过了一会儿,那条仿佛缠了他一辈子的皮带松开了。他挠着被缠住的皮肤,沉醉在终于能掌控身体的自由之中。一只鸽子飞回,跳进鸽子洞,蹲在栖木上。

吉特退开。晨光中,二人间的沉默充满忧虑。玛可斯不止一次把自己的性命交给此人。他知道,他可以转身离开,去找雅丹姆报仇,然后再度启程去找茜茜琳。这个主意依然十分诱人,但也跟所有令人愉快的事一样,值得怀疑。吉特在等待。

深入古老的神话,摆出华丽、花哨的架势,去解决世间的麻烦,只有不谙世事的孩子才会做这样的白日梦。很白痴,而且从一开始就注定会失败。

"那些祭司,还有他们的女神,真像你说的那么糟糕?"

"我相信是的。"

"还有你说的魔法古剑,在哪里?"

"在莱昂内亚北边海岸的一个宝库里。"

玛可斯点点头。

"那我们需要一艘船。"他说。

道森
Dawson

挨打时，道森咬紧牙关。多数打手是年轻人。他知道他们的名字，认识他们的父亲。其中至少两人小时曾跟维卡连一起玩过。门口放了一桶水，因为湿皮鞭比干皮鞭抽得更狠。其他人手里拿着木棍，或拔掉斧头的粗斧柄。他们是帝国的年轻一代，是最高贵的血脉，而把他们变成暴徒需要的时间更短。道森一直站着，直到膝头变形。房间里充斥着笑声。他无法保护自己，也无法喝止对方，所以他只是咬紧牙关，拒绝让对方享受听他惨叫的愉悦。尽管这样做可能只会刺激他们更加残暴，但无所谓，他来这里不是为了轻松。

他发现自己趴到地板上，被泼了一桶冷水。他慌乱地挣扎着，想在水和石头间呼吸空气。一个不认识的嗓音要求停手，然后有人踢了他身侧一脚，动作随意得像惩罚一条懒狗。

几只手架住他的胳膊，把他提了起来。他的神志模糊、迷惑而遥远，只知道自己正被抬往某个他不想去的地方，只记得出声抱怨太掉身价。一扇门打开，他落在脏污的稻草上。尽管它们很薄，散发着臭味,但还是像床铺一样舒服。好一会儿,他失去了意识。等他再次恢复感觉,一块软布正在清理他肋骨处皮肉裂开的伤口。身上每一寸都疼。照料他的老人手腕和脖子上戴着铁链,身穿脏兮兮的囚服。仿佛过了很久——其实只有一会儿——道森才想起来,他见过这张脸。

"谢谢您,陛下。"他艰难地说。他的喉咙仿佛在抽搐,尽管没人碰它,声音却像被捏住一样。

勒禅国王点点头。

"先不要说话。"他说,"休息。"

阿斯特里堡国王身上没有伤痕,脸上没有瘀青,囚服也没有发黑的血污。眼前这人曾密谋杀害艾斯特王子,然而,被当作玩物折磨的却是道森。他想为此不平,却生不起气来。他明白,敌人和叛徒是不一样的。他们只是不明白,背叛安提亚传统和高贵血脉的人是他们自己。是他们,把王冠交给了嗜血小丑和异国操偶师。

只不过,当然了,这也是他的错。他绝不该同意让帕列库做王子的庇护使。然而当时,那么做顺理成章,没有害处。他又怎会知道,那会变成落进干柴堆里的火星。

他不理会敌国国王的反对,翻过身,强行爬起来坐着。他差点呕吐。要是胃里有食物,他就真的吐了。牢房比他想象的要小,十步长,十二步深。他的狗舍都比这里大。

牢房门打开,大祭司走了进来。他脸上那随和的笑意完全消失,仿佛从来没有出现过。取而代之的既不是怒容,也不是愁眉。巴拉希普的脸有如一张石头面具。他一动不动地站着。道森满意地发现,祭司斗篷下、被他刀子扎伤处露出一团绷带。四个身穿皮甲、佩带长剑和匕首的男人跟在大祭司身后,像保卫国王一般守住门口。道森别过头,吐出一团鲜红的血块。

"盖德王子在哪里?"巴拉希普的嗓音有如远方的雷声。

"没有所谓的盖德王子。"道森说。

"你们杀了他。"

"没有。他不是王子,他是摄政王。摄政王不是王子,艾斯特才是,以后他还是国王。在王子继承王位之前,帕列库不过暂时摄政。"

祭司眯起双眼。

"盖德·帕列库在哪儿?"

"我不知道。"

一个卫兵拔出匕首。看来又要受刑了。道森心里害怕,同时为这害怕感到羞耻。

"那小王子呢?艾斯特在哪儿?"

"我从一开始就在找他。"

"为了杀他?"

"为了向他效忠。我的剑只指向你和帕列库。"

巴拉希普脸上终于露出表情,两道粗眉皱起来,拧成一团。他在道森面前的地上坐下,双脚盘起。道森发现,卫兵互相交换着眼色,表情迷惑。

"你说的是真话。"祭司说。

"不值得向你撒谎。"道森艰难地回答。

巴拉希普表情错愕,近乎滑稽。

"你竟以如此轻蔑的态度对待真相?哦,大人,你的灵魂已经腐坏不堪了。"

"我不用向你负责。"道森回答,"你不过是从克沙特河床里爬出来的泥土,还想装腔作势?你连给我擦鞋都不配。你不该住在西米恩的城市里。你没有资格跟他呼吸一样的空气。"

"啊。"祭司仿佛明白了什么,"你热爱这个世界,你畏惧正义的降临。"

"我不怕你,也不怕你那个娼妇女神。"道森回答。

"你确实不怕,"巴拉希普同意,"这是你另一个错误。你无法告诉我盖德王子在哪儿,所以你没有用了。你已经输了,卡连姆大人。你热爱的一切都已失落。"

道森闭上双目。他很想翻过身去,双手按住耳朵,就像拒绝听到责备的学徒。但他知道,祭司说得对。为了阻止帕列库,他赌上了一切。而他输了。至于是否会在历史上留下叛徒之名,已经不重要了。背负罪名,只是让后人指点罢了。更重要的是,他的国家被篡夺了。不,不是篡位,是被送人了。

全完了。

那天夜里,对克林家的攻击虽没有剑刃交织,也没有箭矢来往,却同样残忍。连续两天,祭司朝他们喊话,一遍又一遍重复同样的内容,比苍蝇还讨厌:你们已经输了。你们赢不了。起初,道森率众人反驳、嘲笑:他们以为靠喊话就能消灭我们?那就让他们喊到断气为止。等班尼恩回来就好。就算班尼恩不来,斯吉提林也会来。祭司每喊一个小时,意味着他们将少活一个小时。

然而,缓慢却毋庸置疑,笑声和张狂渐渐变得心虚。道森心中的疑虑也渐渐增大。他觉得,也许希望真的在消逝,也许时间确实对敌方有利,也许再拖一天不是什么值得欢迎或期盼的好事。但他没说出口,其他人也没有。一切都在眼睛里。

他们来时,道森睡着了。黑暗里,身佩长剑的卫兵破开休息室的房门,如洪水般涌入。他一跃而起,但还是被他们拖过走廊、拖出院子、拖到漆黑的街道上。即便此刻,他仍能听到克莱拉在尖声呼唤他的名字。领头的是欧德·马特林。那人扬着下巴,貌似好勇斗狠,却同样透出懦弱。广场上的攻城塔很安静,祭司们站在塔前。道森身后,火把的光芒中,默默地站着坎尼普的普通民众,如一群由巴拉希普的古怪念头创造出来的雕像。头顶天空是那么黑,火把的光芒连星光都掩盖了。

"我把卡连姆带来了。"马特林喊道,"我带他来了。是我。这证明了我的忠诚。我逮捕了王室的敌人。"

"恭喜。"道森的声音足以传到马特林耳中,"你会成为狼窝中最忠诚的鸡。"

事实上,即使马特林不屈服,也会有其他人屈服。这点道森能理解。祭司的话语里蕴含着不洁的魔力,让他们的谎言渗入人心,以致人们再也无法分辨真假。道森自己也要竭尽全力才能抵制,何况马特林、克林,或其他心智软弱之人?

敌方卫兵把道森当作俘虏接收过去。随后,他被丢进监狱,挨了一天殴打和羞辱,跟自己抓来的人待在同一个牢房,心里盼望克莱拉和乔瑞已设法逃出封锁。就让他一人承担罪责吧,要死也他一人死好了,克莱拉……如果可以,他不会把她卷进来的。

"不要自责了。"勒禅国王说,"他远非我们两人可以对抗。"

"你说什么?"

"帕列库。盖德·帕列库。他不是人。死者与他为伴,把秘密告诉给他。"

道森大笑,但肋骨传来的剧痛迫使他止住笑声。

"你见过他没有?"道森问,"他是个傀儡。他一直是个学者,却缺少学者的操守。"

"我听狱卒说的,就是送饭来的那人。他说,他的兄弟看到帕列库在喷泉旁边,跟死去的国王坐在一起。他看到西米恩的鬼魂朝他鞠躬。我猜帕列库是个巫师,或是披着人皮的龙。"

"他不是。他是个学究。他下令屠杀你们的贵族,不是因为嗜血,而是因为害怕。他以为,只要砍掉足够多的脑袋,他就安全了。如果要他自己举起斧头砍人,他会脸色煞白,选择仁慈。他是个小人、懦夫。至于恶魔,他还不够格。"

勒禅国王摇摇头。

"他打败了我们。"

"不对。"道森说,"我打败了你们,而那天杀的婊子祭司打败了我。帕列库也许成功了,但他从没赢过,永远不会。"

———✦———

"他们找到他了。"斯吉提林大人说。他坐在狱卒送来的三脚小凳上。囚犯只能坐在地上,但道森拒绝接受这种侮辱,而且他的身体也能站着。"他们说,他从地底升起,身边站着艾斯特王子。他穿着普通人的袍子,走路回到王堡。他一直在街上,却没人知道他在哪儿。"

"我很惊讶,他们竟没说他在第一拨攻击时就死了,然后从坟墓里爬出来重夺王权。"道森冷冷地说。

斯吉提林的轻笑中透着紧张。

"那人身上总有许多古怪的传闻,不是吗?"

"你见到他了?"

"见到了。"斯吉提林说,"我们本可以早些赶到,可坎尼普乱局的消息一经传出,北方就到处爆发起义。我必须决定该不该放弃在阿斯特里堡得到的一切。我……"

你躲在安全距离之外,装模作样地等待,直到看清谁是赢家,道森心想,却没说出口。

"谢谢你今天过来做我的监护。"

"这是我唯一能做的事。"斯吉提林回答。

他不敢正视道森的双眼。这样的表情太像羞愧。

"巴列斯和乔瑞怎么样?"

"目前看来,还算好。他们可以自由行动,但帕列库的贴身卫兵像猫盯鸽子一样盯着他俩。这城市跟我婚礼之后离开那座不一样了。"

"很遗憾。"道森说,"我自己计划的勤王行动,自己反倒看不明白了。"

"别开玩笑,"斯吉提林的语气变得冷硬,"有人会听见的。我来这里,冒的风险已经够大了。如果他们听见我拿刺杀艾斯特王子和摄政王殿下开玩笑,会对我不利。"

"抱歉,"道森说,"自嘲而已。"

房门打开,一个年轻人探头进来。道森刚来时,这人也参与过对他的殴打。

"时间到。"他说,"你可以带他出来了。"

听政厅里挤满了人。夏日的炎热仍未消退,加上人们挤在一起,以致每口空气仿佛都已被人呼吸过两次。道森坐在一道铁屏风后面,朝廷众人都看不见他。帕列库已经坐在高台上的王座里,头戴摄政王王冠,艾斯特坐在旁边。阿斯特里堡国王勒禅跪在坚硬的石头地上,膝下连个软垫都没有。从屏风后面望去,一切仿佛落在影子里。为了看清楚,道森只好不断左右摇晃。

他找到了克莱拉,后者站在二楼走廊里,身边是巴列斯和乔瑞。真是好孩子。纱比娅不在二楼,而在一楼,站在母亲身旁。至于巴拉希普,当然站在可以让盖德看到他下达指示的一侧。道森不确定自己杀死了多少蜘蛛祭司,但他希望能多杀一些,哪怕多杀一个也好。

"留意那个祭司。"他轻声说。

"什么?"斯吉提林问。

"时间一到,帕列库就会望向祭司,等他批准。你留意一下,会看到的。"

"够了道森,我们不可以聊天。"

"那我们就不讨论好了。你只需要留意他们,就能看到我所说的。"

盖德起身,厅里顿时安静下来。勒禅国王镇静地迎接盖德的怒视。

"我是安提亚的摄政王盖德·帕列库。阿斯特里堡的勒禅,此刻你以战俘和敌人的身份,跪在我面前。"

"是的。"国王回答。他的语气像在聊天,而且颇懂演讲技巧,音量刚好够传到大厅最远的角落。

"给你定罪之前,我只有一个问题。"帕列库继续道,"你朝中大臣企图刺杀艾斯特王子,以便让忠于阿斯特里堡之人登上凌渊王座,这个阴谋,你是否知情?"

"我知情。"勒禅平静地回答,"计划全是我一人想出来的,是我的主意,我负全责。我朝中之人只是出于对我的爱戴和忠心,才会参与其中,执行我的指示和命令。大多数人不了解我的最终目的。"

帕列库好像被人往头上敲了一下。他飞快地瞥了一眼巴拉希普,与此同时,道森拍了拍斯吉提林的膝盖。大个子祭司摇摇头:谎话。盖德舔舔嘴唇,显然很迷惑。但道森听明白了,勒禅的责任是保护臣民,正如他的臣民应该保护他。战争已经失败,如今勒禅将竭尽全力,担起臣民犯下的所有罪行,将惩罚揽在自己身上,带入坟墓。一时间,道森心里涌起对这人、对这敌人的尊敬。如果西米恩的脊梁有勒禅的一半硬,他和道森将建造一个怎样的世界?

盖德的脸色比雷雨云还要乌黑。再次开口时,他的声音清楚、干脆、充满怒火。

"好吧。"他说,"既然你要这样,那我们就这样吧。阿斯特里堡的勒禅,我宣布,你将为你对安提亚犯下的罪行付出生命,你的王国将纳入凌渊王座的统治。"

勒禅没动,面容平静。盖德抬起一只手,传令刽子手。那人身穿白衣,脸上的面具没有五官。他朝盖德鞠了一躬,然后对艾斯特鞠躬,抽出长剑,走向俘虏。

剑刃刺出。人群先是倒吸一口气,随即欢呼,混杂着愉悦和杀戮欲望的呼喊如雷声般震耳欲聋。道森默默看着国家的一个敌人倒在另一个敌人脚下,流干鲜血。承担全责虽是高贵的姿态,他心想,却注定徒劳。帕列库的怒火不会就这样平息。如果他决意流干阿斯特里堡每个贵族的血,那他一定会去做。再也没人能阻止他。

卫兵敲了敲道森的肩膀,他这才意识到,这已经不是第一次叫他起身了。他站起来,往牢房走去。斯吉提林走在他旁边,低垂着目光。王堡的走廊显得跟以前不一样了,更小、更暗,尽管它们其实没变——这座建筑跟它建起的第一天完全一样——但王堡已经不再是王堡了。

走到外面,道森扭头往左,伸长脖子朝决斗场、后面的深渊,还有深渊对面的房子和府邸张望。其中一座曾属于他。风起了,携带雨水的气息,如温暖的手压在他身上。他停下脚步,抬头望向地平线,想找雨云,但卫兵推他继续走。

如今牢房里只剩他一个,显得大了些。

"好吧。"斯吉提林说。

"谢谢。"道森说,"还有,替我问候我的家人。"

"我会的。"

斯吉提林迟疑一下,似乎想走却又迈不开脚步。道森挑起双眉。

"巴列斯。"斯吉提林说,"是条好汉子。我为他自豪,但鉴于形势……我给他降级了,而且我宁愿你从我口中听说此事。眼下让卡连姆家的人担任将军或舰长不太明智。对他、对朝廷,都不好。"

怒火来得迅速而又纯粹。

"你还打算叫你女儿离婚吗?"道森质问。

听到这话,斯吉提林的惭愧表情瞬间消失,仿佛从来没出现过。

"如果可能的话,我会的。"他说,"道森,我并不赞同你的所作所为,而你将面临审判并承担罪责。我的纱比娅却没有选择。他们已经称她为娼妇了,如今还要加上叛徒之名。"

"但她不是。"道森回答,"真相不是人们嘴里所说的话。纱比娅不是叛徒,也不是娼妇。如果她要别人告诉才能明白这一点,那你这父亲做得真够失败的。"

有那么一会儿,斯吉提林没有答话。他的表情先是难以置信,然后缓缓地变成了厌恶,甚至更糟糕,是怜悯。

"卡连姆,你真是死不悔改。"

"对,"道森回答,"我就是死不悔改。"

盖德
Geder

盖德在王堡走廊里漫步。他觉得勒禅国王之死会让自己开心一些。释怀感？应该有吧；胜利感？肯定的。但他只觉得暴躁。他本以为，回到自己的床铺、回到王堡自己的房间，感觉应该像回家、像放逐的结束。然而，这里给他的感觉比以前更不像家。

西米恩国王去世以前，他自由自在，可以在图书馆度过许多日子，沉浸在翻译中，精神高度专注，以至废寝忘食。他全部心智都集中于一点，处于一种完美的纯净状态。随着这种沉迷被其他事不可避免地打断，他发现自己饥肠辘辘、口干舌燥、筋疲力尽、濒临失禁边缘。即便所有生理需要都得到满足，他仍觉得不安，仍会继续寻找下一个字句，推敲最能体现他所理解的原文含义的表达方式。他身边的一切——墙壁、桌椅、人类——都如同幻境。

而王堡——事实上是整个坎尼普——的一切，却给他一种怪诞、凌乱之感，混乱不可协调。他的心思和记忆都落在身后，落在那个尘封发臭的地洞中。那些日子，待在黑暗中无所事事，只能借着烛光玩简单的猜谜游戏,或跟那个混血辛奈族银行家聊天。她叫茜茜琳·贝尔沙克。盖德的心仿佛依然留在那里,跟她一起坐在黑暗中。其余的一切都没有意义。

他明白,自己是坎尼普、安提亚,甚至可能是全世界最有权势的人。他能赐死他国国王。过去嘲讽他的人,如今畏惧他。这是他曾经想要、梦想得到的。而现在,他发现自己想要更多。他想早晨起床后自己穿衣服。他想待在图书馆看书直到睡着。他想坐下来跟艾斯特或茜茜琳聊天。他想重温与那女子肌肤相亲的感觉。

为什么不行?为什么这些愿望不能实现?更重要的是,为什么不应该实现?

男仆的领班是个老人,长着粉白的皮肤,头上只剩一圈头发,围着长满斑点的脑门。盖德一传唤,他马上就来了,站在房间对面鞠躬。

"您召唤我吗,摄政王殿下?"他问。

盖德觉得胃里一阵翻腾,连忙压了压。

"没……我决定,再也不用你们帮我穿衣服了。我不需要别人把衣服套到我身上,也不需要别人帮我洗澡、修理指甲。这些事,我自己做了很多年,而且做得很好。"

"殿下,摄政王之尊贵可与国王相比,不能……"

"我叫你来,不是听你教训。"盖德说,"你来这里是听我的命令。我不需要别人给我穿衣服。你们把衣服准备好,浴盆灌满水,然后出去。听懂没有?我想要私人空间,就要得到。"

"遵命,摄政王殿下。"老人回答,嘴唇却失望地抿着表示反对,"如您所愿。"

"有问题吗?"

老人的身子居然颤抖起来,在那苍白湿润的双眼后面,两股冲动在角力。

"摄政王殿下,鉴于传统和君王之尊,我认为像您这样身份高贵之人不应该自己照顾自己,那样会降低……"

"脱。"盖德下令。

"殿下?"

"脱衣服。脱光。"

"我不……"

盖德站起身,指指面无表情的贴身卫兵。

"我是安提亚的摄政王。这些手拿长剑之人都听我的号令。我坐在凌渊王座上。我在命令你,不是要跟你辩论。脱掉你的衣服。"

老仆人哆哆嗦嗦地脱下长袍,脸颊涨得通红。他的内衣是浅黄色的丝绸,腰侧的布料上有个红点,是血迹。他身上相应部位有个圆形的疤痕,是个永远好不了的脓疮。他的体毛颜色像发黄的白奶酪,肚皮塌陷下去。盖德站在那里。这个时候,仆人脸上既没有失望,也没有反对。

"啊,我的好仆人。"盖德说,"怎么了?你好像一点也不喜欢。"

仆人没有回答。

"怎么样?"

"殿下?"

"你喜欢吗?"

"不喜欢,殿下。"

盖德走上前去,脸庞离老人的脸只有几寸的距离。他每说出一个字,老仆人就哆嗦一下。

"我、也、不、喜、欢。"

他转身走出房间,身后传来贴身卫兵的脚步声和老仆人捡起地上衣服的摩挲声。成了,就这么简单。每天早晨的"羞辱"仪式就此终止,而且没人敢嘲笑他。这一下,杀死勒禅国王无法带来的轻松感流入他的心田。真是奇怪,人生中最重要的事,原来竟是最微不足道的小事。他考虑了一下,要不要清空时间表,把今天所有接见活动都取消,让那些人见鬼去?如今他已做一些——一件——真真切切为自己而做的事,那么,其他一切都有可能。

但是不行,暂时还不行。那些都得等以后。

坐在豪华会议厅里的银行家一副舒适自如的样子。坎尔·达斯克林坐在他旁边,二人满脸微笑,开着玩笑,仿佛今早亲眼见证的阿斯特里堡国王之死根本没有发生。佩林·克拉克衣着低调,剪裁简单,给人的感觉是更接近简约,而非朴素。巴拉希普坐在桌子另一头,脸上的微笑一如既往的亲切。盖德找茜茜琳,但她不在。他只得竭力掩饰失望。

见到盖德,所有人——除了巴拉希普——都站起身。

"摄政王殿下,"达斯克林说,"感谢您抽出时间。"

"我很乐意。"盖德说,"佩林·克拉克,我一直期盼跟你见面的机会。茜茜琳对你评价很高,即使你不在场。"

"万分荣幸。"佩林回答,"殿下,她要我转达遗憾之情。在之前的麻烦中,我们遭到一些损失,其中有些需要茜茜琳执事亲自处理。我相信,如果条件许可,她一定会来的。"

盖德瞥了巴拉希普一眼,后者点点头。一缕他原本没意识到的焦虑顿时消逝。他很高兴,茜茜琳并非回避自己。但他自己也没特意找她,因为回来后忙得晕头转向。以后会有时间的。一想到再次与她见面,他的呼吸不由急促起来。

"告诉她,我很遗憾她不能来。"盖德微笑着说,"还有,对于你们在坎尼普期间发生的事,我非常抱歉。说真的,武装叛乱可不是最近几年常有的事。"

佩林·克拉克哈哈大笑,达斯克林也赔着笑。

"这确实令我想起了来这儿的最初目的。"银行家说,"安提亚正处于艰难的过渡期,西米恩国王去世、战争,还有现在的叛乱,随便哪一件都足以撼动一个国家,三件一起发生,必定对国家影响巨大。"

"是啊,报告说今年的收成有点少。"盖德回答,"不过,那不是问题。"

"您非常有信心。那就好,安提亚需要铁腕人物。说到这个,我来这儿的部分目的是……"

"哦,别拐弯抹角了。"达斯克林"呵呵"笑着打断他,"克拉克来这里是想说,他的银行想涉足坎尼普。他们不借钱给贵族,这是他们的政策,而且听起来比较明智。但他们能带来金钱,借给工匠和商人。当初我去北海岸,本以为回来时战争还不会结束。"

"银行在不打仗时的表现才是最出色的。"佩林·克拉克说,"和平时期的贸易更加可靠、规律,也更稳定。"

"你们考虑过在这里开支行?"盖德问。

佩林·克拉克第一次露出困惑的表情。

"对,确实考虑过。"他回答,"可在当时,朝中似乎不接受这个提意。"

"我觉得你们应该开。"盖德说,"坎尼普是世界的中心,安提亚是史上最强大的帝国。不让你们来,似乎很傻。可以带来更多贸易,对吧?"

"您留意到他们不借钱给贵族吗?"达斯克林问。盖德摆摆手,表示并不在意。

"借钱给百姓好了。"他说,"他们手头会有足够的钱,给我们缴税。"

"好吧,如果要考虑这个问题,"银行家说,"也许可以讨论一下,接下来数年里安提亚可能会面临哪些挑战,以及我们将如何帮忙。"

会议的时间超出了盖德的计划。他们讨论的话题包括:如何把阿斯特里堡重新划分封给安提亚的贵族,如何前往萨拉卡购买粮食以弥补将来收成的不足,还有安提亚跟北海岸间的新国境线,以及与查西安国王的外交关系如何改变等等。事实上,盖德对这些话题并没有多少兴趣,只是因为佩林·克拉克认识茜茜琳,所以盖德想给他留下好印象。

会议终于结束了,盖德向客人道别,带着巴拉希普回到自己的房间。

"怎么样?"盖德问,"你觉得这人如何?"

"他的话都是真心的。"巴拉希普回答,"可他说话时字斟句酌。他是个聪明人,但并不纯洁。我们要提防他。"

"好主意。"盖德说,"我同意。"

"还有一件事。"

"卡连姆?"盖德说。

"不。那人没什么好说的,他能走的每条路都到了尽头。他害怕受到制裁,把女神的仆人视为敌人。他对我们的憎恨已让他付出了代价。我们损失了很多人,殿下,而您曾发誓,在您征服的每座城市都修建一座新的神庙,因此,我必须请求容许更多弟兄加入我们。"

"多少?"

"我会邀请十个十人小组。"巴拉希普说。

"一百个?"盖德问,"就这么点儿?当然可以。如果他们吃住有问题,我今晚就遣散一百个仆人,明天也不会怀念他们。事实上,何不就用卡连姆的府邸?我是说,如果地方不够,可以住那里,我觉得那样挺有诗意。"

二人在一个小喷泉旁边停下。泉水从一位古代国王肩膀流下,经过他脚下尺寸小一半的贵族男女,再落到一群更小的石雕农夫身上。一件体现政治哲学的装饰品。

"十分感谢,盖德王子。"

"不用客气。没有你,我什么都做不成。"

※

恐惧随同夜晚而来。盖德不明白为什么会这样。之前躲藏时,黑暗是最开心的时刻。可如今，太阳落山后，盖德眼前就会出现道森·卡连姆的脸、寒光闪闪的刀刃，还有巴拉希普手上的血。

这时，他坐在自己的图书馆里，贴身卫兵谨慎地待在不远处。他知道自己没有危险。可在卡连姆的庆功会上，他不也没发现危险吗？如果说有什么值得吸取的教训，那就是，危险可能出现在任何时候、来自任何地方。他用灯光对抗黑暗。油灯、提灯和蜡烛闪烁在纸张和书堆之间，将夜色逼退。

他花一辈子搜罗来的藏书，还不够填满王室书库的一个角落。只是王室藏书体现了无数学者的不同品味和意见。从某些方面说，这里齐集了所有类型的作品——诗歌、寓言、历史——但他个人最喜欢的野史却很少。另外，重读以前读过的书，有种安慰感。他来这个地方，就是要寻求安慰。

为他充当安慰品的野史可以追溯到女王爱思忒雅二世统治时期，内容五花八门，既有朝中的政治观点、名字早被遗忘的朝臣间的斗争，也有对各个种族性事的揣测。对于擅长翻译的盖德来说，文中的方言足够简单，很容易看懂。重读这些书，有种羞涩的愉悦，既心痒难止也面红耳赤，因为他对女人及其身体的所有知识，大多都来源于这一类书。

> 除了原血族，各大种族的女性天生都容易受到较接近人类最原始形态的男性吸引。扎苏鲁族女子认为鳞片厚度更薄、颜色更接近肤色的男子最有魅力；南族女子——除了被聚落选中、负有繁育之责的人之外——会选择眼睛较小、较亮的男子；亚姆族女子，如果能选择的话，会找身板较轻、脊梁骨较直的男子做伴侣。事实上，若不是男性天生喜欢探索肉体上的异域风情，那么假以时日，各大种族终都会回归成一支。

罗比·萨提林的丑闻就是一个经典例子。身为一个身份和血统都很高贵的男人,他在朝中的前途也是无限光明,却接二连三地跟辛奈族女孩上床。这行为玷污了他的名声,也毁掉了那些女孩。但在床上,双方不过都是遵循自己的本能冲动罢了。

盖德用指尖点着这一段,靠到椅背上。这段话他将信将疑。已经不是第一次了,他真希望巴拉希普和女神能像分辨活人说的话一样,也能辨别写下来的文字是否真实。

他在琢磨:真是这样吗?其他改造种族的女子,真会因为一个男人是原血族而被他吸引吗?茜茜琳·贝尔沙克选择他,是因为他本人、还是因为他是摄政王、或是因为他是原血族呢?有没有办法分析清楚,究竟是什么逻辑促使他二人在黑暗中共度良宵呢?如果他设法令茜茜琳当着祭司的面讨论那晚的事,巴拉希普会怎么说?不是说他会这么做,但想一想总没问题吧。

此时此刻,不知茜茜琳是否也在想他。

艾斯特的声音吓了他一跳。

"你在这儿呀。"

盖德赶忙合上书,转身望向王子。艾斯特似乎又长大了些,地下那些日子好像削尖了他的脸颊。盖德不知道这是不是正常现象。他本以为,孩子会在不知不觉之间长大成人,每天的变化都小得难以察觉;每周、每月,也是如此;只有隔年去看,才能清楚地发现变化。但他可能想错了。也许人的长相会在很长一段时间内保持不变,然后突然间变成另一副样子。或者不是变成另一副样子,而是更年长、更成熟、更自我。

"是啊。"盖德说,"我在看书。今天很漫长,我想……"

艾斯特点点头。也许改变的不是他的脸蛋,而是他的表情太过一本正经罢了。但盖德不明白,为什么跟茜茜琳度过一段日子就能造成这种变化,而西米恩国王去世时却没有呢?或许,这是种种往事共同引发的变化?

至少盖德是这么以为的。

"你还没处理卡连姆。"

"我知道。"盖德回答,"我是说,我已经处理了,我把他的府邸给了巴拉希普,做祭司们的住所。这就是一种处理。我有处理的。"

艾斯特坐到桌上,双脚在桌边晃荡。沉默足以表达责怪。

"因为乔瑞。"盖德说,"道森是他父亲,我不能杀朋友的父亲。"

"你确定他是你朋友?"

盖德望向窗外的花园,但灯光把玻璃照成了黑色的镜面,他只能看见自己,还有书本的影子,一堆又一堆,写满非真非假的字句。

"不确定。"他回答,"我知道,我可以直接问他,而巴拉希普可以告诉我真假。但我不想那样做。因为,如果他不是,那怎么办?如果事情真的糟成那样,我就连一个朋友都不剩了,怎么办?不,不好。我知道,按理说我应该这么做。我知道了解真相更好。但我可以先看看书,或跟茜茜琳的人谈谈,或者任何事都行。真的,任何时候,我都能找到比知道答案更想做的事。"

"你为什么不生他的气?"

"乔瑞?"

"道森。乔瑞的父亲。他想杀你。"

"我知道。我应该生气。也许我确实很生气吧,只是……我是说,他并没有嘲笑我。他很看重我,所以认为必须杀了我。还有,我喜欢他。我真心喜欢他。我也希望他能喜欢我。"

"我觉得他不会。"艾斯特说。

盖德哈哈一笑:"你说得对。我会做必须做的事。我不会死的,我答应你。"

盖德很想知道,有儿子的感觉是否就是如此。可能不是,因为这感觉太像是朋友。父子之间会有些——有很多——羁绊,但不是这样的。他们二人之所以有感情,也许因为他们都知道失去重要的人是什么感受,或者因为他们都是安提亚国内最有权力、最有特权、最与众不同的人。

"那你打算怎么办?"艾斯特问。

"我会惩罚他。"盖德说,"我会阻止叛乱,不管是谁发动的,还要确保它不会重演。满意吗?"

艾斯特默默考虑片刻,点点头。盖德把书放在桌上,起身,吹灭一根蜡烛。艾斯特跟他一起,把图书馆里所有灯芯都吹灭,最后只剩一缕青烟。

"好了。"盖德说,男人和男孩一同走出屋外,肩并肩,但没有触碰。"还有件事,只要我是摄政王,就绝对无法办成。不过嘛,一旦我对你和王室的监护结束……你说,如果我跟一位银行家结婚,会引起多大的风波?"

茜茜琳
Cithrin

茜茜琳走在焦黑的旅店废墟中，感觉像做梦一般古怪。不到一个月前，她站在这里，再次听到斯密特的声音。当时旅店的石墙是那么结实，仿佛大山一般永恒。如今墙上沾满烟灰，房梁烧断，屋顶坍塌，仿佛完全不是同一个地方，甚至不是同一个城市。也许真的不是。

"执事，我已尽全力翻找过了。"女人说。她是原血族，身板比茜茜琳壮，肤色黝黑，脸颊红润，眼睛下面挂着疲倦和失落的黑眼袋，"能找的我都找出了，但很少。放火前，他们抢了很多东西，剩下的大都被火烧掉了。"

"带我去看。"茜茜琳说。

旅店的小院被分成许多小方块，估计二十来个，里面放着东西。估计它们的主人，都是出钱接受这个女人招待、却在叛乱中出了意外的男女客人。女人在一个方块前停下，里面放着一堆焦黑的布。

"大概就剩这些了，执事。"她说，"它在角落里，避开了最猛的火焰，有些东西也许还值得保留吧。"

茜茜琳蹲下来。所有东西都散发着烟和灰的味道。没错,她在卡斯买的绿裙子还在。还有一条细细的银项链,但被烤熔了一点。尽管它们放置的角落远离最凶猛的火焰,温度仍然热得像烧窑。她的笔记本边缘全被烧黑,但中间只是焦黄卷曲。她翻了翻,烟臭味令人窒息。她把本子丢到一旁。蓝丝斗篷,烧坏了。羊毛衣,烧坏了。一只镶宝石的金戒指,不是她的,她放到一旁,交给旅店老板,要么找到它的主人,要么让她自己留着。

在破布料中翻找时,她的手指碰到一样东西,像石头般结实坚硬,摸出来一看,是龙牙,依旧白得无瑕,参差不齐的牙根犹如水纹雕刻。在人类造成的毁灭面前,龙牙不受丝毫影响。她不知这个念头算安慰还是可怕,但无论如何,这枚牙齿是她的,她把它放进口袋。

又来个人,旅店老板前去招呼。那人不是来找废墟遗留物的,而是个来此调查的税务评估员。小人物承受灾难的损失,税官还要来执行收税的权力;可后者如果不能履行职责,他们自己的孩子就要受苦。一切就这样周而复始,没有终结、没有仁慈、没有情面。

茜茜琳走到街上。项链可以当作银子卖掉。龙牙一如既往地漂亮,但却无用。其他一切都损失了。

裁缝店在一个大院子旁边。茜茜琳离开地洞之后,到它对面的公共澡堂洗了一整天。她躺在宽阔的铜浴盆里,把头发搓成蓬乱鼓胀的大泡泡团,活像一朵蒲公英。她用木板搓身体,把皮肤搓得像新生小老鼠一样粉红。尽管如此,当她走到街上,还觉得头皮发痒、皮肤满是猫尿味。最后,她只能断定那不过是习惯性的幻觉,最好的办法是多洒些玫瑰水,静等幻觉退去。离开澡堂时,她看到了对面的裁缝店,便记下了。

这个店引人注意的原因之一,是店老板的达提奈族身份。坎尼普是个原血族城市,虽然偶尔在这儿或那儿能见到一两个其他种族的人,但达提奈人拥有自己的店面,还真是稀罕事。茜茜琳还没进门,就已经对他有了好感。

"你好,小姐。"老板看到她从街上走来,"有什么可以帮你?"

"希望有。"茜茜琳回答,"我从奥利瓦港来,但我的衣服都烧成了灰,所以需要做几件衣服,而且很急。"

她很清楚,这句话是一个明白的信号,暗示她愿意为得到店家更多关注而付出更多钱币。效果如她所料。老板用皮尺和蜡笔为她量好尺寸,在一套她不了解的装置上做着记录。然后他拿出一些样板。茜茜琳选了两条可以穿去觐见国王——或摄政王——的正式礼服。穿着正装去见盖德的想法挺奇怪,却是现今的世情。他们不再过着乞丐和逃难者的生活,所以她不能穿成那个样子。

另外,她还要为返回卡斯的旅程准备些温暖、厚实的衣物,但这些可以到旧衣店看看,或去找卡莉打听剧团是在哪里做戏服的。她甚至可以拜托贺尼特做点简朴的衣服,那孩子在服饰方面的眼力相当不错。虽然他们从艾斯特那儿得到不少宝石,但身为剧团演员,还没富到拒绝赚钱机会的地步。

"小姐,也许你还需要件斗篷?"达提奈人举起一件很费材料的黑色皮革斗篷,"这是今年最流行的款式。"

一时兴起,她决定试试。穿上它的感觉像在如夜般漆黑的大海里游泳。茜茜琳觉得自己快被阴影吞没了。她摇摇头,还给裁缝。

"试试其他的好了,谢谢你。"

"真的不要?"裁缝的眼睛亮了一点,"这是潮流啊。"

茜茜琳回到达斯克林的府邸,佩林·克拉克正在等她,脸上一副古怪的表情。男爵十分亲切地招待美狄安银行的人住在他家,很大一部分原因是如今异乎寻常的局势,还有,谁叫他是带他们进入这座城的引荐人呢。但双方都明白,这种招待不会成为惯例。毕竟达斯克林是安提亚的男爵。他们也许可以在卡斯的农夫餐厅里共进早餐、同吃面包。但这里是坎尼普,是他的家。这里有准则,有界限。比如茜茜琳只能从侧门进府。

她走上宽大的石头台阶,挑起双眉表示疑问。佩林露出微笑,很平静,令人放心,但又如此老练。茜茜琳相信,他根本没意识到自己在微笑。

"我刚跟摄政王开完会回来。"佩林边说边为她开门。

"是吗?"

"他的态度亲切得令人震惊。"佩林继续,"他提议,美狄安银行可以在坎尼普开个支行。"

"真的吗?"茜茜琳走进走廊。他们住在仆人宿舍里最大的房间,要走过去,必须穿过厨房,"那不太可能,不是吗?"

"我倒觉得有可能。但我没想到会由他发出提议。不仅如此,他好像很不想放我走。我们讨论的时间不知不觉就比预计安排的长了一倍。我有种感觉,他似乎另有谋划。"

茜茜琳沉声轻笑。

"什么样的谋划?"她问。

"这正是我想问你的。你是盖德·帕列库眼里的银行专家。他为什么想要一个支行?"

茜茜琳在一扇门前停下。那扇门是黑色的,门板很薄,简陋得仿佛自己都不好意思。透过仆人间的小门,宫廷中年轻女性的声音如百灵鸟一般飘来,动听、丰润,却空洞无物。

"不太清楚。"她说,"不过我猜,他想让银行派我监管这里的支行。"

"说真的,"佩林·克拉克说,"不会是你把这主意埋进他脑袋里的吧,是不是? 我之所以这么问,是因为人人都知道,你很想自己经营支行。"

"我要的不是别的支行。"茜茜琳说,"我要我自己的支行。如果你想把坎尼普支行交给我……呃,也许我会接受,但你必须给我多加薪水。"

"这么说,是他的主意?"

"是他的。"

"这也挺有意思。你还有别的事想写入正式报告吗?"

"没了。"茜茜琳回答。

"你的忠心在哪里?"佩林问。他的语气完全没有变化,但茜茜琳感觉这个问题的意味比刚才那些深远许多,所以她思考良久才回答。

"我不知道。我认为,这正是你我二人正在寻找的目标,不对吗?"

"事实上,对。"他说,"哦对了,从——恕我大胆——你的支行来了一封信,是雅丹姆·黑恩写的。我觉得不是什么大事,只是说韦斯特队长辞职了,黑恩是他的副手,所以顶替了他的位置。"

"什么!?"

佩林看着她,眼露关切。

"有问题?"

茜茜琳既震惊,又空虚。回到奥利瓦港就见不到玛可斯了。她品尝着这个念头,感觉难以置信。玛可斯当然会在那儿。他总是在的。一定出了什么事,但她无法想象是什么事,也不知怎样才能挽回。

"没问题。"她说,"只是惊讶罢了。"

❖

"也许我可以帮你们通过盖德赚一笔。"茜茜琳说,"摄政王殿下的赞助,可以让你们人气飙升。"

"你又动了。"贺尼特咬着一嘴大头针说,"别动。"

"只要能拉到赞助,我都很高兴。"卡莉拿起假剑打量,"可我不太确定,跟剧团在一起的回忆,摄政王殿下愿意记住多少。"

"不知道。"桑达说,"可那是场冒险,不是吗? 朝中并非人人都有这种经历。"

"我认为,朝中权贵不会因为某人在最脏的地方住过就给他加分。"卡莉说,"说实话,那个地洞好臭。"

"是啊。"茜茜琳说,"好吧,如果你们不想成为最受坎尼普贵族欢迎的剧团,那你们想做什么?回南方去?"

"我觉得,去任何一个不会热到石头流汗的地方都行。"桑达说。

"哦,不必为这个理由离开吧。"斯密特说,"热天气快要结束了,闻都闻得出来,只要你懂得怎么闻。"

桑达"哼"了一声,翻翻眼珠。

"你又不能掌控天气。"他说。

"当然可以。"斯密特争辩。

"不,你不行。你总说同样的话,说风暴要来了。这样下去,你这话还得重复好几个星期。"桑达用茜茜琳不太理解的方法拉长下巴、耷下眼皮,仿佛变了个人,活像斯密特的兄弟,效果极好,就连他的声音也变成了斯密特,"风暴要来了。记住我说的话,风暴要来了。"

"我总是说对。"斯密特说,"只是有时,风暴需要更长时间才能吹到这里罢了。"

"你也可以说大雪要来了,然后宣称每个冬天都能证明你是对的。"

"我可以说啊。"斯密特回答,"而且风暴也要来了。"

卡莉转过身,与茜茜琳相视一笑。这是卡莉的家,她爱这个家。茜茜琳也爱这里,但这不是她的家。对茜茜琳来说,这些人是朋友,其中有些还很亲近,但她的家不在剧场车里、不在舞台上,也不在某个新马厩的干草仓。她的家在奥利瓦港支行、在咖啡厅。

"好了。"贺尼特说,"我再给那裙子缝几针,你就有条简朴耐穿的旅行裙了,适用任何场景,泥泞地、骡子背,还有恶作剧。我在这里缝个小口袋,你可以藏把小刀,以防商队领队对你图谋不轨。"

"我不怕商队领队。"茜茜琳笨拙地模仿舞台表演的腔调,华丽却不太像样地鞠了一躬,"感激不尽。"

贺尼特用同样的方式还礼,动作亲切又完美。二人"哈哈"大笑。

从第一次跟剧团旅行时起,茜茜琳就学会了他们的精髓:表演与时势相反的剧目。在遭遇瘟疫的城市里表演喜剧;在繁盛富裕的城市里表演悲剧。演员表演的动人程度,取决于他们能把舞台前的观众带到多远之外。今晚,他们要表演《抓狗人的故事》,这是茜茜琳看过的最低级、最黄色的闹剧。但他们演得很好。茜茜琳不得不承认,桑达对这类台词确实有种天赋。只不过,她的注意力并不在台上,而在台下看戏的男男女女中。

斯密特跳上台,戏服下凸起一根用皮革制成的夸张器官。观众轰然大笑,冲着台上指指点点,眼泪都流下来了。他们渴望这些。茜茜琳心想,他们急切需要欢乐、愉悦和笑声。这是当然的。他们先后经历了邻国的阴谋、国王的去世、战争,然后是自家街头的暴力冲突。他们确实需要欢乐。

茜茜琳无法移开目光。她坐在观众边上,既能看到舞台,也能看到人群。一个男孩,还不到剃胡子的年纪,笑得那么猛,直接仰倒在石板地上了。舞台上,查丽特·苏恩扮演一个术士,变形成女人,然后一个男人向她求爱,却跑出另一个没有牙齿的老女人,一边敲打苏恩的膝盖一边怒骂。太搞笑了。观众的笑声可谓歇斯底里。

城里已没有了胜利的喜悦。她刚刚抵达时还有的。有旗帜、有彩衣、有孩子在街上奔跑,抛洒一把把艳丽闪亮的彩纸。安提亚刚刚征服阿斯特里堡时,整个国家兴奋得晕头转向。但打败道森·卡连姆,对他们没有任何快乐可言。眼前的欢闹并非面具,而是硬币的一面。至于另一面,茜茜琳越来越怀疑,恐怕会是冷漠,会让坎尼普在很长一段时间内笼罩在阴影中。在深渊边缘,这种喜剧将会上演不止一季。这样的前景,令茜茜琳满怀担忧和焦虑,而且这些情绪太过私人,她不喜欢。

卡莉走上舞台。她手里的假剑在决斗中突然变得软趴趴,再也使不上力。观众放声大笑,但茜茜琳笑不出来。她站起身,贴着观众席走进黄屋的大堂。

里面的拥挤程度比外面好一些,但反而更热了。在坎尼普的仲夏时节,从太阳西斜直到傍晚的过程十分漫长,等到天色全黑,时间已经很晚了。桌前坐着十来个男女,用棕色杯子喝苹果酒和啤酒,吃硬奶酪和烤面包。喜爱欢笑的人已被舞台剧吸引到外面去了,留下来忍受闷热的是群忧郁的人,正合茜茜琳此刻的心境。

啤酒醇厚浓香,酒精对她嘴里的柔软部位稍微有点刺激。这是能让人喝醉的酒,很诱人,但茜茜琳不打算丧失神志。现在还不行。在她脑海深处,有东西在不安地扰动——也许是个想法、也许正在观察——正在努力成形。她低头看着粗糙的桌面,仔细倾听。

"他从一开始就是阿斯特里堡的间谍。"她身后的男人说,"不然你以为他真能那么容易就杀到卡特非?肯定是老勒禅批准的,愿老天爷践踏他死去的心脏。"

"可是摄政王知情,不是吗?"男人身旁的女人说,"他会把叛国贼一扫而光。先杀勒禅,然后做好准备,一举肃清其他人。你等着瞧好了。"

"你听说叛乱期间他在做什么吗?"

"高踞王堡,像孩子耍木棍一样,指挥整场该死的战斗呗。"

"不是。"女人说,"那只是他们希望你相信的版本。他一直都在街上,穿得像个乞丐,潜入敌军阵线,探听他们的计划。根本没人注意到他。"

"是真的。"另一个男人说,他年纪更大,长着一把白胡子,皮肤上有红点,"我看见他了,我知道他。但我当时不知道他就是摄政王,他自称老哲姆。虽然我觉得老哲姆有点古怪,但我绝没猜到真相会是这样。"

"他还能跟死者对话呢。"第一个女人说,"我侄子是守墓人,他们全知道，但都不敢议论。摄政王总往墓地去，总去，有时候一天去两次，一直走到墓地里。我侄子说，如果你仔细听，就能听到帕列库说话的声音，就像我们坐在这儿聊天似的，开玩笑、提问题、辩论。有时候，你还能听到其他声音跟他答话。"

"他不是术士。"第一个男人说，"我了解术士，其中半数连一丁点儿魔力都没有。帕列库不一样，有他坐在王座上，我们真是走狗屎运了。狗屎运。"

"其他人都无法看穿卡连姆。"白胡子男人说，"我敢打包票，没人能。还有一件没人议论的事，你们知道吗？关于卡连姆的顾问——他们全是提兹奈族。你们说，会是巧合吗？"

茜茜琳手捧酒杯听着，忘记了喝酒。她亲耳听到一个故事叠在另一个故事上，渐渐地，把盖德·帕列库捧上了神坛。

克莱拉
Clara

卫兵送来了摄政王颁布的诏令。处置结果虽出乎克莱拉预料,但也不算太令人惊讶。事实上,从某些方面说,还可以算是一种安慰。道森被捕后的许多个日子,表面上跟平常没什么不同:早晨在房中醒来,身边没有他;每天跟仆人和奴隶们说话、在花园里散步,也与他奉盖德之命离家打仗时一样。然而这次,他是在监狱里。对于未来会有何种惩罚的揣测已成为一种精神折磨,所以第一份诏令送到后,克莱拉简直松了口气。

她站在前院,看着卫兵把家具搬出来。她受孕并诞下孩子们的大床;她在温室里种的紫罗兰;她的裙子、礼服。道森的猎狗也用细皮绳牵了出来,呜咽着,表情迷惑。在动手搬东西之前,卫兵队长给她留了一段时间,让她体面地收拾自己的东西,所以她带了一个钱袋和一个包。这一条,诏令上没写,就算队长把她扛起来丢到街上,也不算违反盖德·帕列库的命令。但他没这么做,克莱拉很感激他。

"他们怎能这样?"乔瑞的声音绷得像琴弦,满是怒火。

"他们当然能,亲爱的。"克莱拉说,"难道你以为他们还会容许我们继续以前的生活?我们垮台了。"

"可您没做任何错事。"

可我做了,她心想,我爱上了你父亲,如果这也算叛国,我将坚持到底。但这话她没说出口,只是拉起小儿子的手,带他离开。

府邸的下人,包括仆人和奴隶,都站在街上,手拿各自的私人物品,活像灾难中的幸存者。克莱拉走向他们,最后一次行使女主人的权力。安扎斯脖子上依然戴着铁链,双眼圆睁,充满惊恐。克莱拉抬起双手。

"相信你们也都看见了,恐怕这座府邸不再需要你们了。"眼泪涌上她的眼眶。她咬紧牙关,强忍泪水。

扬起下巴,她告诉自己,微笑。对,就这样。

"如果你本是我家的奴隶,我将恢复你的自由身,并祝你自由后至少跟在我家时一样好。如果你是受雇的仆人,我可以为你写推荐信,只是恐怕它们不会有多少说服力。"

后排有人哭泣,估计是厨房的某个女孩。

"不要害怕。"克莱拉说,"你们都能在世间重新找到立足之地。今天的事虽令人不快,甚至痛苦,但并非终结,对我们每个人都不是。你们在这里付出的辛苦,我非常、非常感谢。能有这么多出色的人为我工作,我感到非常、非常骄傲。我将把你们所有人的快乐记忆长留心中。"

她花了大半个小时在人群中走过,逐一道别。尤其最后,大家都想拥抱她,发誓永远忠于她。这种感觉真甜美,她也希望至少有一部分人是真心的。未来的日子里,她很需要朋友。以她如今的处境,就算是三等男仆的友善建议,她也不能拒绝。

乔瑞把她的包甩到肩头,钩起她的手臂,母子俩一起穿过街道。她在一个街角小摊前停步。摊主是个缺了一条腿的查古族老人。克莱拉买了些紫罗兰蜜饯。随着蜜糖溶解，花瓣在她舌尖软化。她转向南边，往银桥走去。斯吉提林大人的府邸位于深渊对岸。而纱比娅——愿神明保佑她——已先行过去，确保他们能受到欢迎。

"我觉得，这次的举动预示你父亲很快将会受审。"她说，"那不会轻松的。"

"不用担心，母亲。"乔瑞说，"我不会令他失望的。他不会独自受审。"

克莱拉站定。乔瑞走出好几步，才意识到母亲没跟上来。

"你必须令他失望。"她说，"你要跟他断绝关系。明白我的意思吗？你要背弃他，并要让全世界看到。"

"不行，母亲。"

克莱拉抬起手，命令儿子闭嘴。

"这不是辩论。孝顺很好，值得赞扬，但不适用于现在的形势。你有责任，对我、对纱比娅都是。"

乔瑞竟在街上哭了起来。好吧，如果要引人围观，那今天再合适不过了。一辆马车"咔嗒咔嗒"地从他们身旁驶过。克莱拉伸手抓住儿子的手臂。

"你父亲知道你爱他、敬仰他，这是无论如何都不会改变的。他也知道，你有家室，那是他帮你营造的生活。他不会因为你保护家而恨你。我们已经所剩无几，不能再放弃。"

"父亲应该有人相伴。"

克莱拉露出微笑，心软了一点点。她的儿子啊，忠心得像条狗。我们把他养育得很好，她心想。

"确实应该。"她说，"但他不会想要的。我只是他的妻子，他应该有儿子的陪伴，只不过那样一来，他会因竭力保护我们而分心。他知道你爱他。他知道你以他为荣。看到你因他的缘故，陪他一起受难，只能让他更加痛苦。所以你要跟他断绝关系，比如改姓。做你该做的事,就像道森对我一样,做好纱比娅的丈夫。"

"可是……"

"那就是你要做的事。"克莱拉说,"明白没有?"

"明白了,母亲。"他说。

"很好。"

斯吉提林大人在坎尼普的府邸,往最好了说,也就算是能住。它更像对传统的点头致意,而不是用来居住的房子。斯吉提林是海军统帅,夏季在海上度过,而非朝廷;冬季则住自家城堡,或偶尔跟随国王冬猎。克莱拉在还没有她更衣室大的房间里放下行李,补妆,整平礼服,随后立刻回到街上。时间紧迫,失去府邸的震惊催逼她采取行动。

克霆·伊桑简的府邸显得更小了,部分原因是它跟艾丙勃男爵盖德·帕列库的府邸共用一个庭院。等艾斯特登基之后,帕列库将退回这里。目前它将作为荣誉的象征,保留在此。任何府邸跟摄政王府邸相比都会失色,何况伊桑简已经失势了。

门奴为她通报之后,克霆·伊桑简几乎立刻出来迎接,并把她引进休息室。她从袋子里取烟斗,才想起把烟叶忘在原来的家里了。她没有烟叶。而她来这里是想求对方帮个大忙,再跟人家要烟叶不太合适。

"我听说你的府邸被没收了。"伊桑简说,"我真的很遗憾。"

"唉,我也不敢期望还能保住它。欧得灵山的城堡当然也没了。至于卡特非,道森当上卡特非男爵的时间很短,我觉得反正也不算损失。但我很想念欧得灵山,那地方的冬天很漂亮。"

"我记得。"克霆微笑着说,"你的招待总是非常周到,即便客人是你丈夫的对头。"

"哦,对他们尤其要用心。"克莱拉说,"只对朋友好,算哪门子美德?"

伊桑简"哈哈"大笑。很好,也许他愿意听听她的请求。两人又聊了几分钟闲话。今天的温度还不至于让休息室闷热起来。迟早会的，但暂时没有。

"我坦白，我来这里不光为寻求亲切的话语和安慰。"克莱拉说，"虽然你在这两方面都很擅长。"

"我能帮什么忙？"他问。

"你和我的丈夫是公认的敌人。"

"希望没那么严重吧，也许算是对头。"

"不，是敌人。而作为敌人，其中自有真挚的情分，使你处在一个能帮助我的位置上。我没什么能报答你的，但如果可以，请你为我的儿子女儿们说说好话。不需要很正式，在巨熊兄弟会或私人场合说说就好了。我会非常感激你的。"

"女儿们？我以为你只有一个女儿。"

"伊丽西娅和纱比娅。"克莱拉说。

"哦。"伊桑简说。他剪短头发其实不算难看，尤其是过了一段时间，也就习惯了。只是发型不同罢了。

"卡连姆夫人，虽然你丈夫恨不得我早死，但你一直对我很亲切。"伊桑简说，"如今，我的影响力虽然微乎其微，但我会尽力帮你。"

"谢谢。"克莱拉回答。

开了头，后面就容易了。就算不容易，至少也不可避免。既然她能求克霆·伊桑简，那向自己的侄子冱莱·米尔开口就简单了，还有跟她一起观看裁缝示范的女士们、恩明夫人组织的诗社，诸如此类。她整天忙碌，走遍城市，访遍群臣。

这种非正式的会面，她并不陌生，只是以往她总扮演另一方的角色：端出饼干、送上同情、表达支持却不给承诺。形式很熟悉。唯一的变化是她的角色，以及她的诉求。

值得庆幸的是，伊丽西娅已经脱去卡连姆的姓氏，安全地躲在安纳林家族的庇护伞下，可以继续出入朝中，地位稳固。维卡连就没那么稳当了,但也算不错。叛乱期间他不在坎尼普,也没上过战场。他的忠心属于神明和国内的祭司阶层。他也要跟道森断绝父子关系,只要他这么做,就安全了。

巴列斯和乔瑞是最危险的,所以她的努力主要集中在他俩身上。她顽强地求见每一个认识的人,每一个她能想到也许仍愿跟她交往的人,每一个知道她的人。过去每个亲善的时刻、每分送出去的毫无必要的亲切,这时都成了她的工具。正如所有未经测试的工具一样,有时它能如愿地起到作用,有时则会在压力下崩溃。她也许永远无法知道它的效果,但那不重要,只要她的孩子平安就好。

到晚餐时间,她停止了拜访,因为这时再不请自去地闯入别人家就很无礼了。她找了个小面包店坐下,里面卖隔夜的火腿面包、芥末和啤酒。她又伸手去拿烟斗,随即低声暗骂自己,把包放下。她得想办法弄点烟叶才行,还得买些吃的。虽然眼下靠斯吉提林大人的盛情可以暂时容身,但结局不可避免:没人能长久收留叛徒的妻子。如果巴列斯是舰队统帅,或者乔瑞率军打过胜仗,也许她还能把自己塑造成英雄之母。但根据目前的现状可以预见未来,她注定要作为叛徒之妻终老了。

她坐在小店的破烂木桌和晃悠椅子上,放任脸上的微笑溜走几分钟。她迷失了,心中有种从未出现过的空落感。她的婚姻、她的家人、在朝中玩弄的微小但和平的手段,以及顽固、忠于职守却盲目无视种种矛盾的道森——从离开娘家那一刻起,这一切就是她全部的人生。与其说它们是克莱拉营造的结果,不如说是她适应的结果。

此时此刻,她觉得自己犹如一株被小心翼翼连根挖起、放到水里冲洗的花,虽然没有受伤,但苍白的根系完全暴露,要是找不到泥土扎根,就会枯死。她很清楚这一点,如同知道太阳将会升起、秋天将会来临。

一切都源于道森·卡连姆离去后留下的巨大空缺。那个男人,爱她多过理解她,是她生命中恒久不变的存在。克莱拉依然记得第一次亲吻他的情景:他试图用骑士风度掩饰担忧,而克莱拉则以矜持包装忧虑,直到确定双方都不会有进一步的行动才放下心来。然后两人便怀着对对方的渴望,久久地坐在花园里,仿佛大地也被坐老了。当时的道森年轻、英俊,又是西米恩王子最好的朋友。而克莱拉自己呢?是道森父亲为儿子挑选的未来儿媳。早在他们有机会拒绝之前,婚约就已定下。

她在琢磨,自己是不是本可以做些什么来改变丈夫如今的结局?她希望有,因为,如果眼前的灾难全是她的错,那至少意味着她可以控制点什么。但那不过是幻想。晚餐聚会、转换话题,统统无法说服道森屈服于盖德·帕列库那些祭司的统治。除非石头能像小鸟一样飞起来。

这是无法避免的,况且,就算她能做些什么,也已经没有机会。她叹息一声,咬了一口香肠。香肠里有太多软骨、太多杂碎,除此之外,倒也可以接受。芥末里加了很多掩饰陈腐味道的香料。她吃着简陋的晚餐,喝着啤酒,静静地流着眼泪。吃完后,她收拾整齐,重拾微笑,回归俗世。她的心已经碎掉,而且将持续很久很久,但她不必为此颓丧。

回到斯吉提林府邸时,天色快黑了。她的脚和背都在疼。因为跟狗、马一起走在大街上,她的裙脚很脏。动物排泄物的臭味是这座城市的一部分,她必须适应。而且,跟她面对的更大困难相比,这根本不算什么。

进屋时,她听到巴列斯愤怒的大嗓门和乔瑞温和的答话。她抿紧嘴唇,循着吵架声穿过昏暗的走廊,进入餐厅。厅里点着便宜的牛油蜡烛,布置的风格属于并不住在这里的家族。

"他是我岳父。"乔瑞说。

"而我是你大哥。"巴列斯嚷嚷,脸色涨得通红,接近紫色,"这一点从什么时候开始不再重要了？接下来你该向王堡那个婊子养的献媚了吧，求他施舍一个房间、一点肉片？"

纱比娅站在房间另一头的门口，手里攥着一条蕾丝手绢，指节发白。她的表情告诉克莱拉，巴列斯已经造成了多么严重的伤害。

"老天爷啊。"克莱拉走进房间，自信的姿态如走进熊坑的驯熊手，"我还以为你俩退化成了被人抢走玩具的孩子。这是在吵什么？"

"您在斯吉提林家里避祸。"巴列斯的怒火朝她烧来，"我不能接受。他剥夺了我在舰队的职位！我为他打了那么多年仗，可是稍微有点风吹草动，他就把我像死鱼一样扔出船外！"

"有些现实……"

"我是这家的长子，我对家族的名誉负有责任。"巴列斯打断母亲的话，"我的尊严不容许我接受这样的侮辱。"

克莱拉不知自己的表情变成了什么样，只看到乔瑞双眼圆睁，巴列斯那充血的脸突然露出恐惧，纱比娅唇边却出现一抹笑意。克莱拉与长子四目相对。原本，他会在某一天继承欧得灵山男爵的头衔，她心想，但他的前途毫无征兆地破灭了，悲伤会令人失去理智，做出原来绝不会做的事。

她开口想说话，却又顿了顿，才重新开始。

"我的丈夫，"她声音温柔，但一字一句，咬字精准得可怕，"还没死。你是我儿子，乔瑞也是我儿子。纱比娅是我儿媳。斯吉提林大人是你的亲人。我们所有人最好都希望他没把我们当成沉重的包袱。"

巴列斯怒容满面地别过头去。熊被驯服了，暂时的。

"乔瑞想跟父亲断绝关系。"巴列斯懊恼地说。

"我知道，亲爱的。"克莱拉说完，在桌旁坐下，舒了口气，"你也要。"

在克莱拉眼皮底下，今晚斯吉提林大人的府邸在紧张中维系着和平。巴列斯黑沉着脸，噘着嘴巴。他从出生以来，生气时都是这副样子。乔瑞则平和许多,他躲起来了,以免影响周围人。克莱拉坐在陌生的窗前,窗外是别人家的花园。她的针线活儿在摄政王诏令执行时弄丢了,所以她改成编蕾丝。她正准备睡觉,纱比娅来找她,手拿一个装有烟叶的小皮袋。克莱拉亲吻女孩的脸颊,但没说话。因为她觉得,有些夜晚太过敏感,不适合聊天。

到了早晨,消息传来,盖德·帕列库殿下即将宣布对叛徒道森·卡连姆的判决。

茜茜琳
Cithrin

  要是茜茜琳找裁缝时知道自己的衣服是穿来上刑场的，可能就会挑不一样的款式。在万奈，监狱是公开的，等着见法官的人都在那里被展示，受人嘲讽；但刑罚城主会秘密执行。如果罪犯有家人，会把尸体埋葬，并承担费用；不然，尸体会被丢弃到城外的山坡。

  奥利瓦港则刚好相反。人们等待受审时被关在秘密监狱里。一旦判决下达，或缴纳了审判费用，惩罚就会在公开场合进行，任何路人都能看见。而为了杀死一个大家都认识的人，特意举行一场朝中所有大贵族都须参与的仪式，让茜茜琳觉得很缺德，而且她有限的衣橱里没有合适的衣服。

  最后，她从两条裙子中选了条颜色较深的。浅色那条线条更简约、更沉静，虽然已经问过佩林·克拉克的意见，她还是无法确定行刑日子的庆祝气氛到底有几分。她上了一点点淡妆，突出双眼，但又不至于因为房间太热而花掉。她拿出旅店火灾后仅存的两件首饰，尝试了所有组合，最终决定只戴一条细银链，不戴手镯。她不想跟贵族们争艳。简约、得体、正式,足矣。

她正想重新考虑一下裙子的选择,忽然想到自己其实并不关心朝臣的观感。对那些人来说,她是外国人、混血儿兼商人。就算她穿了完美的衣装、戴上理想的首饰,也只有那些想结交银行家的人会在表面上对她亲切,其他人仍会当她不存在。

不,她之所以焦虑,是因为盖德也会在场。而这种感情必须立即扼杀。她不是孩子了,也不是轻易会被舞台上的桑达俘虏的粉丝。有些事,如果双方都认可,那就发生过;否则,只能当什么事都没有。怀着对方可能对自己有时间、有兴趣,或有意图的想法参加朝廷活动,是白痴的行为。可话说回来,盖德确实说过,要批准美狄安银行在这里开支行,所以,在他面前打扮得漂亮一些,也许不完全是犯傻。

不论如何,出门参加聚会之前,她还是把手镯戴上了。不为盖德,不为佩林·克拉克,不为任何人,只为自己喜欢。

夏日的炎热渐渐失去了对城市的控制。头顶天空虽是蓝色,但并不醇厚。假如斯密特预报的雨水在第二天洒下,茜茜琳一点也不会吃惊。她走到外面的厨房,使团里的平民都在那里等候。水泽男爵及其妻女则在府邸另一处准备,所有人都得等他们出门后才能离开。幸运的是,厨师为客人准备了一碟饼干和奶酪,可以边吃边等。

佩林·克拉克穿着简单的束腰外衣和长裤,束一条细皮带。见到他的打扮,茜茜琳对自己的决定更加安心了。佩林微笑,半鞠一躬。茜茜琳回礼,伸手拿起一块饼干。

"好吧,这次的经历至少可算有趣。"他说,"不是每次旅行都能以一位战争英雄的庆功会开始,并以他的死刑结束。"

"我们对他有什么了解吗?"茜茜琳嚼着饼干问。饼干里的面粉只够勉强把盐和黄油黏到一起。不论这家主人的待客之道有多么让人难受,达斯克林的厨师却很大方,他们的招待令人愉快。

"我见过他几次。帕列库能登上王座,他发挥了很重要的作用。

而且看样子，从我上次见他之后到现在，他在宫廷阴谋里陷得更深了。这人的心志很坚定，对我们、我们这类人，没有用处。"

"那我的悼念时间就短一些好了。"她说，"有什么需要我注意的吗？"

"我不知道。"佩林说，"倾听众人对这次叛乱的评论吧。如果卡连姆还有隐藏的盟友，这种场合会令他们难过的。"

"我会的。"茜茜琳回答，"我本以为还会有更多人受罚，因为卡连姆家并不是牵扯进事件的唯一一个家族。"

"不是，但他是领袖，而其他家族有些投降了。卡连姆是被逮捕的。他是出头鸟。"

门开了，一个初级男仆探身进来。

"老爷和夫人往外走了。"他说，"一起来吧，不然我们会落后。"

"我还以为是我们在等他。"茜茜琳说。

"贵族血脉的规矩可多了。最好的做法就是点头、鞠躬、耐心等。"

"还有出门前先小解。"茜茜琳酸溜溜地说。

"没错。"佩林微笑道，"必须的。"

坎尔·达斯克林偕同家人乘坐一顶十二人抬的大轿。茜茜琳和佩林则乘坐一辆马车跟在后面，保持着礼貌的距离。靠近王堡后，茜茜琳才看清围观人群的规模。每条街、每条巷子，都挤满了大小贵族。仆人吆喝推挤，抢夺好位子，争论优先级别和礼仪规矩，活像渔船靠上码头时大声叫卖的渔夫。他们坐的马车没有驶近高大的塔楼，而是在大概四分之一里外靠边停下。

"谢谢。"佩林·克拉克朝车夫喊道，抛给他一枚铜币。茜茜琳走下马车，站在他旁边。

"剩下的路要走过去？"她问。

"这才符合我们的身份。"他抬起手臂，让茜茜琳挽住。

行刑厅的结构令人惊叹。无论站在哪里，无论前面的人有多高，都能清楚地看到房间另一头的高台。盖德坐在台上的毛绒椅子里,旁边是艾斯特。一时间,茜茜琳很想冲他们挥挥手。看到他们在一起,仿佛给一切都蒙上了一层戏剧感。当然了,这不是戏。盖德不是扮演摄政王,那是他的身份、他的头衔。或者说,扮演和真实其实是一回事。

大祭司巴拉希普站在一旁,低着头,似乎在倾听。茜茜琳毫无来由地感觉那人能听到厅里的所有对话,无论音量多低。

"看到左边远处那个穿灰色衣服的女人没?"佩林声音轻柔,几乎淹没在上百耳语汇合成的"嗡嗡"声中。茜茜琳伸长脖子。她看到坎尔·达斯克林一家,不过他们中没一个穿灰衣服的。尤其他的女儿,穿得像来庆祝一样。她继续找,找到了佩林所指的女人。那是个刚刚步入中年的女人,长着一张没有任何棱角的脸庞,斗篷是灰烬的颜色,左右两边各站一个年轻男子。其中一个较高较壮,留着水手式的大胡子,另一个看来刚开始蓄须。

"卡连姆的妻儿?"她说。

"啊,你以前见过他们?"

"没有。"茜茜琳说着,开始打量那一家子周围的人。三个落难之人直视前方,脸色或空白、或绝望、或充满忧伤。旁边人则假装没留意到他们。他们三个就像没有人能看见的鬼魂。

不,不对。盖德在看他们。茜茜琳抬头张望。盖德的眼睛盯着那三人,表情既不是愤怒,也不是仇恨。真有意思。当时在地底的黑暗里,他说过,要每一次羞辱都得到报应。茜茜琳相信他是认真的。但现在看来,他显得很焦虑。

一阵鼓声响起,宣告罪犯被带到行刑厅。距盖德和艾斯特不远的一个小木门打开,走进一个男人,灰发梳在脑后,露出脸庞。他穿着农夫的粗布衣服,束腰外衣和裤子上满是泥巴和污渍。他光着脚,脚底乌黑,走路的姿态仿佛比盖德更高傲,竟让茜茜琳为盖德感到一丝惭愧。

道森·卡连姆,既是爱国者,又是叛国者。他跪在大厅中央,身后两边都是剑刃出鞘的守卫。艾斯特紧张地瞄着他。

茜茜琳咬着嘴唇。眼前这一幕意味着什么?盖德的不情愿写满了脸庞,渗透在每一个举止当中。他清清嗓子。众人安静下来。

"我收到了卡连姆家族的……儿子们的发言请求。在此,我准许乔瑞·卡连姆发言。"

卡连姆家的小儿子走上前。围观人群议论纷纷。看来这是个出乎众人意料的举动。盖德在恩惠企图刺杀他的家族。茜茜琳无法想象他想要什么回报。卡连姆夫人双眼紧闭,脸色像身上的衣服一样灰败。她的大儿子握住她的手。

"摄政王帕列库殿下,"乔瑞·卡连姆的声音很动听,有力但不强势,"王子殿下,我来到你们跟前说话,请您们了解,我深爱我的父亲,我为他过去对王室的效忠尽职而尊敬他。"

人群中更加响亮的议论声告诉茜茜琳,这看法并没有得到广泛认同。但乔瑞扬起下巴,提高了嗓音,继续陈述。

"然而,我父亲最近一次的努力……"卡连姆的小儿子哽咽了一下,"最近一次的努力是叛国。我代表我的家族,宣布与我父亲道森·卡连姆断绝关系。我拒绝承认他是家族的一员。我要再次重申我对王室的忠诚。"

乔瑞·卡连姆屈膝跪倒,低下头。看一眼人群就能发现,所有眼睛此刻都盯在刚被儿子踢出门外的父亲身上。但茜茜琳对盖德更感兴趣。后者没看年轻人,而是望向祭司,且眼神焦虑。巴拉希普给了个微小的信号,茜茜琳无法辨清,但一阵如洪水般掠过盖德全身的放松却再清楚不过。在她身旁,佩林用舌头轻轻敲敲牙齿,说明他也看到了这个变化。

"乔瑞·卡连姆是不是给了摄政王对自己父亲执行死刑的许可?"

茜茜琳喃喃问道。

"不确定。"佩林回答，他有种技巧，说话时嘴唇可以不动，"不过，他从别的地方得到了许可，你看看他变得多么坚定。"

确实如此。盖德整个人气势大变，焦虑和迟疑已然消失，仿佛随时都能咧嘴微笑。

"我有话说。"道森·卡连姆说。

"不准。"盖德回答。

"你的准许都是狗屎，你这坨软蛋。我为你打赢了战争……"道森边说边试图站起来，身后的卫兵赶忙把他按住。人群的注意力要么在道森身上，要么在盖德身上，但茜茜琳却扭头打量卡连姆家。卡连姆夫人的脸色几近苍白，双眼依然紧闭。大儿子瞪圆双眼，鼓起鼻翼。看那样子，根本不像恨不得一家之主快点死掉的人。

"我把你捧上了这个位子，"道森跪着大喊，"你却背叛了我的国家和我朋友西米恩守护的一切……"

"我没有准许你说话。"盖德大声说。茜茜琳看着他。他脸色阴沉，刚才的轻松全部消失，"你闭嘴！"

"不闭又怎样？杀了我吗？你是个小丑。我看到你如何出卖了国家。我站出来了。帕列库，你给我听着，等我们纷纷起义时，你杀得再快也忙不过来。真正的安提亚战士将会……"

一切发生在眨眼之间。厅内已有刽子手待命，手拿生锈钝剑，但盖德不理会他们。他的脸上仿佛戴了张怒火面具，大步走到卡连姆戴着手镣跪倒的地方，从后者旁边经过，自一个卫兵的剑鞘里拔出剑，狠狠砍下。他的动作没有一点美感，活像孩子砍树。剑刃划过卡连姆的脸，从他脸颊上削掉一大片肉。卡连姆摇晃着往后一跌，栽倒在地。盖德站在他身旁，高高举起剑刃，再次砍下。将死之人的血溅了他和四周的卫兵一身。

"你不准说话，除非我准许！"盖德尖叫道。听到这句话中无意透出的黑色幽默,茜茜琳差点笑出声。因为再也没人能命令道森·卡连姆说话了。

盖德站在那里,望向人群,仿佛这才看到他们,却并不在意。在他脚下,道森·卡连姆抽搐一下、再一下,光秃的脚跟敲打着地板。然后,不动了。

"好了。"盖德说,"你们可以走了。"

他快步走了出去,忘了留下手里滴血的剑。

"我相信他可能快吐了。"佩林·克拉克说。

"我想我们该走了。"茜茜琳说。

朝臣同他们一起散去。男人眼睛圆睁,女人嘴唇紧抿。他们来观看死刑,看到了,却不是常规的死法,所以个个惊魂未定。如果道森·卡连姆被十三把生锈钝剑扎死,他们不会感到任何不安。然而盖德疯了,亲自动手执行了死刑,那么任何事都有可能发生。茜茜琳敢拿一个月的薪水打赌,等到夜幕降临,酒吧、巷子里的传闻会跟大戏一样精彩,比如正义的国王亲手挥舞行刑宝剑之类。

外面的世界没有一丝暴力的痕迹。雀鸟依然鸣唱,微风送来鲜花、烟雾和雨水的气息。茜茜琳和佩林沿着石板小径,走过几丛仲夏鲜花。她看到一个穿灰衣服的女人。是卡连姆夫人。一时冲动下,她拉起佩林的手,拖着他在人群中左右穿梭。

"卡连姆夫人。"她赶到女人身旁。

"什么事?"

"我叫茜茜琳·贝尔沙克,美狄安银行奥利瓦港支行的发言人。我向您致以银行及我本人的同情。今天是个不幸的日子。"

卡连姆夫人扬起下巴,露出微笑。她的样子出乎茜茜琳意料的年轻。若是在好日子里,她可能非常漂亮。

"你真好。"她说,"恐怕很少人会像你这么想。"

茜茜琳伸手按住卡连姆夫人的手臂,后者用自己的手按住了茜茜琳的手。这动作持续了不到一个呼吸,人群便把她们冲散了。

"为什么?"佩林问。

"她儿子对帕列库很重要,以致摄政王愿意额外开恩,准许他在行刑前发言",茜茜琳回答,"刚才的善意,日后也许有用、也许没用,但无论如何,我们没有损失。"

"好吧,我猜这是个……"

"茜茜琳!"

她停下来,回头望去。在她和王堡之间的人群纷纷让开,不论身份高低、贵族奴仆,全都退下小径,踩进花床、青草和泥巴。盖德·帕列库朝他们飞奔过来,脸色通红,袖子和脸上依然沾着血迹。茜茜琳等待着。朝中众人的目光都集中在她身上,有如猎鹰打量野兔。佩林·克拉克的眉毛都快爬到发际线去了。这是个问题,可她没法解决。

"哦,天啊。"她说着迎上前去,"摄政王殿下,您真是太亲切了。"

盖德站在她面前,胸口像风箱一般起伏着。

"我很抱歉,"他说,"不该让你看到这一幕。我不应该……我本想邀请你,还有佩林,你们两个,行刑结束后,我想,邀请你们跟我一起共进晚餐,聊聊天。我有一本从万奈收集到的诗集,我想你……"

茜茜琳身旁的佩林一句话都没有说。虽然她觉得,请他帮一点点小忙不算过分,但她也知道,他不会帮忙。

"殿下,您的邀请真是非常非常亲切。"她说,"可是我想,您现在还满身死者的血。"

"哦,"盖德低头看看自己,"是的。这个我也很抱歉。不过你愿意等等吗?几分钟就行。"

"殿下,会有更合适的日子的。"茜茜琳说。有那么一会儿,她以为盖德想亲她,心都吓停了。结果,摄政王只是深深地鞠了一躬,那角度远比一国之主对银行家应有的礼数更深。他的惊讶和愤怒像池塘的涟漪一般往外扩散,但茜茜琳保持着脸上的微笑,目送他走回王堡。

当她转身离开时,坎尔·达斯克林的女儿瞪着她,眼神有如杀人的刀。茜茜琳也对她鞠了一躬,然后钩起佩林·克拉克的手臂。

人群重新聚拢。贵族们纷纷从自己最好的皮靴上刮掉泥巴,偷笑、大笑、厌恶的眼神在他们中间群集。茜茜琳无声地咒骂,不断重复连串的脏话,直到走到马车前。她很尴尬,她很吃惊,但比这一切更甚的是,她发现自己很害怕,尤其害怕盖德·帕列库。

车夫驾着马车,加入街上的车流。没有一辆车能走快。从这里回到住处,可能要花上好几个小时。茜茜琳真心希望能有什么方法清空前方的道路,不仅仅是这条街。

"好了,"佩林·克拉克问,"刚才那一切意味着什么?"

"意味着我们该离开坎尼普了。"茜茜琳回答。

玛可斯
Marcus

　　玛可斯已经很多年没走过伊拉萨的海岸了，已经忘了这个地方有多么漂亮。刚过新港，地形就变得粗犷，海岸线参差不齐，崎岖难行。岸边耸立着一座座山脉，都是死火山，山口变成了湖泊。它们从北往南一路排来，活像准备开进大海的军队。一串往南伸入内海的岛屿是它们的先头部队，越沉越深。这里的海水没有寒冷地带的绿色和阴霾。在这样的海面坐船航行，有如乘风飞翔。

　　沿岸没有龙道。传闻这里本来有一条的，但火山进入休眠之前，喷出来的熔岩把它盖住了。在那起伏的黑色山川下，埋着一条永恒的绿色通道，但如今就像沙漠里的鱼钩，没有一点用处了。其实玛可斯也不太在乎，他们眼前的路足够清楚：不要太靠北，那样会爬山；不要太靠南，那样脚会湿。很快他们就能抵达内陆的平原，然后到塞达普，再往南横渡内海，到莱昂内亚。在那之后的事就很遥远，预想不到了。

　　他们骑马走在山坡上。山坡长满青草，绿得刺眼。那种浓烈，让玛可斯有时觉得自己在做梦，或是产生了幻觉。头顶的太阳和蓝天，仿佛只要伸长手臂就能攥在手里。海岸线上点缀着许多小村庄,住着提兹奈族渔民。多年的盐水浸泡,让他们背上昆虫似的黑色硬壳变得发灰、开裂。如果有人问起,吉特师傅会讲故事,说自己是个博物学家,受比兰卡女王之命,要寻找一种会唱歌的稀罕小虾。他说得跟真的一样,以至玛可斯有时也会琢磨,下个海湾里是不是真有那种小虾。或许,吉特师傅的怪血真的让他很有说服力。

只不过,他们被提问的频率比玛可斯预料的要少。更常见的情况是,有人直接给他俩送上一碗渔家炖汤。每个渔村都有一锅常年炖着的汤,每个渔民都要用当天的一部分渔获换上一碗。汤里煨煮的东西,可能比某些渔民年纪还大。海岸的渔民顽强、粗鄙而友好;女人都很漂亮,就是长了个硬壳。不过,那些壳足以防止玛可斯重复奥利瓦港的错误了。至于吉特师傅,虽然擅长跟女人调情,但还没到爬上女人床铺的地步。

塞达普由五座海边城市组成,其中最大一座铺展在绿得有如幻境的郊野之上,一片黑色和褐色。本该有农场、绵羊、山羊的地方,只有一大片疯长的野草,除了宗教节日期间,没人耕种或打猎。在玛可斯看来,这种布局其实很糟糕,因为无法保证稳定的食物供应。但他不得不承认,看上去、走进去都很美。一条龙道从市中心的大广场通往东边,但他们已经不打算继续往东走了。

也就是说,他们得找船。

"你们是水手吗?"亚姆族男人问。

"我拉过一两次缆绳。"玛可斯回答。

"我祈祷过一两次。"男人回答,虽然他的獠牙十分巨大,但口齿意外的清晰,"但成不了祭司。"

塞达普的码头在他们前方延伸,一个个石桩伸展到广阔的蓝色水面,如一道道桥梁,给人一种可以走到莱昂内亚的错觉。继渔村的提兹奈族之后,塞达普最常见的种族是跟这男人一样的亚姆族,高大、强壮,看上去很吓人,但大部分比派克·厄特豪更亲切。也好,这提醒了玛可斯,那女人讨人嫌的性格是她本人的毛病,而不是这一种族的问题。

"我估计天气不会太糟。"吉特师傅说,"据我所知,最难应付的暴风季节已经过去了,而我看过的地图显示,洋流距我们的目的地相当近,顺着它走就行。"

"你看过地图?"亚姆人说,"就是说,你从没去过那儿。"

"没有。"

男人点了点大脑袋。

"你们是一对傻瓜。"他说。

"友好的傻瓜。"吉特师傅接话,"而且我手里有金子。"

"金子会沉。"亚姆人说,"赚你们的钱,我不介意。但要我眼看傻瓜送死,我会内疚的。我可以这么做:给我点儿中介费——不多,你们付得起——我给你们找艘船,以及会驾船的人。"

玛可斯看看吉特师傅。老演员皱起眉头。

"我不想带任何外人。"吉特师傅说,"我们的任务有点敏感。"

"那你知道还有什么敏感吗?我的……"

"我担心,我们要做的事会有危险。"吉特师傅补充。

"这正是我想告诉你们的。"

"吉特,"玛可斯说,"给他钱。如果能找到别的法子,就不等他了。如果我找不到,也是个不错的第二选择。"

吉特叹了口气,数了七枚银币,推到桌子对面。亚姆族男人拿起来,点点头,起身走了。玛可斯目送他迈开笨重的步子走远,下了码头。

"你真觉得他会去找人?"玛可斯问。

"会。"吉特回答,"不然我不会给他钱。"

"对了,你能分辨。"玛可斯说,"我总忘记这一点。"

塞达普有许多奇特之处，其中之一是旅馆客栈少得出奇。旅客是有的，但想找地方住，就得逐家逐户敲门，直到遇上某家有多余的房间或空闲的工棚并愿意让你借宿。天气好时，旅客会在城市中心的公共绿地上搭起帐篷过夜，就像路上扎营一样。从黄昏到深夜之间，会有提兹奈族男孩在绿地上来回走动，兜售装在龟壳碗里的烤鱼和烤羊肉。地平线清晰可见，海风的气息清爽宜人，玛可斯和吉特懒得搭起帐篷，于是露天摆下棉被。他们把马匹寄养在马厩里，但多数旅客放任坐骑在绿地上游荡、吃草，在临时凑成的大马群里睡觉。

玛可斯头枕十指，寻找天上的星座。他已经很久没这么纯粹地仰望星空了。身旁的吉特师傅叹息一声。

"也许一开始就该走海路。"他说，"我们可以在玛西亚找到一艘船，或者往西去卡博尔，然后在海上把时间抢回来。"

"我觉得洋流不会按我们的意思走。"

"可是，反正最后还是要雇佣帮手……"吉特师傅说。

"但我们无法预料啊，只能根据可能性最大的推测选路，而且我们也没太多选择。"

"是啊。"吉特赞同，"我想确实没有。"

绿地另一边，有人拨动小竖琴的琴弦。

"你还在担心她？"吉特师傅问。

"你说茜茜琳？"

"是。"

"是啊。"玛可斯承认，"但我觉得你说得对。她不会指望我去救她。所以，至少我不用失望。"

"你好像有点埋怨。"

"因为我就是个爱埋怨的糟老头。你看到那边排在一起的四颗星星吗？就在高出地平线一点的位置。"

"看到了。"

"我出生的地方看不到它们。那地方太靠北,很多星星都看不到。"

吉特轻轻嘟囔一声权当回答。

"你游历世界,"玛可斯说,"见过最古怪的东西是什么?"

"嗯,让我想想。赫雷兹有个湖,叫伊萨梅湖,很大很大。湖中间有个漩涡,就像池子里的水流下排水口时出现的漩涡。但那湖从来没干过。在漩涡中心,有一座塔,五层楼高,绝对无法进入。据我所知,从龙族时期开始,它就存在了。"

"你觉得那是什么?"

"可能是监狱吧,龙族把不听话的奴隶丢进去。或者那是扎基斯·暴鸦最后的据点。我真的不太确定。你呢?你在旅途中见过最古怪的东西是什么?"

"也许是你。"

"哈,也对。"

竖琴的曲调变了,换成一支柔和的曲子,仿佛夜色也在跟着合唱。

"我觉得第三条弦调子不对。"吉特说。

"有一点儿。"玛可斯说,"反正不用付钱。"

睡意在他意识边缘徘徊,但一直没有真正降临。吉特在被窝里动了动。空中划过一颗流星,玛可斯还没来得及说什么,它便一闪而过。

"你知道吗,"吉特的声音非常轻,"我觉得,我可以帮你除掉噩梦。如果你愿意,我可以试试。"

"怎么除掉?"

"我会告诉你,她们的遭遇不是你的错。我可以告诉你,她们原谅你了。重复足够长时间,你会相信。那样,也许你能得到一些宁静,睡得安稳些。"

"如果你敢试,我只能杀了你。"

"这么严重?"

"这么严重。"玛可斯回答。

"不会抹掉你对她们的记忆。"

"但会令回忆失去意义。"玛可斯说,"这样更糟。再说,它们现在并没有困扰我。"

"我知道了。"吉特说,"不过我觉得有点奇怪,你的状态可以说是满足,令我有点担心。"

"在奥利瓦港,我什么都有了。"玛可斯说,"稳定的工作,尊敬我、追随我的队伍,不用给国王打工。那里有茜茜琳,有雅丹姆。顺便说下,等我们这事完了,我要杀了他。他背叛了我,他必须付出代价。关于这一点,如果你想,可以试试你的小魔法。"

"我相信你。"吉特说,"但现在都没了,不是吗?"

"是啊。"玛可斯说,"我在世界上的第四十个年头,用来在泥巴和草地上睡觉,旁边是个血管里爬着蜘蛛的男人。我必须横渡内海,不知能不能成功,就算到了对岸,也不确定该怎么回来。回来以后,我还有可能在弑神途中被干掉。但我的心情,比茜茜琳打败审计员更好。当我拥有某件东西时,我要担心为了保住它而必须做出的一切事。可在这里,我一无所有,或者说,至少没有什么好东西。所以,我很自由。"

"听起来就像立起来翻滚的圆形灵魂的复杂版。"吉特说。

玛可斯点点头。

"你知道,我尊敬你的智慧,也享受你的陪伴,对吧?"

"是的。"

"你聪明的时候,没人喜欢你。"

那个竖琴手还没睡下,玛可斯已经迷迷糊糊地睡着了。第二天早晨醒来,他的头发里沾着露水,头上是个完美的蓝天,染着黎明的黄蓝色光辉。

———◆———

两天后,二人经过街边一间小咖啡厅时,吉特师傅突然停下脚步,眯起双眼,打量着门上的铸铁海豚标志。

"有事?"玛可斯问。

"也许有。"吉特说,"以前……进去看看,就一会儿,好吗?"

咖啡厅肮脏狭窄,墙壁上黏着多年来的油烟。而新的油烟正从厨房里飘出,屋内充斥着木头燃烧的烟雾、肥肉烤焦的气味及香料的味道。光是闻着,玛可斯就流口水了。

一个愤怒的提兹奈族年轻男子快步朝他俩走来,挥舞着黑乎乎的双手。

"还没开门,"他说,"过一个小时再来。"

"不好意思,"吉特师傅回答,"你不会是艾佩奇吧,是吗?"

提兹奈人瞪圆眼睛,眼里的瞬膜也"啪嗒"一声张开,仿佛第二次瞪圆双眼,效果令人惊叹。

"吉特普!"他大喊着,跳上前来抱住吉特师傅,"吉特普,你个老混蛋!我们都以为你死了。你和你朋友到后面厨房来吧。伊拉!吉特普来了,你不会相信的,他又老又胖啊。"

玛可斯被他们的热情感染,坐到一张切菜台旁,吃了碗不知是什么的东西——看上去像从烹饪炉里刮下的废料、吃起来却是多年来味道最好的。

在他周围,提兹奈男男女女微笑着,牵出鳞片还是浅棕色的男孩女孩介绍给吉特师傅。孩子们显得很闷,但很有耐心,而吉特师傅见到每个孩子都十分高兴。当他介绍玛可斯的全名时,只有第一个男人——叫艾佩奇的——露出怀疑的神色。当然了,不管这是不是杀死北海岸国王的刺客,既然老吉特普愿意跟他一起旅行,艾佩奇也没什么好介意的。

这家人再也不准他们睡到星空下了,而是在咖啡厅后面安排了一间房,床上铺张薄薄的棉床垫,比较脏。

"他们是你朋友?"

"我刚刚涉足这个世界时,在塞达普待了大半年。"吉特师傅在床垫上展开铺盖。也许是个好主意,起码寄生在铺盖里的虫子都是熟客,"我住过这里。当年艾佩奇还是个孩子,瘦得像根竹竿,脑子里除了女孩啥都不想。"

"你觉得他们会帮我们?"

"我觉得,如果能帮上忙,他们会帮的。但这不是一回事。相比用金钱从陌生人那儿买来的善意,我更相信一同吃饭、一同分享故事建立的友谊。"

"你知道的,"玛可斯说,"我并没逼你给那中介付钱啊。"

"这个世界很奇妙。"吉特坐下,叹了一声,"一切都跟我上次来时不一样。我变了,他们变了,甚至这间房子也变了。那边本来没有墙的,至少我记忆中没有。但一切依然互相关联。世界犹如一块大石,坚硬且不变,但我们可以在上面图画,一层、一层、再一层。我们在上面搭建房子,增加了它的重量,但我们只能在原有基础上修改,无法改变世界的本质。"

"听起来很深奥。"玛可斯说,"可我根本不明白你要说什么。你觉得,他们认识的人里会不会有艘好船?"

小帆船的船长是个提兹奈族女人,长着一张阔脸,总是在坏笑。根据艾佩奇的介绍,玛可斯和吉特在码头尽头找到了她。这地方离岸很远,让玛可斯有种已经离开城市的错觉。女人坐在船的后半截,正把长长的麻绳缠成复杂的图案。要是换个环境,玛可斯可能以为她在玩艺术。船长据说叫做阿达莎·欧孙。

帆船很小,一人就能驾驶;但也够大,足以坐下五人,前提是不要装太多长途航行的补给品。甲板白得像雪,船帆是厚实的方形帆布,染成海蓝色。帆船随海浪轻轻起伏,幅度不大。虽然它会尽量靠近海岸线行驶,但玛可斯无法想象,一旦遇到风暴,它该怎样防止被风吹翻。不过码头还停靠着十来条跟它类似的小船,所以设计或操作上应该有应对措施吧。

要不然就是天气糟糕时,他们会干脆不出海。

吉特师傅做了自我介绍。

"按照我们的理解,你愿意送乘客南下莱昂内亚?"

"也许吧。"女人回答,"只要价钱合适。你们什么时候走?"

"越快越好。"吉特师傅微笑着回答。

"这个月内不行。"她耸耸肩,"我接了其他活儿。"

不需要血管里那些黑色小玩意,玛可斯也知道女人在撒谎。她露出微笑,等着他俩给出下一个回应。

"我是艾佩奇的朋友。"吉特师傅说。

"所以我才会跟你谈。"她回答,绳子绕过她的手臂一圈圈落下。

"我可以付钱。"吉特丢给她一个小皮袋。她没打开,只用手掌掂掂分量。

"金子?"

"银币,外加一些铜币。"

"如果能停止这些废话,我愿意加一颗漂亮宝石。"玛可斯补充道,"你要多少才能让这玩意儿……"他指指甲板,"从这里开到那里?"他指指向南铺展的大海。

女人抬头看看他,问吉特。

"他是谁?"

"我叫玛可斯·韦斯特。"

"当然。"女人看都不看他。

"他叫玛可斯·韦斯特。"吉特说,"而且没错,就是那个玛可斯·韦斯特。"

"他不是。"

"听我说,"吉特叹了口气,"听听我的声音。这个人是玛可斯·韦斯特。就是他。"

"早在人们对这名字有印象之前,我就是了。"玛可斯补充。

阿达莎·欧孙把钱袋塞进外套。

"那好。"她说,"把行李拿来。六小时后涨潮,我们乘着潮水出海。"

"人人都想跟我一起旅行吗?"玛可斯问。

"因为那会是个好故事。"女人说着,回头继续缠绳子去了,"你们最好快点儿,趁还有机会吃点好的。我准备的食物能让咱们活下去,但我是开的是船,不是餐厅。"

二人沿着狭长的焦油原木码头往回走。玛可斯摇摇头。

"我不喜欢这样。"他说,"她不认识我们,不算真正认识。如果我是个可怕、粗暴、卑鄙的人呢？我的意思是,我最出名的事迹是干掉了自己的雇主。这样的前科,不该让跟我一起旅行变得诱人。"

"我想,正是我们的所作所为,成了别人口中的谈资。"吉特说。

"不对。"玛可斯反对,"我们不是。我们不止是别人的谈资。而且,那位开船的朋友是在愚蠢地冒险。"

"我想是吧。"吉特说,"但她愿意冒险,让我很高兴。"

克莱拉
Clara

克莱拉说不清,被黑暗吞没的是整座城市、整个国家、整个世界,还是只有她自己。早晨起床时,天色比往常昏暗。吃东西时,食物失了咸味,不好吃。她睡得很少,还经常在半夜醒来,盯着别人家的天花板发呆。有时,她会忘记道森不在身边,然后才记起,随即被绝望淹没,好像之前没绝望过似的。

但她不容许自己停下。她相信,一旦停下,她将再也无法恢复,甚至生不如死。她将变得死寂、灰暗、静止不动,变成一具石头雕像。

"早上好,母亲。"巴列斯走进小饭厅,"鸡蛋准备好了。"

"谢谢,亲爱的。"她回答,"昨晚睡得好吧?"

"还好。"

若是以往,巴列斯早就离开家了。他会返回北方,登上战船。他的位置在海军。但如今,他整日在酒吧里发呆。而克莱拉则沿着街道,走进一个个不愿接待她的院子,确保所有家人尽可能平安地渡过一切难关。至少是还活着的家人。

雨水洒下，不再是倾盆大雨，而是缓慢轻飘的细丝，将一切淋湿，却什么都洗不掉。但它确实带来了所有景物的本色：利亚斯门的红色石拱，如从燃尽的火丛中捞出的煤炭；巨熊兄弟会门外的熊雕，恢复了一些狩猎者的模样，不再像人立起来的灰色大狗；就连伊桑简那雕饰过度的府邸，也被雨水蒙上一层美感。她想告诉道森这个新发现。但她没有机会了。

伊桑简在休息室里接待她，为她送上咖啡、烤奶酪，还有一小碗烟叶。克莱拉强迫自己不多要。她坐在白色的软垫沙发上，早已从对方的表情里看出，她要听到坏消息。

"夫人，"他说，"我已竭尽全力。但从一开始我就告诉你，我的影响力十分微弱。请原谅我这么说，但卡连姆这个姓氏已被玷污，在朝中众人嘴里，它已成了叛徒的代名词。"

"尽管如此，一定还能做些什么，不是吗？"克莱拉小口啜着咖啡，"比如曾跟我丈夫并肩作战的家族，那些赞同他的人。"

"如今故事不是这么讲的。"伊桑简回答，"人人都说他一意孤行对抗王座。曾跟你家共举旗帜的家族，现在都是中立的，且从来没举起过武器；至于那些根本没在街上出现过的家族，全说自己当时为帕列库而战。虽然不是人人都能逃脱罪责，但他们都在努力。"

"我明白了。"她确实明白。朝廷政治向来就是一层名声和谣言织就的薄纸。这次也不会例外。

"我还没放弃所有希望。"伊桑简说，"他们在讨论往侯斯卡派遣探险队。如果走水路，也许会需要一名船长。客船乘客是朝中贵族，所以我无法让巴列斯指挥。但到时也许会有货船，只要找对人、说对话，巴列斯也许能被任命为货船船长。"

在这番话里，克莱拉心想，只为一个结果，却加上了太多前提。但她知道，自己应该感激，于是她露出表达谢意的微笑。两人又闲聊一会儿，克莱拉趁机享受咖啡和烟草。然后还得继续努力。现在还不能放弃。

安纳林家早就跑了,议政季还没结束,他们已经离开了城市,带走了克莱拉的女儿和外孙。目的正是躲避克莱拉。但无论如何,她还是走到安纳林府邸门前,向门奴询问。不,夫人,主人尚未回来,估计他们过完冬天才会回来。但我可以再次收下您的信,设法送到您女儿手中。在坎尔·达斯克林的府邸,他们表达了深切的遗憾,但全家人都身体不适,也许克莱拉可以改天再来。

上午的大部分时间,她都在走路,探访了五六个家族,毫无来由地盼望着,单凭自己的存在,能让世界为她儿子们打开一扇门。

中午时,她回去了。当她双脚疼痛地回到斯吉提林大人的府邸时,屋里又在争吵。

"我是个水手。"巴列斯大喊,"我能喝下比你多两倍的酒,仍比你刚起床时更冷静。"

克莱拉早就习惯两兄弟吵架了,但这一次,乔瑞的语调低沉、冰冷而陌生。

"你在我妻子家里对她无礼。"乔瑞说,"你必须走。"

克莱拉脊背僵直地穿过走廊。连家里也不得安生吗?她每天在陌生的床铺上醒来,耳边回响着丈夫受刑时的声音,心如刀绞。如果有必要,她可以站起来对抗全世界。而在家里,她做不到。总得有个地方——只要一个——供她休息,成为她的力量之源。如果这个地方不是家,她不知道还能是哪儿。

"我不会留下的。"她走进房间时,巴列斯正在说,"我才不靠你呢。不过你搞清楚,不是我瞧不起纱比娅。他是你妻子,是我弟妹。你说的是她那些见风使舵的朋友,不是我。"

两个男孩扭头望向母亲。

"怎么啦?"克莱拉问,语气中充满沉甸甸的倦怠,没力气再多说,"怎么啦?"

乔瑞看看大哥，低下头。说话时，他的下巴往前突出一些，道森说话也会这样。克莱拉不知道，这是儿子在模仿父亲，还是卡连姆的家族血脉在起作用。即使没意识到，他们也会做同样的动作吗？

"纱比娅安排了一次花园聚会，"乔瑞说，"邀请她以前五六个朋友，其中有些曾陪她度过上次的……风波。但这次，她们全都送信表示遗憾。"

"他为这事怪我。"巴列斯接话，"我没失礼。我又没逐个找那些女孩子，叫她们背弃纱比娅。"

"用不着你找。"乔瑞说，"人人都知道我们全家住在这儿。"

"不是'我们'。"巴列斯回答，"是你。我要搬出去。抱歉，母亲。"

克莱拉想问他要去哪儿、以后怎么找他。她有一千个问题，好让自己继续维护这个家。但她太累了，她的思绪太过凌乱。巴列斯从她身旁经过，走向门口。她感觉儿子擦身而过仿佛就能把她撞翻。乔瑞没动，脸色痛苦而煞白。纱比娅出现在乔瑞身旁。

"母亲，没用的。"

"有。"她回答，"只是很难罢了，但有用。巴列斯在悼念父亲。我们都是。你必须温和待他。"

"我不是这个意思。"乔瑞说，"您说过，希望我对纱比娅能像父亲对您一样。"

"是的，这是我的期望。"

"父亲把您置于一切之上。只要您提出要求，他愿意做任何事。无条件。"

"我想是吧。"克莱拉回答。但乔瑞摇着头，泪水流下脸颊。自从长大之后，他就没这么哭过，即便盖德杀死道森那天也没有。

"我说不出口。"他说完，又更轻地重复一遍，"说不出口。"

"我来说吧。"纱比娅说着，伸手按住克莱拉的肩膀，"母亲，来同我坐一会儿吧。"

克莱拉任由自己被带到窗边的椅子上。纱比娅在她身旁坐下，握着她的手。女孩消瘦了，不仅是脸庞和身材。刚刚完婚那段时间，她曾满怀喜悦，怀着由新名分带来的改变而诞生的希望。但那精气神已然消逝，克莱拉清楚是什么原因。纱比娅鼓起勇气要说的话、那句让乔瑞如此挫败的话，她大概也能猜出内容。

"我们爱您。"纱比娅说，"我们永远都是您的家人，但您必须离开这里。"

真奇怪啊！克莱拉竟然确实感觉这话有如刀割，仿佛真有东西在割她的脖子和心脏。

"哦。"她回答。

"剩下乔瑞一个人，确实很难受。"纱比娅紧捏克莱拉的手，"但他宣布与卡连姆大人断绝关系，人人都看到了。他们愿意给他一个机会。呃，一部分人愿意。可您没有宣布，巴列斯也没有。而且说真的，就算您那样说了，大家也无法把您与您丈夫分割看待。您二位有如一体，就算他不在了，您也代替他活着。您明白的，是不是？您能理解吗？"

"我明白。"克莱拉回答，"我也经常想起他。"

"在朝廷淡忘这事之前，至少稍微平静一点之前，您跟我们在一起会牵连我们，而且我们无法保护您。"

"我会走的。"克莱拉说，"如果能在领地内帮我找间房子，我想我可以……自我放逐。"

"我们考虑为您租间房子。"纱比娅说，"找一间跟我父亲无关的房子，一个在朝廷眼里可以拉开我们距离的地方。"

这么一点点要求都不行？克莱拉很想说，让我留在领地里，这么小的条件也不能满足？一定要把我丢到某个无名氏的房子里、住在不认识的人中间？

"我明白，这么做很明智。"她说，"我去收拾东西。"

"不、不用。"纱比娅说,"我会叫人把东西送过去。您不必亲自动手。"

"本来是不必的。"克莱拉拍拍女孩的肩膀,"但人生有时由不得你。不用麻烦你了。我理解。我现在就走。"

"不,现在不用。"纱比娅说,"我们会派人陪您找到合适的住处,钱由我们出。"

克莱拉的微笑仿佛发自真心。她从女孩手中抽出自己的手,站起身,亲吻纱比娅和乔瑞的额头,然后回到屋外。她不能留下,不能坐在厨房里,讨论什么样的出租屋适合臭名昭著的叛国贼、王座之敌的妻子。

本来,宣布与道森断绝关系,他们应该可以获得某种回报、某种保护、某种挽留。也许他们得到了。如果乔瑞没说那番话,也许克莱拉的境况将会更糟,但她无法想象那会是什么样子。她觉得自己就像一无所有的女王。

她盲目地走,却不知自己该去哪儿。脚剧烈疼痛,但她置之不理。曾几何时,她乘车穿过这座城市,街上的小人物纷纷为她让道,她却从来没在意过。如今她发现,自己要往路边避让,好让装载肉类或芜菁的车子通过。她在逃避路边男女的目光。

秋桥的巨大跨弧出现在眼前,她走上桥,停在桥中间。不是她自己想停,而是直到那一点,她的决心才终于崩溃。她靠在巨大的栏杆上,往下望向深渊底部,心中生起一种安宁感。不,不是真正的安宁,而是一种类似安宁的情绪。从这个距离看去,世界简直可谓美丽。有王堡,有城墙,还有空中狂风推动、飞速流转的云彩。

她在想,跨出桥边真是容易。倒不是她想跨出去,而是自杀实在太容易了,也确实很有吸引力。克莱拉从来不是忠实的教徒,但也不抗拒关于生命和死后审判的宗教故事。也许道森正在那边等她。

但现在不行。维卡连的地位还不稳定。而巴列斯……可怜的巴列斯,被自己的弟弟赶出家门,他依然需要母亲。乔瑞也需要。甚至纱比娅可能也会需要她。如果女孩得知,婆婆被自己请出门之后跳了桥,将会承受多么恐怖的打击。可怜的孩子,她将永远抬不起头。

所以,不行的,改天再跳吧。过些日子,等所有孩子都稳定下来,任何人都不会对她的决定感到内疚时,她会再来,也许还会穿上新娘的衣装,跟道森跳最后一场舞。她在哭。她不知道自己哭了多久。也许几天、几个星期,甚至可能哭了一辈子。所有美好的日子都是幻影,是她在深渊上走过的一条细线。无家可归,无依无靠,她已沦落成在桥上哭号的疯女人。这样的角色还真适合她。

"夫人,"一个男人的声音响起,有如冷夜里温暖的法兰绒大衣,"别这样。"

她惊讶地转过头,内心中有一部分仍在关注自己的形象,于是下意识地伸手理直头发,拉好裙子。但剩余的大部分的心,却混杂在安慰、尴尬、忧虑——至少比近日来一直盘桓不去的忧虑快乐一些——的复杂情绪中。

"寇尔。"她又哭又笑,"哦,怎么是你?"

寇尔按住克莱拉的肩膀,他的面容是那么真诚、坦荡、关心而年轻。

"这不是办法,夫人,跟我来吧。"

"我没想跳。我没有。我是说,现在还不能跳,我有很多事要做。你明白吗?我要照顾儿子,还有女儿,新收的那个,你肯定还没见过她吧?她是个好孩子,但有麻烦,有困扰。现在跳下去,把一切丢下不管……"她哭得那么伤心,没剩多少气息说话,于是更加语无伦次,"我不能把一切就这样丢下,这么破碎、这么空寂。哦,老天爷啊。我们都干了什么?怎么搞的?我怎么会落到这个田地?"

胡言乱语中,寇尔不知何时把她抱了起来,像孩子一样把她搂在怀里。

"你不能这样。"克莱拉说,"我不爱你。我不了解你。我当不了你想象中的那个人。我结婚了。我是说……"

"夫人,您不必说话。"

"我有毒。"她继续道,"我认识的每个人都被我毒害了。我的儿子,连我儿子也一样。他们看到你就会看到我。如果看到我,他们也会看到他。然后他们会像对待他那样对待你。我阻止不了。我甚至没法拖延时间。"

"我只是个无名小卒,夫人,没什么可失去的。"

"我把你的衬衫都哭湿了。太不明智了。你应该走开。你应该走开。"

"我不走。"他回答。

克莱拉沉默许久。寇尔的手臂甚至都没抖。她觉得,如果驯犬师愿意,也许他能永远这么抱着她。寇尔身上散发着猎犬、树木和年轻人的气息。克莱拉把头靠在他肩上,长叹一声。再说话时,刚才的歇斯底里已经消失。

"该死,我不是需要你拯救的小女孩。"她说。

"你不是,夫人。"寇尔回答,但克莱拉听得出他话里的笑意。她"哼"了一声,鼻子里有鼻涕。周围的街道密集而昏暗,容不下三人并肩而行。坎尼普最穷困的街区如篮子一般罩住她。文森·寇尔抱着她,穿过暗影与光芒。

"可恶。"克莱拉骂完,抱紧了他。

◆

房间很糟糕。空气里弥漫着腐烂卷心菜的味道,墙上沾满多年前就干成固体的绿色和黑色水滴。房里有个衣橱,少了个门,里面什么都没有。一扇跟克莱拉的手掌差不多宽的肮脏小窗透进少许光线,结果只能衬托得四周更加惨淡。床很小,污渍斑斑,竟然还有床垫。寇尔把她放到床上。她蜷缩起来。床铺虽臭,但很柔软,而她已筋疲力尽,一挨上就全软了。

寇尔用酒袋装了水给她送来,还带来一张羊毛毯。毯子闻起来更多是他的味道,而不是房间的味道。

"这里没有客厅,"他说,"但厨房炉火旁有地方坐。住您对面房间的男人有时会大喊大叫,但不会伤人。如果你有需要,喊一声我就能听见。"

克莱拉点点头。

"我的家人不知道我在哪里。"她说。

"要我送信吗,夫人?"

"不用。"她回答,"暂时不用。"

"听您的。"

他弯下腰,轻轻地吻了一下她的额头,然后迟疑一下。如果克莱拉是男人,想亲吻女人的嘴唇时,也会这样犹豫。她转动目光,与他对视,后者直起腰。

"我的年纪能当你妈妈了。"克莱拉说。

"夫人,我妈妈的年纪比您大许多。"他回答。

"你为什么要这么做?"

"因为您容许我这么做。"他说,"睡吧,我们以后再谈。"

房门在他身后关上。克莱拉躺在昏暗、发臭的房间里。

"好吧……"她自言自语,很快便睡着了。

盖德
Geder

帕列库殿下,信中写道,仓促离开,万分抱歉。总部发来消息,我必须立刻赶回。我十分感谢您的盛情邀约,也感谢您在我逗留坎尼普期间的陪伴。那是场独一无二的经历,必将成为我的美好回忆。统治如贵国一般强大的帝国是个艰难的挑战,势必比回复私人信件这等小事更为重要,但我将密切留意安提亚的消息。

落款是茜茜琳·贝尔沙克。

这封信,盖德已看了上千遍,而且还将再看上千遍。他能听到茜茜琳的声音,仿佛信纸本身会传音——她说话时柔和的喉音,她说美好这个词时那略带忧郁的变调。他以前也看过情书,但通常都以诗词或歌词的形式写成。用商业书信的方式来表达,很奇怪,但正是他心目中银行家会做的事。

自从道森的死刑之后,他一直担心自己冒犯了茜茜琳,不论是死刑的行刑方式,还是他事后的表现,可能都有问题。他以前多次听说,杀人是件很难受的事情,尤其是第一次杀人。他差点当着整个朝廷的面呕吐，真是太丢面子了。但下次他会表现得更好。即使茜茜琳受到了什么冒犯，似乎也已经原谅了他。

走到门前，他把信收回口袋。门里有他召来的人，他们的说话声从门缝里漏出，与女人的声音相比，显得粗哑、刺耳。盖德示意贴身卫兵停下，让他先走，推开门，走进会议室。巴拉希普紧跟在后，最后才是卫兵。这种顺序与其说是礼节，不如说是习惯。

桌上摆满地图，有些地方足有四五层。坎尔·达斯克林和弗隆·布鲁特站在桌边，阴沉着脸，似乎很生气。

"先生们，"盖德说，"看来没什么进展啊。"

"是阿斯特里堡。"达斯克林回答，"实际操作时，出现了几个预料之外的问题。"

"该死的，贵族家族数目不够啊。"布鲁特接话，"一开始大概有四十个，还是把东边的班尼恩当作碰巧重名，单独算成了一家。减去在卡连姆叛乱中损失的家族，还剩下三十四五个。"

"我们在分地，布鲁特想重画安提亚的地图。"

"一个家族在河两边各有一块领地，不合理啊。你要怎么监管两块领地？每边各住半个冬太难，或每边隔一年去一次？扩张现有的领地范围才更合理。"

"布鲁特，这可不是简单地在地图上画圆圈。这是土地。我的家族在领地里居住了十代，祖祖辈辈全都埋葬在那儿。我们不能随随便便就搬到阿斯特里堡腹地，情况不一样。"

盖德皱起眉头。虽然身为摄政王，但他并不擅长处理这些问题。这两人说得对。问题需要解决。

"还有城市的问题。"布鲁特用手指点代表卡特非和艾辛港的黑点，"我们没法像巡查领地一样每年巡查它们一次。我们可以试试，但到春天，它们就会叛变，情况会倒退回原点。"

"不会有叛乱。"巴拉希普说。

"你说得容易,大师。"布鲁特说,"我无意冒犯,但你从未管理过城市。它们比孩子还难对付。"

"它们都有女神的神庙。"巴拉希普回答,"忠仆将确保他们的真心。"

达斯克林和布鲁特对视一眼。前者首先移开目光。

"可刚刚过去的夏天,我们把大部分的时间都用在街上打仗了。"达斯克林指出。

"是的。"巴拉希普露出灿烂的微笑,"这座城市经受了试炼,并已被净化。而且,提醒你,达斯克林王子,站在这里的是我们,敌人已被消灭。"

"说到消灭敌人,"布鲁特说,"还有第三个选择,但那一来,就要放弃杀尽阿斯特里堡贵族阶层的计划。"

"同时,追随王室之人的奖赏也会变少。"达斯克林补充。

"如果承受不起,奖赏就不是奖赏了,坎尔。只有你少惦记钱包,多动动脑子,就能明白。"

"住口!"盖德斥道。两个男人沉默,面露窘色。"第三个选择是什么?"

一张地图滑向地板,落入一大堆绑绳和封套中。布鲁特捋着胡子。

"我们可以让阿斯特里堡人自治。从他们当中挑选精英,要他们向凌渊王座宣誓效忠。不需要全部,只要五六个,用来……顶替我们失去的几个家族,恢复原来的数量。尽管他们以前不是我们的人,但正常人都能看出,如今是我们在掌权。"

盖德走到桌前,拿起一张全局地图,放到中间,一眼看遍两个国家。阿斯特里堡比安提亚小得多,再减去南部的沼泽和山脉,全国可以耕种的土地比安提亚国内更少。除去两座大城市,它根本不算特别好的战利品。

"我们开始清理贵族了吗?"盖德问。

"还没有,殿下。"达斯克林回答,"卡连姆叛乱导致计划严重延迟。"

"那就暂停吧。我有个主意。"

———✦———

巴拉希普审问贴身卫兵的舞厅已有很多年没用过了。地板扭曲变形,高低不平。枝形吊灯虽然干净,但接合点都有锈迹。盖德眯着眼睛走在厅里,看到的不是现在,而是未来可能出现的情景。巴拉希普站在门边,抱着双臂。即使大祭司心里有什么想法,也没说出来。

"我们上次在这里做的事,"盖德朝那几排又高又陡的凳子摆摆头,"可以再做,对吧?"

"盖德王子,只要你喜欢,我们可以再做。"

盖德走上第二排、第三排、第四排长凳,转过身,低头,从高处俯视地板和巴拉希普。从这个角度看去,连大祭司的个头都变小了。盖德心中涌起一阵喜悦感,就像找到一本讨论他喜爱的主题的书。

"不审卫兵。"他说,"审阿斯特里堡的贵族。把他们带到这儿提问题。有罪的,丢到桥下;无罪的,奖励领地、头衔以及统治他们国家的权力,条件是向凌渊王座宣誓效忠。这一来,所有问题都解决了,对吧?"

巴拉希普走上前。

"可以做到,殿下。"

"好。"盖德说。

"王子,可以提个建议吗?"

"可以,什么建议?"

"这个计划,不必等阿斯特里堡的人押到才开始。"

把房间重新整修得适当体面花了一个星期。墙壁刷成黑色。三个方向的长凳留在原位,但木匠拆掉了第一排大部分凳子,再用同样的木料做了桌子,模样类似文官办公桌,只是更高些。他们刨出的木屑散发着甜香,漏出厅外,在王堡的走廊和院子里飘荡。生锈的枝形吊灯也留在原位,因为它的材料是粗实的铸铁,另外,铁匠需要多花一个星期才能用更好的吊灯取而代之,而盖德没那个耐心。

装修完成,他带着巴拉希普前来参观,就像带着孩子看礼物。

"希望你喜欢。"他说,"我有种预感,接下来一年左右,我们会在这里度过不少时光。你看到两边长凳上的卫兵没?像那样逐排升起?而我会坐在那儿。你呢,在我下面站着,靠近我,也能更清楚地听到囚犯的回答。"

"囚犯?"

"或随便什么人吧。"盖德毫不在意地摆摆手。

"很威严,殿下。"巴拉希普说。

"可是?"

祭司朝对面的墙壁点点头。

"没有旗帜。"他说,"若是我,会把你的家族旗帜挂在右边,女神的旗帜挂在左边,以作平衡。"

"好主意!"盖德赞同,"就这样。不过……在那之前,我想,你要不要先试试?我的意思是,预演一下。看现在的设计能不能实现我想象中的效果。"

"如果你要求,那就预演吧。我来这里就是做你的仆人。"

盖德像安排宴会一样精心安排一切:选哪些卫兵;配什么武器和盔甲;蜡烛的布置;一切。安排妥当后,他派卫兵进城。四个小时后,他们押着犯人回来了。

盖德高高在上,俯视巴列斯·卡连姆。后者显得渺小而害怕。

"大人。"盖德说。

"摄政王殿下。"

"感谢你来参加我的活动。用这么不快的方式把你请来,我很抱歉。"

"不要介意。"巴列斯左右张望,打量排在两侧的武装卫兵,"这样的场合,我的衣着可能不太正式。"

"我听说,你已经离开了你弟弟的家。"盖德问,"是真的吗?"

巴列斯耸耸肩。

"虽然很不情愿,但没错,我不住那儿了。"

盖德转眼看看大祭司。后者点点头。他看不大清楚,这个角度不太合适,得想想办法。

"你跟乔瑞翻脸了?"

"不会闹到那个地步。"巴列斯回答。祭司迟疑一下,点点头。但盖德不知道这个回答是什么意思。也许巴列斯真的不会跟弟弟闹到那个地步,但这问题他其实并不关心。在他脚下,巴列斯的表情更像觉得这一切很好笑,而不是敬畏和谦卑。

"你忠于我吗?"

"殿下,您问的是?"

"你弟弟已跟卡连姆大人断绝关系。但你没么说。我现在问,你忠于我吗?"

"我为自己能效忠凌渊王座而自豪,一直如此。"巴列斯的语气像在挑衅。巴拉希普点点头。*真话*。盖德吃惊地发现自己很失望。但话说回来,这正是他找巴列斯来的目的。

可是不对。不对。

"你忠于我吗?"

"您是摄政王。"巴列斯说。*真话*。然而……

"你忠于我吗?"

巴列斯耸耸肩。他抬头望向盖德的目光,活像伐木工人正在打量准备砍倒的大树。

"是的。"他回答。*假话*。

盖德"呵呵"笑了。

"我不是容易愚弄的人。"他说。

"我相信,殿下。"

"你在撒谎。上一个对我撒谎的人被砍掉了双手。我再给你一次机会。若不是我跟你弟弟的友谊,我绝不会给你这个机会。我再问你一次,同一个问题。若你忠于我,而且发自真心,我会让你成为艾辛港的领主、阿斯特里堡舰队的统领。若你自称忠于我,结果却是撒谎,那你会被当场赐死。你也可以坦诚自己的不忠,那我只会流放你。我说到做到。"

"我不明白。"巴列斯问,"你在耍什么花招?"

"你听到我的话了。"盖德说,"最后问你一次:你忠于我吗?"

巴列斯沉默了。他抱起双臂,皱起眉头,往一边扭了扭脖子,再往另一边重复同样的动作。说话时,他的声音平静而自然。

"不。"他回答,"你是个心胸狭隘、目光短浅的小人,任何真正热爱安提亚的人都想把你的脑袋挑在枪尖上。"

"如我所料。从现在起,直到你死去那天,你被逐出安提亚及辖下所有领地。任何人,只要在安提亚领土上看到你,都可以杀死你,并拿着你的头来我这儿领取赏金。"

"好哇。"巴列斯回答,"反正我也没什么好留恋的。那么,摄政王殿下,完事了?"

"队长,押他出去。"盖德下令,"找辆车,送他到他想去的任何一处边境。"

"遵命!"卫兵队长答应,大步上前,带着巴列斯·卡连姆永远离开。大门在他们身后关闭。盖德脸上露出灿烂的微笑。

"哦。"他说,"真是太好玩了。"

———✦———

当天夜里,盖德坐在王室寝宫,跟艾斯特讨论关于阿斯特里堡的各种麻烦和问题。决定权当然在盖德手里,可他今时可能犯下的任何错误,日后都将由艾斯特承担,所以,至少也该让他参与一下决策过程。这似乎是正确的做法。巴拉希普在他们身后漫步,喝着他很喜欢的一种苦茶。

"假如我们能在阿斯特里堡找到五个忠诚的臣民,"盖德说,"那就能多多少少维持原状。当然,一切都由凌渊王座统治。"

艾斯特点点头,但又停下了。

"欧得灵山怎么处置?"他问。

"嗯,"盖德说,"我一直在考虑。我想把那地方留给乔瑞。慢着,慢着,听我说完。我们不能说变就变,马上给他。我不希望任何人以为自己袭击王室后,家人还能幸免。但他确实跟道森断绝了关系,而且发自真心。他说的是实话,不是吗?"

"他说的确实是真话。"巴拉希普回答。

"所以我想,等你到了年纪,你首先要做的就是恢复乔瑞的爵位。让一切回到正轨。这一点具有标志性的意义。"

"是个办法。"艾斯特说。

巴拉希普清了清嗓子。

"请原谅我插一句,王子殿下。"他说。

"你是问他还是问我?"盖德问,"我是殿下,他是王子。"

"直到现在,还没人提及这次伟大的征服之后最大的问题。"

"你是指收成?"

"我是指下一次战争。"巴拉希普回答,"你赢了,但也付出了代价。每个人都懂。伟大的帝国国土扩张,战士却少了,时间也消耗了。它更富饶,但也更虚弱。再没有什么能比财富和国力的虚弱更能刺激战争的发生。"

盖德再一次打量地图。他从没往这方面想过。阿斯特里堡和北海岸之间的国境线不仅绵长,而且好走。换句话说,守卫和巡逻都很难。他拍拍地图，用手指在卡特菲和卡斯之间画了一条线。

"不对，殿下。"巴拉希普表示否定。看他的模样，似乎依然觉得地图很可笑，"你的战争在这张纸的另一边。"

"什么？萨拉卡？"

"萨拉卡、自由城邦。还有伊拉萨，"祭司回答，"提兹奈族的故乡。你的军队都开往北方之后，他们会发现，你的南方空虚而富饶，且没有兵力防守。你必须在国土之间建立隔离带，想办法在王国力量增长的同时确保安全。"

"你这么认为？"

"你是女神选中之人。"巴拉希普说，"所有听到你名字的人，都将畏惧受到审判。你必须时刻保持警惕。不论在你的国境线上、在你们街上的人群中，还是在你伟大宫殿的走廊里，你必须时刻准备。"

"我想是吧。"盖德回答，"你说得有理。"

"可如果这样，我们要防备的国境线不就增多了吗？"艾斯特指出，"就算你拿下萨拉卡，那博加呢？还有，历史上，伊拉萨时常被克沙特入侵。永远都会有下一场战争。"

"不会的，小王子。"巴拉希普说，"女神即将回归，她的审判意味着所有战争的终结。所有城市都将生活在她的和平统治之下。你们目前面临的，是最困难的部分。将有很多人憎恨、蔑视并畏惧你们。但你们终将取得胜利。你们的忠仆将支持你们。"

吃完晚餐，盖德在回卧室和去图书馆之间犹豫不决。书本一如既往地呼唤他，可这一天很漫长、很忙碌，所以他觉得，虽然失去看书的机会很遗憾，但最好还是去休息吧。娱乐是留给肩头没有太多责任之人的。再说了，等他完成使命，书仍会在那里。到那时，他可以退休，恢复学者的宁静生活，睡睡午觉，并且——是不是太奢望了——拥有自己的小家庭，娶个漂亮的年轻女子，每晚陪在他身边，到早晨也不会离开。这样的事，他会喜欢的。

当初接受摄政王任命时,他并不理解这个头衔意味着有多少要求、有多少事情要做。他只觉得,自己获得了西米恩国王及所有安提亚先王的尊敬。巴拉希普说得对,安提亚将会显得虚弱可欺,而如今,不惜一切代价确保国家的安全,是他盖德的责任。

他独自躺在床上,借着一支蜡烛的光芒,掏出茜茜琳的信。盖德真希望她能留下,那样她就能目睹自己为艾斯特作出的计划和安排。盖德知道,她关心艾斯特。他也相信,要是茜茜琳得知自己心里所想的事,也会很高兴的。

盖德把信纸贴在嘴上,透过它用鼻子呼吸,盼望从中闻到一点点她的香气。可惜他只闻到墨水和纸张的味道。但对她的想念已经足够。他小心翼翼地把信放在床边,躺好。睡意离他还很远,但他并不在意。他的心满足、清醒,而且明晰。

我将密切留意安提亚的消息。她是这样写的。她也将看到令人惊叹的未来。

而他将为世界带来和平。

茜茜琳
Cithrin

茜茜琳和佩林·克拉克像贼一样趁夜溜出坎尼普。查西安国王的使团里,大部分人早在动乱期间就逃走了,剩下的人不会跟美狄安银行一起走,而是继续留下。但茜茜琳并不在乎他们。阿斯特里堡已经开放,他们无需北上坐船,于是佩林用手里的钱买了一辆轻马车和一支脚程又快又可靠的马队,就动身了。茜茜琳不由想起离开万奈时的情景。那仿佛是一辈子之前的事了。从某些方面讲,确实如此。

阿斯特里堡的平原上,被卡连姆军队踩过的地方一片狼藉。草地成了烂泥,森林砍伐殆尽。一场短暂而成功的战争,便留下如此巨大的疤痕,裸露出世界的骨架。茜茜琳无法想象,时间更长的战争将造成怎样的破坏。

佩林·克拉克白天跟她讨论金融和货币,茜茜琳则配合他的步调。他讲博加的国王铸造了两种货币,一种用来做生意,另一种用来交税,并禁止两种货币进行兑换。一个人也许能赚尽市场产生的所有财富,可如果对君主和议会不利,他依然无法交税。茜茜琳则对他讲,自己如何在近乎身无分文的情况下,驾驶一辆满载偷运财富的货车走到奥利瓦港。她还讲了自己怎样用一篮染坏的衣服发明了侯斯卡盐染。但有个话题,他俩仿佛约好一般,从来不提。那就是安提亚的坎尼普,以及那段漫长的躲藏期间发生的事。

但那不等于不聊盖德·帕列库。

"这么说,他从没离开过那儿?"佩林·克拉克问,"你确定?"

"相当确定。我不在时,他可能会外出,并在我之前回去。但他没说过,艾斯特也没有。我想不出他们有什么理由瞒我。"

"好吧,也许他们没有。"佩林说,"但很多人说在战斗中见过他。要说其中连一丁点儿实话都没有,那才叫人惊讶呢。"

"大概人们看到的都是他们心里想看到的。"她说,"换作是我,也许觉得一位英勇善战、亲自上阵击败敌人的统治者很令人放心。或者觉得他很恐怖。两者选其一吧。"

对此,佩林只应了一声"嗯"。

从东边进入卡斯,就像走进另一座城市。农屋和村落渐渐转变成容纳更多家庭的楼房。高塔突然自地平线上崛起,耸立在所有建筑之上,伸向白雾朦胧的天空。再过去一点儿就是悬崖和狭海。茜茜琳在这座城市里待的时间很短,以致给派克·厄特豪告黑状的事仿佛是另一个女人干的。回到碉堡一般的总部,茜茜琳心里一阵轻松,感觉就像回到好友、甚至爱人的家里。

但那地方跟家完全是两码事。

劳罗和科莫出来接车。老头子的痛风正处于间歇期,脸上少了痛楚的皱纹,仿佛年轻了十岁。查娜去了集市。佩林把车子留给仆人,出去找她了。尼森执事也来了,态度友好,面带笑容,全力打探每一个情报、每一句闲话。

他们为茜茜琳准备了一间房。她感激地上楼,朝那儿走去。房间不大,但很舒适:一张小床,一张写字桌,一盏既文雅又华丽的玻璃镶银提灯。地毯是芦苇编的，脚踩上去，质感出奇的柔软。

床边摆着个陌生的红色皮革小背包。她打开，里面露出一叠纸，二十来张；还有个小漆盒，盖子上镶只展翅飞翔的鹳。大部分纸张是派克从奥利瓦港写来的信。茜茜琳翻看一遍：一个新合作的酿酒商卷走了银行给他的贷款，但银行把他的股份和设备贱卖给了其他一直合作的酿酒商，总体损失不多；达尔·辛拉玛，也就是至今还装在她口袋里那颗龙牙的赠送者，领着一支百人探险队进入枯废荒漠，一去不回，要么是他发现了有趣的东西，要么是什么东西发现他很有趣。根据信里的口气，茜茜琳仿佛听到亚姆族女人的不屑之情。

一封信中提到，货仓里属于玛可斯·韦斯特的东西已被搬走卖掉了，是雅丹姆·黑恩负责的。除此之外，没有别的内容。没有解释玛可斯为什么离开、去了哪里、为什么没带走行李。毫无疑问，这将是茜茜琳回去后要调查的第一件事。

最后一份报告不是来自奥利瓦港，而是出自总部。其中包括抄自奥利瓦港的报告，也有万奈来的内容：关于茜茜琳的父母去世之前，存在银行里所有财产的汇总，以及多年来银行的支出记录。这是一份以茜茜琳·贝尔沙克的名义出具的详细账目。

那个漆盒也列在资产清单中。

"你忘了，对吧？"科莫·美狄安站在房门旁，"查娜认为不会，但我知道。我知道。"

"知道什么？"

"你到年纪了。当你在坎尼普，跟某个我无法相信的人一起躲藏战乱时，你成年了。查娜觉得，这么重要的日子不会悄无声息地过去。但我知道，其实你老早以前就跨过了那道坎，所以成年的日子对你来说无关紧要。"

茜茜琳打开漆盒。里面有条白金项链，配着浅翡翠色的吊坠，正是她双瞳的颜色。她的心弦被深深触动。

"我猜,你母亲的眼睛颜色一定跟你一模一样。"科莫·美狄安说,"让我帮你戴上好吗?"

"麻烦您了。"她说。

老人的手指稳定而自信。项链挂在茜茜琳的锁骨上,长度与她的衣服不太相称。如果换上浅色系的裙子,它一定能焕发出耀眼的光彩。茜茜琳微笑,低下头。

"谢谢。"她说,"我再也找不着比银行待我更好的养父母了。"

科莫·美狄安也笑了。

"你伪造文件,勒索银行,据我听说,还爱喝酒,以致有损健康。派克·厄特豪认为,你大脑里用来评估风险的部分在婴儿时期就营养不良。这一切始终没有改变。只有一件事,与你离开之前大不一样。"

"嗯?"

"嗯。"科莫·美狄安说,"如今,我可以让你签署合同了。"

"意思是我不用当派克的木偶执事了?"

"你很讨厌,对不对?"他问。

"非常讨厌。"

"不行。你还太年轻,太稚嫩。再过四年吧,从其他支行里挑两个,跟每个资深执事各当两年学徒。然后再决定奥利瓦港支行要不要归你管。"

"两年,四个支行,每个待六个月。"茜茜琳回答,"我在万奈跟随艾曼尼执事长大,已经从内部观察过支行如何运作了。"

"两年,两个支行,每个一年。如果不能从始至终经历一年的流程,你是无法理解透彻的。"

"成交。"

科莫·美狄安露出微笑。

"好吧。"他说,"我又争取到两年时间,你怎么想?"

尽管被佩林冠以盖德·帕列库专家的新头衔，当茜茜琳收到出席正式会议的通知时，还是备感惊讶。她本来以为，自己会向科莫、佩林、查娜——也许还有尼森执事或劳罗——报告，然后，她提供的信息会经过提炼、解读，最后呈交给国王。

但结果是，一辆刷成夏天绿叶颜色的超大马车开到总部门前。车上虽有王室徽章，却没有标志查西安国王御驾亲临的旗帜。茜茜琳和佩林被拥上台阶，走进昏暗但豪华的车内，科莫紧随其后。车夫开动马车，车子晃得像风暴中的轮船。等到了王宫，茜茜琳已热得大汗淋漓，浑身难受。一个级别不明的仆人领着众人走上白色大理石台阶，走进一座规模堪与小镇相比的建筑——王宫。在宫门处，她能望见龙族墓地前那头睡龙，以及暮日议会的高塔。这是一座拥有独特美感的城市。

但这里最让她欢喜的地方，茜茜琳心想，是城中没有那道该死的深渊。

会议室的装饰风格介于自夸和低调之间。墙上挂的织布颜色很深，她得多看两眼才能认出它的品质。座椅的设计都很简约，但材料是红木和柚木，软垫是丝绸的，坐上去十分柔滑，以致茜茜琳担心自己会不会滑下去。总体效果说明，这里的主人知道自己身份尊贵，不能没有品位，但又做得不太成功。

查西安国王比茜茜琳想象中年轻。他当然不是玛可斯曾对抗过的那位查西安夫人。但茜茜琳发现他只比自己大几岁时，依然感觉很奇怪。同时她也想到，要不是玛可斯，这人根本不会出现在这里。假如春密尔没有自己吓自己，竟至杀了玛可斯的家人，那么坐在王座上的便将是他，而玛可斯·韦斯特也不会出现在茜茜琳的生命中保护她……

太复杂了。善与恶的纠缠太复杂、太宏大。总而言之，眼前的查西安国王准许众人落座。

"科莫,你气色不错。"国王说。

"时好时坏吧。"科莫耸耸肩,"希望你的小麻烦依然很小。"

"好多了。"国王露出淡淡的苦笑,茜茜琳知道,最好别去打听这二人说的是什么。科莫笑容温暖,显然发自真心,但她怀疑,老人的笑容永远都是这副模样。

"关于我们的邻居兼兄弟安提亚,我已听说了不少。这个摄政王,我们以前怎么会没注意?"

"他是最近才崛起的。"科莫说,"原本只是个小贵族,父亲无足轻重。"

"时运变得很快。"国王说着,探身往前,"我们究竟有什么发现?"

佩林的呼吸声几不可闻,但很明显,应该由他来做主导。茜茜琳静观其变。

"安提亚局势并不稳定。"佩林说,"连续发生两次叛乱,最近一次引发了持续数日的战斗和若干贵族的垮台。他们跟由来已久的敌人打了场效率奇高的战争。他们刚刚失去一位国王,死因跟夺去上一任国王性命的是同一种病症。而我们必须假设,这种病有朝一日也会带走下一任国王。"

佩林说这话时,声调、气势都截然不同。茜茜琳饶有兴致地观察他。他语气坚定却不露锋芒,手势克制但动作流畅。茜茜琳相信,佩林的这番报告,不论面对眼前的国王,还是家中最低等的仆人,都会完全一样。这一刻,他的听众早已不分阶级和身份,落入到佩林·克拉克掌控的领域当中。

"帕列库有种神化自己的奇特天赋,但说到底,他的个性并不重要。在他面前,有些他无法回避的约束,或者说,他无法在短时间内克服。"

"说来听听。"国王命令。

"他失去了两个国家的大部分收成。"佩林回答,"如果不是把阿斯特里堡的战争变成一场侵略,那么来年春天,他要照顾的饥民还会少一些。可如今,两个国家都是他的了,饥民也全部要由他负责。还有,他削弱了自己在贵族阶层中的支持。严格来说,他从一开始就跟那些人格格不入。他任命的大元帅竟以王子之名起兵背叛他,足以证明他要付出多大努力,才能成为强有力的领袖。

"但在某些方面,他比西米恩国王更开明。他曾提议在坎尼普建立银行支行。我认为,可以认真看待这个建议。"

佩林十指交叉。国王下意识地做出同样的动作。

"安提亚不会崩溃,但也不会稳定。我估计,还要再过五六年,帕列库才会对贸易或邻国产生威胁。但我觉得他很记仇,任何在他不得势时招惹过他的人都会遭到报复。艾斯特仍然太年幼,不懂事。等王子亲政之后,形势会再度发生改变。"

"简单地说,安提亚会上演一场沾满鲜血的雷霆大戏,但不会有实质性威胁。"国王总结。

"正是。"佩林赞同。

"你们错了。"茜茜琳说,"我很抱歉,但这个结论错了。"

科莫沉下脸。

"你有不同意见,可以。但佩林作为我在安提亚的代表将近十年,他了解那个国家,知道它的运作方式。"

"他跟摄政王上过床没?我上过。我见过他私底下的样子,而你刚才对他的评论,没有一句是对的。"

查西安国王的双眉挑得老高。佩林·克拉克清清嗓子,但听声音,他的嗓子一点也不痒。茜茜琳不理他。

"你们把盖德当成政治家和宗教徒,以为他是治国之才。但他不是。"

"也许执事愿意指点一下,他是哪种人?"国王问。

"他是……他很可爱、很寂寞、很暴力,而且脸皮薄得吓人。"茜茜琳顿了顿,在脑中寻找可以形容自己眼中那个盖德·帕列库的词语,"他是一笔烂账。"

科莫·美狄安闷哼一声,像突然抽疼一般。佩林表情阴沉。

"我不明白。"国王问,"你们借钱给他了?"

"没有。"茜茜琳回答,"我不会借给他的。人犯错之后,常会总结教训,虽然不是每次都总结,但大多数情况会的。而教训意味着金钱已经损失了。而有些人借到钱之后,就会像有钱人一样大手大脚。面对钱财,他看到的只有钱币,而不是自己必须为它付出的代价。他花钱,就像花自己的钱,就像以后还会不断来钱一样。这就是盖德。他是那种在成长过程中需要母亲教导、却没有母亲的男孩儿。如今,他拥有权力却无人约束。他挥霍钱币、挥霍人命,却没人能阻止他。他在消耗除塞拉米斯角大陆之外最大的金库。

"然后,等问题出现,烂账就会耍赖。一切都是别人的错。安提亚已经在寻找饥荒的替罪羊了。我在酒吧里听到的。当然,那只羊不会是盖德。"

茜茜琳靠在椅背上。她发现自己竟在大口喘气,真有意思。

"科莫?"国王问。

"有道理。"科莫·美狄安回答,"但我不太清楚我们该怎么应对。"

一阵轻轻的敲门声打断了所有人。一个仆人捧着托盘进来,盘里是许多盛有金色液体的银杯。大家都沉默了,直到他离开。

"那么执事,"国王继续道,"如果我们赞成你的观点,你会有什么建议?"

茜茜琳思量着。她并不了解战争,也没研究过。但有人问她的意见,而且,既然承认跟盖德睡过觉,现在再想矜持已经太晚了。

"我会建议现在就集结力量。不是跟他作对,而是预测他会往哪边走,并谨慎地与盟国共享情报。如果预测变为现实,那么您就是货船进港之前就知道该做什么生意的商人,大家都会向您打听消息。"

"我在萨拉卡有朋友,"科莫说,"不是生意伙伴,而是朋友,有来往。我可以跟他们通信讨论一下。至少可以打探一下边界附近的人怎么说。"

"我们可以跟安提亚缔结更紧密的联系。"国王提议,"你们的使团并不正式。我可以组一个团,还可以亲自到访。"

"不可以。"茜茜琳反对,"如果他感觉自己受到背叛,那他的报复会比一开始就与他为敌更强烈。"

"我无意冒犯,"国王说,"但这一来,你可能正处于一个很尴尬的位置。"

"我明白。"茜茜琳回答。

桌边众人全都沉默了。自信和安稳的气氛全都消失,仿佛从来没有出现过。

茜茜琳端起杯子,享受杯中饮料的清凉和淡淡的柠檬清香。

"那我们现在该做什么?"国王问。

"观察、等待。希望他早一点栽个大跟头。"茜茜琳回答,"对于盖德,最贴切的评语是——他是个到处树敌的人。"

克莱拉
Clara

　　接下来的日子里,克莱拉渐渐相信,从某个角度看来——很多角度——她已经死了,跟道森一起,在那可怕的地板上,当着所有亲友的面,死了。当时她不忍目睹,但能听到声响。那声音也许比亲眼目睹更糟糕,也许不如。但那之后发生的事,如果她已经死了,会显得更合理些。先是从王堡回去的路上,她刚做了几分钟寡妇,本来认识的人便统统不再跟她说话了,从小相识的贵妇们没有一个过来安慰。唯一一个跟她接触、出言慰问的人,是个纤瘦、苍白的女商人。至于那人的名字,克莱拉听完就忘了。

　　之后,她一直精神恍惚,连自己想了些什么都不记得了。她只是顺应本能,去探访老朋友、老敌人。好吧,那正是鬼魂做的事,不是吗?这样想来,真是合理至极。

　　至于文森·寇尔再次出现而引发的痛苦则与死亡无关。死亡的痛楚已经过去,她开始经历的重生之痛,而且跟头一次诞生一样剧烈。她会在半夜惊醒,哭得死去活来。如果她喊文森,文森会过来,坐在床尾陪她。但她尽量不喊,因为对驯犬师来说,坐在床尾,除了损失睡眠,起不到任何效果。反正最后,她哭不动了,就会像平常一样睡去。

她发现自己很期待道森的出现。尤其是,她发现自己在想,她身穿睡衣,而驯犬师除了长裤什么都没穿,坐在她身旁,该如何向道森解释?接下来,她会纠正自己:道森已经死了,压根不需要对他解释。然后她会哭一会儿,继续过日子。支持她的并非什么力量,而是因为别无选择。

"今天又要出去吗,太太?"女房东问。她叫阿巴纱·寇尔,显然是寇尔散布在安提亚各地的亲戚之一。遇到阿巴纱之前,克莱拉从没想过文森的家人问题。他是仆人,对克莱拉来说,仆人就该招之即来,挥之则去。回想起来,她真希望自己的思维没那么像贵妇人。

"是啊。"

"回来吃午饭吗?"

"大概不会。我要到王堡附近,如果不在那边吃点东西,可能走不回来。"

"苹果刚刚到了。"阿巴纱又说,"跟奶酪一起吃很不错。"

克莱拉花了三天才弄明白,女房东说这种话不是为闲聊,而是确实问她吃不吃。所以这回,她不再用"听起来很不错"或者"不用麻烦"之类的话回答了。因为这一来,谈话就会到此为止,而她既没有苹果,也没有奶酪吃。

"谢谢。"她说。这是个安全的回答,既不需要对方回应,也很适合克莱拉。她内心深处的鬼魂仍觉得自己应该有个样子。

她穿着灰色的丧服,包起头发,走路的气势就像一个自信的女人。她穿过狭窄发臭的小巷,来到一条较宽但同样不知名的小路,最终走到囚桥附近。在坎尼普生活这么多年,她还没走过囚桥。此时此刻,她也不太注意脚下了。桥底囚笼里传来的呻吟和哀嚎令她伤感,而一旦她放任自己,就会停不下来。她曾趴在桥栏上虚弱地哭过一次,已经够了。

这是最快的路,而且,没有了马车、轿子之类的代步工具,她也得考虑一下台阶的数目。

文森今天也在附近。他说他在找工作。对此克莱拉有种奇怪的内疚感。原本不该这样,文森是她的仆人,应该由她支付薪水。如今,情况变了。而向乔瑞要钱付给文森,似乎也说不过去,那感觉太像跟儿子要钱来包养情夫。这种感觉荒谬之极,因为寇尔仅仅亲过一次她的嘴唇,而那仿佛是上辈子的事了。尽管如此,克莱拉不得不承认,驯犬师那坚定、温柔、忠犬一般的陪伴,加上他无可否认的帅气外表,以及她自己痛苦而缓慢的重生,三者作用之下,那种荒谬感正在渐渐减少。

她走到因桥对岸,回头望去,这座桥似乎比实际路程短得多。她拿起一个苹果。果实红润,熟透了。她知道自己不该现吃,因为回来时会饿,那时就没得吃了。但她还是咬了下去。第一口,又酸又甜,很好吃。第二口仍是如此。

她首先要去一个现卖现吃的面包店。那家店可以算是旧时朋友愿意出来见她的最后一个地点。要是再远十来个台阶,她们肯定不肯屈尊前来了。今天要见的人是欧吉恩·法斯克兰,往最亲近的关系说,她只能算克莱拉的远房侄女。欧吉恩的女红做得非常糟糕,所以每当聚会上有她时,克莱拉一定会改变活动计划,让她不用出丑。就是这小小的体贴,换来了很大的回报。

"克莱拉,你气色真好。"欧吉恩边说边从小桌前站起,"来,我为你叫点吃的。"

"不用了。"克莱拉说,"你已经为我做了太多事。我不想再受更多恩惠。"

"那么,来一点这个?"欧吉恩递来一个碟子,上面有个柔软的白色蛋糕,点缀着散发草莓香味的红色奶油。

"一点点就够了。"她回答,"你有没有伊丽西娅的消息?"

面包店里飘着肉桂和糖的香味。克莱拉用掉最后一枚钱币,买了杯柠檬茶。茶味清香醒神。接下来大半个小时,她竭力打听孩子们的情况。乔瑞和纱比娅吵架了,考虑到这一季的艰难形势,也没什么好奇怪的,只希望他们好运,能和好如初。巴列斯有一天突然失踪了,欧吉恩听说,后来他从艾斯丁港给这边一位认识的女人写了封信,送信的信使满口卡博尔口音。伊丽西娅依然跟随丈夫和婆家躲得远远的,等待卡连姆姓氏带来的羞耻消退。好消息是,维卡连在祭司阶层中的地位已经获得永久的保障。他被派去卡文普,虽然那里不是他的首选,但无论如何,他不会受到父亲倒台的影响。这小小的胜利,对克莱拉来说,比草莓奶油更加甜美。

时间过得太快,欧吉恩不得不离开了。克莱拉亲吻她的脸颊,拥抱她。这些动作,她很注意地只在面包店里做,因为在街上可能被人看见。欧吉恩的名声同样需要保护。她们生活的世界就是如此。

分别后,克莱拉往北朝斯吉提林大人的府邸走去,路上不时躲避木头车轮溅起的泥巴,还有跟在身后走了半条街、嗅着乞求食物的野狗。她试过给苹果,但它们不喜欢;她再试,狗儿露出埋怨和受伤的表情。她心想,真有意思,一定要告诉道森。然后她又哭了一会儿,继续走。

她担心乔瑞该如何度过接下来的冬天。他不能回欧得灵山,只能去艾斯丁港。可怜的孩子,被一个本来受他拯救的女孩所救。一切当然都归咎于万奈,归咎于受帕列库之命而屠杀那么多人产生的内疚。

她来到城中的贵族区,放慢脚步。这里是她熟悉的地方。她很想再去一个地方,探访某个认识的人,只为看看他们现在会如何对待自己。坎尼普的权贵似乎比刚刚过去的战争期间更加焦虑。当然这可能只是她的想象,或是源于她生活地位变化而产生的错觉。人们身穿黑色皮革斗篷——这似乎已被帕列库变成了永恒的潮流——脸上挂着愁苦的表情。而且人群中身穿棕袍、长着铁丝般头发的祭司更常见了。道森曾把他们叫做"麻雀和乌鸦"。他时不时就能创造出让人记忆深刻的新词。

"母亲。"克莱拉走进花园,乔瑞跟她打招呼。儿子的拥抱短促而有力。克莱拉亲吻他的脸颊。

"母亲。"纱比娅也走上前来,双眼哭得红肿,估计跟克莱拉的眼睛一样。

她也亲吻了儿媳。对这两个孩子,她能做的实在太少,而他们需要的又那么多。

"我来取生活费。"克莱拉露出半带苦涩的微笑,"希望我没选错时间。"

"母亲,这里永远欢迎您。"乔瑞的话里充满悲苦。她看得出来,现状正在噬咬儿子的心。

"你真好。"她说,"这是你的弱点,也是我的弱点。亲爱的纱比娅,我在想,如今我蒙羞了,是不是不能去看望我的外孙?"

"您的……"纱比娅脸红了。

"我曾要求你忘记他。"克莱拉说,"我错了。我们家族已不比从前,但我们是一家人。你对我很重要,所以,如果你同意的话,他应该也对我很重要,"

"要我同意?"纱比娅问。

"当然,亲爱的。"克莱拉说,"你是他妈妈。"

"我同意。"纱比娅回答。

"别哭,别这样。"克莱拉安慰她。

这次相聚的时间比以往稍微长些。要不是回家的路那么远,克莱拉很想多逗留一会儿。但她得留出时间,以便走回去的路上还有日光照耀。她不喜欢出租屋周围的街道,更不喜欢它们夜里的样子。

快到囚桥了,五个持刀男人走出来,挡住她的路。

他们揭开蒙在克莱拉头上的布,她发现自己身处一个巨大、黑暗的房间。头上的铸铁枝形吊灯投下光芒,但这里再多几支火把也不够亮。在她两侧,站着手拿弓箭的士兵,一排排高得吓人,有如人墙。在她跟前,有张巨大的黑色凳子,上面高踞着摄政王盖德·帕列库。恐惧开始撼动克莱拉的身体,她心中的鬼魂哀号着,惊惧地背过身去,她自己的神志也想跟着逃走。大祭司站在她身后,她看不见,但盖德看得见。

"克莱拉·卡连姆,"盖德说,"请原谅我的打扰,但我觉得有些问题一定要问你。如果你撒谎,我会知道,而你会受苦,很糟糕的痛苦。你明白了吗?"

克莱拉觉得口干舌燥。她怎么会来这里?她都做了什么?这一切有如睡着后无法醒来的噩梦。她觉得自己被困住了,却不知是被什么东西困住。

"我听说,你已经不再住儿子家里了。"盖德说,"是真的吗?"

她的呼吸如此粗重,以为自己说不出话来。可沉默会不会被当作撒谎?她不愿猜想眼前这人会对自己做什么。他想干什么?

"是。"她挤出回答。

"为什么?"

"我的存在,让乔瑞和纱比娅难以摆脱朝廷对道森的记忆。"

"你是不是跟欧吉恩·法斯克兰有来往?"

"是,我们见过几次。"

"你是不是跟安娜·梅西里有来往?"

"是,我记得有两次吧。"

在她右边,有个士兵动了动,发出的声响刺耳而干涩。克莱拉心跳加速。

"你忠于我吗?"盖德问。

克莱拉摇摇头。意思并非不忠,而是我无法回答。

"你忠于我吗?"他又问一次,声音更加刺耳。

"殿下,我没想过这个问题。"她回答。

衣服摩挲的声音从她身后传来。

"真的吗?"盖德问,显得十分迷惑。

"您是摄政王,是杀死我丈夫的人,是乔瑞的战友,您是帮我揭发菲尔丁·马斯的人。但这一切,对我每天要做的事来说,没什么特别的意义。我猜,从某种程度上说,肯定是有影响的。但我没花时间想过这个问题。"

"你跟所有人见面,是要组织他们对抗我吗?"

克莱拉"哈哈"大笑。她不是有意笑的。如果动动脑筋,她就不会笑。但她还是笑了,弓箭手也没因此射死她。

"不是的,老天爷啊,不是。我从没这么想过。我只想尽力维系我的家庭。"

"你的家庭?"

"是啊。巴列斯没留下一句话就走了。乔瑞和纱比娅结婚还不到一季,就遭受如此艰难的考验。维卡连是唯一一个没被这可怕事件牵连的人。好吧,还有伊丽西娅。她似乎过得还好,但我认为她不快乐,不是真正的快乐。"

"哦。"盖德说。

"而且,没有了道森,也就没人会把大家维系在一起。我们甚至连房子都没了。虽然仔细想想,在维系家庭完整这方面,房子其实没什么用。可我们曾经有房子,如今没了。所以,我只能四处奔走。"

闭嘴,闭嘴,闭嘴,克莱拉心中暗道,可她的嘴巴还在自顾自地说着。

"还有服丧的问题。我该等多久才能出来活动? 一方面,朝中有一定的规矩,可另一方面,我已经不属于那里了,所以,我不知该遵守什么准则。我必须四处活动,把它们建立起来。这很糟糕。真的。"

"但你没有阴谋对抗我或王室?"

"没有。"克莱拉回答。

一阵沉默。

"好吧。谢谢,耽误你的时间了。你可以走了。"

克莱拉走到屋外。这里是王堡。她的头有点眩晕,于是在通往街道的门旁站了一会儿,缓缓气。她有种荒谬的释怀感,仿佛自己刚刚遭遇突袭,全凭运气才逃脱。也许确实如此。现在她明白人们为什么愁眉苦脸了。恐惧和压迫如黑色绉纱,笼罩在一切之上。她不知究竟有多少人像这样被毫无预兆地捉去玩盖德的法官游戏,肯定不止她一个。

脚步终于稳当了,她走到街上。深渊就在她眼前,而因桥的距离远得吓人。太阳低低地挂在空中,发红、肿胀,把西边所有建筑都变成了剪影,如一幅燃烧着的城市的画作。更倒霉的是,混乱中,她的苹果和奶酪都丢了。

太阳下山之后很久,她才回到出租屋。她的脚每一步都在喊疼,她的脊梁如一条火柱。阿巴纱的炖肉汤闻起来竟是那么香,说明她是多么的饥饿。她走向厨房,满心只想支付房租,再买碗油腻的炖肉汤。但文森就在厨房里,坐在炉子旁。看到她,驯犬师一跃而起,一个箭步跨过房间,把她抱在怀里。

"他们说你被抓走了。"他说,"他们说,摄政王的人抓了你。"

"是啊。"克莱拉放任自己在对方的怀抱中放松下来,虽然只是一点点,"要是你愿意,放开我吧。"

"绝不,夫人。"

"真浪漫。"克莱拉坚持,"放开我。"

她在炉边坐下,阿巴纱免费送她一碗炖肉汤,于是她改买了一把烟叶。她讲了自己去见欧吉恩、乔瑞和纱比娅的经过,以及回来的路上被盖德的人拦住,被他们用布蒙头带走了。她喝完最后一口肉汤,继续描述自己被带到一个奇怪的黑屋,士兵林立,盖德高高在上,要求她回答问题。随着复述,她的心渐渐平静下来,仿佛这时才弄清发生了什么事。距离感令人安心。

她用炉火点燃烟斗。阿巴纱的炖肉汤有点咸、有点乏味,但她的烟叶确实不错。她坐在炉火边,若有所思地吸着烟斗,过了很久才意识到,文森和阿巴纱都在等她继续。

"然后,他们放我走了。"她以相当可乐的方式结束。

"他们问了什么?"阿巴纱问。自从克莱拉认识她,头一次见到她脸上露出这么生动的表情。

"哦,这个嘛。他们问,我是不是在阴谋反对盖德·帕列库和王室。"

"你怎么说?"

"我说我从来没这么想过。"她说。

"然后呢?"文森问。

克莱拉挑起一边眉毛。

"现在我开始想了。"

幕间插播·吉特师傅
Entr'acte

　　起初,他们还能看出塞达普是数座城市的组合,城中楼房显得高大而清晰。然后,它退化成一只颜色发暗的巨手,朝他们伸出形如手指的码头。最后,连那些也看不到了。广阔的大海上,只剩下他们。阿达莎·欧孙一人便能驾驶小船。她来回走动,升起船帆,调整船舵角度,让一切都完全遵照她的意思。有时,如果三只手比两只手更有用,她会要求玛可斯帮忙。但她从来不叫吉特,而说真的,吉特也不介意。
　　吉特上一次坐着小船在浩瀚的大海上航行,已是很久很久以前了。他几乎忘记,广阔的海平面,加上无垠的天穹,会让船变得多么渺小,同时也会给他一种被淹没、被压倒的感觉。四面八方都是无尽的空间,但活动范围只有这边两步、那边三步,以及矮得连腰都直不起的船舱。
　　他的人生也是如此。自从逃离神庙、女神,还有他知道的唯一一种生活方式之后,世界便在他眼前铺开,每个新发现都怂恿他继续往前寻找。他了解到,自己在神庙习得的许多知识都是对的:龙族已经灭绝;他们留下的奴隶将世界据为己有;所有种族都习以为常地互相撒谎;无论任何地方,只要有大量人群聚集,就有暴力、死亡和偷盗。但他也发现,同样有许多是错误的:比如,真相确保正义;比如,十三个种族注定互相憎恨;比如,像阿达莎·欧孙这样的人——提兹奈族——性格孤僻、冷漠。在荒谬的传说和谎言中探索,不但成了他一辈子的工作,也成了一种乐趣。

他走过许多地方,结交了许多为他带来快乐的男女旅伴。他曾倾听阅历丰富的哲学家讨论世界的本性。他有过情人,也失去过她们。在那宽广、开阔的选项与方法之海中,他的路就像这么一条小船,驶过一系列既困难亦无法避免的事件。面对大海,他只有一艘小船。面对众多选项,他只有一个选择:去挽救自己发现并爱上的这个世界,或死在挽救它的路上。

听起来很英勇、很浪漫,事实却是另一回事。

"我吃过蟑螂。"玛可斯·韦斯特说。他光着膀子躺在甲板上,一条手臂搁在眼睛上。

"没有的事。"吉特回答。

"我吃过老鼠。"

"没有。"

一阵沉默。世界只剩柔和的海风和轻拍船舷的海浪。

"我吃过蠕虫。"

"为什么?"吉特问。

玛可斯咧嘴笑了。

"打赌赌输了。"

阿达莎·欧孙从下面的船舱爬出,高举双臂,畅快地打了个大呵欠。

"我们赶上好时机了。"她说,而且真心这么想。也许他们确实赶上了。

"你是怎么知道的?"玛可斯问,"这里没路可走,也没地标可看。"

"水流变了。"她回答,"再过两三天,我们就能抵达群岛。我们有足够的水和食物撑到那儿。"

"也许够吧。"吉特赞同。

"有什么问题?"玛可斯问,"我还以为我们准备了足够的东西,可以撑到下个补给点。我说错了吗?"

提兹奈族女人嘲讽地"哼"了一声。

"在大海里,"她说,"永远没有确定的事。"

———◆———

三天后,他们走在一个补给岛的石头街道上,阿达莎·欧孙在前面跟一个南族人讨价还价。玛可斯问:"那么,若是问句会怎么样?"

"问句怎么了?"

"你能判断反问句吗?"玛可斯说,"比如我说,难道桑达不是很自满吗?或者,你办不到,对吧?这种提问其实是表达某种判断,但严格说也不算真相,对吧?"

"你老是忘。我们判断的不是真相。从来不是真相,而是确信。作为问句,其本性就是不确信的。"

"可如果我说,我不知道……"

"你可以确信的是,你并不知情。"吉特回答。

南族人竖起两根手指,提兹奈族女人竖起三根。

"那么,这句如何?我想她的名字叫阿达莎。"

"你很确信,她就叫这名字。"

"我想,她的名字叫麦卡。"

"你不确信。事实上,我怀疑你确信她不叫这名字,不过光凭这句话的字面意思,我无法判断出这一点。"

"你走的路可真怪。"玛可斯评论。二人走到一个类似街角的位置。这岛上没有一处是直的,为了迁就岩石的形状,所有街道都修得歪歪扭扭、七拐八弯,赋予这地方一种非人类的感觉。对此,吉特师傅既有感触、也有尊重,因为这气质跟他逃离的神庙很相似。

"我认为,我们所有人都在走同样的路,只是我看得更清楚罢了。我相信,这里就是我们要找的地方。现在只需告诉船长,我们要去哪儿就行了。"

他走向阿达莎。他血液里的蜘蛛十分兴奋,跳动着拉扯他。这个岛很小,只有五六十人。跟两个人待了那么久,重新回到人群中,令它们精神抖擞。所以,在海上长途航行后进入真正的海港,是件十分难受的事。但那是以后的问题了。

"不能更低了,不然赚到的钱都不够买吃的。"南族人在撒谎。

吉特碰了碰阿达莎·欧孙的肩膀。

"不好意思,我打算带玛可斯去那边的旅游用品店看看。你这边买完,去那儿找我们好吗?"

"可以。"船长回答。

"谢谢。对了,价格还可以再低些,依然够他买吃的。"

"你是个疯子。"南族人冲他的背影喊道,"疯子!"

小店里,南族老妇人坐在小凳上,一对黑色的大眼睛看到他们,却似乎没有在意。或者说,她只是没对他们下任何判断罢了。

"来买地图?"她问。

"我想是的。"吉特回答,"我想找艾西安·贝伊的宝库。"

"那东西人人都想找。"女人觉得好笑。

"你有希拉斯地图吗?"

女人眯起眼睛,那是南族人的大眼睛能眯缝起来的极限。

"那地图不存在。"她说。

"存在。而我即将得到它。"吉特回答。在他血管中、身体里,那些怪物开始舒展、狂躁,他能感受到它们的兴奋。"听我说,听听我的声音。你要把地图拿给我看。"

"我不……"

"你会的。"吉特打断她的话,"没问题的。"

女人黑沉着脸,然后竖起一根手指。

"在这里等。"她说,"我去找点东西。"

又一句谎言,但也许与真话差得不远。就算地图不在她本人手里,至少她知道在哪儿。

"希拉斯地图是什么玩意儿?"玛可斯问。

"是上一次寻找宝库的人用过的地图。"吉特说,"从它开始,似乎是最好的起点。"

玛可斯伸出一只手,按住吉特的肩膀,把他轻轻地转过来。"你刚才的意思是,你不知道那东西藏在哪儿?"

"是啊。应该在莱昂内亚的北岸。"吉特回答,"也许吧。"

玛可斯闭上双眼。

"你不知道?"

"我可以说得更详细些,但我觉得那样就会变得不太准确。"吉特说,"而且我相信,有个词可以用来形容那些容易找、人人都知道的宝库。"

"你想说的词是空的吗?"

"所有词都是空的,除非有个活生生的意志来填满它们。"吉特回答,"不过,没错,是这个意思,但我心里想的词是被抢了。"

"你早该告诉我的。"

"有什么区别吗?"

"有。"玛可斯回答。但他们两个都知道,他在说谎。

剧中人物介绍
《国王之血》中的有趣角色和重要人物

安提亚帝国

王族：
　　—西米恩：安提亚帝国的皇帝
　　—艾斯特：王子，王位继承人

帕列库家族：
　　—勒尔热·帕列库：里文翰子爵
　　—盖德·帕列库：勒尔热之子，艾丙勃男爵，摄政王

卡连姆家族：
　　—道森·卡连姆：欧得灵山男爵
　　—克莱拉·卡连姆：道森之妻
　　—巴列斯、维卡连、乔瑞：道森与克莱拉之子
　　—安扎斯·罗艾塔兰：卡连姆家的门奴
　　—文森·寇尔：卡连姆家的驯犬师
　　—阿巴纱·寇尔：文森的亲戚

斯吉提林家族：
　　—斯吉提林大人：安提亚帝国海军统帅

——斯吉提林夫人：斯吉提林大人之妻

——纱比娅：斯吉提林大人之女（曾经失节，在外有个私生子）

安纳林家族：

——伊丽西娅·安纳林：道森与克莱拉之女，嫁入安纳林家

——戈曼·安纳林：安纳林家族的长子与继承人，伊丽西娅之夫

——科尔：戈曼与伊丽西娅之子

达斯克林家族：

——坎尔·达斯克林：水泽男爵，北海岸特使

——珊娜：坎尔的女儿之一

朝中其他贵族和官员们：

——特尼甘大人：西米恩国王的大元帅

——苏代·卡文那林：特尼甘大人的助理

——克霆·伊桑简爵士

——艾伦·克林爵士

——古斯贝·阿林图爵士

——劳伦·伊西安爵士

——苏子鲁·维伦爵士

——瑟子修·维伦爵士

——弗隆·布鲁特：苏得灵高地男爵

——达夫德·布鲁特：弗隆之子

——班尼恩大人：艾丁福德公爵

—欧德·马特林伯爵

—艾斯庭·柯西连：马森汉伯爵

—梅克斯·绍特：河庭伯爵

—以及弗洛家族、艾丁佛家族、法斯克兰家族、恩明家族、提列金家族、马特林家族、梅西里家族、考特家族、派乐林家族……

演员们：

—吉特普·罗克马特：人称吉特师傅，蜘蛛女神的叛教徒

—卡莉

—贺尼特

—斯密特

—查丽特·苏恩

—麦克尔

—桑达

蜘蛛女神的信徒：

—巴拉希普：蜘蛛女神的大祭司，盖德·帕列库的顾问

—若干无名祭司

比兰卡

奥利瓦港的美狄安银行支行：

—茜茜琳·贝尔沙克：美狄安银行奥利瓦港支行的发言人

—派克·厄特豪：茜茜琳的公证人

—玛可斯·韦斯特：茜茜琳的守卫队长，过去曾是格拉迪和沃德弗战役的英雄统帅

——雅丹姆·黑恩:玛可斯的副手
　　——银行守卫们,包括:巴斯、克里森、莫特、阿哈里尔·阿卡赖恩、小强、哈特、茵蓝

　　其他人:
　　——艾德里果·贝林德·塞丹:奥利瓦港总督
　　——卡华尔·恩姆:美狄安银行的对手,曾是茜茜琳的情人
　　——艾琳·柯达林:卡华尔的客户,来自赫雷兹
　　——艾桑普尔师傅:咖啡店老板
　　——卡普森·哥特马克:诗人,养鸽人
　　——马西欧·里纳尔:海盗
　　——达尔·辛拉玛:寻找古代宝藏和失落遗迹的探险家

北海岸:
　　——查西安:北海岸国王
卡斯的美狄安银行总部及支行:
　　——科莫·美狄安:美狄安银行的首脑
　　——劳罗·美狄安:科莫之子
　　——查娜·美狄安:科莫之女
　　——佩林·克拉克:查娜之夫
　　——尼森执事:美狄安银行卡斯支行的发言人

阿斯特里堡:
　　——勒禅国王
　　——达林·艾什佛爵士:派往安提亚的大使

塞达普：

—艾佩奇：厨师
—阿达莎·欧孙：航海船长

逝者

——菲尔丁·马斯：前任艾丙勃男爵，因叛国罪被处死

——菲利娅·马斯：菲尔丁之妻，死于丈夫之手

——艾曼尼执事：美狄安银行万奈支行的发言人，茜茜琳的监护人，死于万奈焚城

——卡姆：艾曼尼手下的管家，死于万奈焚城

——比瑟尔：艾曼尼手下的杂役，死于万奈焚城之前

——艾雅思和梅丽安：玛可斯·韦斯特的妻子和女儿，因统治者的阴谋被烧死

——春密尔：人称蜉蝣王，死于复仇

——魔雷德：最后的龙帝，据说受伤而死

——银奈斯：魔雷德的同胞兄弟，死因不明

——阿斯特里：魔雷德的同胞兄弟，提兹奈族的创造者，死于中毒

——扎基斯·暴鸦：龙族终结战争中杰出的人类将军，老死

种族分类介绍

出自教士挪斯蒂·考五世管辖下的分类学家马拉辛·卡瓦和的一份手稿。

按照血缘远近、等级高低、婚配习俗及创造目的,对十三人种进行分类和排序的工作,必将花费一生时间。在庞大而繁复的创造过程中,虽然一些细节有时显得晦暗不明、令人费解,但还不至于影响分类。而这篇杂记的目的,便是向外行人介绍人种分类的美妙与完备之处。

首先,是一段简短的指引,供读者参考。

原血族

原血族是原始而近乎兽类的一族,是所有人类种族的起源。若龙族没有以他们为基础改造出另外十二个种族,那么人类将只有原血族一支。直到现在,他们仍是人数最多、繁殖能力最强的人种,如玫瑰园中的野草,已蔓延到已知世界的每个角落。我这番比较没有冒犯之意,但事实往往没有情面可言。

东方三族

经过最初的种族改造,出现了东方三族——扎苏鲁族、亚姆族和查古族。

人们经常认为,扎苏鲁族是最早出现的高级种族。他们的身材和外形与原血族相近,但披有小型龙族的金属鳞片。他们之所以被创造出来，极有可能是作为原始的战士阶层，好监督并管理原血族奴隶。

亚姆族显然是后来的改进版本。他们的庞大身躯和巨型獠牙只可能是为威慑低级种族而设计的。但跟其他种族改造的例子一样，体型和力量的增加必须付出代价。在所有人种中，亚姆族的寿命最为短暂。

几乎可以肯定，查古族在东方三族中最为年轻。他们比原血族高大，拥有野生食肉猛兽的尖利牙齿和敏锐听力，还有正常的智力水准，所以多数情况下，他们的作用是狩猎，而非正规战斗。龙族灭亡后，若不是受到繁育方面的制约，他们必将成为强有力的种族征服者。

西方三族

东方三族是战争时期的标志，创造他们是为充当战争的武器。而西方种族的出现，表明龙族开始了制造更精巧工具的时代。辛奈族、达提奈族和提兹奈族人身上带有明显的印迹，说明他们的创造都有具体的用途。

相比其他所有种族，辛奈族纤细、白皙，有如水桶下长出的芽苗。他们在智力和艺术方面拥有显著的才能，只是经常无法掌握真正深奥的知识。正如扎苏鲁族是战斗阶层的首次尝试，辛奈族也可视为后继种族的粗略草图。

达提奈族的诞生时间虽与辛奈族相若，却没有后者那略高于普通水准的智力。这一种族显然是为采矿而创造的劳动力。他们的瞳孔闪烁冷光，构造与其他种族——包括任何已知的自然野兽——截然不同。在全然无光的洞穴中，他们的寻路能力无出其右，且筋骨柔软，能挤入地底深处的狭窄洞穴。有传言说，达提奈族的隐秘城堡深藏地下，这种说法无疑源自达提奈族的特性。只是从来没人发现过地下城堡。这种建筑本身也不大可能在没有农场持续供养的情况下存在。

实际上，提兹奈族是唯一在诞生次序方面确凿无疑的种族。作为最年轻的族类,他们的历史起始于龙族的终结之战。他们身上有类似昆虫的深色鳞片,虽不能像扎苏鲁族一样提供更多保护,但能完全覆盖下面的血肉,甚至可以封闭所有身体孔洞,包括眼睛和耳朵。身为工具,他们的准确用途至今仍不明朗,但有人猜测,可能是为了养蜂。

优等种族

优等种族,或称高等种族,代表了龙族在不可避免地衰亡之前所能达到的最高境界。他们分别是可沓丹族、劳沙丹族和豪纳丹族。

可沓丹族——例如我自己——融合了之前所有种族的长处。辛奈族初显端倪的智慧、东方三族展现的战士本能,都汇集到可沓丹族身上。同时,在所有种族中,只有可沓丹族全身覆盖着温暖的皮毛,这是给我们的恩赐。至于在皮毛上串珠和装饰的艺术,显然代表了礼仪和个人审美的最高水平。

豪纳丹族主要生活在塞拉米斯角大陆,那是他们的领地。龙族创造亚姆族时的战斗渴望在他们身上得到了提升。豪纳丹族身材略小,但永不疲倦,皮肤上有层厚实的矿质皮层,可以承受打击。他们思维清晰,充满智慧,能完全控制那片西方大陆。但他们厌恶水上航行,由此限制了在航海贸易方面的发展,也许这也阻止了他们对其他沿海国家的军事入侵。

劳沙丹族与豪纳丹族类似,主要在塞拉米斯角大陆出没,简直是就为了与后者互相合作而生。他们身材最为纤细,是唯一被龙族赋予飞翔能力的种族。

劣等种族

龙族的创造技艺达到顶峰,便不可避免地开始退步,变得过于复杂。他们后期努力的结晶造就了华丽却古怪的种族——哈维金族、南族和淹族。

龙族灭亡后的许多个世纪里，哈维金族一直龟缩在北方的冰冻海港。他们脾性恶劣、好勇斗狠，但他们并非为战争而生，这乃是野兽脱离主人的约束、重归原始兽性的一种标志。他们跟亚姆族一样高大，皮下有一层厚厚的脂肪，以抵御北方的寒冷。有些人居然把他们脸上的刺青跟可沓丹族象征礼仪的串珠相提并论，真是无知至极。

南族以适应黑夜生活的大眼睛而闻名，性行为方式有违常理，值得深入研究。他们散居在莱昂内亚南部地区，建立了既崇拜白蚁丘，又崇拜游牧部落的文明形式。虽然都能有性生殖，但这些大眼睛的半人却宁愿把生育职责交给最重要的"蜂后"完成，当然，她的臣民就相当于雄蜂了。至于他们生来就居住在南方的荒芜地区，还是龙族灭亡后，由于无法跟高级种族竞争才迁移至此，还是个颇有争议的课题。

淹族是龙族衰落的决定性证据。虽然身材和体型与原血族相近，但淹族只能生活在人类出没地区的水下。如果与之交流，会发现他们反应很慢，而淹族又喜欢聚集在浅水蓄潮池里，说明他们不比人形海草聪明多少。有人猜测，他们是一种工具，龙族创造他们，是要完成某个大型计划，而这计划至今仍在波浪下实施。这真是最天方夜谭的传奇故事啊。

以此为基础，我们可以用五种哲学方法分析一下：作为受过教育的学者，该如何对各大种族进行排序、分类，并得出最终的评价……

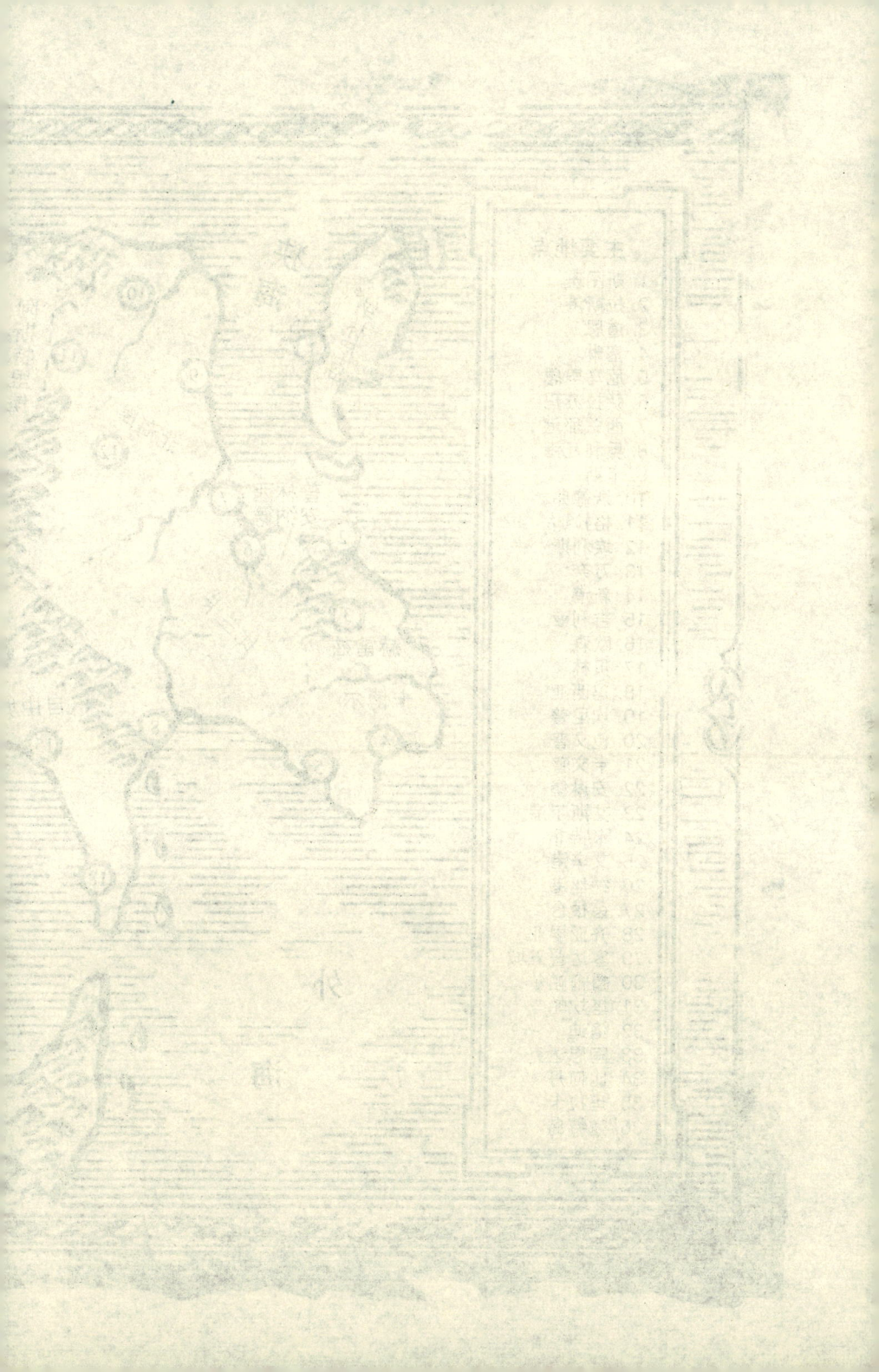

主要地点

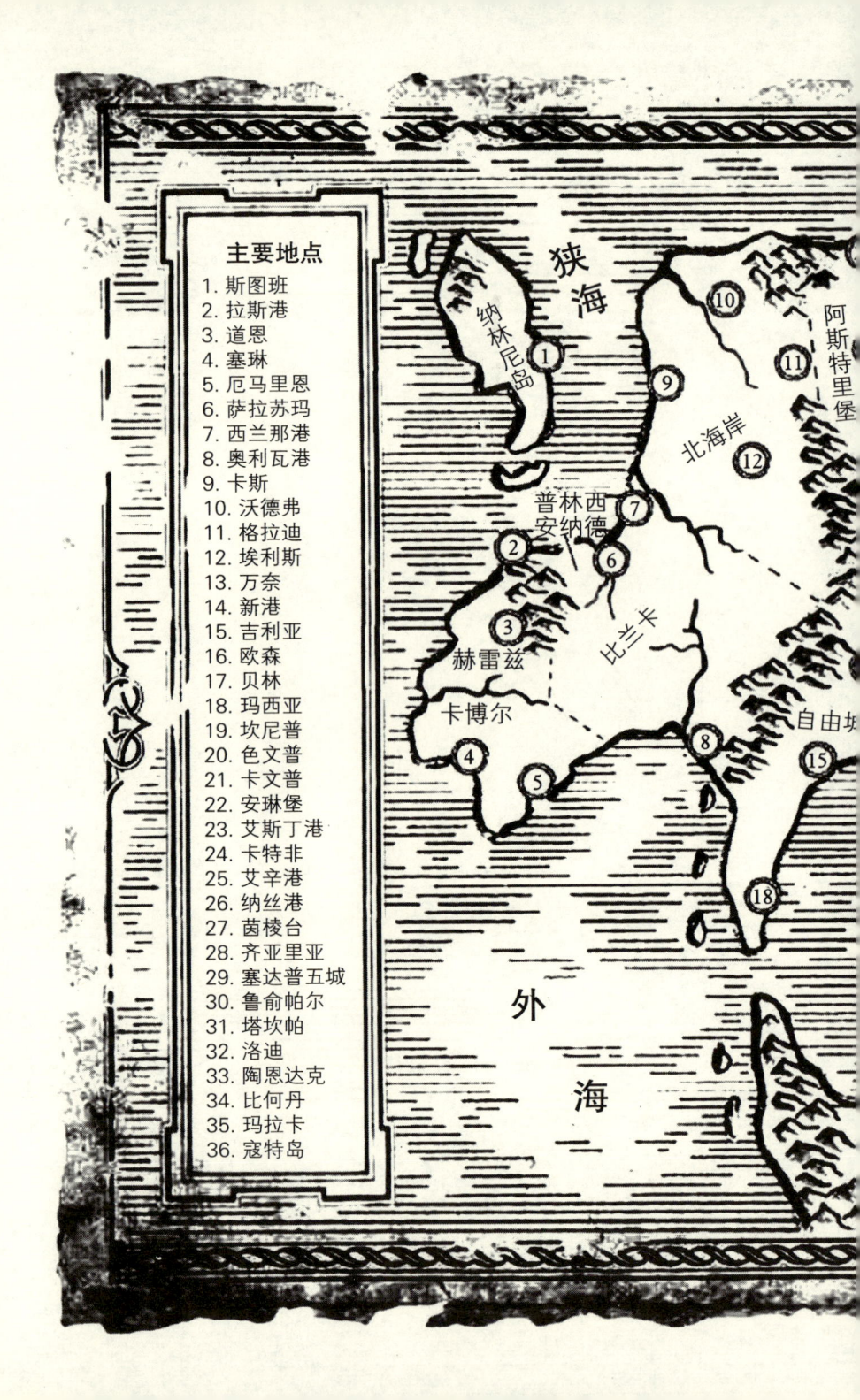

1. 斯图班
2. 拉斯港
3. 道恩
4. 塞琳
5. 厄马里恩
6. 萨拉苏玛
7. 西兰那港
8. 奥利瓦港
9. 卡斯
10. 沃德弗
11. 格拉迪
12. 埃利斯
13. 万奈
14. 新港
15. 吉利亚
16. 欧森
17. 贝林
18. 玛西亚
19. 坎尼普
20. 色文普
21. 卡文普
22. 安琳堡
23. 艾斯丁港
24. 卡特非
25. 艾辛港
26. 纳丝港
27. 茵棱台
28. 齐亚里亚
29. 塞达普五城
30. 鲁俞帕尔
31. 塔坎帕
32. 洛迪
33. 陶恩达克
34. 比何丹
35. 玛拉卡
36. 寇特岛

狭海

纳林尼岛

阿斯特里堡

北海岸

普林西安纳德

比兰卡

赫雷兹

卡博尔

自由坡

外海

安提亚　侯斯卡

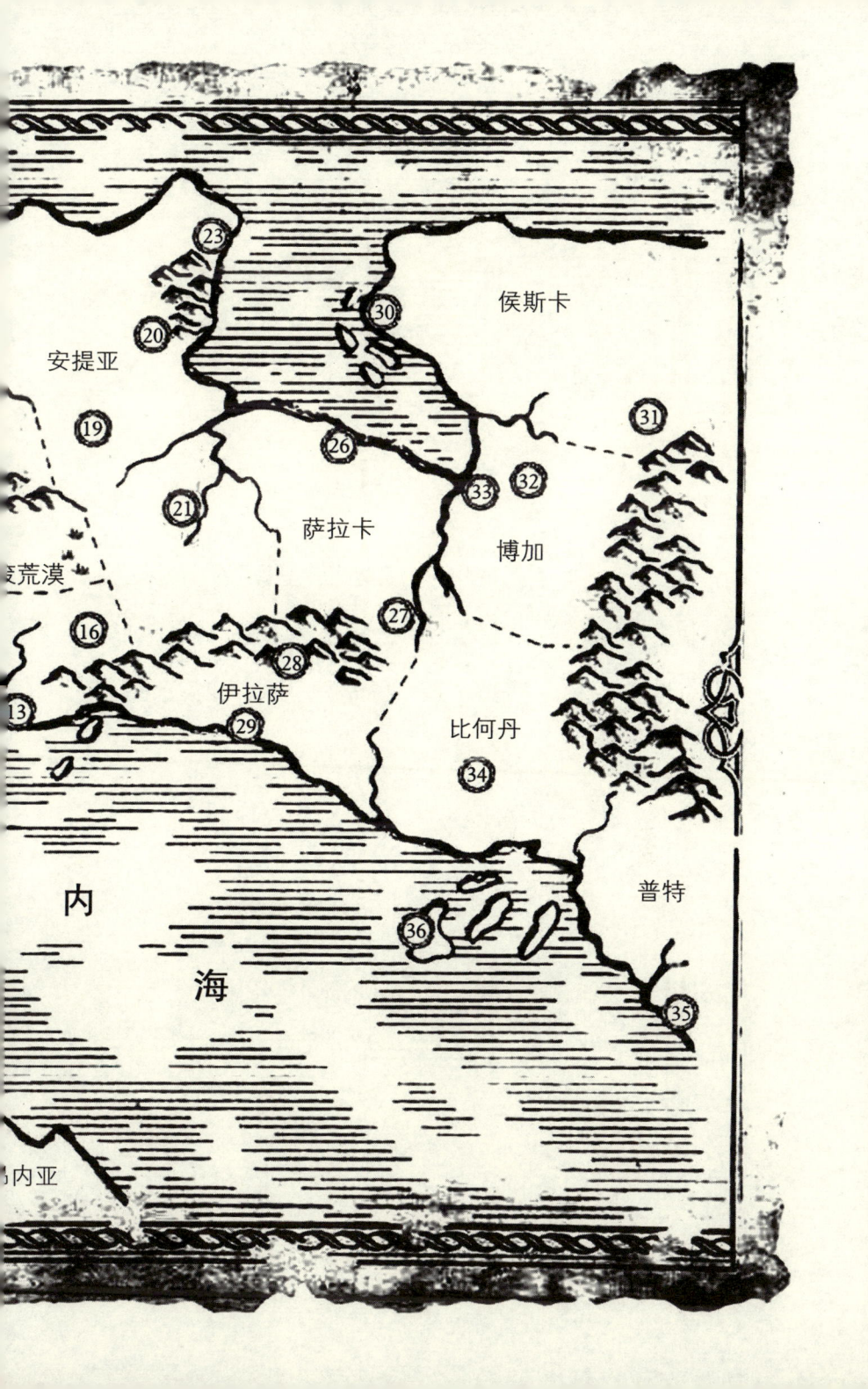

萨拉卡　博加

比何丹　普特

伊拉萨

荒漠

内海

内亚

入围2008年康普顿库克奖、
2010星空幻想奖、
2010幻想文学大奖决赛！

第一律法
THE FIRST LAW
卷二 世界边缘

【英】乔·阿克罗比 著
屈畅 赵琳译

"种子。异界在世间的化身，魔法的本质。"

  北方边境蛮族大军势如破竹，远征军节节败退；南边半岛食人族伪装成人类，藏匿城中伺机而动。

  面对内忧外患，审问官格洛塔临危受命，孤身前往边城达戈斯着手救援。随着守备工作的深入，他发现这座城内各方势力错综复杂，敌友莫辩，人人都很可疑——谁是他的盟友，谁又是告密者？

  与此同时，第一法师和他非主流的队伍渐渐靠近世界边缘，企图打开异界大门重获力量。过往的恩怨露出冰山一角，逝者的絮语彻夜不息。当他们终于抵达荒芜的诅咒之地，殊不知，一次旅行的尽头仅仅是另一个更大阴谋的开始。

"种子"蕴藏的是希望，还是绝望；
魔法能否顺利回归人类世界？
沉埋数世纪的骗局即将揭晓！

荣膺著名奇幻小说奖
"大卫·盖梅尔传奇奖" 2013年度桂冠

携光者
THE LIGHTBRINGER
卷一 光明王

【美】布伦特·维克斯 著
时雨 时青洲 译

能撷取光与色的能量，提炼出万用结晶"拉克辛"的魔法师，被称作御光者。这一天赋让他们在七郡王国备受推崇和敬畏。而御光者中的绝对至尊，同时也拥有凌驾众生之上权力的领袖，则被称之为——光明王。

十六年前，盖尔家族最有天赋的两兄弟为争夺光明王桂冠，带领御光者们掀起一场殃及七郡的惨烈内战。最终一人险胜，另一人彻底从人们的视线中消失；如今，北方小镇天降横祸。小胖子奇普痛失至亲，怀揣母亲最后的祈愿，踏上了未知的寻亲之旅。

旅途中，奇普偶遇光明王，得知对方竟然是抛弃自己多年的父亲。这对身份悬殊的父子为了避祸被迫同行，一路上摩擦矛盾不断，但亲情仍在彼此的心底慢慢滋生……

与此同时，一场针对光明王宝座而来的叛乱重燃战火，御光者们再次踏上不同的战场；而另一位被遗忘多年的继承人也在筹谋一次绝不可能的越狱行动，只为揭露他兄弟隐瞒了世人整整十六年的真相！